J. S. Monroe
Vergiss nie
Ich weiß, wer du wirklich bist

J. S. Monroe

Vergiss nie

Ich weiß,
wer du wirklich bist

Thriller

Deutsch von
Christoph Göhler

blanvalet

Die Originalausgabe erschien 2018 unter dem Titel
»Forget my name« bei Head of Zeus, London.

Verlagsgruppe Random House FSC® N001967

1. Auflage

Redaktion: René Stein
Umschlaggestaltung: © Johannes Wiebel | punchdesign,
unter Verwendung von Motiven von
oneinchpunch/Shutterstock.com und micharoth/photocase.de
JaB · Herstellung: sam
Satz: KompetenzCenter, Mönchengladbach
Druck und Bindung: GGP Media GmbH, Pößneck
Printed in Germany
ISBN 978-3-7341-0805-1
www.blanvalet.de

In Gedenken an Len Heath

Die zweite Art des Behaltens besteht in der Kraft, diese Vorstellungen in der Seele wieder zu erwecken, die nach deren Empfang verschwunden oder gleichsam bei Seite gelegt worden sind … Die menschliche Seele ist zu eng, um viele Vorstellungen auf einmal gegenwärtig zu haben; deshalb war eine Niederlage nöthig für die Vorstellungen, um sie zur gelegenen Zeit wieder hervorzusuchen.

John Locke über das Erinnern, in: Versuch über den menschlichen Verstand. Band 1, Berlin 1872, übersetzt von J. H. von Kirchmann.

Tag eins

1

Ich weiß meinen Namen nicht mehr.

Ich wiederhole den Satz wie ein Mantra, bemühe mich, ruhig zu bleiben, bemühe mich, ihn in seiner ganzen Bedeutung zu erfassen. Losgerissen von den Ufermauern meines alten Lebens, kann ich mich nun nur noch von der Gegenwart treiben lassen.

Hinter dem Zugfenster gleitet die Landschaft vorbei. Starrt mein Gegenüber mich an? Ich studiere sein Spiegelbild in der Scheibe. So muss es sich anfühlen, wenn man den Verstand verliert. Irgendwo aus meinem Hinterkopf rollen Kopfschmerzen an. Atme. Du schaffst das.

Meine Beine beginnen zu zittern. Ich presse die Füße gegen den Abteilboden, immer abwechselnd, und konzentriere mich auf den Kanal, der jetzt entlang der Bahnstrecke verläuft. Ich muss wachsam bleiben, tapfer bleiben. Wie würden sich normale Menschen in so einer Situation verhalten? Sie würden sich eine Auszeit nehmen, den Gedanken eine Zeitlang einfach ihren Lauf lassen. Die Synapsen feuern lassen. Wahrscheinlich hat jeder Zweite in diesem Abteil schon irgendwelche Dinge vergessen: den Geburtstag des Partners, Hochzeitstage, PIN-Nummern, den eigenen Namen …

Als wir die Station erreichen, deren Name auf meiner Fahrkarte steht, steige ich aus, fülle meine Lunge mit frischer Landluft und marschiere in einer Kolonne müder Pendler im Zickzack zur Straße hinauf. Müsste ich einen von ihnen kennen? Die Rushhour hat gerade erst begonnen. Links tastet sich ein Fluss durch eine Wiese, das flache Wasser funkelt in der Sommersonne. Schafe blöken in der Ferne, von dem Cricketfeld bei der Kirche steigt ein Jubelschrei auf. Dahinter Rapsfelder, gelb wie englischer Senf. Und dann ist da noch der Kanal, an dessen Uferpfad reihenweise bunt lackierte Kanalboote vertäut liegen.

Das Dorf liegt nur eine Stunde Bahnfahrt von London entfernt, aber es ist ungeheuer ländlich. Idyllisch. Ich nehme die Brücke über die Gleise, dann gehe ich die Hauptstraße hinauf, an einem Briefkasten vorbei und versuche dabei einen klaren Gedanken zu fassen. Ich weiß, dass ich das Richtige tue. Als ich am Flughafen meine verloren gegangene Handtasche melden wollte, sagte der Mann am Schalter, dass eine temporäre Amnesie durch alles Mögliche ausgelöst werden könne, aber dass arbeitsbedingter Stress einer der häufigsten Gründe sei. In so einem Fall sei man zu Hause am besten aufgehoben. Wo die Post auf der Fußmatte hinter der Tür liegt, Briefe mit einem Namen auf dem Umschlag. Und als er mich fragte, ob ich nach Hause finden würde, zog ich ein Zugticket aus der Jackentasche, und wir kamen beide überein, dass ich dort wohnen muss.

Am Pub, dem *Slaughtered Lamb*, biege ich nach rechts in eine schmale Straße mit alten strohgedeckten Häusern ab. Eigentlich sollte ich erleichtert sein, während ich auf das letzte Haus auf der rechten Seite zusteuere, ein kleines Cottage mit petrolgrüner Tür und Girlanden von Glyzinien, aber ich bin es nicht.

Ich habe entsetzliche Angst.

Ich versuche mir auszumalen, wie ich die Haustür hinter mir schließe, mich mit einem großen Glas kaltem Sauvignon blanc aufs Sofa fallen lasse und mir irgendwelchen Trash im Fernsehen ansehe. Nur dass ich keinen Schlüssel habe. Ich bleibe vor dem Haus stehen, schaue die Straße auf und ab und höre plötzlich eine Stimme hinter der Haustür. Mit amerikanischem Akzent. Mich überläuft ein eisiger Schauer.

Ich trete vor das Fenster und versuche etwas zu erkennen. Zwei Menschen bewegen sich in der Küche, zwei Silhouetten im Licht der tief stehenden Sonne, die durch die doppelte Glastür zum Garten hereinstrahlt. Ich starre die beiden an und kann kaum atmen. Mein Blick bleibt an dem Mann hängen, der mit einem großen Stahlmesser, in dem sich das Licht spiegelt, an einer Kücheninsel Salat hackt. Ich will mich abwenden, die Flucht über die Straße antreten, aber ich zwinge mich, ihm beim Schneiden zuzusehen. Hinter ihm steht eine Frau an einem Keramikspülbecken und füllt einen Stieltopf mit Wasser.

Ich gehe zurück zur Haustür, überprüfe die Nummer. Es ist das richtige Haus. Meine Finger zittern zu stark, als dass ich die Klingel drücken könnte. Stattdessen umklammere ich mit beiden Händen den schmiedeeisernen Klopfer und schlage ihn gegen die Tür, den Kopf gesenkt wie eine Bittstellerin beim Gebet. *Om mani padme hum.* Keine Reaktion, also klopfe ich noch mal.

»Ich gehe schon«, sagt der Mann.

Ich trete einen Schritt zurück auf die Straße und kippe fast hintenüber, als die Tür aufgeht.

»Ja bitte?« Der Mann lächelt schwach und unsicher.

Mir wird schwindlig. Wir starren einander eine Sekunde an, suchen beide nach irgendetwas, einer Erklärung, einem Erkennen. Ich merke, dass ich den Atem anhalte. Er schaut auf meinen Koffer und dann wieder mich an. Ich sehe ihn so lange an, wie ich kann – eine Sekunde, zwei, drei –, dann wende ich mich ab.

Ich weiß, dass ich jetzt etwas sagen sollte – *Wer sind Sie? Was zum Teufel tun Sie in meinem Haus? Bitte sagen Sie mir, dass das alles nicht wahr ist, nicht nach allem, was ich heute durchgemacht habe* –, aber ich bleibe stumm. Sprachlos.

»Falls Sie etwas zu verkaufen haben, wir sind nicht interessiert«, sagt er und macht Anstalten, die Tür zu schließen. »Tut mir leid.«

Ich erkenne den Akzent wieder. Die arroganten, vertrauten New Yorker Laute. Noch einmal sieht er auf meinen Koffer. Bestimmt denkt er, er sei voller Ofenhandschuhe und Bügelbrettbezüge oder was auch immer heutzutage noch an der Haustür verkauft wird.

»Warten Sie«, bitte ich ihn, dankbar, dass ich nicht vergessen habe, wie man spricht. Meine Stimme irritiert ihn. Brülle ich vielleicht? In meinen Ohren beginnt es zu klingeln.

»Ja?«, fragt er. Sein Gesicht ist hager, aufmerksam, die tief liegenden Augen himmelblau, ein gepflegter Goatee, die Haare zum Pferdeschwanz gebündelt. Ich spüre, dass es ihm schwerfällt, jemandem die Tür vor der Nase zuzuschlagen.

»Wer ist da, Schatz?«, ruft eine Frauenstimme hinter ihm. Eine englische Stimme.

Sein Lächeln wirkt nun in seiner Intensität fast heiter. Fleurs Gesicht schwebt mir vor Augen, ebenfalls mit einem flüchtigen Lächeln auf den Lippen. Ich lege einen Finger auf das Tattoo an meinem Handgelenk, das verborgen unter meinem Blusenärmel liegt. Ich weiß, dass wir das gemeinsam haben: eine wunderschöne Lotosblüte, lila, halb geöffnet. Wenn ich mich nur an mehr erinnern könnte.

»Ich wohne hier«, bringe ich schließlich heraus. »Ich war auf Geschäftsreise. Das ist mein Haus.«

»Ihr Haus?« Er verschränkt die Arme und lehnt sich in den Türrahmen. Er ist gut gekleidet – mit einem floral gemusterten Hemd, das bis zum Kragen zugeknöpft ist, einer dünnen dunkelgrauen Strickjacke und irgendwelchen Designerjeans. Er findet meine Behauptung eher amüsant als befremdlich und schaut die Straße einmal hoch und runter – hält er vielleicht Ausschau nach versteckten Fernsehkameras, einem Moderator mit einem Mikrofon in der Hand? Vielleicht ist er einfach nur froh, dass ich ihm keine Aloe vera verkaufen will.

»Mein Hausschlüssel war in meiner Handtasche, aber die ging auf dem Flughafen verloren, zusammen mit meinem Pass, Laptop, iPhone, Geldbeutel …« Meine Worte verhallen, das Klingeln in meinen Ohren ist inzwischen unerträglich. »Ich wollte mir gerade den Ersatzschlüssel bei den Nachbarn holen und dann die Polizei anrufen …«

Der Boden kommt mir entgegen. Ich zwinge mich, den Mann wieder anzusehen, aber ich sehe nur Fleur, die in ihrer Wohnungstür steht und fragt, ob ich hereinkommen möchte. Ich hole tief Luft, visualisiere einen Bodhi-Baum, eine lagernde Gestalt unter den kraftspendenden, heiligen Ästen. Es hilft nichts. Nichts funktioniert. Ich dachte, ich könnte es schaffen, aber ich habe mich getäuscht.

»Kann ich reinkommen?«, frage ich, denn mein Körper schwankt unkontrollierbar. »Bitte?«

Eine Hand an meinem Ellbogen fängt meinen Sturz ab.

2

»Sie ist schön.«

»Ist mir gar nicht aufgefallen.«

»Hör schon auf, sie sieht umwerfend aus.«

»Sie braucht Hilfe.«

»Die Arzthelferin hat gesagt, sie würden in fünfzehn Minuten zurückrufen.«

Ich liege mit geschlossenen Augen da und lausche. Sie sind in der Küche, wo ich sie bei meinem ersten Blick durchs Fenster sah, und ich bin in dem kleinen Wohnzimmer auf der Vorderseite des Hauses. Seine Stimme klingt zuversichtlich, selbstbewusst. Sie spricht zögerlicher, leiser. Nach meinem Ohnmachtsanfall an der Türschwelle bin ich auf dem Sofa wieder zu mir gekommen und habe ein paar Worte mit der Frau gewechselt, die übrigens Laura heißt. Ich versicherte ihr, dass mir nichts weiter fehlen würde und ich nur ein paar Minuten die Augen schließen müsste, bis sich der Schwindel legen würde. Das war vor fünf Minuten.

»Geht es Ihnen wieder besser?«, fragt Laura, die eben ins Wohnzimmer kommt.

»Ein bisschen«, antworte ich. »Vielen Dank.«

Sie hat eine große Tasse mit frischem Pfefferminztee in der Hand. Mir wird bewusst, dass mein Blusenärmel nach oben gerutscht ist und das Lotos-Tattoo zur Hälfte zu sehen ist.

»Der ist für Sie«, sagt Laura und stellt den Tee auf dem niedrigen indischen Tisch vor dem Sofa ab. Die Tasse ist mit einer gezeichneten Yogakatze in der Stellung des Kriegers bedruckt. Unwillkürlich strecke ich den Rücken durch.

»Wir haben die Arztpraxis hier im Ort angerufen«, fährt Laura fort und sieht dabei auf mein Handgelenk. »Die Ärztin will gleich zurückrufen.«

»Danke«, sage ich wieder mit schwacher Stimme.

»Immer noch schwindlig?«

»Ein wenig.«

Ich beuge mich vor und greife nach dem Tee. Laura ist Anfang dreißig. Sie trägt dreiviertellange Leggins und ein fluoreszierendes Sporttop, als wollte sie gleich joggen gehen; und sie ist in Form: groß und geschminkt, das Haar zu einem straffen Knoten zusammengefasst, leuchtende Haut. Fast zu gut, um wahr zu sein, wären da nicht die auffälligen Ringe unter ihren Augen.

»Tony sagt, Sie hätten geglaubt, das sei Ihr Haus«, erklärt sie mir möglichst fröhlich. Ich trinke einen Schluck heißen, honigsüßen Pfefferminztee und wünsche mir, er würde die eisige Furcht in meinem Magen vertreiben. »Er meinte, Sie wollten einen Schlüssel holen. Von unseren Nachbarn.«

Sie bringt ein kurzes Lachen heraus, hält dann inne und dreht sich weg.

»Es ist mein Haus«, flüstere ich, während ich meine Hände an der Tasse zu wärmen versuche.

Ich spüre, wie sie sich sträubt. Nicht sichtbar – dafür kommt sie mir zu freundlich vor –, es ist nur eine ganz leichte Kalibrierung. Tony, der offenbar zugehört hat, tritt in die Tür zwischen Wohnzimmer und Küche.

»Danke für den Tee«, versuche ich herzlich zu bleiben. »Und dass Sie einen Arzt angerufen habe. Bestimmt geht es mir gleich wieder besser.«

»Nicht wenn Sie immer noch glauben, dies wäre Ihr Haus«, erklärt Tony. Er lächelt, aber in seinem Tonfall liegt ein Anflug von Besitzanspruch. Mein Tattoo ist immer noch sichtbar. Nach ein paar Sekunden ziehe ich beiläufig den Ärmel nach unten, um es zu bedecken.

Ich nehme noch einen Schluck Tee und schaue mich in dem niedrigen Raum um. Nirgendwo liegt ein Staubfusel, alles steht an seinem Platz. Ein großer, in die Wand eingelassener Kamin mit einem integrierten Holzofen; auf der einen Seite ein Stapel Scheite, rund wie Gebetsrollen und akkurat aufgeschichtet; eine Kollektion von Yoga- und Selbsthilfebüchern in einem kleinen Regal, der Größe nach geordnet; ein hölzernes Solitaire-Brettspiel mit allen Kugeln in Position. Selbst die Raumduftstäbchen aus der Seychellen-Kollektion der *The White Company* stehen in perfektem Abstand zueinander. Die Ausstattung mag ungewohnt sein, aber die Proportionen des kleinen Hauses sind mir vertraut.

»Ich bin hergekommen, weil …« Das tiefe Gefühl in meiner Stimme überrascht mich, und ich zögere kurz. »Meine Arbeit hat mich in letzter Zeit sehr gefordert. Und heute, nach dem Rückflug von einer Konferenz, ist auf dem Flughafen meine Handtasche verschwunden. Ich wollte das melden, aber auf einmal fiel mir nicht mehr ein, wie ich heiße.« Wieder halte ich inne.

»Aber jetzt wissen Sie es wieder?«, fragt Laura und wendet sich an Tony. »Wir haben alle unsere blonden Momente.«

Tony wendet den Blick ab.

Ich schüttele den Kopf. *Ich weiß meinen Namen nicht mehr.* »Das Einzige, woran ich mich am Flughafen erinnern konnte, war meine Adresse. Ich dachte, wenn ich es nur hierherschaffe, in mein Haus, diesen Zufluchtsort, würde sich alles andere schon finden. Und das Einzige, was mir geblieben war, war das Zugticket hierher. Es war in meiner Tasche.«

»Ihren Koffer hatten Sie auch noch.« Tony deutet zur Haustür, wo er aufrecht stehend wartet, mit hochgerecktem Griff. »Wo war denn diese Konferenz?«, fragt er. Inzwischen klingt Tony interessierter, weniger abweisend.

Ich merke, wie mir die Tränen einschießen, und tue nichts, um sie aufzuhalten. »Das weiß ich nicht mehr.«

»Schon okay«, sagt Laura und setzt sich neben mir aufs Sofa. Ich merke, dass ich froh bin über den Arm, den sie um meine Schultern legt. Es war ein schwieriger Tag.

»Es müsste ein Gepäckanhänger am Griff sein«, sagt Tony und geht zum Koffer.

»Der ging unterwegs verloren. Noch bevor ich den Koffer vom Gepäckband nahm.«

Er sieht mich an, während mir die Stimme versagt. Ich sehe mich wieder in der Ankunftshalle auf einem abgestellten Gepäckkarren sitzen und auf dieselben fünf, sechs Koffer starren, die vor mir Karussell fuhren. Bis irgendwann meiner auftauchte, vor einem großen, unförmigen, in blaues Plastik und Packband gehüllten Paket. Kurz leuchtete in meinem Kopf ein Bild von Fleur auf, mit eingefaltetem Körper wie ein Schlangenmensch, nichts als Ellbogen und Knie.

»Und Sie können sich absolut nicht erinnern, wo diese Konferenz war?«, fragt Tony.

»Möglicherweise in Berlin.« Wieder treibt ein Bild von Fleur an die Oberfläche: wild tanzend und mit strahlenden Augen. Ich blinzele, und sie ist verschwunden, in schwarzer Tiefe versunken.

»Berlin?«, wiederholt er, unfähig, seine Überraschung zu verhehlen. »Das ist doch ein Anfang. Fluglinie?«

»Ich kam am Terminal 5 an.«

»British Airways. Wissen Sie noch, um welche Uhrzeit?«

»Heute Morgen.«

»Früh?«

»Ich weiß es nicht. Tut mir leid. Ich bin direkt hierhergefahren. Vielleicht am späten Vormittag? Frühen Mittag?«

»Und Sie wissen nicht mehr, wie Sie heißen?«

»Tony«, mischt sich Laura ein.

Ich fange wieder an zu schluchzen, denn wenn jemand anderes es ausspricht, klingt es viel schlimmer. Ich muss stark bleiben, einen Schritt nach dem anderen tun. Laura nimmt mich wieder in den Arm.

»Ich weiß nur, dass ich hier zu Hause bin«, sage ich und tupfe mit dem Taschentuch, das sie mir hinhält, meine Augen trocken. »Im Moment kann ich mich ausschließlich daran erinnern. An mein Heim.«

»Aber Sie wissen, dass das unmöglich ist«, wendet Tony ein. »Ich kann Ihnen die Kaufurkunde zeigen.«

»Schon okay«, fällt ihm Laura ins Wort und schaut wieder zu Tony auf, der sich daraufhin uns gegenüber auf ein zweites Sofa fallen lässt. »Wir sollten die Polizei rufen«, schlägt sie vor. »Ihre Telefonnummer hinterlassen – falls Ihre Tasche am Flughafen abgegeben wird.«

Es bleibt still, während ihre Worte sich wie Staub im

Raum setzen und von den uralten Schamottesteinen am Kamin absorbiert werden, bis nichts mehr davon übrig ist.

»Das würde wohl wenig bringen, oder?«, meint Tony nach ein paar Sekunden deutlich leiser. »Nicht solange sie nicht weiß, wie sie heißt.«

Wieder Schweigen. Ich muss ihnen alles erzählen, was ich über dieses Haus weiß, alle Details nennen, die ich mir ins Gedächtnis rufen kann.

»Mein Schlafzimmer ist oben links auf dem Flur, das zweite Zimmer gegenüber ist gerade groß genug für ein Doppelbett«, beginne ich. »Daneben ist das Bad – Duschkabine in der Ecke, eine Badewanne unter dem Fenster. Hinter dem Bad gibt es noch ein kleines Zimmer, eher eine Kammer als ein Schlafzimmer, und darüber einen Speicher.«

Laura sieht Tony an, der mich ungläubig anstarrt.

»Hinten im Garten steht ein Backsteinhäuschen, wie geschaffen für ein Arbeitszimmer«, fahre ich fort. »Und im unteren Bad gibt es noch eine Dusche.«

Ich will noch weiterreden, ihnen von der Speisekammer neben der Küche erzählen, aber da läutet das Telefon.

»Das wird die Arztpraxis sein«, sagt Laura und nimmt das Telefon von dem Kaffeetisch vor uns. Ich ahne, dass sie froh über die Unterbrechung ist.

Ich sitze still da, während Laura der Ärztin von der Unbekannten erzählt, die eben vor ihrem Haus aufgetaucht ist und behauptet, sie würde darin wohnen. Tony ist wieder aufgestanden und massiert ihr den Rücken, während sie redet. Ich wende den Blick ab, schließe die Augen. Das alles ist zu viel für mich.

»Genau, sie sagt, dass sie sich nicht erinnern kann, wie sie heißt … wo sie war … Sie behauptet, dass sie hier wohnen würde … Das habe ich sie nicht gefragt.« Sie deckt das Telefon mit einer Hand ab. »Die Ärztin fragt nach Ihrem Geburtsdatum?«

Lauras Miene lässt darauf schließen, dass sie schon weiß, wie zwecklos diese Frage ist. Ich schüttele den Kopf.

»Weiß sie auch nicht.« Laura hört eine Weile zu und spricht dann weiter: »Sie hat ihren Pass am Flughafen verloren und dazu ihre Bankkarten, den Laptop« – ein kurzer Blick auf mich – »und alle anderen Ausweise.« Ich nicke. Sie lauscht wieder, diesmal länger. Offenbar kennt sie die Ärztin recht gut, vielleicht sind sie befreundet. Noch einmal schließe ich die Augen, blende das Gespräch für ein paar Sekunden aus und konzentriere mich auf meine Atmung.

»Danke, Susie. Das weiß ich wirklich zu schätzen.« Sie legt das Telefon ab. »Dr. Patterson, eine der Ärztinnen hier in der Praxis, wird Sie heute Abend untersuchen. Ein persönlicher Gefallen. Sie wollte Sie direkt in die Notaufnahme schicken, damit Sie sich dort auf mögliche physische Ursachen untersuchen lassen – Kopfverletzung, Schlaganfall, so etwas –, aber ich habe ihr das ausgeredet. Wir waren letzte Woche dort, und es war die reinste Hölle, nicht wahr, Schatz?« Sie sieht Tony an, der mitfühlend nickt.

»Sechs Stunden«, sagt sie dann.

Ich verziehe das Gesicht bei der Vorstellung, so lang in dem Warteraum eines Krankenhauses zu sitzen.

»Weil Sie in der Praxis nicht registriert sind, läuft der Termin unter meinem Namen.«

»Danke«, sage ich. »Bitte verzeihen Sie, dass ich einfach so hier auftauche.«

»Haben Sie schon mal von einer sogenannten psychogenen Amnesie gehört?«, fragt Laura.

Tony sieht auf.

»Susie, ich meine Dr. Patterson, hat das eben erwähnt. Ein größeres Trauma oder Stress können einen vorübergehenden Gedächtnisverlust auslösen. Fugue-Zustand nannte sie das, glaube ich. Sie wird Ihnen das genauer erklären. Aber die Erinnerung kommt zurück. Im Lauf der Zeit. Sie brauchen sich keine Sorgen zu machen.« Sie berührt meine Hand.

»Gut zu wissen«, sage ich. »Darf ich Ihre Toilette benutzen?«

»Natürlich.«

»Sie wissen ja, wo sie ist«, sagt Tony und tritt einen Schritt zurück, damit ich vorbeikann.

Ich antworte nicht. Von der Küche aus die erste Tür links.

3

Als ich ins Zimmer zurückkomme, ist Tony am Telefon und wartet darauf, mit jemandem verbunden zu werden. Sobald er mich sieht, dreht er mir den Rücken zu.

»Tony ruft eben bei der Polizei in Heathrow an«, sagt Laura. »Und meldet dort Ihre verlorene Handtasche. Er will ihnen erklären, dass Sie bei uns sind und Schwierigkeiten haben, sich zu erinnern. Bestimmt wurde bei der Passkontrolle aufgezeichnet, wer heute aus Berlin angekommen ist, und sie können Ihr Foto mit den Aufnahmen abgleichen.«

»Ich hänge gerade in der Warteschleife des *Heathrow Terminal 5 Safer Neighbourhoods Teams*.« Tony hat mit einer Hand das Mobilteil abgedeckt und verdreht die Augen. »Nicht gerade vertrauenerweckend, wie?« Doch seine Frustration schmilzt sichtbar dahin, als er mich ansieht. »Wie geht es Ihnen?«

Ich lächle matt und setze mich neben Laura auf das Sofa. »Wann ist der Termin bei der Ärztin?«

Laura sieht auf ihre Uhr, eine lila Fitbit. »In zwanzig Minuten. Ich überlege die ganze Zeit, ob wir sonst noch jemanden anrufen könnten. Vielleicht Ihre Eltern? Freunde? Einen Partner?«

Ich senke den Kopf, meine Unterlippe beginnt zu beben.

»Tut mir leid«, sagt Laura. »Das wird bestimmt wieder. Sie müssen Ihren Geist nur zur Ruhe kommen lassen.«

»Wurde auch Zeit«, sagt Tony und verschwindet mit dem Telefon in die Küche. Er dreht sich kurz zu Laura um und lächelt.

»Er ist kein großer Fan der Polizei.« Laura sieht von Tony auf mich und kann ein kurzes Kichern nicht unterdrücken. »Dauernd wird er geblitzt.«

»Ich hatte wirklich eine Freundin«, sage ich. »Ich hatte ein Foto von ihr in meiner Handtasche.«

»Wissen Sie, wo sie wohnt?«, fragt Laura hoffnungsvoll. »Dann könnten wir sie anrufen.«

»Sie ist gestorben.«

Ich verstumme und versuche, mir Fleurs Gesicht vor Augen zu rufen. Und dann sehe ich sie mit angezogenen Knien in der Badewanne sitzen und weinen. Ich versuche das Bild festzuhalten, es zu erweitern, doch es löst sich gleich wieder auf.

»Mehr weiß ich nicht«, ergänze ich.

In dem betretenen Schweigen, das daraufhin einsetzt, hören wir beide Tony in der Küche telefonieren. Er erklärt, dass meine Handtasche verloren ging und ich mich nicht an meinen Namen erinnern kann; anschließend liefert er eine kurze Beschreibung von mir, wobei er durch die Glastür zu uns herüberschaut. »Kurze dunkle Haare, vielleicht Ende zwanzig? Businesskostüm, ein Koffer … Wir werden gleich mal reinschauen … Sie ist heute Vormittag, vielleicht auch am frühen Mittag, am Terminal 5 gelandet. Vermutlich mit einem British-Airways-Flug aus Berlin … Sie sagt, die Handtasche sei in der Ankunftshalle verloren gegangen oder vielleicht gestohlen worden.«

Wieder wird mir übel, als ich höre, wie mich jemand anders beschreibt. Laura spürt mein Unbehagen und legt eine Hand auf meinen Arm. Sie ist sehr berührungsfreudig. Ihr Gesicht schwebt dicht vor meinem. Zu dicht.

»Noch einen Tee?«

»Ich bin okay, danke.«

»Sollen wir Ihren Koffer aufmachen?«

Ich will aufstehen, aber Laura ist schon aufgesprungen.

»Ich hole ihn«, sagt sie.

Gerade als Laura den Koffer ins Zimmer rollt, hat Tony sein Telefonat beendet.

»Sie haben mir eine Webseite genannt, auf der alle Fundstücke auf dem Flughafen aufgeführt werden«, sagt er zu uns beiden, »aber keine voreiligen Hoffnungen. Es dauert bis zu achtundvierzig Stunden, bevor ein Gegenstand dort registriert wird.«

»Was ist mit ihrem Namen? Werden die Passagierlisten überprüft?«, fragt Laura.

»Die Polizei hat Besseres zu tun. Niemand ist in Gefahr, der Frieden ist nicht bedroht. Sie meinten, das sei eher was für den Sozialdienst. Irgendwas Brauchbares da drin?«

Laura lässt mich den Koffer öffnen.

»Nur Kleidung, glaube ich.« Ich gehe auf die Knie und hebe den Kofferdeckel an. Obenauf liegen zwei schwarze Höschen, ein cremefarbenes Leibchen und ein schwarzer BH. Laura sieht zu Tony auf, der in respektvollem Abstand hinter ihr steht. Ich durchsuche die Kleider darunter: ein weiteres schwarzes Kostüm wie das, das ich trage, mit korrekt gefaltetem Blazer und dem Rock darunter; drei Blusen, eine Jeans, zwei T-Shirts, noch ein BH, ein Paar Highheels, zwei Taschenbücher, eine Schachtel Tampons, ein Kulturbeutel, Sportsachen, eine Plastiktüte voller schmutziger Strumpfhosen und eine aufgerollte Yogamatte.

»Offenbar waren Sie länger weg«, stellt Laura fest.

»Sieht so aus«, sage ich und fange hektischer an zu suchen. »Hier drin muss doch irgendwas sein, das mir verrät, wer ich bin.«

»Sie machen Yoga?«

»Sieht so aus«, wiederhole ich und wühle weiter. *Om mani padme hum*.

»Ich unterrichte Yoga. Vinyasa. Vielleicht machen wir zusammen eine Session? Das könnte helfen.«

»Das wäre nett.«

Laura macht mir ein immer schlechteres Gewissen. Seit ich auf ihrer Türschwelle aufgetaucht bin, war sie die Güte in Person. Ich lasse mich auf die Fersen sinken und klappe in einer resignierten Geste den Koffer zu.

»Keine Angst«, sagt sie und hat schon wieder die Hand auf meinen Unterarm gelegt.

»Kein Tagebuch?«, fragt Tony, während er sich neben Laura auf das Sofa setzt. »Keine Hotelrechnung?«

»Ich glaube, das war alles in der Handtasche. Tut mir leid.«

»Sie können doch nichts dafür«, sagt Laura.

»Darf ich Sie etwas fragen?« Tony sieht Laura an. Ich habe den Eindruck, dass sie manchmal Bedenken hat, was er als Nächstes sagen könnte. »Können Sie sich an irgendwas erinnern, was heute früher am Tag passiert ist? Bevor Sie vor einer halben Stunde an unsere Tür geklopft haben?«

Ich nicke.

»An Ihre Fahrt hierher?«

»Ja.«

»Aber nicht an den Flug?«

»Tony?«, unterbricht ihn Laura, eine Hand auf seinem Knie. Er legt seine Hand auf ihre.

»Schon okay«, sage ich.

Laura will mich schützen, sie meint es gut mit mir, aber ich muss Tonys Fragen beantworten, so schwierig ich sie auch finde.

»Ich glaube, es ist passiert, als ich zum Schalter für verloren gegangenes Gepäck ging. Als mich der Mann am Schalter nach meinem Namen fragte und ich ihm nicht antworten konnte, brach von einem Augenblick zum nächsten alles zusammen.«

»Das überrascht mich nicht«, sagt Laura. »Kein Wunder, dass man da die Orientierung verliert.«

»Ein Albtraum«, pflichtet Tony ihr mitfühlender bei.

»Die paar Minuten zuvor, als mein Koffer auf dem Gepäckband auftauchte, sind mir noch im Gedächtnis, aber … davor rein gar nichts.« Mir wird wieder schwindlig.

»Und an Ihre Familie können Sie sich überhaupt nicht erinnern?«, fragt Tony.

»Ich glaube, wir sollten es gut sein lassen«, sagt Laura und steht auf. »Bis sie untersucht wurde. Wir müssen langsam los.«

»Ich bin okay, ehrlich.« Ich sehe Tony an, der mich aufmerksam betrachtet.

»Und Ihr Name? Rein gar nichts?«

Ich schüttele den Kopf.

»Für mich sehen Sie wie eine Jemma aus«, fährt Tony fort und lässt sich ins Sofa zurückfallen. »Sie sind definitiv eine Jemma.«

Ich zucke mit den Schultern. »Keine Ahnung.«

»Jemma mit J«, stellt er klar.

Laura sieht erst mich, dann Tony an.

»Also, Jemma, du kannst bei uns bleiben, wenn du möchtest, im Gästezimmer«, erklärt er verbindlich. Ein Aufblitzen des heiteren Lächelns, das er mir vorhin geschenkt hat, als ich vor seiner Tür stand. »Ein paar Tage, bis sich alles geklärt hat. Das ist bestimmt nicht einfach für dich.«

»Absolut«, sagt Laura. Beinahe so, als hätte sie nur darauf gewartet, dass er das Angebot macht.

»Aber das ist nur vorübergehend«, ergänzt er. »Nicht dass das zum Gewohnheitsrecht wird.« Das soll wohl witzig gemeint sein.

Eine Minute später sind wir an der Haustür. Dass ich ins Freie treten soll, aus dem Haus heraus und zurück in die Welt, macht mich nervös. Laura spürt mein Unbehagen.

»Kein Problem, ich komme mit«, sagt sie.

»Bestimmt kann Susie helfen«, ergänzt Tony. »Sie ist gut. Und sie wird dir bestätigen, dass wir hier wohnen.«

Gerade als wir die Tür aufziehen, spaziert ein Mann vorbei.

»Guten Abend«, sagt der Mann zu Laura. »Und, schon eingelebt?«

4

Tony verliert keine Zeit, nachdem die Haustür ins Schloss gefallen ist. Eigentlich ist das überflüssig, das steht für ihn fest, aber Laura wird Gewissheit haben wollen, dass nicht sie beide verrückt sind, sondern die Frau, die heute vor ihrer Tür aufgetaucht ist. Inzwischen hat Laura ihre Panikattacken wirklich gut im Griff – alles dank ihrem Yoga –, aber Tony weiß aus Erfahrung, dass er ihr die Sorgen besser gleich nimmt, ehe sie sich festkrallen können.

Er geht in den ersten Stock, entriegelt eine Luke in der Decke vom Flur und klappt eine Trittleiter aus. Der kleine Speicher ist sein Rückzugsraum, seine Männerhöhle, wie Laura sie nennt. Sie ist so gut wie nie hier oben. Jeder Quadratmeter Boden ist mit Kartons vollgestellt, und auf jedem einzelnen steht eine Jahreszahl. In den Kartons sind Negativbögen aus prädigitalen Zeiten. Auf den meisten sind Fotos von Hochzeiten, aber besonders stolz ist er auf die Kartonreihe auf der linken Seite des Speichers: seine Sammlung von alltäglichen Bildern, dreihundertfünfundsechzig Aufnahmen im Jahr. Ein Foto der schlafenden Laura; von hohen, filigranen Wolken; Muscheln an einem Strand.

Laura zieht ihn oft auf, die Bilder seien ein Zeichen, dass er sich nicht weiterentwickeln will, dass er nicht im Augenblick zu leben vermag, doch darum geht es ihm nicht. Sondern um das Erinnern. Darum, nicht zu vergessen. Manche Menschen führen Tagebuch; er macht sein tägliches Foto. Keine große Sache. Seit einigen Jahren postet er die Fotos auf Instagram, statt sie auszudrucken.

Er beugt sich vor, wählt aufs Geratewohl einen Karton aus und zieht ein Foto heraus; ein Baum, schwer beladen mit Spätmärzschnee, nur einige Wochen vor ihrer Hochzeit. Er kann sich den Tag ins Gedächtnis rufen, sogar den genauen Moment. Seine Synapsen funktionieren einwandfrei; der neuronale Verkehr fließt immer noch ungehindert. Ein paar Minuten nach der Aufnahme hatte er Laura geholfen, den Schnee von ihrem VW-Käfer zu fegen. Sie hatten sich lachend mit Schneebällen beworfen. Es war einen Monat nach einer weiteren Fehlgeburt gewesen, und sie hatte sich alle Mühe gegeben, tapfer zu sein. Doch beide hatten genau gewusst, wie glücklich der Schnee ein Kind gemacht hätte und wie glücklich ein Kind sie gemacht hätte.

Er steckt das Foto zurück und öffnet einen Karton mit Dokumenten über das Haus: einem Immobiliengutachten, der Energiebilanz, den Eigentumsverhältnissen und schließlich einer Kopie des Kaufvertrags. Alles in Ordnung. Wie zu erwarten. Was hat sie sich gedacht? Er fotografiert alles mit dem Handy und schickt Laura das Bild.

Sie hat den Verdacht, dass die Frau, die er Jemma nennt, irgendwann hier gewohnt haben könnte. Sie hat mit ihm über diese Möglichkeit gesprochen, während Jemma im Bad war, denn das hätte ihre beunruhigenden Kenntnisse über ihr Haus erklärt.

Der Vorbesitzer hat Laura ein Bündel historischer

Dokumente übergeben, die ganz unten im Karton liegen, und dazu eine Liste mit allen Vorbesitzern. Als eifrige Amateurgenealogen in Immobilienfragen hatten sie sämtliche Eigentümer ausfindig gemacht, und zwar bis zurück ins Jahr 1780, als das Haus als gutseigenes Cottage errichtet worden war. Tony findet die Namensliste und überfliegt sie. Kein Grund, Laura ein Foto davon zu schicken.

5

»Wir sind vor einem Monat eingezogen«, sagt Laura, während wir auf der Straße in Richtung Pub gehen. »Ein Jahr haben wir hier im Ort zur Miete gewohnt und darauf gewartet, dass das Haus auf den Markt kommt.«

»Es ist alt, nicht wahr?«, frage ich.

»Aus dem achtzehnten Jahrhundert, glaube ich. Tony hatte sich sofort in das Cottage verliebt – in die Vorstellung, ein Stück englische Geschichte zu besitzen.«

Wir passieren ein junges Paar, das einen Hightech-Kinderwagen schiebt, während ein zweites Kind hinter ihnen auf einem hölzernen Laufrad über den Gehweg mäandert. Das Slaughtered Lamb an der Ecke zur Hauptstraße ist voll, die Gäste stehen vor der Tür auf dem Gehweg. Tony ist zu Hause geblieben und kocht Abendessen, das bei unserer Rückkehr fertig sein wird, falls ich mit ihnen essen möchte.

»Weißt du, wer vor euch in dem Haus gewohnt hat?«, frage ich.

»Ein junges Paar mit einem Kleinkind. Er arbeitete für Vodafone und wurde versetzt. Sie war Grundschullehrerin.«

»Also nicht ich«, bringe ich mit einem schwachen Lächeln heraus.

»Genau das haben Tony und ich uns auch gedacht. Dabei wäre dann alles viel leichter zu erklären.«

Wir erreichen einen strahlenden Neubau mit Glasfront, Stufen und einer Rollstuhlrampe zum Haupteingang. Es kann nur eine medizinische Institution sein, die hiesige Praxis des staatlichen Gesundheitsdienstes, ein Ort voller Ärzte und Desinfektionsmittel. Scharfer Instrumente. Mein Magen zieht sich zusammen. Mein Geist ist wie ein Vogel, der die offene See sucht und gelegentlich auf winzigen Inseln der Erinnerung landet.

»Vielleicht hast du als Kind in dem Haus gelebt?«, fragt Laura, während wir die Stufen hochsteigen. »Ganz offensichtlich verbindet dich etwas damit.«

»Ich wusste nur, dass ich dorthin zurückmuss«, sage ich und setze mich auf einen Stuhl im Wartebereich.

»Wir haben auf dem Speicher eine Liste mit allen früheren Besitzern. Wir können deinen Namen darauf suchen – wenn du dich erst daran erinnert hast.«

Ich greife nach einer Zeitschrift, während Laura sich anmeldet, indem sie ihr Geburtsdatum in einen Computerbildschirm eintippt. Es ist eine alte Ausgabe von *Country Living* voller geschmackvoller Cottages mit Rosen vor der Tür. Ich fühle mich orientierungslos. Abgeschnitten. Was tue ich hier, in einer Arztpraxis im englischen Hinterland?

»Bitte entschuldigen Sie die Störung …«, sagt eine Männerstimme. Sie klingt zögerlich, unsicher.

Ich blicke auf und sehe einen Mann – Ende vierzig, vielleicht noch älter – über mir stehen. Er trägt einen cremefarbenen Leinenanzug über einem weißen, kragenlosen Hemd ohne Krawatte und dazu braune Wildlederschuhe. Über seiner Schulter hängt eine braune Kuriertasche. Ich habe ihn noch nie im Leben gesehen – wenigstens glaube ich das.

»Kennen wir uns nicht?«, fährt er fort.

Ich schüttele in offenkundiger Konfusion den Kopf. Versucht er mich etwa anzuquatschen?

»O Gott, ich bitte um Entschuldigung«, sagt der Mann und sieht mich erschrocken und betreten an. »Ich habe Sie offenbar mit jemandem verwechselt.«

»Luke«, sagt Laura und eilt herbei.

»Laura, ich hatte dich gar nicht gesehen.« Er küsst sie auf beide Wangen. »Ich habe deine Freundin wohl mit jemandem verwechselt.« Er lacht nervös, scheint unsere Begegnung aber alles andere als lustig zu finden. »Aus uralten Zeiten«, ergänzt er, und seine Stimme versiegt.

Laura sieht mich an, sucht vergeblich nach einem Flackern des Wiedererkennens. Ich zermartere mir das Hirn, doch es bleibt leer. Sein Gesicht sagt mir rein gar nichts.

»Tut mir leid, dass ich dich enttäuschen muss«, sage ich und duze ihn dabei ganz selbstverständlich. Selbst erschrocken hat Luke ein sympathisches Lächeln, und einen flüchtigen Moment wünsche ich mir, wir würden einander tatsächlich kennen.

»Das braucht dir doch nicht leidzutun«, sagt er.

Er wartet still darauf, dass ich ihm vorgestellt werde, und sieht dabei erst Laura und dann wieder mich an. Sein Lächeln erlischt, als sein Blick länger auf mir liegen bleibt. Was geht ihm durch den Kopf?

»Mein Fehler«, ergänzt er leiser, um das Schweigen zu füllen. »Merkwürdiges Konstrukt, das Gedächtnis.«

Laura setzt sich neben mich, während Luke davongeht.

»War das peinlich«, sage ich und rutsche verlegen auf meinem Stuhl herum.

»Ich konnte dich nicht vorstellen, weil …«

»Ich weiß, ist schon okay.«

»Ganz kurz dachte ich, wir hätten das Mysterium gelöst. Als er sagte, er würde dich irgendwoher kennen.«

»Ich auch«, sage ich und lehne mich zurück. »Vielleicht kenne ich ihn ja wirklich? Er schien mir ganz nett.«

»Luke? Er ist super.«

»Laura Masters?«, ruft eine Stimme durch den Gang.

»Das sind wir«, sagt Laura im Aufstehen. »Luke ist Journalist. Hat einen Artikel über den Vikar in unserem Ort geschrieben, nachdem der meinen Yogakurs aus dem Gemeindesaal verbannt hatte, weil Yoga ›im Hinduismus‹ verwurzelt wäre.«

»Klingt nicht besonders christlich«, sage ich.

»Es gab einen Aufschrei. Offenbar hatte der Vikar Angst, man könnte ihm nachsagen, dass er alternative Weltanschauungen unterstützt. Kein Wunder, dass niemand mehr in die Kirche geht.«

Gerade als wir aus dem Wartebereich gehen, taucht Luke wieder neben mir auf. »Entschuldige, ich wollte dir noch eine von denen geben«, sagt er und drückt mir eine kleine Visitenkarte in die Hand.

»Danke«, sage ich, doch seine Aufmerksamkeit beunruhigt mich.

»Du weißt schon, nur für alle Fälle.«

6

Als wir in Dr. Susie Pattersons Sprechzimmer treten, beginnt Lauras Handy zu summen. Sie wirft einen Blick aufs Display und zeigt es mir, während sie sich auf einen der beiden freien Stühle setzt. Es ist eine Nachricht von Luke.

Wer ist die neue Frau in der Stadt? Kommt mir merkwürdig bekannt vor. X

Wir lächeln beide, obwohl mich ehrlich gesagt sein Interesse nervös macht. Ich setze mich auf den anderen Stuhl. Der Raum fühlt sich beklemmend sauber an, ich spüre sofort, wie mir die Brust eng wird. An einer Wand steht eine mit weißem Rollenpapier abgedeckte Liege. Und auf dem Schreibtisch liegt, akkurat angeordnet wie Essbesteck, Dr. Pattersons ärztliches Handwerkszeug. Ich wende den Blick ab und presse die Hände zusammen. Ich hatte mich im Geist auf ein unschuldiges Sprechzimmer vorbereitet. Mühsam sehe ich wieder auf.

»Danke, dass du so kurzfristig Zeit für uns hattest, Susie«, sagt Laura.

»Kein Problem«, antwortet Dr. Patterson. Dem Aussehen nach ist sie Anfang fünfzig; selbstbewusst, höflich, aber nicht arrogant. Gradlinig. Sie trägt einen enganliegenden, taupefarbenen Kaschmirpullover und eine schlichte Perlenkette um den Hals. Wie Laura erzählt hat, war sie früher Partnerin in einer Privatpraxis in Devizes, arbeitet jetzt aber als Vertretungsärztin beim staatlichen Gesundheitsdienst. Die beiden sind befreundet, genau wie ich vermutet habe.

»Danke«, sage ich noch.

»Also, erzählen Sie mir, was passierte, als Sie bemerkten, dass Ihnen Ihr Name entfallen war.«

Ich schildere ihr genau das, was ich auch Laura und Tony erzählt habe. »Es macht mich ganz fertig«, schließe ich meinen Bericht. »Nichts mehr zu wissen.«

»Das kann ich mir vorstellen«, sagt Dr. Patterson.

»Immer wenn ich mich zu erinnern versuche, ist da nur ein schwarzes Loch in meinem Hirn.« Ich schaffe es, ruhig zu sprechen, aber mein Bein zittert.

»Konnten Sie dem Angestellten im Fundbüro überhaupt etwas sagen?«

»Rein gar nichts.« Ich verstumme und muss an die Begegnung mit Luke draußen im Wartebereich denken. Für wen hat er mich gehalten? »Ich finde es einfacher, wenn man mich Jemma nennt.«

»Jemma? Wieso Jemma?«

»Ich werde einen Namen brauchen und …«

»Tony fand, dass sie wie eine Jemma aussieht«, erklärt Laura und lacht nervös. »Mit J.«

»Und Sie?«, fragt Dr. Patterson. »Was sagen Sie dazu?«

»Für mich ist das in Ordnung. Vorerst.« Irgendeinen Namen brauche ich.

»Und wie fühlen Sie sich jetzt?«

Ich hole tief Luft. »Abgeschnitten. Isoliert. Verängstigt.«

Dr. Patterson lehnt sich zurück und schaut auf den

Computerbildschirm auf ihrem Schreibtisch. Hinter ihr hängt eine große Weltkarte mit den empfohlenen Impfungen für die verschiedenen Länder. Südindien – Diphtherie, Hepatitis A, Tetanus, Typhus – wird teilweise von ihrem Kopf verdeckt.

»Es ist ganz normal, dass jemand in Ihrer Lage so empfindet«, sagt sie. »Ihr Gefühl der Abgeschnittenheit kann auch in Frustration und Depression übergehen.«

»Ich weiß gar nicht, was ich getan hätte, wenn ich Laura nicht begegnet wäre«, sage ich und spüre wieder einen Gewissensbiss gegenüber der Frau, die so nett zu mir ist, obwohl sie mich überhaupt nicht kennt.

Die Ärztin sieht erst Laura und dann mich an.

»Wir haben uns vorhin am Telefon über die verschiedenen Typen von Amnesie unterhalten. In den meisten Fällen behebt sich ein Gedächtnisverlust wie dieser recht schnell wieder, manchmal innerhalb von Stunden. Falls sich an Ihrem Zustand nichts ändert, werden wir ein paar Tests durchführen müssen, um festzustellen, ob Ihr Gehirn eine physische Schädigung erlitten hat. Außerdem müssen wir andere organische Auslöser ausschließen, etwa einen Schlaganfall, einen Hirntumor, eine epileptische Episode, Enzephalitis oder Störungen der Schilddrüse, möglicherweise sogar einen Vitamin-B-Mangel. Drogen und Alkohol können ebenfalls zum Gedächtnisverlust führen. Meine Vermutung ist allerdings, dass Sie unter einem Phänomen leiden, das wir als psychogene oder dissoziative Amnesie bezeichnen – und die wird sehr oft durch Stress ausgelöst.«

Ich setze mich in meinem Stuhl auf und sehe die Menschen draußen vor dem Fenster vorbeigehen. So klinisch diagnostiziert zu werden ist eindeutig verstörend.

»Möchten Sie vielleicht etwas Wasser?« Dr. Patterson spürt mein Unbehagen.

Ich nicke und schaue zu, wie sie etwas aus einer Plastikflasche in ein Glas gießt und es mir dann reicht.

»Vorerst werde ich nur Ihren Blutdruck messen«, sagt sie und steht auf. »Ihren Puls kontrollieren, Ihre Lunge abhören.«

Noch im Reden legt sie die Manschette um meinen Arm, befestigt den Klettverschluss, beginnt sie aufzupumpen. Ich versuche mich zu entspannen, meine Atmung zu kontrollieren, tief in die Lunge zu atmen.

»Können Sie mir das heutige Datum nennen?«, fragt sie. Ich schüttele den Kopf. »Den Monat? Das Jahr?«

»Tut mir leid«, sage ich. Das fällt mir alles so schwer.

»Wo sind wir?«

Noch ein Kopfschütteln. Fleurs Stimme klingt mir in den Ohren. Im Moment will ich mich nur im Bett zusammenrollen und heulen.

»Schon okay«, sagt Dr. Patterson und löst den Klettverschluss wieder. »Außerdem würde ich gern eine kurze neurologische Untersuchung durchführen.«

Meine Hand spannt sich an, als sie das Stethoskop von ihrem Schreibtisch nimmt. Nachdem sie mein Herz abgehört hat, führt sie eine Reihe von Tests durch, prüft meinen Gleichgewichtssinn, die Augenbewegungen, mein Sichtfeld, leuchtet mit der Taschenlampe in meine Pupillen und tastet die Gesichts- und Halsmuskulatur ab. Danach greift sie nach ihrem Ophthalmoskop. Das Bild eines weißen Kittels taucht auf und verschwindet.

»Ich muss nur Ihre Retina prüfen«, sagt sie, als sie mich zurückzucken sieht. »Und untersuchen, ob eventuell Ihr Hirndruck erhöht ist«, fährt sie fort, ihre Wange dicht an meiner. »Sieht aber alles ganz normal aus.«

Sie setzt sich wieder und legt das Instrument auf den Schreibtisch zurück. Mein Blick bleibt kurz darauf liegen, dann wende ich ihn ab.

»Manche Menschen erleiden eine sogenannte anterograde Amnesie, das heißt, sie können keine neuen Erinnerungen bilden. Sie können sich an die Vergangenheit erinnern, an alles vor dem Ereignis, das die Amnesie ausgelöst hat, aber an nichts danach. Wir werden sehen, woran Sie sich morgen erinnern können, nachdem Sie eine Nacht geschlafen haben.«

»Wie meinen Sie das?«, frage ich.

»Es besteht die Möglichkeit, dass Sie alles vergessen werden, was heute passiert ist.«

Sie sieht Laura an.

»Daneben gibt es hauptsächlich die retrograde Amnesie, bei der sich die Betroffenen an nichts erinnern können, was vor dem Ereignis geschah, das den Gedächtnisverlust ausgelöst hat. Autobiografische Details, Namen, Adresse, Familie, Freunde und so weiter. Diese Menschen sind aber in der Lage, neue Erinnerungen zu bilden. Ich vermute, Sie leiden momentan an dieser Form von Amnesie.«

»Aber wird sie sich erholen?«, fragt Laura.

»In diesem Stadium ist das schwer zu sagen«, sagt sie zu mir. »Ich würde eindeutig weitergehende Untersuchungen empfehlen, vielleicht einen MRT-Scan des Hirns. Falls die Amnesie durch Stress ausgelöst wurde, sollte sie sich irgendwann wieder auflösen, doch das könnte dauern. Vielleicht machen Sie gerade das durch, was wir als dissoziative Fugue bezeichnen. Einen vorübergehenden Identitätsverlust, begleitet von ungeplanten Reisen, Konfusion und Amnesie. Im Moment sollten Sie sich einfach entspannen, vielleicht zusammen mit Laura Yoga machen? Ich glaube, sie hat Ihnen das bereits angeboten.«

Laura nickt lächelnd.

»Gern«, sage ich. Laura ist so freundlich, dass ich heulen könnte.

»Ich halte es nicht für unbedingt nötig, dass Sie heute im Krankenhaus übernachten – selbst wenn es ein Bett frei hätte, was aber ohnehin nicht der Fall ist. Die einzige andere Option wäre eine Nacht auf dem Gang in der Notaufnahme.«

»Lieber nicht«, werfe ich ein.

»Das war grausam da oben letzte Woche«, sagt Laura.

»Ihr Blutdruck ist leicht erhöht«, fährt Dr. Patterson fort, ohne ihre Freundin zu beachten, »was unter diesen Umständen zu erwarten ist, aber Ihre Atemwege sind frei, und ich finde nichts, was auf einen Schlaganfall oder eine Infektion hindeuten würde.« Sie wendet sich an Laura. »Und es ist wirklich okay für dich, wenn sie heute Abend bei euch übernachtet?«

»Das ist ehrlich kein Problem«, sagt Laura.

Auch wenn ich ein schlechtes Gewissen gegenüber Laura habe, ist es viel besser, wenn ich bei ihr übernachte.

»Normalerweise würde ich erst alle organischen Ursachen ausschließen wollen, aber zufällig ist morgen die psychiatrische Fachkraft bei uns in der Praxis. Und wir haben Glück – es gab eine Terminabsage um neun Uhr. Würde Ihnen das passen?«

Ich nicke und sehe Laura an, die mich anlächelt.

»Meist ist in Fällen wie Ihrem das semantische Gedächtnis nicht betroffen. Sie sollten noch in der Lage sein, Worte, Farben, Funktionsweisen, allgemeines Wissen, also alle derartigen Dinge abzurufen. Und ich rechne nicht mit weiteren kognitiven Einschränkungen. Es besteht für Sie kein erhöhtes Risiko.«

»Ich wusste, was ich heute mit meinem Zugticket machen musste«, sage ich. »Falls Sie so etwas meinen.«

»Wenn du Zeit hast«, wendet sich Dr. Patterson an Laura, »dann macht doch einen Spaziergang durch den Ort.« Sie sieht mich wieder an. »Versuchen Sie, sich zu entspannen, damit sich die Synapsen wieder verbinden können. Oft braucht unser Gedächtnis nur einen Auslöser, ein vertrautes Gesicht, damit alles zurückkehrt. Eventuell könnten Sie sogar heute Abend zum Pubquiz gehen. Man kann nie wissen, vielleicht erkennt Sie jemand. So etwas kann sich ganz schnell wieder lösen.«

»Sie hat sich an den Grundriss unseres Hauses erinnert«, sagt Laura und drückt die Stimmung damit wieder.

»Wirklich?«

»Die Zimmer oben, die Dusche in der Toilette unten – bevor sie irgendwas davon zu sehen bekam.«

Dr. Patterson sieht mich gedankenversunken an und dann wieder auf ihren Bildschirm.

»Wir haben uns gefragt, ob sie vielleicht dort gewohnt hat, vor langer Zeit.«

»Normalerweise gehen bei einer retrograden Amnesie derartige episodische Erinnerungen verloren«, sagt Dr. Patterson. »Allerdings können sich Patienten manchmal an Dinge aus der weit zurückliegenden Vergangenheit erinnern.«

»Vielleicht ist es das«, sagt Laura zu mir. »Vielleicht hast du als Kind in dem Haus gewohnt.«

Dr. Patterson hört Lauras Theorie entweder nicht, oder sie ignoriert sie lieber. »Nebenbei bemerkt, wir haben drei Jemmas in unserer Praxis registriert, darunter eine mit J …« Sie verstummt, sieht vom Bildschirm auf und mich an.

Laura und ich stutzen beide, verdattert über die plötzliche Veränderung in Dr. Pattersons Miene. Stumm und verschlossen scrollt sie weiter.

»Was ist denn?«, fragt Laura.

Ich starre Dr. Patterson an und merke, dass ich mich vor ihrer Antwort fürchte.

»Nichts weiter«, sagt sie nur und wendet sich uns zerstreut zu, während sie eindeutig zu verarbeiten versucht, was sie gerade gelesen hat.

Wir wissen beide, dass sie lügt.

7

»Ich nehme an, ich könnte tatsächlich Jemma heißen«, sage ich, während wir im Abendsonnenschein von der Praxis weggehen. »Obwohl es mir ein Rätsel wäre, wie Tony das erraten konnte.« In der Kirche auf der anderen Straßenseite probt eine Handglockengruppe, das Läuten perlt in kurzen Abständen die Tonleiter hinab.

»Er passt zu dir«, sagt Laura. »Und Tony ist gut im Namenraten. Manchmal direkt unheimlich.«

»Geht ihr manchmal zum Pubquiz?«

»Mein Ding ist das ehrlich gesagt nicht. Tony ist besessen davon. Er ist erst vierzig, lebt aber in der Angst, er könnte Alzheimer bekommen – sein Vater ist daran gestorben. Dieses Quiz ist sein persönliches Fitnesstraining fürs Gehirn, allerdings würde er das nie zugeben. Er spricht nicht gern darüber.« Laura beginnt zu kichern. »Ach ja, und er singt gern.«

»Er singt?«

»Sie beenden das Quiz regelmäßig mit einer Open-Mic-Session. Das Siegerteam darf zuerst antreten. Niemand kann ihn davon abhalten, ich am allerwenigsten. Singen ist Tonys Ding.«

»Und dir gefällt das nicht?« Auch ich muss lächeln. »Ist es seine Stimme?«

»›Gestattet einander Freiräume in eurem Beisammensein‹, und so was in der Art.«

»›Und lasst die Winde des Himmels zwischen euch tanzen.‹«

Ich sehe Laura verdutzt an. Ich habe das Gedicht zu Ende gebracht, ohne auch nur nachzudenken.

»Siehst du – alles bestens mit deinem Gedächtnis.« Sie verstummt kurz, während wir abwarten, bis wir bei der Kirche die Straße überqueren können. »Als Tony zu fotografieren anfing, hat er oft Bands aufgenommen, weil er immer hoffte, dass ihn irgendwann eine als Sänger aufnehmen könnte. Außerdem hat er seinem Dad oft vorgesungen. Kurz vor dessen Tod. Offenbar hat das die Symptome gelindert – falls so etwas bei Alzheimer möglich ist.«

Wir folgen dem Weg am Friedhof vorbei und durch eine Flussaue abwärts bis zur Bahnstrecke, die am Kanal entlang verläuft. Ein Zug steht mit laufendem Motor auf einem Abstellgleis. Nachdem wir die Gleise überquert haben, zeigt Laura mir den Hang, an dem sie und Tony an ihrem ersten Wochenende im Dorf mit dem Schlitten heruntergefahren sind.

»Habt ihr Kinder?«, frage ich – und bereue die Frage augenblicklich. Hinter uns kommen die Glocken in der Kirche kurz aus dem Rhythmus. In ihrem makellosen Haus deutete nichts auf ein Kind hin.

»Wir haben es versucht«, sagt Laura.

»Tut mir leid. Ich hätte nicht fragen sollen.«

»Kein Problem. Wir versuchen es weiter.«

Wir gehen am Kanal entlang und kommen an einer Reihe vertäuter Kanalboote vorbei, über denen Blumenranken hängen wie festliche Girlanden.

»Ich weiß, das klingt jetzt schräg«, sagt sie, »aber glaubst du, dass du Kinder hast?«

Ich stutze und überlege. »Ich weiß nicht genau, woran ich das erkennen sollte.«

»Schlaffe Brüste, rund um die Uhr müde und gepeinigt von Schuldgefühlen?«, schlägt sie lachend vor. »Jedenfalls behaupten das die Mütter in meinen Kursen.«

Danach plätschert unsere Unterhaltung dahin, während sie mir die zugige Pfadfinderhütte zeigt, in der sie ihre Yogastunden gibt. Ich frage mich, ob sie an Susie Patterson denkt und daran, was die Ärztin wohl auf ihrem Computer entdeckt hat. Etwas hat sie aufgewühlt, ihre professionelle Ruhe erschüttert. Auf dem Rückweg über die Hauptstraße bleiben wir vor einem Café stehen.

»Das ist Tonys Café«, erklärt sie. »Sein ganzer Stolz. Er hat immer davon geträumt, sein eigenes veganes Café im New-York-Stil zu haben, wo er zudem noch seine Bilder aufhängen kann. Wir haben es vor ein paar Monaten gekauft.«

Ich schaue hoch und lese das Schild: *The Seahorse Gallery & Café*. Vorn gibt es eine Theke mit Vitrinen, hinten stehen ein paar Tische und Stühle und hängen große, gerahmte Fotos an den Wänden.

»Davor war das der Dorfladen«, sagt Laura.

»Sind das seine Fotos?« Ich versuche durch das Schaufenster die Bilder an der Wand zu erkennen.

»Tony liebt Seepferdchen.«

»Mal was anderes«, sage ich und will schnell weitergehen. »War hier immer schon ein Laden?«

»Ganz früher war es die Dorfbäckerei – vor vielen Jahren. Läutet da was bei dir?«

Ich schüttele den Kopf. »Der einzige Fleck, den ich schon mal gesehen zu haben meine, ist der Pub.«

»Und unser Haus.«

»Und euer Haus«, wiederhole ich leise und bleibe an der Straße stehen, um mich umzusehen. »Ich wünschte nur, ich wüsste, weshalb ich hergekommen bin. Wer ich bin.«

Laura berührt meinen Arm und bringt ein schwaches Lächeln zustande, ehe sie weitergeht. Es ist eine schwierige Situation für mich, aber auch für sie ist es nicht einfach. Eine Fremde, die plötzlich vor ihrer Haustür steht. Als wir in die School Road biegen, durchströmt mich wieder das Adrenalin, weil ich daran denken muss, wie ich an ihre Tür klopfte. Ich lasse den Blick wandern, um mich irgendwie abzulenken. Weiter vorn arbeitet ein Dachdecker auf dem Dach, Strohballen säumen den Straßenrand.

»Und es ist ganz bestimmt in Ordnung, wenn ich über Nacht bleibe?«, frage ich. »Tony schien ein bisschen …«

»Natürlich ist das in Ordnung. Er will dir gern helfen. Wir beide wollen das.«

»Wie lange seid ihr schon zusammen?«

»Wir haben letztes Jahr geheiratet. Sechs Monate nachdem wir uns kennengelernt hatten. Wir hatten uns Hals über Kopf verliebt.«

»Eine Hochzeit in Weiß?«

»Nicht ganz.« Sie lacht. Ein paar Passanten gehen an uns vorbei, vielleicht auf dem Weg zum Pubquiz.

»Entschuldige, ich hätte nicht fragen sollen.« Offenbar bin ich besessen von der Vergangenheit anderer Menschen, nachdem ich über meine eigene nicht sprechen kann.

»Kein Problem. Es war ein wunderschöner Tag. Ich

dachte immer, ich würde mir eine weiße Hochzeit wünschen, aber er hat es mir ausgeredet.«

»Wieso?«

»Er ist Hochzeitsfotograf – wenigstens war er es damals. Er hatte zu viele lieblose Hochzeiten in Weiß gesehen, als dass er selbst traditionell heiraten wollte. Also hat er mich auf ein Feld in Cornwall entführt, mit Blick auf die Veryan Bay, wo ich herkomme. Es war wahnsinnig romantisch. Zwanzig Freunde schauten zu, wie wir in einem alten gemauerten Posten der Küstenwache getraut wurden – den ganzen Abend wurde zwischen Heuballen und neugeborenen Lämmern getanzt und getrunken, während draußen die Sonne im Meer versank.«

Zu meiner Überraschung merke ich, dass bei Lauras Schilderung eine unerträgliche Traurigkeit in mir aufsteigt. Ich schlucke sie hinunter. »Klingt himmlisch«, sage ich. »Und immerhin waren die Lämmer weiß.«

Laura lächelt, während wir vor der Haustür zu stehen kommen, vor der ich in Ohnmacht gefallen bin. Dann hält sie plötzlich inne.

»Ich habe übrigens dein schönes Tattoo gesehen.«

»Danke.« Ich senke den Blick und betrachte das Tattoo, als sähe ich es zum ersten Mal.

»Warum eine Lotosblüte?«, fragt sie und schiebt den Schlüssel ins Schloss.

Ich blinzele, und Fleur lächelt. »Kann ich dir nicht sagen.«

Ich wünschte, ich wüsste es. Ich hole tief Luft und folge Laura ins Haus.

8

Tony steht am Küchenherd, hinter der Kochinsel ist ein kleiner Tisch für drei gedeckt. Auf einem Bose-System spielt ein Klavierkonzert, Duftkerzen brennen. Eine Szene häuslichen Friedens, trotzdem macht es mich nervös, wieder in diesem Haus zu sein. Geplant ist ein frühes Abendessen, dann zieht Tony los zum Pubquiz.

»Wie war's beim Arzt?«, fragt er.

»Susie war sehr hilfsbereit«, sagt Laura und springt damit ein weiteres Mal für mich ein. Sie meint es gut, aber ich muss für mich selbst sprechen. Meine Stimme klingt nicht so laut oder selbstbewusst, wie ich es gern hätte.

»So wie es aussieht, könnte ich eine dissoziative Fugue durchmachen«, sage ich.

»Interessant.« Tony greift nach einem Porzellankrug, der als aufrecht tanzender Lachs modelliert ist. Er schenkt Wasser aus dem Fischmaul in drei Gläser. »Das könnte die Reise erklären. Es kam schon vor, dass Menschen im Fugue-Zustand Hunderte von Kilometern gereist sind. Und eine komplett neue Identität annahmen. Kannst du dich immer noch erinnern, wie du heute hier angekommen bist?«

»Bis jetzt ja«, erwidere ich, wie gebannt vom Gluckern des Kruges.

»Aber Susie meint, morgen früh könnte das ganz anders aussehen«, ergänzt Laura.

»Wieso das?« Seine blauen Augen fixieren mich, bis ich wegsehen muss.

»Dann werden wir wissen, ob ich neue Erinnerungen bilden kann oder nicht.«

»Anterograde Amnesie«, sagt Tony.

»Tony ist davon besessen, nichts zu vergessen«, liefert Laura nebenbei als Erklärung. Mir fällt auf, dass sie nichts von Tonys Vater und seiner Alzheimer-Erkrankung sagt.

»Ach ja?« Plötzlich beginnt meine Kopfhaut zu kribbeln, aber er geht nicht auf Lauras Bemerkung ein.

»Ich habe gegoogelt, während ihr unterwegs wart«, sagt er, den Blick auf Laura gerichtet. »Sollen wir essen?«

Tony serviert frisch gegrillten Wolfsbarsch mit Jersey-Kartoffeln und dazu einen Salat aus Strauchtomaten und Avocado mit Fencheldressing. Laura scheint ihm gern die Küche zu überlassen.

»Ich wusste nicht, ob du Vegetarierin bist oder nicht, darum habe ich als Kompromiss Fisch gemacht«, sagt er und reicht mir die Platte mit dem Barsch.

»Ich weiß es auch nicht«, murmele ich und bediene mich.

»Das ganze Dorf glaubt, Tony sei Hardcore-Veganer, dabei ist er zu Hause heimlicher Pescetarier«, sagt Laura. »Ich kann ohne Fisch nicht leben.«

»Das ist wahre Liebe«, scherzt Tony. »In unserer Hochzeitsnacht habe ich sogar ein Steak gegessen.«

»Hast du nicht«, widerspricht Laura lachend.

»War nur Spaß.« Er beugt sich vor und küsst sie. »Hauptsache, du erzählst meinen Kunden nichts von dem Fisch.«

»Bestimmt nicht«, verspreche ich.

Alle Vorbehalte, die Tony anfangs gegen mich gehabt haben mag, scheinen sich in Luft aufgelöst zu haben. Er verhält sich vollkommen anders, viel offener. Ich hoffe, dass das so bleibt.

»Das muss so unglaublich seltsam für dich sein«, sagt er. Er sitzt mir gegenüber, Laura rechts von mir.

»Lass den Fisch einfach liegen, wenn er dir nicht schmeckt«, sagt Laura.

»Er sieht köstlich aus«, erwidere ich und reiche die Fischplatte weiter.

»Wo hast du den Wolfsbarsch gekauft, Schatz?«, fragt sie.

»Auf dem Markt natürlich. Leinenfang von einem einzelnen Boot in Brixham. Für dich nur das Allerbeste.«

Allmählich fühle ich mich wie das dritte Rad bei ihrer nicht so weißen Hochzeit.

»Apropos Gedächtnis«, sagt Tony und sieht mich an. »Hast du nicht Lust, heute Abend zum Quiz mitzukommen? Mal sehen, ob du ein, zwei Antworten weißt.«

»Aber gern«, höre ich mich sagen. Ich bin müde, aber ich möchte Luke wiedersehen und nachforschen, ob er etwas darüber weiß, wer ich bin.

»Verpass nur nicht, vor dem Singen zu türmen«, sagt Laura.

»Pass auf, wenn du frech wirst, fange ich gleich hier an zu singen«, erwidert Tony.

»Dr. Patterson meinte, vielleicht könnte irgendetwas die Gedächtnisblockade lösen«, sage ich. »Ein vertrautes Gesicht. Vielleicht erkenne ich jemanden im Pub – oder ich werde erkannt.«

»Ganz genau«, sagt Tony.

»Eine ärztliche Verschreibung.« Laura lächelt mich an und wendet sich dann an Tony. »Und sie ist einverstanden, dass wir sie Jemma nennen.«

»Sehr gut«, sagt er.

»Ich glaube, das macht es für alle einfacher«, sage ich.

»Habe ich nicht gesagt, dass sie eine Jemma ist?«, meint er noch, doch Laura wird von einer eingehenden Nachricht abgelenkt. Ihr Handy liegt zwischen uns offen auf dem Tisch.

»Entschuldigt, die ist von Susie«, sagt sie nach einem Blick aufs Display.

»Ich habe ihr vergeblich zu erklären versucht, dass das Handy auf dem Esstisch nichts verloren hat«, seufzt Tony ironisch. »Aber hört sie auf mich?«

»Die sollte ich lieber lesen«, sagt sie und wischt beiläufig übers Display.

Auch ich will wissen, was darin steht, nachdem unser Arztbesuch so merkwürdig endete. Ich versuche, den Text möglichst unauffällig mitzulesen. Es ist eine lange Nachricht, ich kann nur den Anfang entziffern, doch schon dabei krampft sich mein Magen zu einem steinharten Kloß zusammen.

Sei vorsichtig mit unserer neuen Freundin. Ich glaube, ich weiß, wer sie ist.

Laura nimmt das Handy hoch und sieht mich an. Ich habe mich schon abgewandt.

»Was ist?«, fragt Tony.

Mein Mund ist wie ausgetrocknet, trotzdem schaffe ich es, erst ihn und danach Laura anzulächeln. Sie erwidert mein Lächeln nicht. Es ist, als hätte jemand einen

Stöpsel gezogen, ihr Gesicht hat sich all seiner Freundlichkeit entledigt, und nur ein kalter, harter Blick ist zurückgeblieben.

9

Es ist ein grober Fehler, zum Quiz mitzukommen. Seit Dr. Pattersons Nachricht an Laura fühle ich mich noch verletzlicher. Und ich hätte nicht erwartet, dass es im Pub so laut ist und uns ein so großer Empfang bereitet wird. Tony spürt mein Unbehagen. Während wir uns zur Bar vorarbeiten und dabei praktisch von jedem Gast begrüßt werden, sieht er regelmäßig nach mir, um sich zu überzeugen, dass mit mir alles in Ordnung ist.

Ich frage mich, ob die Leute hier schon von mir wissen. Der Pub ist alt, überall nur Ziegel und Holzdielen, außerdem eine Schiefertafel über einem offenen Kamin mit einer handgeschriebenen Speisekarte von hausgemachten Pizzen und Pasteten. Das Tagesangebot ist »Abduls paschtunisches Lammcurry«. Der Einzige, den ich erkenne, ist Luke. Er fängt meinen Blick auf und wendet sich gleich darauf einem anderen Mann an der Bar zu.

Tony bestellt zwei Virgin Marys, eine für mich, eine für ihn, wobei er die Zutaten mit forensischer Präzision auflistet: drei Spritzer Tabasco, eine Prise Selleriesalz, zwei Spritzer Zitrone.

»Ist mit Laura alles in Ordnung?«, frage ich, als er mir meinen Drink überreicht. Meine Hand zittert, als ich nach dem Glas greife.

»Sie ist nur müde. Und ein bisschen aufgewühlt, nachdem du aufgetaucht bist.«

»Worum ging es denn in der Nachricht von Dr. Patterson?«, frage ich und kann gerade noch verhindern, dass mein Drink im Gedränge verschüttet wird. Ich muss hier raus. Es ist zu eng hier. Kurz steht mir ein verschwommenes Bild von einer anderen Nacht im Gedränge vor Augen, einem Tanz mit tausend schönen Fremden, von Fleur, die zu hämmernden Beats die Arme über dem Kopf schwenkt. »Nicht um mich, hoffe ich.« Mir schwirrt der Kopf über der Erinnerung, die genauso schnell verblasst, wie sie kam.

Mir ist klar, dass ich unmöglich bei Laura bleiben konnte. Nachdem sie die Nachricht gelesen hatte, verschwand sie sofort nach oben. Tony folgte ihr, doch als er wieder herunterkam, war es, als wäre gar nichts passiert. Er war freundlich und gesprächig, wollte mich unbedingt zum Quiz mitnehmen und erklärte mir, dass Laura nur früh schlafen gehen wollte.

»Um den Yogakrieg«, antwortet Tony jetzt. »Es gibt eine neue Lehrerin im Ort. Und weil Laura Laura ist, wollte sie ihr unbedingt helfen – und wird dadurch Kunden verlieren, meint Susie Patterson.«

Will Tony einfach nur nett sein? Mich beschützen? Vielleicht habe ich den Text falsch gelesen.

»Tony hat dich also zu unserem Quiz bequatscht«, sagt Luke, der gerade mit seinem Freund zu uns stößt. »Ich muss mich für vorhin entschuldigen – meinen Auftritt in der Praxis.«

Tony legt eine Hand auf meine Schulter. »Bin gleich wieder bei euch«, sagt er und wendet sich ab, um mit einer Gruppe hinter uns zu reden.

»Gar kein Problem«, sage ich zu Luke, aber mein Mund ist ausgetrocknet.

»Gewöhnlich bin ich gut mit Gesichtern«, sagt Luke.

»Passiert den Besten unter uns«, ergänzt der andere Mann und prostet mir mit seinem Pint zu.

»Das ist mein irischer Freund Sean«, sagt Luke. »Drehbuchschreiber, bewanderter Verschwörungstheoretiker und belesenster Mann im Ort, wodurch er ärgerlich gut beim Pubquiz ist.«

Sean nimmt einen tiefen Zug, legt den Kopf in den Nacken, bis er auf den Boden seines leeren Glases schaut, und knallt es dann auf den Tresen. »Manchmal fällt mir nicht mal mein eigener verfickter Name ein.«

Ich schließe die Augen und wende das Gesicht ab.

»Weil du praktisch hier drin lebst«, sagt Luke und verzieht in einer Entschuldigung das Gesicht. Offenbar weiß er Bescheid.

»So oft es Gattin und Geldbörse gestatten.«

»Du bist nicht mal verheiratet«, sagt Luke.

»Bestimmt wird sie sehr verständnisvoll sein.«

»Ich heiße übrigens Jemma«, falle ich ihm ins Wort und bemühe mich dabei vergeblich, gut gelaunt zu klingen.

»Jemma«, wiederholt Luke. Sein Blick bleibt kurz auf mir liegen, dann schüttelt er den Kopf. »Entschuldige, ich weiß, es ist ein bisschen peinlich, aber du erinnerst mich tatsächlich an jemanden.«

»An wen denn?«, frage ich nervös.

»Seine große Jugendliebe«, mischt sich Sean ein.

»Es ist nicht so, wie es klingt«, entschuldigt Luke sich erneut für seinen Freund.

»Schon okay«, sage ich.

»Freya«, fährt Luke fort. »Sie hieß Freya Lal.«

»Also nicht Jemma.«

Er schüttelt langsam den Kopf.

»Es ist nur ein Name, den ich verpasst bekommen habe«, sage ich. »Von Tony. Ich weiß nicht, wie viel er dir erzählt hat …«

»Laura hat mich angerufen. Nachdem wir uns in der Praxis begegnet sind. Wenn ich irgendwas für dich tun kann …?«

»Ich hoffe, dass es mir morgen schon besser geht.«

Ich kann beobachten, wie Luke das zu verarbeiten versucht, wie er die Konsequenzen abschätzt.

»Es ist also nicht total bescheuert, dass ich dachte, ich hätte dich erkannt«, sagt er und sieht dabei auf das Tattoo an meinem Handgelenk. »Ich meine, vielleicht könntest du irgendwie mit Freya verwandt sein?« Wieder studiert er mein Gesicht, diesmal ernster, immer noch auf der Suche nach einer Ähnlichkeit. »Niemand hat je wieder von ihr gehört, nachdem wir alle mit der Schule fertig waren. Als hätte sie sich in Luft aufgelöst.«

»Amelia Earhart – Teil zwei«, sagt Sean leise und winkt dem Barkeeper.

»Und du versuchst, sie zu finden?«, frage ich und ignoriere dabei Seans argwöhnischen Blick.

»Ich habe seit Jahren nicht mehr an sie gedacht.« Er wirkt verlegen und schaut auf Sean, der jetzt in ein Gespräch mit dem Barkeeper vertieft ist. »Ehrlich gesagt stimmt das nicht ganz«, ergänzt er leiser. »Letzten Monat haben meine Freundin und ich Schluss gemacht.« Er verstummt kurz. »Ich weiß nicht genau, wieso ich dir das erzähle. Es klingt albern, aber danach habe ich angefangen, online nach Freya zu suchen. Du weißt schon, nach der Trennung.«

»Für mich klingt das überhaupt nicht albern«, sage ich. Ich mag Luke. Seine Offenheit.

»Um wieder Kontakt zu meinen Wurzeln zu bekommen oder was weiß ich. Meiner Kindheit. Wieder etwas Stabilität in mein Leben zu bringen. In letzter Zeit hatte ich irgendwie den Boden unter den Füßen verloren.«

»Das Gefühl kenne ich.«

»Natürlich. Noch viel besser als ich. Tut mir leid. Das muss alles komplett verwirrend für dich sein.«

»Ich unterbreche euch ja nur ungern«, sagt Tony, der gerade zu unserer Gruppe zurückkehrt, »aber das Quiz fängt gleich an.«

Ich folge Tony, Luke und Sean an einen großen Tisch vor dem Erkerfenster, wo unsere Nachbarn uns mit provozierenden Rufen empfangen. Es sind gutmütige Neckereien – Tony badet darin und zahlt mit gleicher Münze zurück –, trotzdem nagen sie an meinem ohnehin brüchigen Selbstbewusstsein.

»Das hiesige Cricketteam«, klärt Luke mich auf. »Tony spielt für sie – jedenfalls versucht er es. Sein Cover Drive ist eher ein Baseballschwung. Aber seit die Afghanen mitmachen, gewinnen sie jedes Spiel.«

»Die Afghanen?«

»Zwei Brüder sind in den Ort gezogen«, erklärt Luke, während er dem Wirt, der wie ein Flugblätter verteilender Politiker zwischen den Tischen herumspaziert, ein Blatt mit Fragen abnimmt.

»Die Bilderrunde«, unterbricht ihn Tony und nimmt Luke das Blatt ab.

»Beide arbeiten hier in der Küche«, fügt Luke noch hinzu. »Die besten paschtunischen Currys diesseits von Kabul.«

»Und Dämonentreiber«, mischt sich Sean ein. »Du solltest ihren Googly sehen.«

Luke sieht seinen Freund strafend an. Ich habe keine Ahnung, worüber sie sprechen, und widerstehe erneut dem Drang zu flüchten, in die Nacht zu rennen. Ich fühle mich wie eine Hochstaplerin, als würde ich netten Menschen die Zeit stehlen.

»Was glaubst du, wo der steht?«, fragt mich Tony und deutet dabei auf ein Bild. »Es geht um Paläste in aller Welt.«

Ich erkenne die abschüssigen, festungsgleichen Mauern auf den ersten Blick und bin erleichtert. Ich hatte schon Angst, dass ich heute Abend überhaupt nichts beitragen könnte.

»Der Potala-Palast«, sage ich. »In Lhasa, Tibet.«

»Lhasa, sagst du?«, fragt Tony. »Beeindruckend.«

Ich weiß nicht recht, ob er damit mein Erinnerungsvermögen oder die tibetanische Architektur meint.

Er sieht mich an und spitzt anerkennend die Lippen. »Dein semantisches Gedächtnis arbeitet jedenfalls einwandfrei.«

»Und wie sieht es bei dir mit russischer Geschichte aus?«, fragt Luke. »Darum geht es heute Abend in der Bonusrunde.«

»Jesus, Maria und Josef steht uns bei«, sagt Sean.

Zur Überraschung aller, mich eingeschlossen, kann ich auch andere Fragen beantworten, ganz besonders in der letzten Runde, der Bonusrunde über Russland.

»Richtig geschrieben?«, fragt Luke mich, während er »Dzierzynskiplatz« notiert.

Unter Seans scharfem Blick schaue ich auf das Blatt. »Sieht gut aus.«

Nach dem Ende des Quiz geht Luke mit Tony noch einmal alle Antworten durch und tauscht sie dann zur Auswertung mit einem anderen Tisch. Unser Tisch triumphiert ein weiteres Mal – mit einem Punkt Vorsprung vor dem Cricketteam.

Luke und Sean gehen an die Bar, um den Erfolg zu feiern, und ich bleibe allein mit Tony zurück. Ich bin nicht sicher, ob ich mit seiner konzentrierten Aufmerksamkeit umgehen kann. Ich will, dass Tony mich mag, aber es bleibt ein Balanceakt für mich.

»Du erinnert mich an jemanden«, sagt er und sieht mir offen ins Gesicht. »Mir will nur nicht einfallen, an wen.«

»Das muss ansteckend sein«, bemerke ich und lache gezwungen, bevor ich mich abwenden muss. Ich will nicht mit Tony hier sitzen. In diesem Pub. Diesem Dorf.

»Das sieht mir eigentlich gar nicht ähnlich«, meint er dann. »Ich vergesse keine Gesichter. Ich vergesse nie etwas.«

Er holt eine kleine Kamera aus der Tasche, eine Canon PowerShot, und macht ein Bild von mir. Der Blitz lässt mich zurückzucken. Damit hatte ich nicht gerechnet.

»Wenn du mich in zehn Jahren nach diesem Bild fragst, werde ich dir alles über den heutigen Abend sagen können. Wer hier war, wer das Quiz gewonnen hat und mit wie vielen Punkten Vorsprung.«

»Ich mag es nicht, fotografiert zu werden«, sage ich leise und versuche gleichzeitig, die Fassung wiederzugewinnen. Ich muss an Lauras Bemerkung denken, an ihre Theorie über Tonys Angst vor Alzheimer.

»Tut mir leid«, sagt er und legt die Hand auf meine Schulter. »Soll ich es löschen?«

Ich schüttele den Kopf. Es ist zu spät.

»Ich hoffe, es hat dir geholfen, dass du heute Abend mitgekommen bist«, sagt er dann und sieht sich in der Bar um.

»Es war nützlich«, lüge ich.

»Hast du Angst, dass du alles vergessen könntest, was heute passiert ist?«

»Grässliche Angst.« Er hat keine Ahnung, wie viel Angst ich habe. Niemand kann das ahnen.

»Vielleicht solltest du alles aufschreiben. Dir selbst einen Merkzettel bereitlegen.«

»Das wollte ich auch, heute Abend. Nur für alle Fälle.« Ich sehe zur Bar hin, wo der Wirt gerade ein Mikrofon aufstellt. Sobald es steht, zeigt er mit erhobener Hand in unsere Richtung. »Dein großer Moment«, sage ich.

Tony winkt dem Wirt zurück und bückt sich nach seinem Gitarrenkoffer. Jubel steigt auf.

»Die Bühne ruft«, sagt er.

10

Laura geht nach oben, öffnet die Tür zum Gästezimmer und starrt auf Jemmas Koffer. Kurz spielt sie mit dem Gedanken, ihn zu öffnen und auszuleeren, aber vorhin haben sie ihn gemeinsam durchgesehen, ohne dass sie auf etwas Verdächtiges gestoßen wären. Sie schaut auf das Bett, auf den Abdruck von Jemmas Körper in der Tagesdecke. Offenbar hatte sie sich vor dem Essen kurz hingelegt. Die arme Frau ist übermüdet und erschöpft. Wer wäre das nicht nach dem, was sie heute durchgemacht hat? Jemma braucht Lauras Mitgefühl, keine paranoide Angst. Vielleicht liegt Susie Patterson komplett falsch.

Laura will nach der Decke greifen, doch bevor ihre Finger sie berühren, hört sie unten ein Geräusch. Hat etwas geklickt? Die Haustür? Sie spitzt angestrengt die Ohren, aber alles bleibt still. Auf dem Treppenabsatz bleibt sie stehen und lauscht noch einmal. Nichts. Halbwegs überzeugt, dass sie sich das Geräusch nur eingebildet hat, geht sie nach unten, doch in der Küche ist es irgendwie kühler, so als hätte jemand die Haustür geöffnet oder ein Fenster und damit frische Luft ins Haus geschleust. Sie geht weiter ins Wohnzimmer, öffnet die Haustür und sieht die Straße auf und ab. Keine Menschenseele zu sehen.

Wieder im Haus, kehrt sie in die Küche zurück, versucht sich zu entspannen und bleibt dann wie angewurzelt stehen, als ihr Blick auf den Messerblock aus Ahornholz auf der Küchentheke fällt. Ein Messer fehlt. Das größte – das »Männermesser«, wie Tony es nennt.

Sie dreht sich um, schaut nach, ob es in dem hölzernen Trockengestell neben dem Spülbecken liegt. Nur die Ruhe bewahren. Kein Grund, hysterisch zu werden. *Sei vorsichtig mit unserer neuen Freundin. Ich glaube, ich weiß, wer sie ist.* Sie atmet tief durch, als würde sie einen imaginären Spiegel anhauchen. Langsame Ujjayi-Atmung ist grundsätzlich ihre erste Hilfstechnik bei Angstattacken, einer der Gründe, warum sie überhaupt mit dem Yoga anfing. Sie zieht eine Küchenschublade nach der anderen auf, sucht immer nervöser nach dem Messer. Es bleibt unauffindbar. Wieder atmet sie tief durch, die Hände auf die Küchentheke gestützt, den Kopf zwischen den durchgestreckten Armen.

»Ist alles okay?«, fragt eine Stimme.

Laura wirbelt herum. »Mein Gott, hast du mich erschreckt«, sagt sie und sieht zu Jemma auf, die aus der Toilette im Erdgeschoss kommt.

»Entschuldige. Tony hat mir den Schlüssel gegeben, er meinte, ich sollte selbst aufschließen, du würdest vielleicht schon schlafen.«

»Schlafen?«, wiederholt Laura und muss wider Willen trocken lachen. Nichts könnte ihr ferner liegen.

»Hast du etwas verloren?«, fragt Jemma.

»Ich habe gerade das Geschirr weggeräumt.« Laura bleibt mit dem Rücken an der Küchentheke stehen. Sie beobachtet, wie Jemma in den Raum tritt. Die Frau bewegt sich langsam, zögerlich. Laura kann ihre beiden Hände sehen, aber sie könnte das Messer auch irgendwo versteckt haben. Instinktiv sieht Laura auf den Block, falls sie sich mit einem zweiten Messer verteidigen müsste.

»Ist alles in Ordnung?«, fragt Jemma.

In ihren Augen ist etwas, das Laura bisher noch nicht darin bemerkt hatte. Eine kalte Distanz, so als wäre sie nicht wirklich anwesend. Eigentlich kann Laura genauso gut mit offenen Karten spielen, sie direkt fragen. »Ehrlich gesagt nicht«, erklärt sie und beobachtet Jemma dabei mit Adleraugen.

»Was ist denn?«

»Jemma Huish«, sagt sie nur.

»Jemma Huish?«, wiederholt Jemma.

»Bist du vielleicht Jemma Huish?«

»Ich habe keine Ahnung, Laura. Ich weiß nicht einmal, ob ich tatsächlich Jemma heiße.«

»Susie, Dr. Patterson, meint, du könntest sie sein.«

»Und wenn?«

»Sie wohnte früher hier, in diesem Haus. Vor vielen Jahren.«

Jemma nickt langsam. Wird vielleicht eine Erinnerung wach? Kehrt ihr Gedächtnis allmählich zurück?

»Kannst du dir vorstellen«, fragt sie, »wie es ist, nicht zu wissen, wer du bist? Ich habe heute schon erklärt bekommen, dass ich mit Freya Lal verwandt sein könnte, der lang verloren gegangenen Schulfreundin von deinem schnieken Freund Luke, dem ich beim Arzt begegnet bin. Tony meint, ich würde ihn an jemanden erinnern, er weiß aber nicht mehr, an wen. Und jetzt soll ich Jemma Huish sein, ein Name, den ich noch nie gehört habe. Ich weiß nicht einmal, ob ich wirklich Jemma heiße. Ich habe keine Ahnung, wer all diese Leute sind, Laura.«

Sie steht leicht wacklig auf den Beinen, sackt dann am Küchentisch auf einen Stuhl und stützt den Kopf mit beiden Händen. »Entschuldige, dass ich einfach so in euer Leben und euer Haus geplatzt bin, und falls ich dir heute Abend irgendwie Angst gemacht habe, tut mir das aufrichtig leid.«

»Nein, ich sollte mich entschuldigen«, sagt Laura, die in diesem Moment das fehlende Messer auf der anderen Anrichte liegen sieht, wo sie immer die Post ablegen. Wie dumm von ihr. Offenbar hat Tony heute Morgen damit die Briefe geöffnet. Sie sieht wieder Jemma an, sieht ihre rotgeweinten Augen. Aus einem Impuls heraus geht sie zu ihr und legt den Arm um sie. Sie kann nicht anders, trotz Susies Warnung, trotz allem, was sie heute Abend über Jemma Huish gelesen hat. Zu viel Mitgefühl – zieht Tony sie nicht genau damit ständig auf?

»Ich habe dir ein Handtuch rausgelegt«, sagt sie und tritt leicht verlegen zurück. »Im Bad – du weißt ja, wo es ist.« Sie bringt ein kurzes Lachen zustande und ringt Jemma damit auch ein leises Lächeln ab.

»Danke.«

»Wie war das Quiz?«, fragt Laura.

»Wir haben gewonnen.«

»Yippie!«, sagt Laura leise und hebt in einer vorgetäuschten Siegergeste beide Fäuste. Beides wirkt wenig überzeugend. »Konntest du ein paar Fragen beantworten?«

Jemma wischt sich nickend die Nase. »Offenbar weiß ich eine Menge über Russland.«

»Wer war sonst noch da? Luke? Sean?«

»Alle beide. Starrt Sean einen immer so an?«

»Grundsätzlich. Seltsam, aber harmlos. Er ist immer auf der Suche nach Charakteren für seine Drehbücher.«

»Kann ich dich um einen Gefallen bitten? Noch einen?«

»Klar doch.« Laura rätselt, was sie wohl sagen wird. *Ich schlafe immer gern mit einem Messer unter dem Kopfkissen.*

»Habt ihr ein paar Blatt Papier für mich?«, fragt Jemma. »Tony meinte, ich sollte alles aufschreiben, was heute passiert ist. Du weißt schon ...«

»Klar. Da drüben ist welches.« Sie nickt zu der schmalen Anrichte hinüber, wo neben dem Briefständer ein linierter Block liegt, und bereut es augenblicklich.

Jemma geht hin und reißt mit einem kratzenden Geräusch, das den ganzen Raum zu erfüllen scheint, zwei Blätter vom Block. Als sie den Block zurücklegt, bemerkt sie das Messer, nimmt es und dreht sich um. Laura sieht sie mit riesigen Augen an.

»Hast du vorhin nach dem hier gesucht?«, fragt Jemma.

Laura bringt keinen Laut heraus, wie gelähmt starrt sie auf Jemma und die blinkende Klinge in ihrer Hand. Sie kann nur noch an den Internetlink denken, den Susie ihr geschickt hat; das Bild von Jemma Huish, ihren leeren Blick.

»Das gehört da rein«, bringt Laura schließlich heraus. Sie nimmt Jemma das Messer so schnell wie möglich ab, lässt es in den Messerblock gleiten und hört es mit einem widerwärtig dumpfen Schlag aufprallen. »Hast du einen Stift?« Es gelingt ihr nicht, locker zu klingen. Jemma nickt.

Laura dreht sich um und nimmt ein paar Teller aus

dem Trockengestell – nur um sich irgendwie abzulenken und um ihren Atem zur Ruhe zu bringen. »Ich gehe auch gleich hoch«, sagt sie. »Schlaf gut.«

Doch als sie sich wieder umdreht, ist Jemma schon nach oben verschwunden.

Sie hofft bei Gott, dass Tony bald heimkommt.

11

Mein Bett ist gemütlich – weißes Bettzeug, das sich nach teurer ägyptischer Baumwolle anfühlt –, und auf die lackierte Ablage hat Laura eine Handvoll frisch gepflückter Wildblumen in eine winzige Milchflasche gestellt. Die Güte von Fremden. Der Raum ist genauso, wie ich ihn Laura und Tony vorhin beschrieben habe. Perfekt für ein Kind, obwohl die Farben ein bisschen zu gedämpft sind.

Ich beginne alles aufzuschreiben, was ich seit meiner Ankunft am Flughafen erlebt habe: wie ich meine verlorene Handtasche melden wollte, mit dem Zug hierherfuhr, Laura und Tony kennenlernte, mich ärztlich untersuchen ließ, heute Abend beim Pubquiz mitmachte. Ich schreibe nichts Persönliches über irgendjemanden, denn ich fühle mich ohnehin wie öffentliches Eigentum und bin mir sicher, dass alles, was ich schreibe, von anderen gelesen werden wird – Ärzten, der Polizei, dem psychiatrischen Dienst. Bestimmt meinen es alle nur gut, trotzdem muss ich vorsichtig sein. Oben auf das Blatt schreibe ich: *GLEICH NACH DEM AUFWACHEN LESEN!*

Laura ist immer noch unten. Sie verhält sich so merkwürdig mir gegenüber. Einmal argwöhnisch, im nächsten Moment warmherzig und anschmiegsam. Auch ihr ist Dr. Pattersons Reaktion am Ende der Untersuchung aufgefallen. Der Schock war zu offensichtlich, als dass man ihn ignorieren könnte.

Genau wie bei Laura, als sie beim Essen die Nachricht bekam. Es ging darin nie im Leben um Yoga. Wer zum Teufel ist Jemma Huish?

Ich habe Tony noch nicht vom Pub zurückkommen gehört. Er hat mich gebeten, den Schlüssel unter dem Blumentopf neben der Haustür zu deponieren. Ich wäre beinahe noch länger geblieben, nur um zu hören, ob er wirklich so grauenhaft singt, wie Laura behauptet, aber ich war zu müde.

Ich sehne mich verzweifelt nach Schlaf, doch gleichzeitig fürchte ich mich davor, was der nächste Morgen bringen mag. Kann es noch schlimmer, noch aufreibender werden als heute? Ich darf nicht aufgeben, aber ich fühle mich der Barmherzigkeit von Fremden ausgeliefert, der medizinischen Maschinerie, meinem eigenen Gedächtnis. Bilder von Fleur kommen und gehen. Sobald ich sie wahrnehme, sind sie schon wieder verschwunden.

Wenn ich jetzt die Augen schließe, kann ich Fleur aus der Dunkelheit heraufbeschwören. Da ist sie, sie sitzt in ihrer Wohnung im Bett, das Gesicht hinter dem Buch versteckt, das sie gerade liest: eine weitere Geschichte aus dem Berliner Technounderground. »Fleur«, flüstere ich, und meine Augen werden feucht. Sie senkt das Buch, und ich schnappe laut nach Luft. Ihr Gesicht ist in einem lautlosen Schrei verzerrt.

Das Gehirn ist ein beängstigendes Organ: Es kann so vieles speichern, was wir vergessen möchten, und gleichzeitig das eine vergessen, was wir unbedingt im Gedächtnis behalten wollen. Und dann, Jahre später, beschließt es, wieder zu funktionieren, wie eine autonome neurale Einheit, und lässt hinter den Wehrmauern, aus dem Brachland der Amnesie, einen Albtraum aufsteigen.

12

Eine halbe Stunde später lese ich noch einmal alles durch, was ich aufgeschrieben habe, und strecke die Hand nach dem Lichtschalter aus. Im selben Moment höre ich sie unten in der Küche reden. Ihre Stimmen sind gedämpft und zu weit weg, als dass sie direkt unter mir im Wohnzimmer sein können. Ich schlüpfe aus dem Bett, schleiche in dem Baumwollpyjama, der in meinem Koffer lag, auf den Flur und versuche zu lauschen. Soweit ich es mitbekomme, ergreift Tony für mich Partei, was eine Erleichterung ist, aber Laura besteht darauf, mich so bald wie möglich aus dem Haus zu schaffen.

»Wir können sie nicht einfach auf die Straße setzen, Engel«, sagt Tony.

»Lies das. Jemma Huish kommt in die Notaufnahme, weil sie Angst hat, dass sie jemanden umbringen könnte. Sie fleht darum, dass man sie untersuchen und einweisen soll. Die Schwester an der Erstaufnahme schickt sie in die psychiatrische Sprechstunde, doch bevor sie dort untersucht werden kann, spaziert sie auf die Straße. Warum hat niemand sie aufgehalten?«

»Das weiß ich nicht, Engel.«

»Und jetzt sieh dir das an. Minuten bevor Jemma ihrer Freundin mit dem Küchenmesser die Kehle aufschlitzt, wählt sie den Notruf und erklärt noch einmal, dass sie jemanden umbringen will und Hilfe braucht. Die Polizei traf zu spät ein.«

Ich muss unbedingt mehr hören und wage mich vor zum Treppenabsatz.

»Susie meinte nur, wir sollten vorsichtig sein«, sagt Tony. »Wir können nicht wissen, ob sie es ist.«

»Ich habe den ganzen Abend mit ihr gesprochen. Jemma Huish wäre heute dreißig. Die Jemma da oben müsste etwa im gleichen Alter sein. Als sie vor zwölf Jahren wegen Totschlags verurteilt wurde, studierte sie in London.«

»Und wo soll sie heute leben?«

»Das weiß anscheinend niemand. Sie wurde entlassen. Susie hat auch noch gesagt, sie hätte früher in diesem Haus gewohnt. Und dass bei ihr Schizophrenie und Amnesie diagnostiziert wurden.«

»Ich kann mich nicht erinnern, dass eine Huish auf der Liste der Vorbesitzer oben im Speicher gestanden hätte.«

»Susie denkt sich doch so etwas nicht aus, Tony. Es steht in ihren Patientenunterlagen. Sie werden fünfzehn Jahre in der Praxis aufbewahrt.«

»Es bedeutet trotzdem nicht, dass die Frau, die heute aufgetaucht ist, Jemma Huish ist.«

»Sie hat mir vorhin von einer Freundin erzählt, die gestorben sein muss. Das genügt mir. Und du hast sie heute Abend nicht gesehen – wie sie das Küchenmesser in der Hand gehalten hat.«

»Hat sie irgendwas damit gemacht? Dich irgendwie bedroht?«

»Es fühlte sich so an. Sieh dir das Foto an.«

Schweigen. »Es ist zu verschwommen«, sagt Tony. »Aber das könnte sie wohl sein.«

»Und was ist mit dieser Gerichtszeichnung?«

»Da ist es noch schwerer festzustellen.«

»Diese Frau schläft in unserem Haus, in unserem Gästezimmer.«

Ich glaube, ich höre Laura schluchzen, aber ich kann nicht sicher sein. Erst nach einer Weile spricht Tony wieder.

»Hier steht, dass sie Kunststudentin war. Jemma war auf Geschäftsreise in Berlin, sie kam im Kostüm hier an. Eine berufstätige Frau ...«

»Welche berufstätige Frau lässt sich eine Lotosblüte aufs Handgelenk tätowieren? Ich werde hier unten auf dem Sofa schlafen. Bis wir uns sicher sind.«

»Komm schon, Engel. Das ist unnötig.« Das Tattoo scheint Tony nicht zu irritieren.

»Ich bin einfach nur total aus der Fassung«, sagt Laura. »Du taufst sie ausgerechnet Jemma, und Susie schickt mir daraufhin so eine Nachricht.«

Ich habe genug gehört, schleiche auf Zehenspitzen zurück in mein Zimmer und lehne leise die Tür an. Ich habe Angst, dass man das Klicken hören könnte, wenn ich sie ganz schließe. Wieso glaubt Laura, dass ich Jemma Huish bin? Und was haben die beiden da gelesen? Das würde erklären, warum Laura mich so entsetzt ansah, als ich ihr das Küchenmesser zurückgab. Sie hat es mir aus der Hand gerissen, als müsse sie mich entwaffnen. Jemma Huish hat ihrer besten Freundin die Kehle aufgeschlitzt. Ich schließe die Augen. Wäre ich zu so etwas fähig? Jemanden mit einem Messer umzubringen? Ich versuche, mir ein kaltes Metallstück in meiner Hand vorzustellen, die Wut oder Angst, die nötig wäre, um es jemandem ins Fleisch zu jagen.

Ich habe es gerade ins Bett zurückgeschafft, als Tony die Treppe heraufkommt. Das Haus fühlt sich enger, kleiner an, als ich dachte, die Zimmerdecke lastet auf mir. Habe ich noch Zeit, die Tür ganz zu schließen? Tony ist schon auf dem Treppenabsatz. Ich liege mit geschlossenen Augen und rasendem Herzen in der Dunkelheit und wünsche mir, ich hätte die Tür richtig zugezogen. Tony scheint draußen abzuwarten, schwer atmend nach dem Treppensteigen. Und dann höre ich, wie eine Tür aufgeschoben wird, nur eine Handbreit. Ist es meine Tür oder seine? Soll ich um Hilfe rufen?

»Bist du wach?«, höre ich ihn in der Tür.

Ich sage nichts, stelle mich schlafend, versuche meine Atmung hörbar zu machen, aber meine Lippen zittern zu stark. Das Gesicht der Wand zugedreht, spüre ich, wie eine Träne über meine Wange läuft.

»Willkommen daheim«, flüstert er.

Ich will schreien, aber ich kann mich nicht rühren. Wie meint er das? Ich wünschte, Laura würde nach oben kommen. Ich versuche, tapfer zu sein, aber ich habe so eine Scheißangst hier oben.

Ich weiß meinen Namen nicht mehr.

13

Luke sieht kurz nach seinen alten Eltern, als er nach Hause kommt. Die beiden schauen, nun schon zum dritten Mal, einen Dokumentarfilm auf BBC Four über die Bauarbeiten am Crossrail-Tunnel quer durch London. Nachdem er mit ihnen kurz über Ada und Phyllis, ihr Lieblingspaar von Tunnelbohrmaschinen, geplaudert hat, geht er durch den Garten in sein Büro. Eigentlich ist es eher ein Sommerhaus als ein Büro, aber auf diese Weise verfügt er über eine Art Arbeitszimmer, in dem er sicher ist vor elterlichen Bitten, nach verlorenen Mails oder Autoschlüsseln zu suchen oder die Wocheneinkäufe online zu bestellen (als seine Mutter zum ersten Mal die Webseite von Waitrose benutzte, landeten achtzehn glänzende Grapefruits vor ihrer Tür. Nicht mehr und nicht weniger).

Es ist das Mindeste, was er für sie tun kann, nachdem sie jahrelang so viel für ihn getan, ihm so bei Milos Erziehung beigestanden haben. Sein fünfzehnjähriger Sohn übernachtet heute Abend bei einem Kumpel. Und Luke weiß genau, dass er dort ist, weil Milo vergessen hat, dass er auf Snapchat mit seinem alten Herrn befreundet ist und seine Standortermittlung nicht ausgeschaltet hat.

Luke fährt den Computer hoch und ruft wieder einmal auf Facebook sein altes Schulfoto auf. Alle Mädchen tragen Strohhüte, die Jungs Seidenkäppchen. Er wollte damals nicht, dass seine Eltern ihm eines kaufen – sie waren zu teuer, und er würde es nie wieder aufsetzen –, doch sie hatten darauf bestanden, weil es wichtig sei, diesem Moment Bedeutung zu verleihen.

Er vergrößert Freya Lal. Wieso hat er Jemma heute Abend so viel anvertraut? Schon die erste Begegnung in der Praxis hatte ihn irritiert. Obwohl ihre Stimme so vertraut klang, hatte er sie nicht einordnen können. Als er sie später im Pub wiedersah, fühlte er sich in alte Schulzeiten zurückversetzt. Weniger wegen der äußeren Ähnlichkeit, auch wenn die dunklen, ausdrucksvollen Augen über der blassen Haut genau wie die von Freya waren, als wegen ihres Gebarens. Wie sie eine lose Strähne hinter ihr Ohr schob, ihr Gesicht im Gespräch nach oben wandte. Der kaum hörbare Singsang des indischen Akzents. Vielleicht war es reines Wunschdenken, ein Symptom für seine jüngst erwachte Sehnsucht, Freya wiederzufinden.

Wieder denkt er an Jemma und bemerkt, wie sich eine Frage in seinem Hinterkopf festsetzt: Wer ist sie, wenn sie nicht in irgendeiner Weise mit Freya in Verbindung steht? Die mysteriöse Unbekannte, die heute in ihrem Dorf aufgetaucht ist und sich an rein gar nichts aus ihrem Leben erinnern kann. Und dieses Lotosblüten-Tattoo. Stoff für eine fesselnde Story. Clickbait in Reinkultur. Er hat diesem Kosmos schon lang den Rücken gekehrt, trotzdem vermisst er ihn, auch wenn es ihn so längst nicht mehr gibt. Die Fleet Street, für die er einst – vor dem Tod seiner Frau – arbeitete, ist praktisch untergegangen. Undercoverermittlungen wurden von massiven Datenleaks im Dark Web ersetzt, Reporter von Content Providern abgelöst, alkoholisierte Schlussredakteure gefeuert, um Digital Natives Platz zu machen, die um fünf Uhr morgens am Rechner sitzen. Sein Sohn Milo kennt keine Welt mehr ohne soziale Medien, ohne Google oder Internet.

Die Frau ohne Namen und ohne Gedächtnis. Es ist verlockend. Sein Handy summt. Eine Nachricht von Laura.

Bist du noch wach? Lx

Er zögert und liest die Uhrzeit ab. Es ist 0:50 Uhr und damit spät für jemanden aus seiner Generation. Er versucht die Situation rational zu analysieren, doch sein logisches Denkvermögen ist schwer beeinträchtigt durch die vielen Biere, die er sich mit Sean nach dem Quiz gegönnt hat.

Laura ist eine Schnecke, wie Milo sagen würde. Außerdem ist sie mit Tony verheiratet, und zwar glücklich, wie es aussieht. Mit seiner Freundin Chloe war Luke auch sehr glücklich, trotzdem war es ihm weder richtig noch fair erschienen, sie so lange hinzuhalten, bis er bereit war, Kinder mit ihr zu bekommen. Er wäre niemals dazu bereit gewesen. Wie er ihr als Fünfzigjähriger und zehn Jahre Älterer zu erklären versuchte, hat er schon einen Teenager im Schlepptau und befindet sich damit im nächsten Lebensabschnitt.

Er schreibt zurück.

Bin wach. Alles okay?

Er überlegt kurz und fügt dann ein X für einen Kuss an.

Strikt ausgewogen, kein »Baggern«, noch so ein Milo-Ausdruck. Er kann vor sich sehen, wie sein Sohn die Augen verdreht.

Google mal Jemma Huish + Totschlag.

Er schaut auf ihre Nachricht, ist enttäuscht, dass weitere Nettigkeiten ausbleiben und sie direkt zur Sache kommt. Und dann ruft er Google auf. Das erste Ergebnis ist ein kurzer Artikel über einen Mordfall vor zwölf Jahren. Er liest ihn, nimmt die widerlichen Details in sich auf, studiert die Frau auf dem verschwommenen Foto. Ein fahles, gehetztes Gesicht, verstört und schön zugleich. Wieso sollte er das googeln?

Auf seinem Handy geht summend die nächste Nachricht ein.

Klingelt was?

Er sieht wieder auf das Foto und setzt sich auf. Jesus.

Du glaubst, das ist eure Jemma?

Er starrt immer noch auf das unscharf abgebildete Gesicht. Es ist schwer zu sagen, doch sie könnte es tatsächlich sein.

Susie Patterson meinte, es wäre möglich. Sie wohnte in unserem Haus, bevor sie nach London zog.

Wo ist sie jetzt?

Oben im Gästezimmer … :-o

Und du?

Auf dem Sofa im Wohnzimmer.

Was meint Tony?

Dass ich eine überängstliche Yogalehrerin bin, was wahrscheinlich stimmt. Susie meint, Jemma Huish wurde inzwischen wohl als geheilt entlassen.

Luke scrollt durch die Suchergebnisse und klickt auf einen längeren Artikel über den Bettenmangel in der Psychiatrie und die drohenden Gefahren durch entlassene Patienten. In den vergangenen fünfzehn Jahren haben in einem einzigen Bezirk achtzehn Patienten nach ihrer Entlassung aus der Psychiatrie erneut getötet. Jemma Huish, die als Kind im Ort wohnte, lang bevor seine Eltern sich hier als Rentner niederließen, wird als Beispiel dafür genannt, wie gefährlich eine möglicherweise frühzeitige Entlassung sein kann. Nach ihrer Verurteilung wegen Totschlags wurde die Unterbringung in der geschlossenen Psychiatrie auf unbestimmte Zeit angeordnet. Erst in Broadmoor, dann in Ashworth. Offenbar weiß niemand, wo sie sich heute aufhält.

Luke denkt seufzend an seine Unterhaltung mit der Frau im Pub. Sie kam ihm nicht wie eine psychotische Mörderin vor. Ganz im Gegenteil. Sie war ihm sympathisch. Sie erschien ihm wie eine verlorene Seele – ein bisschen wie er selbst – und hilfsbedürftig. Bestimmt nicht irgendwie gefährlich. Aber andererseits schläft er auch nicht mit ihr unter einem Dach.

Er schreibt Laura zurück.

Sie wurde entlassen, weil sie nicht mehr als Gefahr für die Gesellschaft betrachtet wurde. Bestimmt ist alles gut/sie jemand anderes.

Er würde gern noch anfügen, dass ihn diese Unterstellung ein bisschen verletzt, denn in seinen Augen könnte Jemma mit einer alten Freundin verwandt sein, doch das verkneift er sich. Vorerst wird er diese Theorie für sich behalten.

Das hat Tony auch gesagt. Ich begleite Jemma morgen früh um neun in die Praxis. Lieber würde ich mir glühende Nadeln in die Augen jagen.

Bestimmt fühlst du dich morgen früh besser. Schlaf gut.

Wer's glaubt. Keine Ahnung, warum wir eine Fremde bei uns schlafen lassen.

Weil ihr nette, anständige Menschen seid. Die nettesten im Ort. Wir haben großes Glück, dass ihr hergezogen seid.

Sie schickt ihm kommentarlos einen Kuss. Er überlegt kurz und schickt dann einen zurück.

Tag zwei

14

Ich starre an die Decke, während die Morgensonne durch die Jalousie sickert. Ein paar Sekunden frage ich mich, wo ich bin. Noch ist da keine Angst, nur Verwirrung. Draußen höre ich einen Zug anfahren. Vielleicht hat das mich aufgeweckt. Ich drehe mich zur Seite, greife nach den Blättern, die auf dem Nachttisch liegen, und setze mich auf. Auf dem obersten steht: *GLEICH NACH DEM AUFWACHEN LESEN!*

Und sofort scheint sich ein bleierner Umhang auf meine Schultern zu legen. Die Worte schockieren mich, sobald ich sie lese, sie machen mir gnadenlos bewusst, wieso ich in diesem Zimmer liege. Meine kurzen Sätze, frei von jedem Gefühl, sind eine schnörkellose Aufzählung der Geschehnisse, ganz wie in einem Kindertagebuch. Ich habe meine Handtasche verloren. Ich bin mit dem Zug gefahren. Ich war mit Tony beim Pubquiz. Als ich am Ende angekommen bin, lese ich noch einmal den letzten Satz: *Laura fragt mich, ob ich jemand namens »Jemma Huish« bin.*

Wer ist Jemma Huish? Wieso werde ich für sie gehalten?

Ich muss mich dem Tag stellen. Unter der Tür wurde ein Zettel durchgeschoben, auf dem, vermutlich in Lauras Handschrift, steht:

Wenn du duschen möchtest, nimm die Dusche in unserem Bad (die im Gästebad unten ist kaputt!). Licht von draußen einschalten. Lx

Das klingt halbwegs freundlich. Eine Dusche ist ideal, genau das, was ich jetzt brauche. Ich lege den Kopf in den Nacken und versuche mich darauf zu konzentrieren, was ich alles tun muss. Nur dass sich mein Körper verspannt, sobald ich mir vorzustellen versuche, was mich erwarten könnte. Ich lasse das Wasser über mein Gesicht laufen, lasse die Gedanken kommen und gehen. Ich sehe einen Bodhi-Baum in einem reinigenden Sturzregen, sehe die Regentropfen von seinen herzförmigen Blättern rinnen. Ich muss stark bleiben.

Tony und Laura schauen beide auf, als ich zum Frühstück in die Küche komme.

»Wie geht es dir?«, fragt Tony, der gerade an der Anrichte steht und Kaffee macht. »Gut geschlafen?«

Laura schneidet eine Mango auf und lässt die dicken, saftigen Schnitze in eine Joghurtschüssel auf dem Tisch fallen. Der Messerblock ist verschwunden.

»Okay«, sage ich zu Laura gewandt. Sie weicht meinem Blick aus, vielleicht weil ihre Augen blutunterlaufen sind. In Wahrheit fühle ich mich elend. Ich biete meine ganze Kraft auf und beginne zu reden. Zögerlich, leise. »Ich weiß, dass ich mich Jemma nenne«, sage ich und mache eine kurze Pause. »Dass ich gestern in Heathrow gelandet bin und dort meine Handtasche verloren habe und dass ich dann hierher in dieses Dorf gefahren bin, wo ihr beide euch netterweise um mich gekümmert habt.«

Laura sieht Tony an. »Das ist ja großartig«, sagt sie.

»Wirklich?«, fragt Tony und sieht dabei erst mich, dann Laura an. »Hast du deine Notizen von gestern gefunden? Neben deinem Bett?«

Beide schauen mich an. Ich nicke kaum sichtbar.

»Du konntest dich also nicht erinnern, als du aufgewacht bist?« Laura kann ihre Enttäuschung nicht verhehlen.

»Als ich die Notizen las, wusste ich sofort, dass das meine Handschrift ist, trotzdem war es so, als hätte jemand anderes das alles erlebt.« Ich verstumme, sehe zu den beiden auf und ringe mir dann eine Frage ab: »Was passiert da mit mir?«

»Das wird schon wieder«, sagt Laura. Sie steht vom Tisch auf und stellt sich zu mir.

Als sie mich in den Arm nimmt, kommen mir die Tränen. Ich wünschte, sie wäre nicht so nett.

»Wir waren gestern bei einer Ärztin – Susie Patterson«, sagt sie und richtet sich wieder auf. »Wir beide, du und ich. Sie meinte, wenn du dich heute nach dem Aufwachen nicht mehr erinnern könntest, was gestern geschehen ist, dann könntest du an etwas leiden, das man anterograde Amnesie nennt.«

»Ich weiß«, sage ich leise. »Das habe ich mir gestern auch aufgeschrieben. Aber ich glaube, ich leide auch an der retrograden Version.« Ich hole Luft und wische meine Tränen ab. »Ich weiß immer noch nicht, wie ich heiße.«

»Transiente globale Amnesie«, sagt Tony und zieht die Brauen hoch, als wäre er beeindruckt. »Ein seltener Fall von doppeltem Vergessen.«

Laura sieht ihn an. »Das wird schon wieder«, sagt sie und dreht sich mir zu. »Keine Angst.«

»Das Problem ist, ich habe beim Lesen der Notizen wirklich versucht, vor mir zu sehen, wie ich hier im Dorf angekommen bin, wie ich bei der Ärztin war, aber mit keinem der Ereignisse, die ich aufgeschrieben habe, ist irgendein Gefühl verbunden. Ich kann mich nicht erinnern, wie es sich angefühlt hat, an eure Tür zu klopfen, euch zum ersten Mal zu sehen.« Ich halte inne und sehe sie beide an. »Wer ist Jemma Huish?« Beide zucken bei dem Namen zusammen. »In meinen Notizen steht, du hättest gestern Abend gefragt, ob ich sie wäre.«

»Sie litt ebenfalls an Amnesie«, sagt Laura nach kurzem Zögern.

»Ist das alles?«

»Und sie wohnte früher in diesem Haus. Vor vielen Jahren. Was erklären könnte, woher du weißt, wo sich alles befindet.«

Ich sehe Laura an, deren Blick durch die Küche irrt.

»Und sie sah ein bisschen aus wie du«, ergänzt Tony.

»Hast du deshalb gesagt, dass ich wie eine Jemma aussehe?«, frage ich.

»Ich wusste nichts davon«, sagt er. »Das war nur irgendein Name.«

»Aber ihr glaubt beide, dass ich diese Frau sein könnte?«

Laura rückversichert sich mit einem kurzen Blick auf Tony, ehe sie antwortet: »Anfangs schon, aber jetzt bin ich nicht mehr sicher. Ich begleite dich heute Vormittag in die Praxis – die werden das klären können.«

»Jemma Huish«, wiederhole ich und schaue zu, wie sich Laura wieder an den Tisch setzt. Ich wünschte, ich könnte sie beruhigen, aber das ist unmöglich.

»Möchtest du etwas frühstücken?«, fragt sie.

Ich setze mich neben sie. Sie zieht ihr Messer von mir weg, bevor sie mir einen Obstteller reicht.

»Was hat sie getan?«, frage ich und nehme einen tropfenden Schnitz Mango. »Ich muss das unbedingt wissen.«

Laura zögert, ehe sie antwortet, sieht wieder erst Tony an. »Sie hat ihre beste Freundin umgebracht.«

»Was?« Ich kann mein Entsetzen nicht verhehlen.

»Vor zwölf Jahren. Sie wurde wegen Totschlags verurteilt und in die geschlossene Psychiatrie eingewiesen. Sieben Jahre später wurde sie entlassen. Seither wurde sie nicht mehr gesehen.«

»Und sie hat hier gewohnt? In diesem Haus?«

Laura nickt. »Sie war früher mal in der Praxis registriert. Vor vielen Jahren.«

»Wir glauben eigentlich nicht, dass du sie bist«, sagt Tony mit einem kurzen Blick auf Laura. »Aber wahrscheinlich ist es besser, wenn sich von jetzt an Profis um dich kümmern.« Er räuspert sich unnötigerweise. »Tut mir leid, aber du kannst nicht länger hier übernachten. Bei uns.«

Tonys Worte machen mich fassungslos, ich sehe ihn stumm an.

»Wir haben um neun einen Arzttermin«, sagt Laura.

Betretene Stille macht sich breit. Ich weiß nicht, was ich sagen soll. Die beiden waren sehr nett, sie haben mich über Nacht aufgenommen, und ich weiß, dass ich ihnen dankbar sein sollte, aber … ich will auf keinen Fall in ein Krankenhaus.

»Ich schätze, in der Praxis werden sie feststellen können, ob ich Jemma Huish bin«, versuche ich vergeblich, die Stimmung aufzuhellen. »Und wenn nicht, dann könnte ich vielleicht …«

Noch ein Blickwechsel zwischen Laura und Tony. »Tut mir leid, Jemma«, sagt er. »Wir haben unseren Teil getan. Dir ein Bett für die Nacht gegeben, dir den Ort gezeigt. Jetzt müssen andere übernehmen. Laura hat nicht besonders gut geschlafen.«

»Weil du mich für eine Mörderin hältst?«

»Jetzt klingt das so albern«, sagt Laura und steht auf, um die Frühstücksteller abzuräumen. »Richtig verrückt.«

Sie ist den Tränen nahe und steht mit dem Rücken zu mir und Tony, der mit den Schultern zuckt. Wenn es nach ihm ginge, würden sie mich nicht aus dem Haus werfen, wird mir klar. Das ist immerhin etwas. Und dann sieht er mich wieder mit seinen blauen Augen an. Angestrengt erwidere ich sein Lächeln, ehe ich den Blick abwende. Das Festnetztelefon läutet.

Tony steht auf, um das Gespräch anzunehmen.

»Am Apparat«, sagt er und sieht dabei erst auf Laura, die sich umgedreht hat, und dann wieder auf mich.

Ich sitze immer noch am Küchentisch. Ich sehe, wie sich Tonys Haltung ändert, wie sein Blick auf mir liegen bleibt, als würde es bei dem Telefongespräch um mich gehen. Sein Lächeln ist erloschen. Und dann geht er mit dem Telefon aus dem Zimmer, wobei er Laura kurz mit hochgezogenen Brauen ansieht. Sie folgt ihm in den Flur. Ich versuche sie zu belauschen, aber beide flüstern nur. Ich meine zu hören, wie Tony »Polizei« sagt, aber ich kann nicht sicher sein.

Er kommt allein zurück, was ich befremdlich finde, und stellt das Telefon in die Basis zurück.

»Das waren die Bullen«, sagt er.

»Wurde meine Handtasche gefunden?«, frage ich nervös.

»Leider nein.« Er verhält sich jetzt anders, distanzierter. Falls es zuvor ein geheimes Einverständnis zwischen uns gab, ist es aufgekündigt.

»Was wollten sie?«

»Sie schicken zwei Detectives vorbei.«

»Haben sie sonst noch was gesagt?« Ich versuche die Härte in seiner Stimme, die zunehmende Enge in meiner Brust zu ignorieren.

»Es hat sich etwas Neues ergeben«, sagt er und steht dabei Wache in der Tür.

»Was denn? Bitte sag es mir, Tony.«

Er wartet kurz ab, bevor er antwortet: »Sie warten in der Praxis auf dich.«

Ich höre die Haustür ins Schloss fallen und sehe Laura aus dem Haus treten. Auf der Straße rennt sie los. Sie ist verängstigt und sieht kein einziges Mal durchs Fenster herein. Mein Magen macht einen Satz.

»Anscheinend interessieren sie sich für Jemma Huish.«

15

Detective Inspector Silas Hart lässt den Blick über die Flussauen und dann an dem Hügel über dem Dorf aufwärts wandern. Nicht zum ersten Mal in seiner beruflichen Laufbahn hat er das Gefühl, dass da draußen jemand ist, dass ihm jemand bei seiner Arbeit zusieht. Er verwirft den Gedanken und versucht, den Ausblick zu genießen. England von seiner schönsten Seite, knapp unter Kitschniveau mit seinem abwechslungsreichen Panorama aus Kanalbooten und dem viktorianischen Gusseisenschnörkeln an der Bahnlinie Paddington-Penzance. Er zieht ein letztes Mal an seiner Zigarette und dreht sich weg, um gemeinsam mit Detective Constable Strover, die an der Straße auf ihn wartet, zur Praxis zurückzugehen.

Strover ist jung und neu, hält ihn aber auf Zack. Außerdem hat sie keine Scheu, die Initiative zu ergreifen, ein weiterer Grund, warum er sie als Assistentin haben wollte. Heute Morgen hat sie bereits die Passagierlisten sämtlicher BA-Flüge von Berlin-Tegel besorgt, die gestern vor 15 Uhr in Heathrow gelandet sind. Und die Passkontrolle gebeten, diese Namen mit den Passagierinformationen abzugleichen und ihnen die Scans der Pässe zu schicken. Damit sie Fotos der Passagiere haben.

»An so einem Flecken wollte ich immer leben, als ich

damals aus London wegging«, sagt Silas auf dem Weg zur Gemeinschaftspraxis. »In einem Dorf mit einem Country Pub, wo Bier aus dem Holzfass ausgeschenkt wird.«

Strover schweigt respektvoll.

»Nicht Ihr Ding?«, fragt Silas mit einem Seitenblick. Strover kommt aus Bristol, steht eher auf Großstadt und Cocktails. Sie gibt sich keine Mühe, ihren Bristoler Akzent zu verbergen, und er findet ihren Stolz bewundernswert. Als Silas noch für die Metropolitan Police arbeitete, vergrub er seinen Wiltshire-Zungenschlag tief unter dem für Londoner so typischen Näseln, weil er keinesfalls als Landei verspottet werden wollte.

»Ich hab's lieber ein bisschen lebendiger, Sir.«

Er wünscht sich, sie würde aufhören, ihn »Sir« zu nennen. Irgendwann, so hofft er, wird sie dazu übergehen, ihn »Chef« oder »Boss« zu nennen. Als er noch im Morddezernat arbeitete, wurde er von allen nur »Chef« genannt. Seit seiner Versetzung vom Major Crime Investigation Team, einem gemeinsamen Ermittlungsteam aus verschiedenen lokalen Polizeibehörden, zur Polizei von Swindon – er bemüht sich, es nicht als Strafversetzung zu sehen – wird er »Sir« genannt und verbringt seine Zeit hauptsächlich damit, gegen illegale Bordelle zu ermitteln.

Trotz seiner Sehnsucht nach dem Landleben ist Silas mit seinem Job irgendwie in Swindon hängen geblieben, seiner Geburtsstadt, gerüchteweise die hässlichste Stadt in ganz Großbritannien, die einen Kreisverkehr zu ihrer größten Touristenattraktion erkoren hat.

»Wie viel wissen Sie über den Fall Jemma Huish?«, fragt er.

»Nur das, was ich gelesen habe«, antwortet Strover. »Sie tötete ihre Mitbewohnerin und rief danach die Polizei.«

»Sie rief an, *bevor* sie das Mädchen umbrachte, das war das Problem. Sie warnte uns, dass sie jemandem etwas antun würde. Es gab eine interne Ermittlung wegen eines häuslichen Tötungsdelikts – glauben Sie mir, so was möchten Sie nicht erleben.«

Andererseits war Silas, was er als Plus sieht, bei einer ähnlichen internen Ermittlung erstmals Susie Patterson begegnet, die damals noch in ihrer alten Praxis nahe Devizes arbeitete. »Frühintervention«, »Assessment von Prozessen und Protokollen«, »zwischenbehördliche Zusammenarbeit« – ihn schaudert bei der Erinnerung. Als Büropolitiker war er noch nie gut gewesen.

»Sie glauben, das hier könnte etwas damit zu tun haben?«, fragt Strover, während sie die Straße überqueren und in die Sonne treten.

»Wahrscheinlich nicht.«

Er weiß, dass sie ihm nicht glaubt. Er hat alles stehen und liegen lassen, als Susie ihn gestern spätabends angerufen hatte. Wäre er auch so schnell hergekommen, wenn jemand anderes angerufen hätte?

»Eine mysteriöse Frau, die ohne Erinnerung in einem Dorf auftaucht, wäre normalerweise ein Fall für das örtliche psychologische Team«, sagt er und bleibt stehen, um die Anzeigenzettel im Schaufenster des Postamts zu studieren. Hauptsächlich Stockbetten und Babysitter. Seine Kollegen verbringen zu viel Zeit mit »Sozialarbeit in Uniform«, weil sie Scherben einer »lokal basierten Fürsorgepolitik« aufsammeln müssen, in der Notfälle außerhalb der Sprechzeiten offenbar nicht vorgesehen sind.

Doch Susies Anruf gestern Abend war anders gewesen. Sie erwähnte Jemma Huish, einen Namen, den er seit seiner Zeit als Sergeant im Süden Londons nicht vergessen hat. Einen Namen, den er nie vergessen wird. Damals noch, als uniformierter Polizist, war er als einer der Ersten am Tatort gewesen, einem winzigen Zimmer in Huishs Studentenwohnheim. Ihre Mitbewohnerin hatte im Sterben gelegen, und er war bei ihr geblieben, bis der Krankenwagen gekommen war. Huish hatten sie draußen im Gang festgehalten, wo sie geschrien hatte, wie leid ihr alles täte und dass nichts davon passiert wäre, wenn ihr nur jemand zugehört hätte.

»Vorsichtshalber habe ich Huishs alten *This-is-me*-Bogen heruntergeladen, den sie damals nach ihrer Verhaftung ausgefüllt hat und der auch bei Verdacht auf Alzheimer eingesetzt wird.« Kurz bevor sie die Praxis erreichen, schiebt Silas die Erinnerung an Huishs Schreie beiseite. »Nicht dass er viel bringen würde – die Daten sind entweder veraltet oder falsch.«

»Wussten Sie, was sie in Japan mit den Demenzkranken machen?«, fragt Strover, während eine Frau mit Hund auf dem Gehweg an ihnen vorübergeht. »Sie versehen sie mit einem QR-Code.«

»Das sollten sie hier auch machen«, murmelt er und tritt in den vollen Wartebereich. Die einzige brauchbare Information in Huishs Akte ist das DNA-Profil, das bei ihrer Verhaftung erstellt wurde.

Silas wartet, bis er an die Reihe kommt, und geht dann zu der Arzthelferin am Empfang, die ihm sagt, dass Dr. Patterson ihn sofort empfangen wird.

»Sie können in ein paar Minuten nachkommen«, wendet er sich an Strover und kann dabei seine plötzliche Verlegenheit nicht verbergen. Er will nicht den Chef rauskehren, möchte seiner jüngeren Kollegin aber nicht erklären müssen, dass er auf Dr. Patterson steht und ein paar Minuten mit ihr allein verbringen will. »Es lohnt sich immer, die alten Zeitschriften durchzublättern«, ergänzt er und deutet dabei in den Wartebereich hinter ihnen. »Nie fühlen sich meine Anzüge so modisch an wie in einem Wartezimmer.«

Strover bedenkt ihn mit einem argwöhnischen Blick, während er in den Gang zu den Sprechzimmern abbiegt. Sie ist nicht blöd.

16

»Du bist früh auf«, stellt Luke überrascht fest, als er Sean mit seinem Hund, einem braunen Whippet Lurcher, an der Bahnstation vorbeigehen sieht. Luke steht in der Schlange am Fahrkartenautomaten und will gleich in den Zug nach London steigen.

»Ich war gar nicht richtig in der Falle«, sagt Sean. In seinem ausgeleierten T-Shirt und Jeans sieht er noch wilder aus als sonst. Ein Kontrast zu den Bürouniformen der versammelten Pendler. »Versuch immer noch, den dritten Akt festzunageln. Du bleibst in der Stadt?«

»Ein paar Nächte.« Luke kann es kaum erwarten, in der Anonymität Londons unterzutauchen, aus dem dörflichen Leben wegzukommen, wo man auf Schritt und Tritt beobachtet wird.

»Irgendwas Neues von unserer mysteriösen Amnesiebraut?«, fragt Sean.

»Hab sie heute noch nicht gesehen.« Luke denkt an die Nachrichten, die Laura ihm gestern Abend geschickt hat, ihre Behauptung, Jemma könnte eine ehemalige Psychiatriepatientin sein. Er bleibt bei seiner eigenen Theorie, dass sie irgendwie mit Freya Lal verwandt ist.

»Hab eben zwei Detectives im Dorf gesehen.«

»Wo?«

»Oben bei der Praxis.«

Automatisch schaut Luke in die entsprechende Richtung, obwohl die Praxis vom Bahnhof aus nicht zu sehen ist. Ein paar verspätete Fahrgäste eilen in Richtung Bahnstation.

»Woher weißt du das?«, fragt er.

»Den einen kenne ich aus den Nachrichten. Aus Salisbury.«

Sean weiß so gut wie alles, was in den Nachrichten passiert. Und im Dorf.

»Das hat mir zu denken gegeben«, fährt er fort. »Ist dir aufgefallen, wie gut sie gestern Abend bei den Quizfragen über Russland Bescheid wusste? Sie kannte sogar die Adresse des KGB-Hauptquartiers.«

»Und?« Luke sieht kurz auf seine Uhr und dann wieder auf die Gleise. Sein Zug schiebt sich langsam vom Wartegleis auf die Hauptstrecke. Er mag Sean, aber im Moment ist er nicht in Stimmung für eine seiner wilden Verschwörungstheorien. Fidel Castro ist Justin Trudeaus Dad; Taylor Swift ist Satanistin; Hunter S. Thompson wurde ermordet. Er hat sie alle gehört. Und was den Nervengasangriff in Salisbury betrifft … Wo soll er da anfangen?

»2010 – damals enttarnte das FBI in den USA zehn sowjetische Schläfer«, sagt Sean. »Sie hatten sich tief im Geflecht der amerikanischen Vorstädte vergraben und warteten nur darauf, von Moskau als Agenten aktiviert zu werden. Okay, als Spione waren sie ein Totalausfall – das FBI hatte sie jahrelang abgehört und beobachtet –, aber ich will damit sagen, dass sie es auf das ganz gewöhnliche Amerika abgesehen hatten. Diese Leute lebten in New Jersey, besuchten die Columbia Business School, erzählten jedem, dass sie gebürtige Amerikaner wären.«

»Du willst mir allen Ernstes weismachen, dass Jemma eine russische Schläferin sein könnte?«, fragt Luke ihn über die Schulter, während er am Ticketautomaten seinen Zielbahnhof eingibt. Er bückt sich und krault Seans Hund mitfühlend hinter den Ohren. Der arme Köter muss sich jeden Tag Seans wilde Theorien anhören.

»Nach Salisbury mussten sie wieder ganz von vorn anfangen. Ging nicht anders. Moskauer Regeln. Ganz alte Schule. Diese Jemma ist durcheinander, weiß nicht mehr, wer sie ist. Vielleicht wurde sie zu früh geweckt und fragt sich jetzt, wem ihre Loyalität gilt.«

»Schreib das auf, Sean – und speichere es dann in deinem Komödienordner ab.« Luke zieht sein Ticket aus dem Automaten, und im selben Moment hält der Zug. »Nein, besser unter Farce.«

»Wo wurde der dritte und letzte Versuch unternommen, Alexander Litwinenko zu vergiften?«, ruft Sean ihm nach, während Luke in den Wagen steigt. »Im Millennium Hotel am Grosvenor Square, vierter Stock. Wer zum Teufel weiß bei einem Pubquiz solche Details, Luke? Eine ehemalige russische Schläferin, verfluchte Kacke, die weiß so was.«

Luke schüttelt ungläubig den Kopf, während sich die Türen des Zuges hinter ihm schließen.

17

Ich sehe Tony schockiert an, als er zu mir in den Flur kommt. »Sehe ich so aus, als würde ich jemanden umbringen?«, frage ich.

»Sie wollen das nur ausschließen, sonst nichts«, sagt er und nimmt die Hausschlüssel vom Fensterbrett.

Ich versuche nachzudenken, obwohl mein Herz hämmert. Es war ein Fehler hierherzukommen. Wenn ich niemandem sagen kann, wie ich heiße, wie soll ich dann jemanden überzeugen, dass ich keine Mörderin bin?

»Kann ich noch meine Tasche packen?«, frage ich.

Tony nickt. »Dann begleite ich dich zur Praxis.«

»Wo ist Laura hin?« Mich beschäftigt immer noch das Bild, wie ihre Gestalt am Fenster vorbeieilt, als wäre sie ein Tier auf der Flucht.

»Zu einer Freundin.« Er sieht mich an. »Sie fürchtet sich.«

»Vor mir?« Laut ausgesprochen, klingt der Gedanke lächerlich.

Tony baut sich vor der Haustür auf, als ich mit adrenalinschweren Beinen an ihm vorbei und die Treppe hinaufgehe. Ich versuche mir mein Gästezimmer vorzustellen, rufe mir den Grundriss des Hauses vor Augen, das auf der Rückseite nur einstöckig ist. Unter dem Fenster im Gästezimmer, über der Küche, ist ein Schrägdach. Ziegelgedeckt und mit einer Luke in der Mitte.

Ich eile in mein Zimmer und betrachte den Koffer. Da drin ist nichts, was ich unbedingt brauche, und ich habe nicht die Absicht, ihn mitzunehmen. Stattdessen schnappe ich mir die handgeschriebenen Notizen vom Nachttisch, überfliege sie noch einmal und schiebe sie zusammengefaltet in die hintere Jeanstasche. Meine Hände flattern. Tony wartet immer noch unten an der Treppe. Ich gehe durch den oberen Flur und bleibe vor der Tür zum Bad stehen.

»Bin gleich so weit«, rufe ich.

Ich ziehe an der Kordel fürs Licht und lasse sie zurückschnalzen. Der Griff an der Kordel ist ein geschnitztes hölzernes Seepferdchen. Mit einem leichten Schwindelgefühl sehe ich es durch die Luft wirbeln, dann ziehe ich die Badezimmertür mit dem schweren Bauernhausriegel von außen zu und schleiche auf Zehenspitzen in mein Zimmer zurück, wo ich die Tür hinter mir zudrücke. Das Schiebefenster öffnet sich lauter, als ich erwartet habe, doch ich will um jeden Preis hier weg und schiebe dennoch ein Bein aufs Dach.

»Was soll das verflucht noch mal werden?«

Ich fahre herum und sehe Tony mit verschränkten Armen in der Zimmertür stehen. Ich schaue ihn entsetzt an und drehe mich dann wieder dem Fenster zu. Ein Rotkehlchen auf einem Baum im Garten sieht mich an, als wäre ich der dümmste Mensch, den es je gesehen hat.

»Weglaufen wird niemandem helfen«, sagt er.

Ich rühre mich nicht. Er hat recht. Ich habe einen Fehler gemacht, die Sache mit Jemma Huish und die Tatsache, dass sie in diesem Haus gewohnt hat, haben mich aus der Bahn geworfen. Ich muss mich entspannen, ich muss dem System vertrauen.

»Ich habe nur Angst, dass ich in Schwierigkeiten kommen könnte, weil sie mich für diese Jemma halten«, sage ich.

»Hör zu, es gibt kaum jemanden, der die Bullen so wenig leiden kann wie ich, aber wenn du jetzt türmst, wirkst du schuldig. Punkt.«

Ich ziehe mein Bein wieder über das Fensterbrett, lasse mich ins Zimmer fallen und lehne mich an das Fenster. Mein Fluchtversuch ist mir peinlich. Was für ein Quatsch. Selbst das Rotkehlchen ist entrüstet abgeflogen.

»Entschuldige«, sage ich. »Ich weiß nicht, was ich mir dabei gedacht habe.«

»Schon okay. Jeder von uns ist schon mal abgehauen. Und es hilft nie.«

Plötzlich kommt mir das Zimmer luftleer und viel zu eng vor. Als ich mich oben an der Treppe an ihm vorbeischiebe, tritt er mir in den Weg und schlingt die Arme um mich.

»Hier, lass dich umarmen.«

Ich unterdrücke mein Bauchgefühl und schubse ihn nicht weg, sondern lasse mich festhalten. Eine, zwei, drei Sekunden. Dann befreie ich mich aus seiner Umklammerung. Flach atmend und schweigend folge ich ihm die Treppe hinunter und sage ihm unten, dass ich noch mal aufs Klo muss. Ich schließe die Tür hinter mir ab, lasse den Kopf gegen die kalte Wand sinken, schließe die Augen und versuche, an den Bodhi-Baum zu denken.

18

»Schön, dich mal wiederzusehen«, sagt Silas, als er Dr. Susie Pattersons Sprechzimmer betritt. Er wartet, bis die Tür ins Schloss gefallen ist, bevor er sie auf beide Wangen küsst. »Gut siehst du aus.«

»Du auch«, sagt sie und setzt sich hinter ihren Schreibtisch. Er bleibt stehen, sieht sich im Zimmer um, auf die Weltkarte an der Wand. Er reist gern. »Schlanker«, ergänzt sie. »Viel schlanker.«

Er begreift, dass sie ihm ein Kompliment machen möchte, denn er weiß, dass er abgezehrt aussieht wie jemand, der zu schnell zu viel Gewicht verloren hat. In seinem Gesicht hängt die Haut an seinen Knochen wie bei einem Basset Hound.

»Ich faste einen Tag und fresse am nächsten wie ein Schwein«, sagt er. »Jetzt kannst du mich sehen«, ergänzt er ironisch, die Arme neben seinem Kopf, »und jetzt nicht mehr.« Er dreht sich wie eine Marionette am Faden und kommt seitlich zu ihr zu stehen. »Jetzt kannst du mich sehen«, wiederholt er nach einer weiteren Vierteldrehung, »und jetzt wieder nicht. Zauberei, wie?«

»Dein Talent ist bei der Polizei verschwendet«, sagt sie.

Er wird seine neue schlanke Figur genießen, solange es geht. In sechs Monaten wird er sich die Kilos wieder angefressen haben – und ein paar dazu.

»Und rauchst du noch?«, fragt sie.

»Wenn ich kann.« Er setzt sich. Tatsächlich versucht er aufzuhören.

Als sie sich das letzte Mal sahen, ganz zufällig an der Bar im Watermill Theatre von Newbury, flirtete sie unverhohlen mit ihm. Später ist ihm zu Ohren gekommen, dass sie sich nicht lange danach von ihrem Mann getrennt hat. Ist er deshalb heute hergekommen?

»Bist du jetzt glücklicher?«, fragt er.

»Ein neuer Mensch. Es war lang überfällig.«

»Habt ihr Kinder?«, fragt er. »Ich habe es vergessen.«

»Eine verstockte Tochter. Sie verübelt uns die Trennung.«

»Sie wird darüber wegkommen.«

»Und du?«

Er wird leise. »Immer noch nur den einen Sohn.« Conor. Er will nicht ins Detail gehen.

»Ich nehme an, du bist nicht den langen Weg gefahren, um mit mir Familiengeschichten auszutauschen«, sagt Susie, die sein Unbehagen spürt.

»Bin ich so leicht zu durchschauen?«

»Ich weiß wirklich nicht, ob sie Jemma Huish ist. Es ist nur ein Bauchgefühl.«

»Ich mag Bauchgefühle. Eine Frau ohne Gedächtnis ist für uns kein Thema – damit dürfen sich die vom psychiatrischen Dienst rumschlagen. Aber da sie ihrer Freundin die Kehle aufschlitzte, als sie das letzte Mal ihr Gedächtnis verlor, wird dein Bauchgefühl für uns interessant.«

»Und du kannst dich wirklich nicht an sie erinnern?« Sie weiß, dass Silas früher bei der Met gearbeitet hat – auch darum hat sie ihn gestern Abend angerufen –, aber sie hat nicht gewusst, dass er persönlich mit dem Fall zu tun hatte. »Wie sie aussah?«

Silas schüttelt den Kopf. »Ich war nur damit beschäftigt, ihrer Freundin das Leben zu retten.« Er atmet durch. »Vergeblich.«

»Du hast es versucht. Darauf kommt es an.«

»Wenn du es sagst.« Er sieht Susie an und lächelt. Er weiß, dass auch ihr Menschenleben zwischen den Fingern zerronnen sind.

»Konntet ihr nicht einfach ihre Passnummer überprüfen?«, wechselt sie das Thema. »Und so feststellen, ob sie gestern in Heathrow eingereist ist?«

»Huish hatte keinen Pass, als sie ihre Freundin tötete. Sie war noch nie aus Wiltshire weg gewesen, bis sie nach London zog, ganz zu schweigen davon, dass sie ins Ausland gereist wäre.« Albern, aber er fühlte sich irgendwie persönlich dafür verantwortlich, was mit Huish passiert war. Vielleicht hatte er deshalb wenig später die Met verlassen und war zurück nach Wiltshire gezogen. Um wenigstens etwas Gutes zu bewirken, um das Konto auszugleichen. »Wir haben nur ihre letzte Risikoeinschätzung, dazu die Personenbeschreibung, Kontaktadressen, Adresse des Hausarztes und ihre Kontoverbindung. Außerdem die erkennungsdienstliche Aufnahme. Nichts davon wurde aktualisiert, seit sie vor fünf Jahren aus Ashworth entlassen wurde.«

»Kann ich das Bild sehen?«

»Deshalb bin ich mehr oder weniger gekommen.«

»Und ich dachte, du wolltest mich zum Mittagessen ausführen.«

Er will professionell bleiben und legt ein körniges Foto von Jemma Huish auf ihren Schreibtisch. »Ist sie das?« Seine persönliche Erinnerung an Jemma Huish von vor zwölf Jahren wurde von der nachfolgenden Berichterstattung über den Fall dermaßen überlagert, dass sie nicht mehr zu gebrauchen ist.

»Ich bin nicht sicher«, sagt sie und schiebt das Foto hin und her, um es besser betrachten zu können.

»Keine besonders brauchbare Aufnahme, ich weiß«, sagt er. »Wir haben heute Morgen versucht, ihren letzten Vormund zu kontaktieren und auch den Psychiater, bei dem sie regelmäßig war. Bislang ohne Erfolg.«

»Ich hatte das auch schon versucht«, sagt sie. »Alle sind verzogen.«

»Wir müssen nur jemanden herschaffen, der in letzter Zeit mit Huish zu tun hatte, und sie identifizieren lassen. Ein großer Teil ihrer Krankenakten beim NHS ist vernichtet worden oder unauffindbar. Ich weiß nicht, wie ihr unter solchen Bedingungen arbeiten könnt.«

»Ich schätze, Jemma Huishs Fingerabdrücke gingen ebenfalls verloren.«

»Touché«, sagt er und sieht sie über den Schreibtisch an. Sein Gesicht ist dicht vor ihrem. »Wir werden jemanden finden. Und bis dahin muss ich mit Jemma sprechen.«

»Sie ist nebenan. Ich gehe gleich mit dir rüber. Sei nett zu ihr – sie ist sehr sensibel.« Sie sieht ihn fragend an. »Glaubst du wirklich, sie könnte Jemma Huish sein?«

Silas lehnt sich in seinem Stuhl zurück und schaut auf die Weltkarte hinter ihrem Rücken. Nach Indien würde er gern noch einmal reisen. Er war nur im Norden – im Goldenen Dreieck und dann oben in Ladakh. »Wer auch immer sie ist, sie kam nicht grundlos hierher.« Er wartet kurz ab und sieht ihr in die Augen. »Vor zwölf Jahren hat jemand nicht geschaltet, nachdem Jemma Huish die Notrufnummer gewählt hat. Sie hatte uns gewarnt, aber wir haben zu langsam reagiert. Das wird nicht noch mal passieren, solange ich etwas zu sagen habe.«

Es klopft an der Tür, und Strover taucht auf. Sie sieht erst ihn, dann sie an, als würde sie nach einem Hinweis auf Intimität suchen. »Entschuldigen Sie die Unterbrechung, aber es sieht so aus, als wäre Jemma stiften gegangen.«

19

Ich musste aus der Praxis verschwinden, wenn ich nicht völlig den Verstand verlieren will, insofern mir überhaupt ein Rest geblieben ist, und jetzt bin ich auf dem Friedhof auf der anderen Straßenseite. Hier ist es still wie in einer Bibliothek, jeder Grabstein sieht aus wie ein Buch. Manche wirken gefühlsbeladen, wie leidenschaftliche Reißer: *Meine geliebte Ehefrau, die im Morgen ihres Lebens von uns ging,* andere wie distinguierte Schriften: *Du wirst uns fehlen*.

Ich schlendere zwischen den Grabsteinen herum, schmökere in den Inschriften, denke nach. Seit ich heute Morgen aufgewacht bin, habe ich das Gefühl, die Kontrolle verloren zu haben; die Ereignisse eilen mir voraus. Der frühmorgendliche Anruf der Polizei, Lauras überstürzte Flucht auf die Straße, Tonys sprunghaftes Verhalten. Wieso war ich damit einverstanden, dass er mich Jemma nennt? Diese Verwechslung mit Jemma Huish wäre nie passiert, wenn er mir einen anderen Namen gegeben hätte.

Ich bleibe vor einem Grab stehen, auf dem in Großbuchstaben zu lesen steht: *MARY HUISH, GELIEBTE EHEFRAU UND MUTTER*. Ein tiefes Gefühl überkommt mich. Ich schließe die Augen und beschwöre wieder den Bodhi-Baum herauf, lausche dem warmen Wind, der wie ein Mantra in seiner Krone flüstert.

Ich hole tief Luft. Hoffentlich sehe ich Mum bald wieder.

Ich sollte zu Dr. Patterson zurückgehen. Dass ich verschwunden bin, wird für noch mehr Ärger sorgen, trotzdem gefällt mir die Vorstellung nicht, der Polizei gegenüberzutreten. Polizisten machen mich nervös. So wie Tony, als er mich zur Praxis begleitete. Ich versuchte, ihn nicht als Bewacher zu betrachten, aber seine Körpersprache deutete stark darauf hin, dass man ihn ermahnt hatte, mich nicht aus den Augen zu lassen. Ich kann ihm das nicht verdenken, immerhin wollte ich kurz davor aus dem Fenster im ersten Stock klettern, trotzdem irritiert es mich. Ein paar Minuten zuvor hatte er mich noch auf dem Treppenabsatz in die Arme geschlossen.

Ich hebe den Blick und sehe Dr. Patterson am Friedhofstor stehen, begleitet von einem Mann und einer Frau. Den Detectives, würde ich vermuten. Eine Minute später steht sie neben mir. Die Detectives sind am Tor stehen geblieben und fünfzig Meter von uns entfernt. Sie betrachtet den Grabstein, vor dem wir stehen. »Offenbar Ihre Mutter«, sagt sie, beinahe zu sich selbst.

Ich gehe weiter zwischen den Grabsteinen durch, von denen viele windschief aus dem hohen Gras ragen wie der Mast eines Segelschiffes in rauer See.

»Sie müssen sich wirklich gar keine Sorgen machen, glauben Sie mir«, sagt sie, als sie mich eingeholt hat. »Die beiden möchten Ihnen nur ein paar Fragen stellen. Ihre Fingerabdrücke nehmen, einen DNA-Test machen. Ein simpler Abstrich an der Wangeninnenseite.«

Mein ganzer Körper verspannt sich. Ob ihr das auffällt?

»Sie wollen sicherstellen, dass es keine Verbindung gibt, das ist alles«, fährt sie fort, als hätte das alles nichts mit ihr zu tun. »Jemma Huish lebte früher in Lauras und Tonys Haus.«

»Haben Sie die Polizei informiert?«, frage ich leise.

Überrascht über diese Frage bleibt sie stehen und sieht mich an. »Es war eine reine Vorsichtsmaßnahme«, erklärt sie.

»Ich habe nichts getan«, sage ich, und ich klinge drängend dabei. »Ich bin nicht Jemma Huish. In dem Grab da drüben liegt nicht meine Mutter.«

»Da haben Sie bestimmt recht.« Ihre Augen sehen mich zunehmend besorgt an. »Aber angesichts Ihrer Amnesie ...«

»Ich weiß vielleicht nicht, wer ich bin, aber ich würde niemals eine Freundin umbringen. Ich würde überhaupt niemanden umbringen.«

Ein Rotmilan kreist über uns, sein Klageschrei wird vom leichten Wind davongetragen. Wir schauen beide nach oben.

»Natürlich nicht«, sagt sie.

Ich spüre, dass sie es gut meint, selbst wenn sie die Polizei informiert hat. Meine Atmung geht flach und schnell. Könnte ich wirklich jemandem das Leben nehmen, wenn es darauf ankäme? Wäre ich in der Lage, jemandem die Kehle aufzuschlitzen? Ich lege die Finger auf das Tattoo an meinem Handgelenk.

»Ich will keinen DNA-Test machen.« Ich drehe ihr den Rücken zu.

Ein simpler Abstrich an der Wangeninnenseite.

»Vielleicht könnten wir dadurch feststellen, wer Sie sind, woher Sie kommen«, sagt Dr. Patterson.

»Natürlich will ich das unbedingt wissen, aber …« Ich stocke.

Ich bekomme mit, wie sie den Detectives ein Zeichen gibt – sie mit erhobener Hand ermahnt abzuwarten, Distanz zu halten.

»Ich habe nichts getan«, wiederhole ich.

»Lassen Sie mich mit den Polizisten reden. Wir müssen für Sie einen Platz in einer Spezialklinik finden. Oder ein Bett oben im Krankenhaus.«

»Nicht im Krankenhaus«, sage ich sofort.

Sie sieht mich an und bemerkt dann, dass ich die Finger auf mein Tattoo gelegt habe. »Hübsche Tätowierung. Was stellt sie dar?«, fragt sie.

»Eine Lotosblüte.«

»Darf ich sie sehen?«

Wie ein Kind, das dabei erwischt wurde, wie es sich im Unterricht bemalt, halte ich mein Handgelenk hoch, damit sie es inspizieren kann. Wir schauen beide auf die neun lila Blütenblätter.

»Es ist wirklich schön. Wo haben Sie das machen lassen?«

»Weiß ich nicht«, sage ich und muss mit den Tränen kämpfen. Wenn ich mich nur an Einzelheiten erinnern könnte, wenn ich nur wüsste, warum Fleur und ich die Lotosblüte wählten, was danach geschah. Aber es ist, als würde ich in einem dunklen Meer schwimmen. »Wir hatten beide eine«, ergänze ich.

»Wir?«

»Meine Freundin und ich.« Ich verstumme. »Sie ist gestorben.«

»Das tut mir leid«, sagt Dr. Patterson voller Mitgefühl. »Wann war das denn?«, fragt sie nach einer respektvollen Pause.

Ich schüttele den Kopf.

»Können Sie sich an ihren Namen erinnern? Das könnte wichtig sein.«

Ich brauche Kraft und hoffe zugleich, dass es mir helfen wird, wenn ich ihren Namen laut ausspreche.

»Fleur. Sie hieß Fleur«, wiederhole ich und schaue zu, wie Dr. Patterson ihren Namen aufschreibt.

Wir waren zwei identische Blüten.

20

Tony öffnet sein Café verspätet. Vor der Tür wartet schon ein Pärchen, das auf einer längeren Kanalfahrt ist und auf einen Kaffee hofft. Er bittet die zwei, in zehn Minuten zurückzukommen, wenn die Fracino Contempo sich warm gelaufen hat. Sie zickt, seit er sie im Café aufgestellt hat – vielleicht war sie deshalb so billig.

Er war wirklich nicht scharf darauf, Jemma zu Dr. Patterson zu bringen, aber nach dem Anruf der Polizei war Laura definitiv nicht in der Lage, sie zu begleiten. Sie hat übel auf Jemma reagiert. Ziemlich übel.

»Wie lief's in der Praxis?«, fragt sie.

Er dreht sich um und sieht Laura in der Tür des Cafés stehen. Sie hat ihre Yogasachen an und ist zweifellos auf dem Weg zu einer Unterrichtsstunde in der Pfadfinderhütte.

»Die Polizei will ihre DNA analysieren lassen«, sagt er. »Bestimmt hat sich bald alles geklärt.«

»Hoffentlich«, sagt sie und tritt ins Café. »Halten sie sie für …«

»… eine psychisch kranke Mörderin? Das habe ich sie nicht gefragt. Sie ist es nicht, Engel. Nicht in einer Million Jahren.«

Er holt eine Schüssel mit Zimt-Quinoa sowie ein paar Gläser Zitrus-Granola-Parfait aus dem Kühlschrank und stellt alles in die Vitrine.

»Wie kannst du dir so sicher sein?«, fragt sie.

Er ist sich keineswegs sicher.

»Ich habe mit den Leuten vom Pub gesprochen«, sagt Tony und schüttet ein paar koffeinfreie Kaffeebohnen in die Mühle. Er will das Thema wechseln. »Sie werden sie gern ein paar Tage aufnehmen, bis man ein Bett für sie gefunden hat. Susie ist offenbar damit einverstanden – sie findet, dass eine Unterbringung außerhalb des Ortes im Moment ungünstig wäre. Dieses Dorf hat eindeutig irgendeine Bedeutung für sie.«

»Allerdings hat es die. Ich glaube, dir ist nicht wirklich klar, wer diese Frau ist, Tony. Sie ist krank.«

»Und sie bekommt Hilfe«, sagt Tony. Laura wird nicht oft laut, und erst jetzt merkt er, dass sie geweint hat. Er kommt hinter der Ladentheke hervor. »Susie arbeitet daran«, sagt er leise und drückt dabei sanft Lauras Arm.

»Ich habe gestern Nacht kein Auge zugetan.« Sie dreht sich von ihm weg und sieht hinaus auf die Straße. »Und du auch nicht. Du hast wieder gerufen.«

Er hatte gehofft, sie hätte ihn nicht gehört. Es muss laut gewesen sein, wenn es sie unten auf dem Sofa aufschreckte. Ob Jemma ihn auch gehört hat? In letzter Zeit hat er immer öfter Albträume, aus denen er aufwacht, nur um festzustellen, dass er immer noch träumt. Er zieht das Geschirrtuch von seiner Schulter und fegt damit einen Krümel von einem Tisch. Er hasst schmutzige Tische.

»Und heute Abend werde ich nicht besser schlafen«, fährt sie fort, »wenn ich weiß, dass sie sich immer noch in unserer Straße aufhält.«

»Ich glaube, du überreagierst.« Er möchte die Situation nicht noch weiter aufheizen. Sie sind Streiten nicht gewohnt, sie gehen beide Konfrontationen lieber aus dem Weg.

»Wirklich?« Sie dreht sich um und sieht ihn wieder an. »Und warum hat sie sich ausgerechnet für unser Haus entschieden? Sie hätte an jede Tür im Dorf klopfen können, aber sie hat bei uns geklopft, wo sie wahrscheinlich früher gewohnt hat. Gibt dir das nicht zu denken? Mir macht das eine Scheißangst, Tony, und du tust nichts dagegen.«

Ein Mann auf dem Weg zum Bahnhof bleibt in der offenen Tür stehen. Verfluchte Laura. Sie sollten dieses Gespräch zu Hause führen.

»Geöffnet?«, fragt der Mann und sieht sie beide nervös an. Offenbar hat er den Streit mit angehört. »Ich bräuchte noch ein Schinkensandwich für den Zug.«

»Ein Wrap mit Räuchertempeh und Veganaise?«, bietet Tony, dankbar für die Unterbrechung, ihm in seiner höflichsten Stimme an.

»Okay«, antwortet der Mann zögerlich.

Tony tritt wieder hinter die Theke und bereitet seinem Kunden den Wrap zu, während Laura, die Arme verschränkt, ihn vom Fenster aus beobachtet. Er will endlich vorankommen. Die Einheimischen zeigen sich beeindruckend aufgeschlossen für sein veganes Angebot, wenn man bedenkt, dass dies einst die Dorfbäckerei war. »Von der Schmalznudel zum Falafelwrap« – so wurde es in der *Parish News* beschrieben.

»Tut mir leid, aber ich muss Speisen vorbereiten, meine Kunden bedienen«, sagt Tony zu Laura, nachdem der Mann gegangen ist. Hinter der trennenden Theke fühlt er sich wohler.

»Dir ist das wirklich egal, oder?« Sie klingt eher traurig als wütend.

»Was?«

»Was ich über Jemma denke. Meine Ängste.«

»Das ist doch lächerlich. Natürlich denke ich dabei an dich.« Diesmal beschließt er, nicht hinter der Theke hervorzukommen und sie zu trösten. Nichts, was er sagen oder tun kann, würde ihr helfen. Er wischt mit dem Geschirrtuch ein paar Wassergläser aus.

»Es sieht aber nicht so aus«, beharrt sie.

»Es waren ein paar anstrengende Wochen mit dem Umzug und allem.« Er hält ein Glas ins Licht, kontrolliert es auf Streifen. Er hasst schmutzige Gläser. »Und jetzt taucht diese mysteriöse Frau vor unserer Tür auf. Kein Wunder, dass du durcheinander bist.«

Sie schüttelt langsam und ungläubig den Kopf. »Bitte tu nicht so herablassend«, sagt sie auf dem Weg zur Tür. »An ihr ist gar nichts mysteriös. Es ist ziemlich offensichtlich, wer sie ist, oder?«

Tony stellt das letzte Glas aufs Tablett zurück und wirft das Geschirrtuch wieder über seine Schulter. Sekundenlang starren sie sich quer durch das Café an. Er muss feinfühlig gegenüber Laura sein, sie ist sensibel. »Vielleicht solltest du einen Kurzurlaub einlegen, Engel?«, schlägt er vor. »Deine Mom besuchen oder so? Sie hat dich eine ganze Weile nicht mehr gesehen.«

Laura nickt traurig.

»Weißt du was, vielleicht mache ich das wirklich«, sagt sie und knallt im Hinausgehen die Cafétür hinter sich zu.

21

Während wir über den Friedhofsweg auf das Praxisgebäude zusteuern, läutet Dr. Pattersons Handy. Sie bleibt ein paar Schritte zurück und nimmt das Gespräch an. Ich warte auf sie, aber sie winkt mir weiterzugehen.

»Komme gleich«, sagt sie.

Sofort habe ich das Gefühl, dass es bei dem Gespräch um mich geht. Sie hat schon mit einem der Detectives gesprochen – er heißt Silas, glaube ich – und ihn um etwas mehr Zeit mit mir gebeten; und sie hat ihm versprochen, dass sie meine Behandlung persönlich beaufsichtigen wird. Sie wird mich nicht in die Notaufnahme schicken. Sie spürt meinen Widerstand dagegen. Stattdessen hat sie eine Anfrage ans Cavell Centre geschickt, die hiesige psychiatrische Spezialklinik, und mich auf die Warteliste für ein freies Bett setzen lassen. Ich baue darauf, dass die Liste möglichst lang ist.

Ich gehe weiter und blicke mich kurz um. Dr. Patterson folgt mir mit ein paar Schritten Abstand. Die Detectives sind nicht mehr am Tor zu sehen, dafür betritt auf der gegenüberliegenden Seite ein Mann den Friedhof, der einen angeleinten Hund führt. Ehe ich erkennen kann, wer es ist, verschwindet er hinter einer großen Esche.

Ich gehe weiter. Eigentlich hätte der Mann längst

wieder hinter dem Stamm auftauchen müssen. Als ich an dem Baum vorbeigehe, sehe ich seinen Hund mit zitternden schmalen Schenkeln auf dem Boden sitzen, aber der Mann ist nirgendwo zu sehen. So als würde er sich vor mir verstecken. Und dann ruft eine Stimme etwas russisch Klingendes, allerdings mit starkem irischem Einschlag:

»Ty skuchayesch'po schisni w Moskwe?«

Ich bleibe stehen und überlege, ob ich hinter dem Baum nachschauen oder einfach weitergehen soll.

»Gde waschi loyal'nosti?«, redet der Mann weiter.

Ich beschleunige meine Schritte. Es verunsichert mich, dass ich den Sprecher nicht sehen kann. Ich bin schon fast am Friedhofstor, als die Stimme wieder nach mir ruft – diesmal auf Englisch, aber immer noch mit irischem Akzent.

»Jemma, ich bin's, Sean, aus dem Pub gestern Abend.«

Ich drehe mich um und sehe Sean auf mich zukommen, ein Lächeln auf den Lippen, den Hund an seiner Seite.

»Hast du da hinten auch diese merkwürdige Stimme gehört?«, fragt er und schaut über den leeren Friedhof.

»Nein«, sage ich und frage mich, wie lange er diese lächerliche Scharade aufrechterhalten will.

»Komisch – ich schwöre bei Gott, ich dachte, ich hätte jemanden Russisch reden gehört.«

Wir blicken beide aus dem Friedhof über die Flussaue, wo ein Intercity vorbeirast. Hinter den Gleisen, aus dem bewaldeten Hügel, erhebt sich ein Schwarm Krähen in die Luft.

22

»Ich glaube nicht, dass sie in ihrem augenblicklichen Zustand eine Vernehmung durchstehen würde«, sagt Susie Patterson und zieht sich hinter den Schreibtisch in ihrem Sprechzimmer zurück. »Das ist alles. Tut mir leid.«

Silas bedeutet Strover, Platz zu nehmen, und setzt sich auf den anderen Stuhl. Das ist alles seine Schuld. Er hätte Strover und einen weiteren Junior Detective auf die Sache ansetzen sollen, statt selbst hierherzufahren. Der Name Huish hat ihn elektrisiert, als Susie gestern Abend anrief, doch in Wahrheit war das nur ein Vorwand, um sie wiederzusehen. Ein fadenscheiniger. Er kann ihr schlecht die Schuld geben, wenn er nun einen Vormittag vergeudet hat.

»Wir haben nur ein paar Fragen, damit wir ihren Weg nach ihrer Ankunft in Heathrow nachvollziehen können«, sagt er. »Strover hier arbeitet schon an den gestrigen Passagierlisten, trotzdem würde es uns helfen, wenn wir die Zeiten eingrenzen könnten.«

Susie ist nicht überzeugt und scheint zu verlegen, um seinem Blick standzuhalten. Für ihn liegt auf der Hand, was passiert ist. Sie glaubt nicht mehr, dass die Frau Jemma Huish ist. Gestern Abend ging es ihr darum, dass sie kein zweites Mal einen fatalen Fehler machen wollte. Als Silas sie kennenlernte, war sie Partnerin in einer Praxis nahe Devizes, aus der sie sich aber nach einer tragischen Fehldiagnose, die damals durch die ganze englische Presse ging, still und leise zurückziehen musste. Sie hatte einer Mutter erklärt, dass ihre siebenjährige Tochter an einer Gastroenteritis leide, und dem Mädchen geraten, viel Wasser zu trinken, bevor sie es nach Hause geschickt hatte. Zwei Tage später war das Mädchen an einer akuten Blinddarmentzündung gestorben.

»Ich weiß, ich habe dich angerufen und damit den Alarm ausgelöst«, sagt sie, sehr darauf bedacht, ihren Meinungsumschwung zu rechtfertigen. »Aber ich muss berücksichtigen, was das Beste für sie ist – als Patientin und in Bezug auf ihre Rechte –, und heute Vormittag ist sie zu fragil, um vernommen zu werden. Tut mir leid.«

Silas sieht Strover an, die leidenschaftslos neben ihm sitzt. Bestimmt hält sie ihn für einen Versager, weil er persönlich hierhergefahren ist und sich nun so abspeisen lassen muss.

»Vielleicht könntest du für uns eine DNA-Probe nehmen«, schlägt er Susie vor, um sich versöhnlich zu zeigen. Vorhin lief alles so gut – bevor sie ihm auf einmal hippokratisch kam. Wenn sie wirklich so großen Wert auf die Rechte ihrer Patienten legen würde, hätte sie ihn gestern Abend nicht anrufen und von Jemma erzählen sollen. Er kann nur annehmen, dass sie der Mut verlassen hat, dass sie Angst hat, sie könnte ein zweites Mal ihren Job verlieren, wenn sie nicht streng nach den Regeln spielt.

»Die will sie nicht geben«, erklärt Susie. »Und sie lässt dabei nicht mit sich reden.«

Er weiß, dass Jemma ihr Einverständnis zu einer Probe nicht zu geben braucht, es sei denn, sie wurde verhaftet, und für eine Verhaftung gibt es momentan keinen Grund. Eine vage nächtliche Ahnung ihrer Hausärztin reicht da nicht aus.

»Irgendwie merkwürdig, findest du nicht?«, sagt Silas. »An ihrer Stelle würde ich alles tun, um meine Identität zu klären.«

Susie weicht immer noch seinem Blick aus. »Da ist noch etwas – ihr Blutdruck war sehr hoch, als ich sie gestern untersuchte. Wahrscheinlich Weißkittelhypertonie, aber sicher bin ich nicht.«

»Angst vor Ärzten?«

»Iatrophobie. Sie ist auch nicht besonders wild darauf, ins Krankenhaus zu gehen.«

»Kann ich ihr nicht verdenken.«

Silas kommt auf seinem Weg zur Polizeistation Gablecross oft am Great Western Hospital vorbei. Nicht sein Lieblingsgebäude – sein Vater starb dort letztes Jahr.

»Im Moment arbeite ich unter der Annahme, dass ihre Amnesie angstbasiert ist, dass ein irgendwie geartetes emotionales Trauma vorliegt«, fährt Susie fort. »Ich dachte erst, es könnte sich um arbeitsbedingten Stress handeln, aber vielleicht gab es tatsächlich irgendein Ereignis, einen traumatischen Vorfall, der eine dissoziative Fugue ausgelöst hat. Sie hat von einer verstorbenen Freundin gesprochen.«

»Und wie heißt die?«, fragt Silas.

»Fleur – an mehr konnte sie sich nicht erinnern. Sie wusste nicht, wann oder wo sie starb. Diese initiale Periode ist entscheidend, wenn ihr Hirn die Geschehnisse verarbeiten will. Sie könnte der Schlüssel dazu sein, weitere Erinnerungen zu eröffnen – ihre Identität wiederzufinden. Ich will nichts unternehmen, was diesen Prozess gefährden könnte.«

»Vielleicht könnte ich mit ihr sprechen«, bietet Strover an. Sie weicht ebenfalls Silas' Blick aus. Weibliches Einfühlungsvermögen. Ihn würde das nicht stören. Wenn es was bringt.

Susie zögert, sieht auf ihren Bildschirm. »Der heutige Tag ist das reine Chaos«, sagt sie. »Eigentlich sollte Jemma um neun die psychiatrische Gemeindeschwester treffen, aber die hat sich krankgemeldet.«

»Und wo ist Jemma jetzt?«, fragt Silas.

»Bei einer Kollegin nebenan. Sie sollte unbedingt in einer psychiatrischen Einrichtung aufgenommen werden, vorzugsweise dem Cavell Centre, aber die haben kein Bett frei. Niemand hat eins. Das ist das Problem. Wie viel Zeit brauchen Sie mit ihr?«, fragt sie und sieht dabei Strover an.

»Zehn Minuten?«

»Machen Sie ein Foto, wenn Sie können«, sagt Silas. Eine Übereinstimmung mit einem Pass, der gestern an der Einreisekontrolle vorgezeigt wurde, könnte alles klären.

»Nicht ohne die Zustimmung der Patientin«, sagt Susie und sieht ihn strafend an. Allmählich wird es peinlich.

»Ich überlasse die Sache euch Frauen«, sagt Silas. Eigentlich hatte er Susie diese Woche zum Abendessen einladen wollen, aber sein Enthusiasmus ist geschwunden.

Fünfzehn Minuten später steigt Strover zu ihm in den Wagen, wo er in der Zwischenzeit ein paar Telefonate geführt und sich wie ein Vollidiot gefühlt hat. Sie hat ihr kurzes Gespräch mit Jemma abgeschlossen.

»Irgendwas Brauchbares?«, fragt er und lässt den Motor an.

»Ich glaube, sie verheimlicht etwas.«

23

Ich setze mich auf mein Bett. Mein neues Zimmer ist nichts Besonderes – eine kümmerliche Kammer oben an einer steilen Holztreppe in einem ehemaligen Stallanbau auf der Rückseite des Pubs. Die Decke ist niedrig, außerdem hat der Raum mit den nackten, von Holzwürmern perforierten Dielen einen merkwürdig dreieckigen Grundriss. Es gibt nur ein winziges Fenster und einen dünnen Vorhang mit Blumenmuster, der das Licht morgens nur mit Mühe dämpfen wird. Der einzige Lichtblick ist ein Klavier in der Ecke. Es sieht uralt aus, wahrscheinlich stand es früher unten in der Bar. Ich stehe auf, setze mich auf den abgewetzten Klavierhocker und hebe den Deckel an. Die Tasten sind fleckig, und bei mehreren weißen fehlt die Abdeckung, aber es ist gestimmt. Zu meiner Überraschung kommen die Noten wie von selbst.

Nachdem ich ein paar Minuten gespielt habe, stehe ich auf und trete, merklich ruhiger, ans Fenster. Unter mir sehe ich die School Road, an deren Ende Tonys und Lauras Cottage steht. Und dann sehe ich Laura ganz allein mit einem Rollkoffer in Richtung Bahnhof marschieren. Eine tragische, einsame Gestalt. Habe ich auch so ausgesehen, als ich hier ankam? Halb möchte ich nach unten laufen und ihr erklären, dass es mir leidtut, dass alles so gekommen ist. Aber ich weiß, dass

Worte aus meinem Mund sie kaum beruhigen würden. Alles, was ich sagen könnte, würde es nur noch schlimmer machen.

Ich schaue Laura hinterher, bis sie nicht mehr zu sehen ist, und lege mich dann wieder aufs Bett. Ich bin so unendlich müde. Die Matratze ist steinhart, und ich bin nicht sicher, ob die Bettwäsche sauber ist. Ich beuge mich zur Seite und schnuppere am Kissen. Es riecht nach Weichspüler, das ist immerhin etwas. Es ist ein gutes Gefühl, allein zu sein. Heute Morgen wurden mir einfach zu viele Fragen gestellt, ich wurde gepiesackt und verhört wie eine Kriminelle. Erst von Dr. Patterson, dann von Sean, der mich versteckt hinter einem Baum auf Russisch anquatschte. Was sollte das überhaupt? Und schließlich von DC Strover, die kurz und unter Dr. Pattersons Aufsicht mit mir sprach. Sie stellte mir nur Routinefragen, hauptsächlich über meine Ankunft in Heathrow und darüber, was meiner Meinung nach mit meiner Handtasche geschah. Ich konnte ihr nicht mehr erzählen als allen anderen auch.

Ich muss alles aufschreiben. Dr. Patterson begleitete mich nach dem Gespräch hierher und bat mich, eine Zeitleiste von meiner Ankunft in Heathrow an aufzustellen, wozu ich jeden Abend meine Notizen verwenden soll. Sie hat mir erklärt, mein Fernziel sollte darin bestehen, die Zeitleiste auch in die Vergangenheit zu erweitern, in die Dunkelheit meines früheren Lebens, basierend auf den wenigen Dingen, an die ich mich zu erinnern glaube: meine Ankunft am Terminal 5 in Heathrow, meinen Flug von Berlin aus. Doch das ist aussichtslos, wenigstens im Augenblick. Ich mag Dr. Patterson – sie behauptet, sie hätte eine Tochter in meinem

Alter – und will sie nicht enttäuschen. Ich will niemanden enttäuschen, am wenigsten Laura. Eines Tages werde ich ihr hoffentlich erklären können, was in Deutschland passierte, vielleicht sogar, warum ich hier in diesem Dorf, vor ihrem Haus gelandet bin.

24

Luke ist froh, dass er nicht jeden Tag nach London pendeln muss. Sein Zug hat Verspätung, und die U-Bahn ist vollgepackt mit schlaftrunkenen Pendlern, deren glasige Augen jedem Blickkontakt ausweichen. Jemma muss eine von ihnen gewesen sein, als sie gestern von Heathrow nach Wiltshire fuhr. Er kann sich beim besten Willen nicht vorstellen, wie sie sich gefühlt haben muss. Keine schönen Erinnerungen, aber auch nichts, was sie bereuen müsste, nur ein Leben in der Gegenwart – »im Augenblick«, wie es Laura allen aufdrängen will.

Er muss herausfinden, wer Jemma ist. Und falls er dabei etwas über sich selbst erfahren sollte, umso besser. Seit er wieder Single ist, hat er das Gefühl, am Scheideweg zu stehen. Es ist ihm zu peinlich, als dass er mit Sean darüber sprechen könnte. Eine Midlife-Crisis langweilt nur. Seine verstorbene Frau meinte einst, dass Männer sich in so einem Fall entweder eine Geliebte nehmen oder einen Marathon laufen. Er tut nichts dergleichen.

Von einer landesweiten Tageszeitung zu einer Monatszeitschrift für Oldtimer zu wechseln war ein schmerzhafter Schritt, aber nach ihrem Tod musste er seinen Arbeitsrhythmus anpassen, das war er Milo schuldig. Zu den Oldtimern kam er erst spät, nachdem sein Schwiegervater ihnen beiden testamentarisch einen gut erhaltenen 1926er Frazer Nash Boulogne vermacht hatte. Ein paar Jahre später, nach dem Tod seiner Frau, hat Luke damit begonnen, den Wagen in ihrem Gedenken zu restaurieren. Momentan wird die Getriebeübersetzung gewechselt, weil er am Wochenende eine hügelige Strecke fahren will; andernfalls wäre er lieber mit dem Wagen nach London gefahren, als den Zug zu nehmen.

Seine erste Aufgabe nach seiner Ankunft in den schmuddeligen Büros in Clapham South besteht darin, den Anruf eines wichtigtuerischen Lesers entgegenzunehmen, der sich darüber ereifert, dass die Zeitschrift zu hart mit den Bentley Boys der Zwanzigerjahre ins Gericht geht. Der Leser hat schon öfter angerufen und wird normalerweise von Archie abgewimmelt, dem jungen, hektischen stellvertretenden Chefredakteur, aber diesmal klingt er hartnäckig. Luke wird den Anruf allerdings nicht als er selbst entgegennehmen. Er verwandelt sich dafür in den fiktiven Chefredakteur, der im Impressum als Christopher Hilton aufgeführt ist. Bei schwierigen Lesern wird der ätzende Hilton ausgerollt.

»Und Sie möchten wirklich, dass ich Sie zu ihm durchstelle?«, sagt Archie und sieht dabei auf seinen Boss.

Luke krempelt die Ärmel hoch, ihm ist klar, dass Archie den Anrufer nicht länger hinhalten kann. Die übrigen jungen Angestellten sammeln sich gespannt um seinen Schreibtisch.

»Ich stelle Sie jetzt durch, Sir«, sagt Archie, »aber ich muss Sie warnen, Mr. Hilton ist sehr beschäftigt und er, na ja, er kann manchmal ein bisschen aufbrausend sein.« Er nickt und verbindet.

»Hilton.« Luke spricht gleichzeitig tiefer und lauter.

Er lauscht, während der Leser mit Worten ringt. »Kommen Sie schon«, drängt er ihn, »ich habe Königin Margrethe von Dänemark am anderen Apparat.«

Ein bisschen überzogen, aber es ist das Erste, was ihm in den Sinn kommt. Im nächsten Monat bringt ihre Zeitschrift ein Feature über den siebensitzigen Rolls-Royce Silver Wraith, den die dänische Königsfamilie seit 1958 fährt.

Er muss das Kichern seiner Mitarbeiter mit einem strengen Winken dämpfen, während er mehrere Sekunden dem Geblöke über Woolf »Babe« Barnato lauscht und sich dann mit einem sonoren »Angenehm!« verabschiedet.

»Schickt ihm ein paar Skoda-Sticker«, sagt er.

Luke arbeitet gern in der Zeitschrift, wo er junge Talente fördern kann. Er wirft einen Blick auf den Artikel über den Rolls-Royce, markiert ein paar Änderungen und öffnet seine Mails. Schon liegen die ersten Antworten auf eine Mail vor, die er vom Zug aus losgeschickt hat. Nach dem dreißigsten Klassentreffen, das letztes Jahr stattgefunden hat, haben einige alte Freunde einen Mailverteiler eingerichtet, und Luke hat darüber angefragt, ob irgendjemand eine Ahnung haben könnte, was damals aus Freya Lal wurde.

Die meisten Antworten sind flapsig (*Vergiss sie endlich!* oder auch: *Dreißig Jahre – vielleicht Zeit, nach vorn zu blicken, Luke?*), aber eine von Freyas engsten Schulfreundinnen hat ihm privat geschrieben. »Bitte sag mir Bescheid, falls du Freya findest«, schreibt sie. »Ich vermisse sie.«

Luke sieht von seinem Bildschirm auf und merkt, dass er sie ebenfalls vermisst. Vielleicht sollte er diesen

Job hinschmeißen, ein Flugticket für sich und Milo kaufen und nach Indien verschwinden, um nach ihr zu suchen. Er will schon nach Flügen suchen, als er eine Nachricht aufs Handy bekommt. Sie ist von Laura.

Kannst du mich anrufen? Lxx

Zwei Küsse. Er versucht, nichts hineinzulesen – Laura ist glücklich verheiratet –, aber sein Herz setzt einen Schlag aus.

25

Jemand klopft an meine Zimmertür. Ich setze mich an der Bettkante auf, kontrolliere meine Kleidung, ziehe meine Bluse gerade.

»Wer ist da?«, frage ich.

»Ich habe ein Lammcurry für Sie, ein Gericht aus meiner Heimat in Kabul.«

»Danke«, sage ich. »Kommen Sie rein.«

Ein gedrungener, asiatisch aussehender Mann stellt einen Teller mit dampfendem Essen auf dem Nachttisch neben dem Bett ab. Er schiebt ein Glas zur Seite, um etwas Platz zu schaffen, und legt dann eine Gabel neben den Teller.

»Ich bin Abdul.« Er tritt einen Schritt zurück und legt einen Arm diagonal über seine Brust.

»Aus dem Cricketteam?«

Er lächelt stolz. »Die sagen, Sie hätten Probleme mit Ihrem Gedächtnis«, sagt er.

»Genau«, antworte ich und frage mich gleichzeitig, wer »die« wohl sind.

»Ich auch. Ich will so viel vergessen. Entschuldigen Sie, wenn ich nachts schreie. Mein Bruder sagt, ich mache Krach, wenn ich schlafe. Unser Zimmer ist ein Stück weiter auf dem Gang.«

»Keine Angst. Und hey, morgen früh werde ich mich sowieso an nichts mehr erinnern, oder?«

Er sieht mich an, als wäre er nicht sicher, ob ich witzig sein will. Nachdem er weg ist, ziehe ich die Notizen von gestern aus meiner Hosentasche und lese sie durch. Die Rückseite des zweiten Blattes ist leer. Ich suche nach einem Stift und finde einen Kuli hinten in der Nachttischschublade. Ich bin nicht hungrig, aber ich möchte Abdul auch nicht beleidigen. Sein Curry ist köstlich – voller Früchte und Nüsse –, und ich bringe die Hälfte davon hinunter. Dann stelle ich den Teller auf den Boden und beginne zu schreiben, wobei ich den Nachttisch als Schreibtisch zweckentfremde. Es gibt so viel zu berichten. Ob Laura je wieder auftaucht?

Jemand ist auf der Treppe. Wieder klopft es an der Tür.

»Herein«, sage ich zum zweiten Mal in fünf Minuten. Heute ist die Aussicht wohl gering, etwas Ruhe zu finden. Es ist Tony.

»Mann, du kannst keinesfalls in dieser Absteige bleiben«, sagt er und tritt mit gesenktem Kopf in den Raum. In der Hand hat er eine braune Papiertüte, wie man sie in amerikanischen Filmen sieht.

»Warum nicht?«, frage ich.

»Zum einen, weil es hier wie in einem Curryimbiss in Karatschi riecht.«

»Sie haben mir Mittagessen gebracht. Abdul, der Cricketspieler. Aus Afghanistan.« Ich deute auf den Teller mit Curry auf dem Boden.

»Ich habe dir auch Mittagessen gebracht. Ein Hummus-Falafel-Wrap mit Kokosmilchjoghurt und frischer Minze.« Er reicht mir die Tüte.

»Wie nett von dir«, sage ich und nehme sie. »Danke.«

»Ich habe mir überlegt, ob du nicht vielleicht in die Galerie kommen möchtest. Du könntest mir helfen, ein paar Bilder aufzuhängen. Den ganzen Tag hier herumzusitzen kommt mir nicht besonders gesund vor.«

»Es ist nicht so schlimm.« Ich schaue in die Tüte auf den akribisch zubereiteten Wrap und stelle sie dann auf den Boden neben den Teller mit Abduls Curry.

»Was ist das?«, fragt er, den Fenstervorhang in einer Hand. »Ein Duschvorhang? Und bei dem Fußboden ziehst du dir Spreißel ein.«

»Tatsächlich habe ich kaum eine Alternative. Nicht bis ein Bett frei wird.«

»Das ist ein weiterer Grund für meinen Besuch. Wenn du möchtest, könntest du wieder bei uns wohnen. Das Gästezimmer ist immer noch gemacht. Ich kann unten auf dem Sofa schlafen, wenn es dir die Entscheidung erleichtert.«

»Was ist mit Laura?«, frage ich, während er in meiner Kammer herumgeht und mit der Schuhspitze ein hervorstehendes Dielenbrett anstupst. Ich weiß, dass Laura nicht mehr im Ort ist, aber ich will es von ihm hören. »Ich weiß nicht, ob ihr das gefallen würde.«

»Laura sitzt im Moment nicht besonders fest im Sattel«, sagt er.

»Hoffentlich nicht meinetwegen.« Ich bin unaufrichtig. Natürlich bin ich der Grund, so wie sie auf mich reagiert hat.

»Sie ist ein paar Tage zu ihrer Mom gefahren.« Er tritt ans Fenster und schaut, den Rücken mir zugewandt, auf die School Road. Ob Laura schon im Zug sitzt?

»Das wird ihr guttun«, fährt er fort, immer noch mit dem Rücken zu mir. »Eine Pause von diesem Dorf. Umziehen kann echt stressig sein. Wir erholen uns erst langsam.«

»Sie hält mich für eine Mörderin, habe ich recht? Jemma Huish.«

Er dreht sich um und sieht mir direkt in die Augen. »Dass die Bullen aufgetaucht sind, hat sie ziemlich aus der Bahn geworfen, das muss ich zugeben. Eine ziemlich heftige Reaktion auf eine verloren gegangene Handtasche.«

»Und was glaubst du?«, frage ich und schaffe es, ihn dabei weiter anzusehen.

»Ich glaube nicht, dass du mir gleich die Kehle aufschlitzen wirst, falls du das damit gemeint hast.« Er lacht und schaut wieder aus dem Fenster, die Hände zu beiden Seiten gegen den Holzrahmen gestützt.

»Danke – dass du mir vertraust«, sage ich. »Und für dein Angebot. Aber es geht mir hier gut, ehrlich. Ich habe schon genug Unruhe gestiftet.«

»Überleg's dir«, sagt er auf dem Weg zur Tür. »Und komm auf eine Tasse englischen Tee in die Galerie. Es gibt bei mir nicht nur Tofu und Grünkohl, glaub mir.«

»Tofu klingt doch gut. Und Grünkohl auch.«

»Super.« Er klopft mit dem Knöchel gegen das alte Fachwerk neben der Tür, als wollte er es testen. Die Wand klingt dünn und hohl. »Außerdem könnte ich Hilfe beim Aufhängen eines neuen Bildes gebrauchen.«

»Vielleicht komme ich wirklich vorbei. Nachdem ich mich ausgeruht habe.«

»Viel Glück dabei«, sagt er und sieht sich noch einmal im Zimmer um.

»Nett von ihnen, mir überhaupt ein Zimmer anzubieten.« Ich verstumme und sehe zu, wie er durch die Tür geht. Ich hole tief Luft. »Was hat es eigentlich mit den Seepferdchen auf sich?«

Er bleibt in der Tür stehen, dreht sich um, und seine blauen Augen bohren sich in meine.

»Ich hatte schon immer eine Schwäche dafür«, sagt er. »Ich habe es mir in den Kopf gesetzt, alle vierundfünfzig Spezies der Hippocampusgattung zu fotografieren. Halb Pferd, halb Seeungeheuer. Es ranken sich viele coole Sagen um sie. Und sie sind irgendwie einprägsam, findest du nicht?«

26

Luke sieht sich in dem kleinen Raum um – dem »Schreibzimmer«, wie es allgemein genannt wird – und wendet sich dann wieder dem Bildschirm zu. Er hat Laura nicht zurückgerufen – es gibt Grenzen beim Anbändeln. Wenn es dringend ist, wird sie ihn schon anrufen. Das Schreibzimmer liegt abseits des restlichen Großraumbüros, ein stiller Winkel, in dem die Redakteure einen Artikel fertigschreiben können. Oder nach einem heftigen Mittagessen ein Nickerchen halten. Das war seine Idee. In seiner alten Zeitung gab es einen ähnlichen Raum, bis er zu einer »Blue-Sky-Relaxlounge« mit hohen Barhockern umgestaltet wurde, die ohne Platz zum Schlafen auskommen musste.

Er zieht sich oft mit den Korrekturfahnen ins Schreibzimmer zurück, aber heute Nachmittag ist er hergekommen, um unbeobachtet von seiner neugierigen Assistentin die Suche nach Freya fortzusetzen. Nachdem er die Flugpreise nach Indien gecheckt hat, ist er zu dem Schluss gekommen, dass es billiger kommt, online nach ihr zu suchen. In den vergangenen Wochen, seit seiner Trennung, hat er sporadisch, eher erratisch nach Freya geforscht, so als würde er unverbindlich und virtuell ihre Beziehung wiederaufnehmen wollen.

Er tippt ihren Namen in die Google-Bildersuche ein und durchsucht ein weiteres Mal die Fotos, die er inzwischen so gut kennt. Freya Lal, die Cheerleaderin, Freya Lal, die Anwältin, Freya Lal, die australische Pornodarstellerin mit den pneumatischen Brüsten und der »Mapatasi«, wie die Aussies den Busch *down under* nennen, aber keine davon hat auch nur entfernte Ähnlichkeit mit seiner früheren Freundin. Kein Wunder, dass er sie nicht gefunden hat.

Er muss konzentrierter, systematischer vorgehen, aber es ist keine leichte Aufgabe, den Bundesstaat Punjab nach einer Lal zu durchforsten. So als würde man in Großbritannien nach einer Smith suchen. Und wahrscheinlich hat sie inzwischen geheiratet und einen anderen Nachnamen.

In der Hoffnung auf einen Hinweis, der seine Suche eingrenzen könnte, versucht er sich geistig auf den Abschlussball vor dreißig Jahren zurückzuversetzen, den letzten Abend, an dem er Freya sah. Sie hatten sich ins Halbdunkel verkrochen, abseits der Tanzfläche, wo stolze Väter mit ihren beschwipsten Töchtern tanzten. Sie hatte Tränen in den Augen gehabt, offenbar hatte ihr etwas auf der Seele gelegen, doch als er nachgebohrt hatte, hatte sie ihm erklärt, es sei nichts weiter, und war einen Drink holen gegangen. Am folgenden Tag würde sie wie jeden Sommer mit ihren Eltern in den Punjab fliegen, und sie hatte ihm eine Adresse diktiert, an die er schreiben konnte. An jenem Abend hatte er ihren Eltern nicht begegnen dürfen. Sie wussten nicht, dass sie einen englischen Freund hatte, und sie wollte auch, dass es dabei bliebe. Stattdessen hatte er die beiden aus der Ferne beobachtet und dabei festgestellt, wie westlich sie aussahen, genau wie Freya.

Als sie sich in den frühen Morgenstunden, unbeobachtet von ihren Eltern, mit einem letzten Kuss verabschiedet hatten, hatte sie ihn lange und fest an sich gedrückt. Nichts hatte in diesem Moment darauf hingedeutet, dass sie die Verbindung abbrechen würde, was ihn, der sie für ein Liebespaar gehalten hatte, sehr geschmerzt hatte. Bestimmt hatte er über dreißig Luftpostbriefe abgeschickt, aber nie wieder etwas von ihr gehört. Als Luke ein paar Jahre später heiratete, hatte er Freya beinahe vergessen.

Vielleicht hatte er im Innersten gewusst, dass er sie nie wiedersehen würde. Oder vielleicht hatte er die Adresse falsch aufgeschrieben? Er ist sicher, dass sie in Ludhiana war, aber das hilft ihm nicht viel.

Er googelt noch einmal »Freya Lal« und »Ludhiana« und scrollt durch die altbekannten Ergebnisse. Dann fällt sein Blick auf eine Nachricht aus der *Hindustan Times*: »Mutmaßlicher Ehrenmord in Ludhiana: Mann tötet Tochter und ihren Liebhaber.«

Er überfliegt den Artikel, schockiert, dass Frauen immer noch ermordet werden, weil sie angeblich Schande über ihre Familien bringen. Wurde Freya womöglich umgebracht? Er rutscht auf seinem Stuhl herum. Er hat sich im Lauf der Jahre viele mögliche Gründe für Freyas Schweigen zurechtgelegt, doch auf diesen ist er nicht gekommen. So etwas erscheint in heutigen Zeiten unvorstellbar. Außerdem hätte ihr Vater dann auch ihn – ihren »Liebhaber« – töten müssen, oder? Es kommt ihm so unwahrscheinlich vor. Ihre Eltern waren immerhin liberal genug, Freya auf ein gemischtes englisches Internat zu schicken. Vielleicht hatten sie entdeckt, dass sie einen Freund hatte, hatten sich mit ihr gestritten und ihr befohlen, jeden Kontakt zu ihren Mitschülern abzubrechen? Offenbar hat auch sonst niemand in den vergangenen dreißig Jahren von ihr gehört.

Und dann stellt er sich einem anderen Gedanken, den er bis dahin mit aller Macht ignoriert hatte: Hatte sie ihm vielleicht auf dem Abschlussball sagen wollen, dass sie schwanger war? Er sieht zur Tür, will seine Gedanken davon abhalten, mit ihm durchzugehen. Freya hat nicht auf seine Briefe geantwortet, weil sie schwanger nach Indien geflogen war. Und er war dafür verantwortlich. Sie hatten nur ein einziges Mal miteinander geschlafen, während des Sommersemesters auf einem Wochenendausflug nach London. Es war für sie beide das erste Mal gewesen, und es war ein unbeholfener, tränenreicher Ringkampf gewesen. Und sie hatten nicht wirklich zuverlässig verhütet.

Ihre Familie erlaubt ihr, das Baby zu behalten, besteht aber darauf, dass sie alle Verbindungen zu ihrer Schule und nach Großbritannien kappt. Dreißig Jahre später kehrt Freyas Tochter nach England zurück, um nach ihrem biologischen Vater zu suchen.

Oder sie wollte einfach nicht mit ihm in Verbindung bleiben.

27

»Du machst Überstunden«, stelle ich fest, als ich in der Tür des Seahorse Gallery & Café stehe. Tony hat mir den Rücken zugewandt und dreht sich nicht um. In den Händen hält er eine große gerahmte Fotografie, die er an einer Bilderschiene einzuhängen versucht. Ich hole tief Luft und trete ein.

»Die sind scheißschwer aufzuhängen«, sagt er. »Ich bin gleich bei dir.«

»Tut mir leid, dass ich nicht früher vorbeikommen konnte«, sage ich mit einem Blick auf die Straße. Eine Gruppe abendlicher Pendler kommt gerade zu Fuß vom Bahnhof. Ausgelaugt nach einem langen Tag in London, mit vor Erschöpfung aschfahlen Gesichtern.

»Kein Problem«, sagt er.

Ich lege die Finger auf das Tattoo unter meinem Hemd. »Soll ich dir zur Hand gehen?«, frage ich. Ich muss furchtlos werden, so wie Fleur. Was ihr auch zugestoßen ist, ich weiß, dass sie tapfer war.

»Danke.«

Ich trete zu ihm und halte das Bild, während Tony durchsichtige Nylonfäden an der Metallschiene an der Decke einhakt. Ich bringe es nicht über mich, das Bild anzusehen, das eine Handbreit vor meinem Gesicht schwebt, und fokussiere stattdessen die Beschriftung an der Wand. Das Bild heißt *Hippocampus denise.*

»Deine Hände zittern«, sagt er.

»Es ist schwer«, scherze ich, aber wir wissen beide, dass das nicht stimmt. Ich versuche, das Thema zu wechseln. »Komischer Name für ein Seepferdchen.«

»Denise Tackett war eine fantastische Unterwasserfotografin. Sie entdeckte das kleine Ding im Indopazifik, und man benannte es ihr zu Ehren.«

»Vielleicht wird auch mal eines nach dir benannt.«

Er dreht sich um und sieht mich an. »Vielleicht.«

»Ich bin eingeschlafen«, versuche ich, immer noch mit dem Bild in der Hand, das verlegene Schweigen zu füllen. Meine Hände zittern weiter, obwohl ich sie ruhig zu halten versuche. Wir sind einander nahe, so nahe, dass ich seinen Zitrusduft rieche. Sauber. Beinahe antiseptisch.

»Das war's«, sagt er. Nachdem das Bild endlich hängt, dreht Tony sich um, geht zurück zur Essenstheke und lässt mich im Galeriebereich allein.

»Hast du schon was von Laura gehört?« Ich bleibe bei den Bildern stehen. Ich bringe es immer noch nicht fertig, sie direkt anzusehen. »Ist alles okay mit ihr?«

Er klopft mit einer erschreckenden Vehemenz alten Kaffee aus dem Siebträger und beginnt, die Maschine zu reinigen, wobei er immer und immer wieder die Dampfdüse abwischt. »Sie will im Moment nicht darüber reden.«

»Über mich?«

»Über alles. Dass du aufgetaucht bist, meine Reaktion.«

»Sie sind wunderschön«, bringe ich hervor, als ich mich endlich zwinge, die Seepferdchen anzusehen. Das ist gelogen. Ich empfinde leidenschaftlichen Hass. Diese hervorquellenden Augen, die eidechsenartigen Schwänze, die merkwürdig eingeschrumpelten Proportionen.

»Für mich auf jeden Fall«, sagt er. »Die Zeit wird zeigen, ob ich damit allein bin oder nicht. Wenn du mich fragst, könnte dieses Dorf nicht weiter vom Meer entfernt sein. Man fühlt sich hier fast wie auf dem Festland, findest du nicht?«

»Warum magst du sie so?« Ich gehe zu Tony in den Barbereich, wo er inzwischen mit einem fast obsessiven Stolz die Tische abwischt. Ich halte es nicht länger bei den Seepferdchen aus.

»Wo soll ich da anfangen? Weil das Männchen den Nachwuchs austrägt? Weil sie früher die ertrunkenen Seeleute in die Schattenwelt geleitet haben? Wusstest du, dass getrocknete Seepferdchen für bis zu dreitausend US-Dollar das Kilo verkauft werden, teurer als Silber?«

»Haben sie nicht auch irgendwas mit dem Gedächtnis zu tun?«, frage ich.

»Davon wollte ich eigentlich nicht anfangen.« Er hält im Wischen inne und sieht zu mir auf. »Aber du hast recht: Der Teil unseres Hirns, der die Erinnerungen aus dem Kurzzeitgedächtnis ins Langzeitgedächtnis überführt, heißt Hippocampus, seiner Form wegen: Er sieht aus wie ein Seepferdchen. Tatsächlich haben wir zwei davon, in jeder Hirnhälfte einen, tief versteckt in der inneren Oberfläche der Temporallappen. Besonders schöne, komplizierte Strukturen. Genau wie Seepferdchen. Es sind auch die ersten Regionen, die bei einer Alzheimer-Erkrankung angegriffen werden.«

»Das macht dir wirklich zu schaffen, oder?«, taste ich mich vor. Laura meinte, er würde nicht gern über Alzheimer sprechen. Ich setze mich an einen Tisch und schaue auf eine Ausgabe des *Evening Standard*, den ein heimkehrender Pendler liegen gelassen hat. Auf der Titelseite geht es um Kürzungen im staatlichen Gesundheitssystem bei psychischen Erkrankungen.

»Laura glaubt das jedenfalls«, sagt er. »Ich bin gerade vierzig geworden. Kognitiver Verfall kann ab fünfundvierzig einsetzen. Negative Veränderungen im Hirn können bei Menschen, die später Alzheimer entwickeln, schon mit dreißig einsetzen. Mein Dad starb mit einundvierzig.«

Als ich in die Galerie kam, dachte ich noch, ich wäre stark genug, um mit ihm über sein Gedächtnis zu sprechen, aber das bin ich nicht. Noch nicht.

»Kommst du?«, fragt er, schon auf dem Weg zur Tür, wo er die Lichter ausschaltet. »Du kannst die Zeitung mitnehmen.«

Ich falte sie zusammen, folge Tony auf die Straße und schaue zu, wie er den Metallrollladen herunterzieht und mit einem Vorhängeschloss sichert.

»Darf ich dir etwas zum Abendessen kochen?«, fragt er, während wir über die Straße gehen. »Oder isst du wieder afghanisch?«

»Abendessen wäre schön«, sage ich, doch meine Handflächen schwitzen.

Ich weiß meinen Namen nicht mehr.

28

Der einzige Haken am Schreibzimmer sind die Erinnerungen, die damit verbunden sind. Hierher zogen sich Luke und Chloe regelmäßig zurück, scheinbar, um das Seitenlayout zu besprechen, vor allem aber um zu flirten. Ein ganzes Jahr brauchten sie, bevor sie ihre Kollegen einweihten, zwölf Monate voller kryptischer Mails und heimlicher Blicke quer durch das Großraumbüro. Offenbar hatten alle längst Bescheid gewusst, denn niemand war überrascht, als sie ihre Verbindung verkündeten, was ihm bis heute peinlich ist.

Luke steht vom Computer auf und tritt ans Fenster. Unter ihm spazieren und radeln die Menschen quer über den Clapham Common nach Hause. Jogger sind auch viele unterwegs. Früher ging er immer mit Chloe laufen.

Er wendet sich ab und setzt sich erneut an den Schreibtisch, um seine Suche wiederaufzunehmen. Denk nach, denk nach. Was arbeiteten Freyas Eltern? Es war keine Frage, die man sich unter Schülern stellte. Und dann fällt ihm wieder ein, wie Freya einem anderen Mädchen zu Beginn des Wintersemesters einen wunderschönen Pashmina in der Farbe von dunklem Bernstein schenkte. Er hatte heimlich den Begriff »Pashmina« in der Bibliothek nachgeschlagen und erklärte nun in der Hoffnung, Freya zu beeindrucken, jedem, der es wissen wollte, dass der Schal aus der feinen Wolle aus dem Unterbauch einer Himalayaziege gefertigt war. Vielleicht hatte ihr Vater beruflich mit Stoffen zu tun. In Ludhiana.

Die nächsten zwei Stunden, in denen er eigentlich den monatlichen »Brief an die Leser« verfassen sollte, sucht Luke auf LinkedIn nach Lals, die in Ludhiana im Stoffhandel arbeiten, und gleicht seine Funde jeweils mit Facebook, Pinterest, Instagram, Twitter und Google Plus ab. Er befragt per Mail seine alten Klassenkameraden, zumindest jene, die auf seine erste Mail geantwortet haben, und bekommt die Bestätigung, dass Freya einmal über ein Familienunternehmen in Ludhiana gesprochen hat. Er überfliegt jede Zeitungswebseite aus dem Punjab, die er nur finden kann, schöpft sein Quantum an kostenlosen Suchanfragen im Indian People Directory aus und nutzt die Wayback Machine, um archivierte Seiten von Friends Reunited nachzuschlagen.

Lange hat er das Gefühl, gegen Windmühlen zu kämpfen, und immer stärker setzt ihm der Gedanke zu, dass sie einem Ehrenmord zum Opfer gefallen sein könnte. Und dann, gerade als er überlegt, ob er für heute Schluss machen soll, ein Hoffnungsschimmer: eine wohlhabende Familie namens Lal aus Ludhiana, die Pashminas nach England exportiert und offenbar familiäre Verbindungen hierher hat. Ein weiterer Durchbruch folgt, dank der Alumni-Vereinigung seines Internats, wo man endlich auf eine von ihm zuvor abgefeuerte Mail antwortet. Zwar sind dort weder ihre gegenwärtige Adresse noch andere Kontaktmöglichkeiten bekannt, aber ihm wird mitgeteilt, dass ihre Familie einst der Kunstfakultät, in der Freya Textilkunde studiert hatte, einen größeren Betrag gespendet hatte. Die Spende wurde vor Ewigkeiten gemacht, als Freya noch an der Schule war, aber diese Spur führt ihn auf eine weitere Webseite, auf der alle Wohltäter und Spender der Schule aufgelistet sind. Und dort stößt er tatsächlich auf eine einunddreißig Jahre zurückliegende Spende, ausgestellt im Namen des Exportunternehmens der Familie Lal, die im Gegenzug einen beschrifteten Ziegel im Kunsttrakt erhielt.

Dreißig Minuten später, als die Putzfrau kommt, starrt Luke auf einen Mr. Lal auf LinkedIn, der bei ebendiesem Exportunternehmen für Pashminas beschäftigt ist. Er folgt ihm auf Facebook, schlägt bei all seinen Freunden nach und stößt schließlich auf eine Frau namens Freya. Sie hat einen anderen Nachnamen, ist aber als seine Nichte gelistet. Bingo. Nur dass es ein privater Account ist und es ärgerlicherweise kein Bild von ihr gibt, sondern nur das Foto einer Blüte. Er setzt sich auf und klickt das Bild an. Eine Lotosblüte – wie das Tattoo auf Jemmas Handgelenk, das er im Pub sah.

Könnte das Freya sein? Es gibt nur eine Möglichkeit, das herauszufinden. Mit bebenden Fingern beginnt er, eine ausschweifende Nachricht zu verfassen, und betet dabei, dass sie noch am Leben ist. Wieso schildert er ihr seine gesamte Lebensgeschichte? Er löscht den kompletten Text und entscheidet sich für etwas Simpleres.

Hi, lange nicht mehr gesehen. Ich bin's, Luke Lascelles – bist das wirklich du? Ich würde zu gern von dir hören. Bitte nimm die Freundschaftsanfrage an – ich muss dich etwas Wichtiges fragen. Vielleicht kann ich dich anrufen? Morgen?

Er liest die Nachricht noch einmal durch – genau die richtige Mischung aus lässig und nachdrücklich – und spürt Tränen in den Augen, als er auf Senden klickt. Bei solchen Gelegenheiten merkt er, wie sehr er sein altes Journalistenleben vermisst. Und dann summt sein Handy. Es ist Sean, er ist in der Stadt und hat Durst.

Eines von Lukes Beinen knickt ein, als er aufsteht und das Schreibzimmer verlässt. Er kann nicht sagen, ob es ein Krampf oder die Nervosität ist. Wieder denkt er an Jemma, die Frau, die gestern in seinem Dorf aufgetaucht ist, und an ihr Tattoo. Könnte sie wirklich Freyas Tochter sein? Seine Tochter?

29

»Ich war überzeugt, dass du uns irgendwas verkaufen wolltest, als du gestern hier aufgekreuzt bist«, sagt Tony, während wir in der Abendsonne vor seinem Haus in der School Road stehen. »Fast hätte ich dich zum Teufel geschickt.«

»Ich kann mich nicht erinnern«, sage ich und werfe einen Blick auf den Türklopfer. Bei dem Anblick wird mir wieder schwindlig.

»Du erinnerst dich also nicht, dass ich gesagt habe, wie schön du bist?«, ergänzt er lachend.

Ich kann mich nicht erinnern. Auf der Straße liegt noch mehr Stroh, vom Dachdecker an der Ecke. Fleur war die Schöne.

»Ehrlich gesagt ist das gelogen«, sagt er und öffnet die Haustür. »Das war Laura.«

»Wie lange wird sie wegbleiben?«, frage ich, während wir ins Wohnzimmer treten. Tony antwortet nicht. Ich hoffe, mit Laura ist alles in Ordnung.

Das Haus riecht nach Essen und heimelig, doch ich kann mich nicht entspannen. Jedes Mal wenn ich durch diese Tür trete, fühle ich mich wie ein Eindringling. Das ist Lauras Heim, das Haus einer anderen Frau, und ich sollte nicht hier sein. Und doch weiß ich, dass ich aus einem bestimmten Grund in dieses Haus gekommen bin. Zu einem bestimmten Zweck.

In meinen Notizen steht, wie ich mich aufs Sofa setzte und süßen Pfefferminztee trank, den Laura mir in einer Tasse mit einer Yogakatze darauf brachte. Dieselbe Tasse oder eine ganz ähnliche steht jetzt auf dem niedrigen Wohnzimmertisch neben dem Ausdruck eines Zeitungsartikels aus dem Internet. Ich kann gerade noch die Schlagzeile lesen – *Totschlag: Frau verurteilt, die bester Freundin die Kehle aufschlitzte* –, ehe Tony ihn wegzieht wie ein Teenager, der einen Porno verstecken will.

»Ich habe schon Essen gemacht«, sagt er und geht weiter in die Küche. »Muschelsuppe, nur dass ich keine Venusmuscheln bekommen konnte, darum gibt es nun Jakobsmuscheln. Handgeerntet in Devon. Ich hoffe, das ist für dich in Ordnung.«

»Du wusstest doch gar nicht, dass ich komme.« Ich bleibe im Wohnzimmer, kauere auf dem Sofa und versuche mich zu sammeln. Meine Hände hören nicht auf zu zittern, ohne dass ich noch eine Entschuldigung dafür hätte.

»Ich habe einfach alles auf eine Karte gesetzt, nachdem ich deine Gefängniszelle im Pub und den Afghanenfraß auf dem Boden sah.«

Es missfällt mir, dass er so gemein zu Abdul ist. »Das Curry war köstlich.«

»Das war es bestimmt.«

»Kann ich dein Bad benutzen?«, frage ich und gehe zu ihm in die Küche.

»Nur zu«, sagt er und fängt an, den Tisch zu decken.

Nachdem ich die Tür verriegelt habe, lasse ich mich auf den heruntergeklappten Toilettensitz sinken und schließe die Augen. Es war ein Fehler, allein hierher zurückzukommen. Ich bin noch nicht bereit. Und es ist nicht fair Laura gegenüber. Ich hätte sie aufhalten sollen, als sie zum Zug ging, hätte mit ihr reden sollen, nur war das unmöglich. Sie hört nicht zu, hat zu viele eigene Theorien im Kopf. Ich sehe mich in der Toilette um und entdecke hinter mir eine kleine gerahmte Fotografie mit einem Seepferdchen. Ich atme tief durch und kehre in die Küche zurück.

30

»Du hast *was* gemacht?«, fragt Luke und bedeutet dem Barkeeper, dass er noch ein Bier braucht.

»Ich habe sie auffliegen lassen«, sagt Sean.

Sie sind im Windsor Castle in Westminster, eine von Lukes Lieblingstränken in London. Er liebt die Holzvertäfelung hier, die handgravierten Glasabtrennungen und den Speiseaufzug hinter der Bar, mit dem Pies und Fritten aus der Küche hochgefahren werden. Außerdem liegt der Pub nicht weit von der Wohnung in Pimlico entfernt, die Freunden seiner Eltern gehört und in der er heute Abend übernachten wird. Sean und er sitzen in einem abgetrennten Bereich, abgeschnitten vom Gedränge der Feierabendbesucher im Hauptraum, und Sean versucht Luke ein weiteres Mal zu überzeugen, dass Jemma eine russische Schläferin ist.

»Sie ist wie angewurzelt stehen geblieben«, sagt Sean.

»Wann?«

»Als ich Jemma auf Russisch angesprochen habe. Auf dem Friedhof.«

»Kein Wunder, dass sie überrascht war.« Die arme Frau. Sie hat schon genug Ärger am Hals, ohne dass sie von verrückten Iren auf Russisch angequatscht wird.

»Sie wusste nicht, dass ich es bin«, fährt er fort und lässt seinen Bierdeckel kreiseln. Seans Körper ist genauso rastlos wie sein Geist.

»Wieso?«

»Weil ich mich versteckt habe. Hinter einer Esche. So wird so was gemacht.«

»Ich kann dir nicht mehr folgen, Sean.« Luke sieht zur Tür. Zwei verwirrte Touristen sind gerade eingetreten, ihre Reiseführer in den Händen. Der Pub hieß früher The Cardinal, eine Anspielung auf die nahe Westminster Cathedral. Als er in Victoria bei der Zeitung arbeitete, verbrachte er viel Zeit damit, Touristen zur Busstation zu lotsen.

»Geheimer Austausch im Feld«, fährt Sean fort. »*Dame König As Spion*, Kreidezeichen im Park? Ich habe sie gefragt, ob sie Moskau vermisst. Auf Russisch. Ob sie wüsste, wo ihre Loyalität liegt.«

»Und sie sagte …?« Entgeistert versucht Luke, sich die Szene auszumalen. Er ist gut gelaunt heute Abend, nach seiner erfolgreichen Suche als Online-Detektiv hat er Oberwasser.

»Gar nichts. Genau das ist es ja. Ich habe sie kalt erwischt.«

»Die Welt muss ein aufregender Ort sein, wenn man sie durch deine Augen sieht, Sean. Und voller Enttäuschungen.«

Luke bezahlt zwei weitere Guinness, serviert von einem höflichen polnischen Kellner, und dreht sich wieder seinem Freund zu. »Eines musst du verstehen, Sean«, sagt er und versucht, seinen Worten die angemessene Würde zu verleihen. »Jemma ist keine Russin, sie war nie eine und wird nie eine sein.«

»Wie kannst du dir da so sicher sein?«

»Lass es gut sein, Sean. Bitte?«

Ein paar Sekunden sitzen sie schweigend da, was untypisch für sie ist, dann zieht Sean ab zu den Klos im Untergeschoss. Wenn er zurückkommt, das ist Luke klar, muss er seinen Freund über Freya Lal ins Bild setzen. Er kann nicht sicher sein, dass er die Richtige angeschrieben hat, trotzdem ist er optimistisch. Vorausgesetzt, sie ist noch am Leben. Ihr Vater hätte sie auf keinen Fall umgebracht, selbst wenn sie schwanger gewesen war. Und er hat keinen Beweis dafür, dass sie es war.

»Es gibt tatsächlich noch etwas Wichtiges, das ich dir erzählen muss«, sagt Luke, als Sean zurückkommt.

»Ich bin ganz Ohr.« Sean sieht sich um und trinkt den Schaum von seinem Guinness ab. »Und Moskau auch, das steht fest.«

Unwillkürlich sieht sich Luke ebenfalls im Pub um und bemerkt die Auswahl an Wodkasorten hinter der Bar. Vielleicht haben die Russen diesen Fleck wirklich auf ihrem Radarschirm.

»Ich interessiere mich vor allem für Jemma, weil …« Luke stockt, müht sich, die Worte auszusprechen. »Falls sie Tochter meiner alten Freundin Freya Lal ist, dann …«

»Dann?«, fragt Sean.

Er macht es ihm nicht einfach. Luke muss darauf hoffen, dass Sean seine überschäumende Fantasie wenigstens ein paar Sekunden abschalten kann.

»Dann könnte ich ihr Vater sein.«

»Okay«, sagt Sean deutlich ernster. Fast respektvoll. »Das ändert die Dinge irgendwie.«

»Hilfst du mir herauszufinden, ob sie meine Tochter ist?«

»Klar.«

»Und lässt du diesen Russenmist sein?«

»Das könnte schwieriger werden.«

»Ich habe heute Nachmittag lange recherchiert. Und möglicherweise habe ich Freya Lal in Indien ausfindig gemacht. Im Punjab.«

»Dem Land der fünf Flüsse«, sagt Sean. »Dem Brotkorb Indiens.«

Doch ehe Luke darauf antworten kann, vibriert das Handy in seiner Hosentasche.

Es ist eine Nachricht von Freya, eine Antwort auf seine Anfrage. Sie möchte, dass er sie noch heute Abend anruft.

31

»Irgendwann kommt sie zurück, deine Erinnerung, meine ich«, sagt Tony, als wir uns zum Essen setzen. Das Licht ist gedämpft, und es spielt Musik: REM, glaube ich. Merkwürdig, woran ich mich erinnere. Das Haus sieht sauberer aus als je zuvor, frische Blumen stehen auf dem Tisch, das Geschirrtuch hängt korrekt gefaltet über der Ofenschiene. Ich darf mich nicht aufregen. Inzwischen kann ich meine Angst besser beherrschen als zu Beginn des Abends.

»Das sagen mir alle.« Ich schaue zu, wie er zwei Gläser Wasser aus dem gluckernden Krug vollschenkt. Wo habe ich dieses Geräusch schon mal gehört? »Ich will einfach nur wissen, was mit mir passiert ist, wer ich bin.«

»Alzheimer hast du nicht, die Anzeichen dafür kenne ich«, sagt er und reicht mir ein Glas.

»Sehr beruhigend, vielen Dank.«

»Wirst du dir heute Abend wieder Notizen machen?«, fragt er und schöpft dabei Muschelsuppe aus einem orangefarbenen Le-Creuset-Topf.

»Die Notizen von gestern haben mir heute sehr geholfen. Mir viele Peinlichkeiten erspart. Dr. Patterson sagt, ich sollte jeden Abend alles aufschreiben.«

»Und was wirst du über den heutigen Tag schreiben?« Er sieht mich an. »Diesen Abend?«

»Ich muss aufpassen.« Ich stocke und schaue in den

Teller mit dampfender Muschelsuppe. »Ein nettes, ruhiges Abendessen allein in meinem Zimmer im Pub, denke ich.«

Er lächelt verschwörerisch und greift nach der Flasche Pouilly-Fumé. »Möchtest du Wein?«

»Nein danke. Dr. Patterson hat gemeint, ich sollte mich vom Alkohol fernhalten.«

»Sie hat recht. Schlecht fürs Hirn. Ich genehmige mir trotzdem ein kleines Glas.«

Er spricht weiter über sein Galeriecafé, erzählt, dass mehr Radtouristen und Kanalbootfahrer bei ihm einkehren, als er dachte, und dann tut sich eine Lücke in unserer Konversation auf. Wir haben genug Suppe gegessen, und ich nippe an einem weiteren Pfefferminztee, den Becher in beiden Händen, in der Hoffnung, dass sie nicht allzu sehr zittern.

»Kannst du beschreiben, was das für ein Gefühl ist?«, fragt er. »Sich an nichts zu erinnern?«

Ich überlege, ehe ich antworte. Ich weiß, ich sollte mit ihm über Amnesie sprechen – das ist wichtig –, aber es fällt mir alles so unendlich schwer.

»So als würde ich auf einem Speedboot übers offene Meer rasen«, fange ich an. »Aber wenn ich mich umdrehe und in die Kielwellen schauen will, ist da nur ruhiges, ebenes Wasser, das sich in alle Richtungen erstreckt, ohne jeden Hinweis darauf, dass ich je da war. Und das Merkwürdigste ist, dass auch das Wasser vor mir leer zu sein scheint. So als wäre ich nicht mehr in der Lage, mir eine Zukunft auszumalen, solange ich mich nicht an meine Vergangenheit erinnere.«

»Fürchtest du dich davor, morgen früh aufzuwachen und wieder ganz von vorn anfangen zu müssen?«

»Wenn ich lesen werde, was heute alles passiert ist, werde ich es bestimmt nicht für möglich halten, dass das tatsächlich mir widerfahren ist, dass dies mein Leben ist.«

Ich merke, wie mir die Tränen kommen, sobald ich mich meinen Tag zusammenfassen höre. Dabei habe ich mich heute Abend so gut geschlagen und so lange die Fassung gewahrt.

»Die Sache ist, dass ich auch anfange, Sachen zu vergessen«, sagt er. »Kleinigkeiten.«

»Wie zum Beispiel?«

Er antwortet nicht gleich, und als er es tut, spricht er leiser, nachdenklicher. »Es ist nicht so, dass ich die Autoschlüssel nicht finden würde, sondern dass ich mich für einen Augenblick dabei ertappe zu fragen, wozu sie gut sind, wenn ich sie gefunden habe.«

»Macht dir das Sorgen?«

»Es macht mir eine Scheißangst.« Er macht eine kurze Pause. »So als würde ich einen Blick ins hohe Alter wagen.«

»Mein Leben hat eben erst angefangen«, sage ich und lache gezwungen. »Ich bin erst zwei Tage alt.«

Er lächelt, doch er ist nicht mit dem Herzen dabei, sondern mit den Gedanken woanders. Er steht vom Tisch auf und beginnt abzuräumen.

»Mir gefällt die Vorstellung nicht, dass du morgen ganz allein in diesem stickigen alten Kabuff aufwachst«, sagt er, mit dem Rücken zu mir an der Spüle stehend. »Du kannst gern hier schlafen, weißt du? Unten auf dem Sofa oder oben im Gästezimmer. Ich glaube einfach, du solltest morgen früh jemanden um dich haben.«

»Das Essen war wunderbar. Und lecker. Aber ich

muss jetzt gehen.« Ich tupfe mir mit einer Serviette die Lippen ab. Das Zittern hat wieder eingesetzt. »Ich bin müde. Und ich habe noch eine Menge zu schreiben. Mir einzuprägen.«

»Wie du meinst«, sagt er und dreht sich zu mir um. Er wischt seine Hände am Geschirrtuch ab und faltet es dann korrekt zusammen.

»Aber vielen Dank«, sage ich im Aufstehen. Ich muss hier raus und trete den Weg durchs Wohnzimmer an.

»Nimm lieber die Tür nach hinten raus«, ruft er mir nach. »Und lass mich dich wenigstens zum Pub begleiten.«

»Es geht mir gut, ehrlich«, lehne ich ab und versuche, nicht in Panik zu geraten. Es ist, als wären wir in einem flattrigen, unkoordinierten Tanz gefangen.

Ich widerstehe dem Drang, auf die Straße zu rennen, und kehre gezwungenermaßen in die Küche zurück, wo er schon die Türe in den Garten geöffnet hat. Als ich an ihm vorbeigehe, legt er die Hand auf meinen Arm, um mich aufzuhalten. Ich weiß genau, was jetzt kommt, wie unser Tanz enden wird.

»Lass uns das noch mal machen«, sagt er und lässt sein entspanntes Lächeln aufstrahlen. Er sieht sich um und beugt sich vor, um mich auf die Lippen zu küssen.

Ich schließe die Augen und zähle – eins, zwei, drei, mit rasendem Puls und in Gedanken bei Fleur –, bevor ich in den Garten, aus seiner Reichweite treten kann.

Wir starren uns kurz an, dann gehe ich los, so eilig wie möglich, ohne dass ich renne.

»Aber schreib das bloß nicht auf«, ruft er mir nach. »Dann können wir uns morgen noch einmal zum ersten Mal küssen.«

Ich glaube, ich muss mich übergeben, doch in diesem Moment läutet sein Handy. Aus irgendeinem Grund dämpft das Geräusch meine Übelkeit und lässt mich anhalten. Ich bin schon am Ende des Gartens und hantiere an der Verriegelung des Holztors herum. Ich hoffe, es ist Laura, die anruft, um zu sagen, dass alles in Ordnung ist.

»Ich lasse den hier liegen – falls du es dir anders überlegst«, sagt er, zieht einen Schlüssel aus seiner Tasche und versteckt ihn unter einem kleinen umgedrehten Tontopf, einem von mehreren neben der Gartentür.

»Okay«, sage ich, während ich ihm zusehe und nur noch wegwill.

»Aber jetzt muss ich mit Laura sprechen.«

32

Luke studiert die Nachricht nochmals. Sie ist kurz und schlicht.

Freu mich so, von dir zu hören! Und das nach so vielen Jahren! Bitte ruf mich morgen früh an, 7 Uhr IST, 2:30 GMT? Ich sollte jetzt schlafen … morgen mehr. Fx

Er sieht auf und sich im Windsor Castle um, das inzwischen so gut wie leer ist. Er kann nicht aufhören zu lächeln, seit er die Nachricht gelesen hat. Zu viele Abkürzungen für seinen Geschmack, aber damit kann er leben. Jetzt, da er weiß, dass Freya ihren Lebensunterhalt mit dem Export von Pashminas verdient, findet er es nur logisch, dass sie die Sprache der internationalen Geschäftswelt spricht. Sean ist abgezogen, um bei seinem Bruder zu übernachten, und Luke ist allein mit einem weiteren Pint und seinem Handy zurückgeblieben. Er hat Sean die Nachricht noch gezeigt, und sie haben kurz darüber gesprochen, doch Sean hat sich von seiner Begeisterung nicht anstecken lassen. Sean war müde – und leicht angefressen, schien die Nachricht doch zu beweisen, dass Jemma keine russische Schläferin ist.

Er sieht auf seine Uhr – noch zwei Stunden, bevor er sie anrufen kann. Ganz gleich, ob Jemma nun ihre gemeinsame Tochter ist oder nicht, er freut sich, wieder Kontakt zu Freya zu haben, nachdem er sich so verloren gefühlt hat. Zum ersten Mal seit Jahren fühlt er sich verbunden – geerdet. Seine Jugendjahre, zumindest die Erinnerungen daran, haben wieder etwas mit dem Menschen zu tun, der er heute ist, machen ihm bewusst, dass sein Leben eine Konsequenz der Entscheidungen ist, die er damals gefällt hat. Auf einmal zieht sich ein ermutigender roter Faden durch sein Leben, von dem er bis dahin nichts geahnt hat.

Erst als er Freyas Facebook-Seite genauer studiert, schwindet seine Zuversicht. Es stört ihn nicht, dass sie verheiratet ist oder dass ihr Mann auf den Bildern ärgerlich sympathisch aussieht. Er ist froh, dass sie ihr Glück gefunden hat. Ihn stören die Bilder all der jungen Menschen. Sie scheinen sie zu vergöttern, darum hatte er angenommen, es seien ihre Kinder, aber nach und nach stellen sich alle als Neffen oder Nichten heraus, und keine unter ihnen sieht Jemma ähnlich.

Er nimmt einen tiefen Zug Guinness. Keine Kinder. Er kann nicht abstreiten, dass er enttäuscht ist. Seit der Trennung von Chloe hat er ab und zu online nach Freya Ausschau gehalten, doch erst seit Jemma in ihrem Dorf aufgetaucht ist, sucht er ernsthaft nach ihr. Auf einmal allerdings scheint sie keine große Rolle zu spielen. Falls Freya schwanger war – immer noch ein großes Falls –, hat sie höchstwahrscheinlich abgetrieben, und demnach ist Jemma nicht ihre Tochter.

Er trinkt sein Bier aus und beschließt, zum Fluss hinunter und zum Battersea Park zu gehen, wo er die Zeit totschlagen will, bis er Freya anrufen kann. Es ist beinahe ein Uhr morgens, als er die Chelsea Bridge in

Richtung Süden überquert, aber London wirkt immer noch lebendig. Er fühlt sich lebendig. Und jung – viel jünger als seine fünfzig Jahre. Zu Hause bei seinen Eltern im Dorf läge er schon längst im Tiefschlaf, eingelullt von reiner Luft und dem ruhigen Rhythmus des Landlebens. Er schiebt seine Carhartt-Basecap zurecht, die er nur in London trägt (Milo macht ihm die Hölle heiß, wenn er sie zu Hause aufsetzt), und schreitet voran.

Der Park schließt um 22:30 Uhr, aber es gibt eine hinter hohen Büschen verborgene Stelle an der Queenstown Road, an der er und Freya einst, vor über dreißig Jahren, über den Zaun geklettert sind. Er ist zuversichtlich, dass er den schmiedeeisernen Zaun immer noch überwinden kann, allerdings sehen die Spitzen viel höher aus als in seiner Erinnerung. Er sieht sich um und zieht sich dann ohne Schwierigkeiten hoch. Stolz, seinem Alter getrotzt zu haben, springt er auf der anderen Seite hinunter, aber prompt verfängt sich sein Hosenbein und reißt auf. Er stürzt mit einem Grunzen zu Boden und bleibt ein paar Sekunden liegen.

In etwa einer Stunde wird Freya aufstehen. Er klopft sich den Staub ab und wandert zur Peace Pagoda mit Blick auf die Themse. Hier saßen sie damals und planten ihre gemeinsame Zukunft, optimistisch und naiv, wie Teenager es sind. Endlos unterhielten sie sich, erst an der Pagode, später bei langen Spaziergängen auf den verschlungenen Wegen. Als die Parkwächter abends den Park räumten, versteckten sie sich im Gebüsch und unterhielten sich noch länger, ehe sie sich zum ersten und einzigen Mal liebten.

Es erscheint ihm wie ein geeigneter, beinahe poetischer Platz, um den Kontakt mit Freya wiederaufzunehmen, trotzdem braucht sie nicht genau zu wissen, wo er ist. Er wird es ihr nur erzählen, wenn es ihm richtig erscheint.

Jetzt muss er nur noch abwarten.

33

»Hoffentlich war daran nicht das Curry meiner Mutter schuld«, sagt Abdul, als ich aus dem Gemeinschaftsbad komme, das sich am Ende des Ganges oben im Pub befindet.

»Nein«, sage ich. »Das Curry war köstlich.«

Dummerweise bin ich mit Abdul zusammengestoßen, als ich von meinem Abendessen mit Tony zurückkam. Er sah mich den Gang hinunter ins Bad rennen und hörte, wie ich mich übergab.

»Kann ich Ihnen irgendwas bringen?«, fragt er, in der Tür zu seinem Zimmer stehend. Er trägt ausgebeulte Shorts und ein schlecht sitzendes Trikot des Bath Rugby Club.

»Es geht schon, danke.« Ich fühle mich besser, seit ich mir die Zähne geputzt habe. »Tut mir leid, falls ich Sie gestört habe.«

»Ich habe Sie heute Abend zu Tony gehen sehen«, sagt er ohne jeden Vorwurf in der Stimme.

»Wir haben zusammen zu Abend gegessen«, sage ich. »Er ist sehr hilfsbereit, genau wie seine Frau Laura. Gestern, als ich hier ankam, durfte ich bei ihnen übernachten.«

»Mein Bruder und ich bringen ihm bei, wie man Cricket spielt.« Abdul schwenkt die Arme wie ein Höhlenmensch mit einer Keule und schüttelt den Kopf.

»Ich muss jetzt schlafen gehen – danke noch mal für das Curry. Das war wirklich sehr nett.«

In meinem Zimmer verriegele ich die Tür und beginne meinen Tag aufzuschreiben, angefangen mit der Lektüre meiner Notizen, nachdem ich in Tonys und Lauras Haus aufgewacht war, bis hin zu dem Abendessen mit Tony. Es kommt mir idiotisch vor, so zu tun, als wäre ich im Pub gewesen. In diesem Dorf bleibt nichts unbemerkt. Ich frage mich, ob Abdul mich auch von Tonys Haus zurückkommen sah. Als ich mich aufs Bett lege, ist mir immer noch übel.

Eine Stunde später wache ich von einem durchdringenden Schrei auf. Hat Abdul im Schlaf gebrüllt, hatte er Albträume von gekenterten Booten und aufgeblähten Leichen im Meer? Ich liege in der mondbeschienenen dörflichen Stille, schaue zu, wie die Brise mit dem Vorhang spielt, und begreife irgendwann, dass ich selbst geschrien habe.

Schlafe ich immer noch? Oder befinde ich mich in einer unbewussten Phase des Aufwachens? Fleur liegt ausgestreckt da, starrt mich an, mit nackter Angst in den Augen. Ich probiere es noch mal, und diesmal falle ich auf den Boden, wo ich liegen bleibe und in Fleurs verstörte, verängstigte Augen schaue. Langsam krieche ich auf allen vieren auf sie zu, eine Hand nach vorn gestreckt in dem hoffnungslosen Bemühen, sie zu berühren. Doch kurz davor breche ich zusammen, mein Körper wird zu Boden gepresst, bis es zu spät ist und Fleurs Schreie in der Nacht erstorben sind.

Jemand klopft an die Tür.

»Hallo?«, rufe ich.

»Alles okay?« Es ist Abdul.

»Es geht schon wieder«, antworte ich, auf einen Ellbogen gestützt. »Ich hatte einen Albtraum, das ist alles. Danke.«

»Ich auch.«

Es bleibt still. Ich bin froh, dass Abdul noch da ist und hinter der verschlossenen Tür steht. Ich merke, dass ich schlottere und schweißgetränkt bin.

Während sich seine Schritte über den Flur entfernen, drehe ich mich zur Wand und warte, dass mich der Schlaf wieder einholt. Hoffentlich habe ich den Albtraum bis morgen vergessen.

34

Der Anruf kommt um Punkt 2:30 Uhr und holt Luke aus einem leichten Schlummer. Er liegt eingerollt in der Ecke der Pagode und richtet sich an der Wand auf, bevor er das Gespräch annimmt. Erst zieht er die Basecap ab und ordnet seine Haare, dann hält er das Handy auf Armeslänge von sich weg und leicht nach oben, damit er kein Doppelkinn hat. Die Nacht ist warm, trotzdem zittert seine Hand, als er die Verbindung herstellt.

»O mein Gott.« Freya lächelt in die Kamera, einen Dupatta locker über ihrem Kopf. »Du bist es wirklich!«

Sie sitzt in einer Art Büro, hinter ihr dreht sich ein Ventilator an der Decke.

»Ich bin's«, bestätigt er lächelnd und überwältigt von ihrer Schönheit. Sie ist noch genauso, wie er sie in Erinnerung hat, ganz besonders diese lyrische Stimme. Genau wie Jemmas.

»Wie geht es dir?«, fragt sie.

»Gut, danke.« Gott, was Besseres fällt ihm nicht ein? »Tut mir wirklich leid, dass ich dich aus heiterem Himmel überfalle«, fährt er fort. »Hoffentlich hältst du mich nicht für einen perversen Facebook-Stalker, aber …«

»Ich freue mich so sehr, von dir zu hören, wirklich«, fällt sie ihm ins Wort. »Du hast dich kein bisschen verändert.«

»Du dich auch nicht – auf positive Weise, meine ich.«

Sie errötet und sieht sich um. Erst jetzt fragt sich Luke, ob sie vielleicht nicht allein ist. »Wo bist du gerade?«, fragt er.

»In meinem Büro. Im Familienunternehmen. Ich bin früher hergekommen, um mit dir zu sprechen.«

»Tut mir leid, wenn ich dich in Schwierigkeiten bringe.«

»Ganz und gar nicht. Wir müssen oft früher ins Büro kommen, wenn wir mit China oder dem Fernen Osten telefonieren.«

»Klingt, als würde es gut laufen. Geschäftlich.«

»Es läuft gut, ja«, bestätigt sie mit leichtem Zögern in der Stimme.

»Pashminas?«

»Woher weißt du das?«

»Ich bin Journalist. Na schön, ich war einer. Bin einer. Mehr oder weniger. Früher habe ich bei einigen großen Zeitungen gearbeitet. Jetzt leite ich eine Zeitschrift für stinkende alte Autos.«

»Das hört sich wirklich großartig an.«

»Ich hab den Job gewechselt, als meine Frau starb«, sagt er. Er hat das Gefühl, dass er es seiner Frau schuldig ist, sie ins Gespräch zu bringen, aber das schlägt unvermeidlich auf die Stimmung.

»Das mit deiner Frau tut mir so leid«, sagt sie und schlägt respektvoll die Augen nieder.

»Wie hast du davon erfahren?«

»Ich habe dich natürlich gegoogelt. Nachdem du mir geschrieben hattest. Du hattest einen Artikel über sie geschrieben. Einen sehr bewegenden.«

Er ist immer noch nicht sicher, ob das richtig gewesen war. Mit etwas so Privatem an die Öffentlichkeit zu gehen. Aber über seine Trauer zu schreiben hat ihm zweifellos geholfen, sein Leben wieder aufzunehmen.

»Wo bist du eigentlich?«, fragt sie. »In einer Art Tempel?«

»Ich bin in der Peace Pagoda im Battersea Park.« Es erscheint nicht unangemessen, ihr das zu erzählen, dennoch spannt er sich an, während er auf ihre Reaktion wartet.

»Ist nicht wahr.« Sie wirkt nicht böse.

»Du erinnerst dich?«

»Natürlich erinnere ich mich.« Sie klingt jetzt leiser, versonnen.

»Glückliche Zeiten«, sagt er, eher aus Hoffnung als aus einem anderen Grund.

»Das waren sie – so glücklich.«

»Es hat mir das Herz gebrochen, als du damals nach der Schule weggezogen bist.«

»Mir auch.«

»Ich habe dir geschrieben, oft sogar.«

»Ich weiß. Mein Vater hat deine Briefe abgefangen. Und alle verbrannt.«

»O Gott, waren sie so schlecht?« Luke sagt das leichthin, doch sein Magen krampft sich zusammen. Das klingt fast, als hätte er recht gehabt. Ihre Familie hat sie unter Druck gesetzt, alle Verbindungen zu ihrem früheren Leben in England zu kappen und fortan in Indien zu bleiben. Weil sie schwanger gewesen war? Mit ihrem gemeinsamen Kind?

Beide verstummen, es ist die erste Pause in ihrer Unterhaltung. Luke schaut über den Fluss, der dunkel und schnell dahinfließt. Er fühlt sich eher niedergeschlagen als bestätigt, weiß nicht, was er denken soll.

»Ich musste England verlassen«, sagt sie leise. »Das war der Deal.«

»Ein Deal mit deinen Eltern?«

Sie nickt und sieht sich kurz um.

»Bist du allein?«, fragt er.

»Noch. Bald kommen die ersten Arbeiterinnen.«

»Was war das für ein Deal?«, fragt er. Er muss wissen, was damals geschehen ist, auch wenn er weiß, dass das ihre Sache war. Ihre Entscheidung. Es dauert eine Weile, ehe sie ihm antwortet.

»Warum hast du mir geschrieben?«, fragt sie. »Nach so vielen Jahren?«

»Gestern ist jemand in dem Ort aufgetaucht, in dem ich wohne. Sie sieht genau aus wie du, als du jünger warst.«

»So schlimm bin ich doch nicht gealtert, oder?«

»So meine ich das nicht.« Jetzt macht er eine Pause. »Du siehst super aus. Fantastisch, genau gesagt.«

»Und wer ist sie? Diese Frau, die aussieht wie ich, bevor ich alt und faltig wurde?«

»Das weiß niemand, genau darum geht es. Nicht einmal sie weiß, wer sie ist. Sie leidet unter Amnesie – vorübergehend, hoffen wir alle. Aber bis dahin wollen einige von uns herausfinden, wer sie ist.«

»Und du glaubst, sie könnte irgendwas mit mir zu tun haben?«

Er holt tief Luft. »Vielleicht verwandt sein.«

»Wie alt ist sie?« Auf einmal klingt sie ernst.

»Das weiß sie nicht. Sie hat alle Ausweise verloren. Ende zwanzig?«

Freya legt die Hände aufeinander wie im Gebet, drückt sie gegen ihre Lippen, senkt den Kopf.

»Alles okay?«, fragt Luke.

»Ich muss dir etwas gestehen«, sagt sie, den Blick immer noch gesenkt.

»Ich glaube, ich weiß es schon«, sagt er schließlich. »Falls es dir die Sache erleichtert: Ich habe dreißig Jahre gebraucht, aber schließlich ist mir ein Licht aufgegangen. Und es ist okay. Natürlich ist es okay. Wie du dich auch entschieden hast.«

Beide schweigen. Er weiß, dass er ins Schwarze getroffen hat.

»Mein Vater wollte, dass ich es wegmachen lasse, aber das hat ihm meine Mutter, unterstützt von meiner Tante, ausreden können«, sagt sie und tupft sich mit einem Taschentuch den Augenwinkel. »Sie schlossen einen Deal: Ich durfte das Baby bekommen, in Indien, aber danach würde ich es zur Adoption freigeben. Und nachdem der Vater des Babys Europäer war, kontaktierte mein Vater eine europäische Agentur. Sie haben sie gleich nach der Geburt mitgenommen.«

»Es war ein Mädchen?«

Luke muss weinen, doch sein Schuldgefühl ist unterlegt von einer merkwürdigen Freude darüber, dass er eine Tochter hat, eine Halbschwester für Milo.

»Ein wunderschönes kleines Mädchen«, bestätigt sie. »Ich weiß, ich hätte es dir sagen müssen, aber damals war alles anders. Es war so unendlich schwierig. In unserer Großfamilie gab es einige, die mir den Tod wünschten – weil ich Schande über sie gebracht hatte. Aber die bekamen einen Maulkorb verpasst. Wir sind inzwischen ein moderndes Land, musst du wissen.«

Luke schließt die Augen und muss an den Artikel über Ehrenmorde denken. »Schon okay. Bitte entschuldige, dass ich gefragt habe, dass ich dich alles noch einmal durchleben lasse.«

»Ich fühle mich viel besser, seit ich es dir erzählt habe.«

»Um ehrlich zu sein, weiß ich kaum etwas über die Frau, die in unserem Dorf aufgetaucht ist. Vielleicht hat sie überhaupt nichts mit dir zu tun.«

Es war nur sein egoistischer Wunsch, Klarheit über Jemmas Identität zu bekommen, der ihn Verbindung zu Freya aufnehmen ließ, nur darum muss sie sich all dem noch einmal stellen. Und am Ende war womöglich alles für die Katz.

»Aber es gibt eine gewisse Ähnlichkeit, sagst du? Hast du ein Foto von ihr?«

»Es geht eher um die Art, wie sie spricht.« Er muss daran denken, wie er Jemma bei ihrem ersten Aufeinandertreffen in der Praxis mit Laura reden hörte, wie verwirrt er gewesen war, wie er sie kurz mit der jungen Freya verwechselt hatte. »Wie sie sich verhält.«

»Und wo wohnt sie?«, fragt sie.

»Das wissen wir nicht. Sie kam mit einem Flug aus Berlin nach England.«

»Berlin?«

»Das glauben wir jedenfalls. Ich habe kein Foto.«

Freya tupft sich wieder die Augen trocken und dreht sich kurz um. »Ich muss Schluss machen. Meine Kollegen kommen schon.« Sie sieht sich noch einmal um, bevor sie weiterspricht. »Man hat uns nichts über das reiche Paar verraten, das sie damals adoptierte, nur ihren Glauben – sie war eine Bahai – und ihre Nationalität.«

»Und …?«, fragt Luke, dabei weiß er schon, was sie sagen wird.

»Es war ein gemischtes Paar, das in Deutschland lebte.«

Tag drei

35

Ich wache früh auf, lausche dem Vogelgesang vor dem Fenster und frage mich, warum es schon so hell ist, wo auf der Welt ich mich befinde. Mein unterer Rücken tut mir weh, darum bleibe ich still liegen und starre zur Decke hinauf. Nach ein paar Sekunden stütze ich mich auf einen Ellbogen, verziehe vor Schmerz das Gesicht und sehe mich in dem kleinen Raum um.

Ich weiß meinen Namen nicht mehr.

Ich sehe die Blätter auf meinem Nachttisch liegen und sinke wieder auf das Bett, wo die Angst, die sich während des Schlafs zurückgezogen hatte, mit Macht wieder zuschlägt. Ich wünschte, ich wäre nicht in diesem Dorf und würde nicht allein in der schmuddeligen Kammer eines Pubs liegen, aber ich bin nun mal hier und muss mich dem stellen, was mich erwartet. Ich kann nur nach vorn blicken.

Froh, dass genug Wechselsachen in meinem Koffer sind, ziehe ich mich an und gehe den Gang hinunter. Als ich an dem Zimmer vorbeikomme, in dem Abdul und sein Bruder schlafen, lächle ich still über das mächtige, überlaute Schnarchen. Abdul war wirklich nett zu mir.

Ich weiß nicht, wie spät es ist, als ich aus dem Haus trete. Ich möchte durch die Straßen spazieren und mir ein Bild vom Ort machen, doch das könnte problematisch werden. Wie ich in meinen Notizen geschrieben habe, hat mein Auftauchen Laura verschreckt, und es könnte noch mehr Menschen geben, die sich nicht freuen, mich zu sehen – Gassigeher vor dem Frühstück, Jogger.

Ich will gerade den Weg hügelaufwärts einschlagen, vom Bahnhof weg, als ich sehe, wie in Tonys Café das Licht angeht. Im nächsten Moment tritt er auf die Straße und stellt eine hölzerne Klapptafel auf. Er geht in die Hocke, schreibt etwas darauf, tritt einen Schritt zurück, zückt sein Handy und macht ein Foto von der Tafel. Nachdem er das Bild betrachtet hat, sieht er die Straße auf und ab, bemerkt mich und grüßt mich mit erhobener Hand. Ich winke zurück, überquere die Straße und gehe zum Café. Wir müssen reden.

»Du bist früh auf«, stellt er fest und macht sich hinter der Essenstheke am Ofen zu schaffen.

»Du auch«, sage ich.

»Hast du das Schild draußen gesehen? Ich will was Neues ausprobieren. Um die frühen Pendler abzufangen. Ich könnte mir vorstellen, dass ich mir einen ganz neuen Markt erschließe, wenn ich mich rechtzeitig vor dem 5:45er mit einem Tablett TSTs – geräuchertes Tempeh, Salat, Tomate und Avocado auf Sauerteigbrot – auf den Bahnsteig stelle.«

»Die meisten werden einfach nur einen Kaffee wollen, oder?« Ich kann kaum glauben, wie früh es sein muss.

»Ich nehme auch eine Thermoskanne mit – eigentlich bräuchte ich eine kleine Bodega da unten, quasi ein Vorposten mit eigener Kaffeemaschine. Irgendwann wird es so weit sein.«

»Ganz bestimmt.«

»Möchtest du einen Kaffee oder was zu essen?«, fragt er und sieht in die Auslage. »Im Moment habe ich allerdings nur den Räuchertempeh.«

»Danke, ich brauche nichts.«

»Wie war's?«, fragt er. »Das Aufwachen?« Er schaltet den Ofen ein, späht durch die Glasscheibe.

»Als Erstes habe ich meine Notizen gelesen«, sage ich.

»Also keine Veränderung.« Er klingt aufgeräumt, geschäftsmäßig.

»Sieht nicht danach aus«, sage ich, und nach einer kurzen Pause: »Danke für das Abendessen.«

»Du hast auch das aufgeschrieben?« Er dreht sich zu mir um. »Ich dachte, du wolltest nicht …«

»Können wir darüber reden, was passiert ist?«

»Auch darüber hast du geschrieben?« Er sieht wieder in den Ofen.

Stumm stehe ich da, schaue ihm beim Arbeiten zu und bereue, dass ich ins Café gekommen bin.

»Das war total unangebracht«, sagt er und öffnet den Ofen, um ein Blech mit gebackenem Tempeh herauszuholen. »Ein Fehler. Weißt du, ich hatte gehofft, du würdest das nicht aufschreiben.«

Ich hole tief Luft, während er das Blech auf der Theke abstellt. »Damit du alles heute Abend wiederholen könntest?«, frage ich.

Er sieht zu mir auf und lacht wenig überzeugend. Ich merke ihm an, dass er unsicher ist, worauf ich hinauswill, ob ich mitmachen würde oder nicht.

»Ich wollte nur nicht, dass du irgendwas missverstehst«, fahre ich fort. »Meine Reaktion.«

»Wie gesagt, es war ein Fehler, für den ich mich entschuldige.« Er zerteilt das Tempeh mit einem großen Messer.

Wäre ich fähig, jemanden damit umzubringen? Würde ich dafür ein Messer nehmen? »Ich hatte eine Freundin«, sage ich, wie gebannt von seinen Schneidbewegungen, dem Blitzen der Klinge im frühen Morgenlicht.

»Du hast sie erwähnt – als du hier aufgetaucht bist. Die, die gestorben ist?«

»Ich glaube, wir waren ein Paar.«

Er hält im Schneiden inne und sieht mich an. »Glaubst du?«

»Ich weiß es nicht mehr. Sie war meine beste Freundin.«

»Ich habe kein Problem damit.«

»Aber ich habe mich gefragt ... Vielleicht würde das erklären ...« Ich stocke, suche nach den richtigen Worten, während er ein Tablett mit Brötchen belegt und in jedes sorgsam eine Scheibe Tempeh bettet. »Vielleicht erklärt das, warum ich gestern ein bisschen unterkühlt reagiert habe.«

»Hey, wenn du dir Sorgen machst, dass du meinen heterosexuellen Stolz verletzt haben könntest, nur weil du nicht sofort in meine Arme gesunken bist, dann weiß ich deine Sorge zu schätzen. Aber ich wäre niemals so anmaßend zu glauben, dass du das tun würdest.«

»Außerdem bist du verheiratet.«

»Wie gesagt, es war ein dummer Fehler.« Er sieht mich wieder an und beugt sich dann wieder über die Brötchen. »Ich habe gestern Abend mit Laura telefoniert.«

»Hast du es ihr erzählt?«, frage ich. »Dass ich zum Abendessen bei dir war?«

»Tatsächlich habe ich das nicht getan.«

»Wie geht es ihr?«

»Sie ist immer noch sauer auf mich, aber das kriegen wir wieder hin. Ich muss los. Die hier zum Bahnhof bringen. Willst du mitkommen?«

Er hat das Tablett mit den Brötchen in einer Hand, in der anderen hält er eine große Thermoskanne, und unter seinem Arm klemmt ein Stapel Plastikbecher.

»Ich bleibe lieber hier oben«, sage ich und öffne ihm die Cafétür. Wir treten beide auf die Straße.

»Wahrscheinlich hast du recht. Zieh die Tür einfach zu. In fünfzehn Minuten bin ich wieder da.«

»Können wir uns später sehen?«, frage ich, während wir in Richtung Bahnhof gehen.

»Ich bin den ganzen Tag im Café.«

»Ich habe um neun einen Termin bei Dr. Patterson in der Praxis. Um nachzufragen, ob ein Bett frei geworden ist.«

Ein Jogger läuft auf der anderen Straßenseite vorbei und hebt grüßend die Hand. Tony nickt ihm lächelnd zu und zeigt mit dem Kinn auf seine vollen Hände. »Wir werden dich vermissen, wenn du endlich eins bekommst«, sagt er.

»Nicht jeder.«

Inzwischen sind wir auf Höhe des Pubs. »Ich gehe wieder auf mein Zimmer«, sage ich. »Danke für deine Unterstützung gestern. Laut meinen Notizen hast du eine Menge für mich getan.«

»Wir brauchen alle Verbündete in dieser Welt«, ruft er mir über die Schulter zu und marschiert weiter auf den Bahnhof zu. »Entschuldige – muss los.«

»Und, Tony ...?«, rufe ich ihm nach. Er bleibt stehen

und dreht sich um. »Vergeben und vergessen. Oder in meinem Fall vergessen und vergeben.«

»Vergessen und vergeben«, wiederholt er lächelnd.

Gerade als er aus meinem Blickfeld verschwindet, rollt ein Streifenwagen über den Scheitelpunkt der Eisenbahnbrücke und fährt dann die Hauptstraße herauf. Der Wagen wird langsamer, und die Beifahrerin sieht zu mir herüber. Ich sehe sie nur verschwommen, aber trotzdem kommt sie mir bekannt vor.

36

Als Luke ins Büro kommt, ist sein Bildschirm beklebt mit einem Flickenteppich aus gelben Post-its, die ihn alle auffordern, Laura anzurufen.

»Sie hat alle paar Minuten angerufen«, sagt seine Sekretärin, als sie die Tageszeitungen auf seinen Schreibtisch fallen lässt. »Bei deinem Handy würde sofort die Mailbox anspringen, hat sie gesagt.«

»Sie ist meine Yogalehrerin«, antwortet Luke, um wenigstens ansatzweise eine Erklärung zu bieten.

»Blockierte Chakras?«, fragt sie und stolziert zu ihrem Schreibtisch zurück.

Er zieht sein Handy heraus. Er hat es die ganze Nacht in der Jackentasche gelassen und vergessen, es zu laden. Das Facetime-Gespräch mit Freya hat den Akku leergesogen. Ihn auch. Danach hat er wie ein Stein geschlafen, so gut wie seit Jahren nicht mehr. Er hat eine Tochter.

»Chloe kommt heute wieder nicht«, sagt seine Sekretärin. »Immer noch krank.«

Luke sieht auf Chloes Schreibtisch am anderen Ende des Büros, lässt seinen Blick erst auf ihrem leeren Stuhl ruhen, über dessen Rückenlehne ein Schal hängt, und dann auf dem antiken Cinni-Ventilator in der Ecke.

Der Festnetzanschluss läutet. »Deine Yogafreundin schon wieder.«

Er schüttelt den Kopf und nimmt den Anruf entgegen.

»Laura, hi, entschuldige, aber mein Handy hat den Geist aufgegeben.«

»Ich habe schon den ganzen Morgen versucht, dich zu erreichen. Und gestern Abend.« Sie klingt nicht wie sie selbst.

»Schieß los.«

»Tony verhält sich wirklich merkwürdig – und zwar seit Jemma aufgetaucht ist.«

»Inwiefern?«, fragt er und ist gleichzeitig nicht sicher, ob er Einzelheiten hören will. Die Eheprobleme anderer Menschen rufen ihm nur wieder vor Augen, wie grausam seine Ehe abgeschnitten wurde. Er würde alles für ein paar Eheprobleme geben, wenn das bedeuten würde, dass seine Frau noch am Leben wäre.

»Ich weiß es nicht. Er hört weder auf mich noch auf sonst jemanden. Ich habe Angst, dass sie tatsächlich Jemma Huish sein könnte, aber Tony meint, ich würde mich in etwas hineinsteigern. Auch Susie Patterson hat plötzlich ein ganz anderes Lied angestimmt – dabei hat sie selbst die Polizei alarmiert. Und mich vor ihr gewarnt.«

»Die Polizei?«

»Sie sind gestern aufgekreuzt, um sie zu befragen, doch sie wollte sich keine DNA-Probe abnehmen lassen. Warum denn nicht? Mir macht das allmählich richtig Angst, Luke.«

»Wo bist du jetzt?«, fragt er. Er fühlt sich abgeschnitten und muss möglichst bald in den Ort zurück. So viel ist passiert, seit er weggefahren ist. Sean hatte recht, als er behauptet hatte, er hätte vor der Praxis einen Detective gesehen.

»Ich bleibe ein paar Tage bei meiner Mum.«

»In London?«

»Ich hätte es keine Nacht mehr bei uns ausgehalten, solange Jemma noch im Dorf ist.«

»Natürlich nicht«, sagt Luke, um sie zu beschwichtigen. Er sieht auf seine Uhr. Nach der Unterhaltung mit Freya gestern Abend erscheint ihm der Gedanke, dass Jemma in Wahrheit Jemma Huish sein könnte, noch abwegiger als zuvor. Und geschmacklos, schließlich könnte sie seine Tochter sein. Wie schnell könnte er im Dorf sein? Plötzlich hat er das Gefühl, Jemma beschützen zu müssen.

Luke wimmelt Laura unter Entschuldigungen ab, legt auf und tritt ans Fenster. Unter ihm befindet sich die Raucherecke auf dem Parkplatz für die Angestellten. Gerade wurden mehrere Oldtimer für ein Fotoshooting angeliefert, und in der Ecke des Hofs steht der Dienstwagen für die Redaktion, Hiltons Healey, benannt zu Ehren des fiktiven Chefredakteurs. Ein relativ seltener 1967er Austin-Healey 3000 MK III.

»Ich muss heute Vormittag weg, es gibt zu Hause eine Art Notfall«, sagt er zu Archie, seinem Stellvertreter. Alle wissen, dass er sich um seine alten Eltern kümmern muss, und ausnahmsweise ist er bereit zu dieser Notlüge. »Ich nehme Hiltons Healey«, ergänzt er. Außerhalb der Stoßzeiten ist es aussichtslos, mit dem Zug fahren zu wollen.

Archie zieht ein paar Schlüssel von einem Haken an der Wand hinter ihm und wirft sie Luke zu.

Zwei Minuten später röhrt der Dreiliter-Sechszylindermotor auf. Luke dreht sich um und schaut nach oben. Das gesamte Redaktionsteam steht am Fenster und winkt ihm nach. Wissen sie, dass etwas Wichtiges auf dem Spiel steht? Vielleicht glauben sie, er sei auf dem Weg zu Chloe, um ihre Beziehung zu kitten.

Er winkt, röhrt aus dem Hof und fährt los in Richtung Wandsworth Common. Es ist kurz nach neun Uhr. Wenn es der Verkehr erlaubt, sollte er in knapp zwei Stunden daheim sein. Die Polizei hat ganz eindeutig noch keinen Anscheinsbeweis, dass eine Verbindung zwischen Jemma Huish und Jemma besteht – noch nicht –, doch Jemma könnte gefährlich in Bedrängnis kommen.

37

Ich versuche mich auf Dr. Pattersons Fragen zu konzentrieren, doch draußen am Empfang wird es immer lauter. Anfangs versuchen wir beide, den Krach zu ignorieren – Dr. Patterson scherzt, dass wohl jemand mit dem falschen Fuß aufgestanden ist –, aber tatsächlich hört sich der Wortwechsel nach einem ausgewachsenen Streit an.

»Bitte entschuldigen Sie, ich werde mal nach dem Rechten sehen«, sagt sie und steht hinter ihrem Schreibtisch auf.

»Glauben Sie, es hat etwas mit mir zu tun?«, frage ich. Man kann kaum einzelne Worte verstehen, aber ich meine gehört zu haben, wie der Name Jemma Huish fiel.

»Mit Ihnen? Seien Sie nicht albern.« Sie ist eine schlechte Lügnerin.

Dr. Patterson hatte gehofft, sie könnte mich heute ins Cavell Centre einweisen, aber dort ist immer noch kein Bett frei, was für mich eine Erleichterung ist. Leider hat sie es stattdessen geschafft, für morgen einen Termin mit einem Psychiater zu vereinbaren – im Krankenhaus. Den zusätzlichen Stress kann ich gar nicht gebrauchen.

Ich sehe zu, wie sie zur Tür geht, doch ehe sie dort angekommen ist, klopft jemand an. »Könnte ich kurz mit Ihnen sprechen, Susie?«, fragt eine Stimme.

»Der Praxismanager«, flüstert Dr. Patterson mir zu und verdreht die Augen. »Jetzt kriege ich eins aufs Dach.« Lauter antwortet sie: »Kommen Sie herein.«

Der Manager öffnet die Tür einen Spaltweit, womit der Lärm vom Empfang zu uns hereindringt, aber er tritt nicht ins Zimmer. Stattdessen wirft er einen kurzen Blick auf mich, schaut dann den Gang hinunter und sieht zuletzt Dr. Patterson an.

»Auf ein Wort?«

»Wir sind gleich fertig.«

»Unter vier Augen.«

»In Ihrem Zimmer?«, fragt sie.

»Bitte.«

Dr. Patterson wirkt nicht allzu glücklich. »Macht es Ihnen etwas aus, hier zu warten?«, fragt sie mich. »Ich bin gleich wieder da.«

»Kein Problem«, sage ich. »Was ist das für ein Lärm da draußen?«

Der Manager sieht mich an, bevor er antwortet: »Am besten bleiben Sie währenddessen hier drin.«

Ich sitze allein im Sprechzimmer und lausche dem Stimmengewirr am Ende des Korridors. Ganz eindeutig wird über Jemma Huish gesprochen. Nach zwei Minuten halte ich es nicht mehr aus. Ich muss hier weg, muss zurück in mein Zimmer im Pub. Ich beschließe, mich dem Spießrutenlauf, wie er auch aussehen mag, auszusetzen, und trete in den Gang.

»Da ist sie!«, höre ich eine Frauenstimme. Das Gespräch versiegt, als ich in den Empfangsbereich trete, und eine Vielzahl stummer Gesichter starrt mich an. Es sind nicht so viele Menschen, wie ich dem Lärm nach erwartet hätte, nur etwa zehn.

Mit gesenktem Kopf gehe ich weiter. Die Gruppe teilt sich vor mir, als wäre ich ein Paria, alle weichen weiter zurück als nötig und lassen mich gleichzeitig nicht aus den Augen. Ich hätte auf Dr. Patterson hören und im Sprechzimmer bleiben sollen. Die Glieder schwer vor Adrenalin, steuere ich auf den Ausgang zu und seufze erleichtert auf, als ich in das helle Tageslicht trete. Ich drehe mich nicht um, trotzdem spüre ich, dass mir mehrere Menschen nachgekommen sind und mir hinterhersehen. Ich spüre die Blicke aus den missbilligend zusammengekniffenen Augen in meinem Rücken.

Ich überquere die Straße, verschwinde durch den Hintereingang in den Pub und gehe direkt nach oben auf mein Zimmer. Nachdem ich die Tür geschlossen habe, setze ich mich ans Klavier und spiele, um mich zu beruhigen. Die Noten kommen wie von selbst, bis jemand an die Tür klopft.

»Ich bin's, Abdul.«

»Kommen Sie rein«, sage ich.

Abdul tritt ein und starrt betreten auf seine Füße. Er trägt Sandalen und alte Socken.

»Im Ort reden sie.«

»Und was reden sie, Abdul?«, frage ich, obwohl ich die Antwort kenne.

»Kennen Sie Miss Huish?«

Ich schaue ihn kopfschüttelnd an.

»Ein paar Leute«, fährt er fort, »sagen, Sie wären sie.«

Ich lache trocken. »Ich?«

»Ich habe ihnen gesagt, das ist Mumpitz. Sie haben mir sogar ein Foto von dieser Huish gezeigt. Sie sieht Ihnen nicht mal ähnlich.«

»Ich weiß.« Seufzend klappe ich den Klavierdeckel

zu. »Aber die Sache ist schon lange her, und die Leute haben vergessen, wie sie aussah.«

»Außerdem war das Foto verschwommen.«

»Ich bin nicht sie, Abdul.« Ich höre selbst, wie wenig überzeugend ich klinge. »Keine Angst.«

»Das habe ich ihnen auch erklärt. Völliger Blödsinn.«

»Danke«, sage ich, plötzlich gerührt über seine Loyalität. Ich poliere mit dem Blusenärmel einen Schmierer auf dem Klavierdeckel weg.

»Was haben Sie da gespielt?«, fragt er.

»Philip Glass.« Wir starren uns sekundenlang an. »Ein amerikanischer Komponist.«

»Also haben Sie nicht alles vergessen.«

»Anscheinend nicht.« Ich stehe vom Klavierhocker auf. »Ich brauche Ruhe. Falls irgendwer nach mir fragen sollte, bin ich nicht hier.«

»Natürlich«, sagt er und sieht mich immer noch dabei an. »Ich habe Sie nicht gesehen.«

Ich schließe die Tür hinter ihm und falle auf das harte Bett.

38

DI Silas Hart tritt ans Fenster und schaut auf den Parkplatz der Polizeistation Gablecross. Etwas Trübseligeres als Swindon im Regen gibt es kaum. Gerechterweise muss man sagen, dass Gablecross, eine moderne, dreistöckige Polizeistation in den östlichen Ausläufern der Stadt, nicht direkt in Swindon liegt – ein Problem für die Einsatzkräfte, die sich beklagen, dass sie zu weit von der »Action« im Stadtzentrum entfernt sind. Silas hat andere Probleme mit der Station, die stolze 22 Millionen gekostet hat. Zum Beispiel, dass er kein eigenes Büro mehr hat. Stattdessen muss er sich jedes Mal einen neuen Arbeitsplatz im »Parade Room« suchen, dem zentralen Großraumbüro der Station, und dazu mit seinem Laptop zwischen den Arbeitsplätzen herumirren. *Arbeit ist kein Ort, an den man geht, sondern das, was man tut*, lautet die neueste Depesche aus dem Personalbüro. Silas würde das nicht so unterschreiben.

Definitiv sollte Jemma Huish nicht derart seine Zeit beanspruchen, ganz besonders nicht nach dem überflüssigen Ausflug gestern, nur um Susie Patterson zu sehen, aber er bekommt sie einfach nicht aus seinem Kopf, obwohl er zweimal nachgeprüft hat, dass die Freundin, die sie vor so vielen Jahren ermordet hat, nicht Fleur hieß. Das wäre zu einfach gewesen.

Auch DC Strover hat sich nach ihrer kurzen Unterhaltung mit Jemma in den Fall verbissen. Etwas an dieser Frau hat sie beunruhigt, und seither verfolgt sie jede Spur, als würde ihr Job davon abhängen. Tatsächlich ist sie heute früh noch einmal mit einem Streifenwagen in den Ort gefahren. Silas hat sie gebeten, all jene ausfindig zu machen, die Jemma Huish damals betreuten, damit sie die Frau nach Möglichkeit identifizieren können. Problematisch ist nur, dass die Angestellten in der psychischen Betreuung anscheinend noch schneller wechseln als die Special Constables. Alle sind entweder weggezogen oder haben einen neuen Job.

Silas setzt sich wieder hinter seinen Laptop und ruft Jemma Huishs Akte auf. Er und Strover haben mühsam Huishs Krankengeschichte seit der hinterhältigen Messerattacke auf ihre Freundin rekonstruiert, indem sie alte Gefallen einforderten, um das Arztgeheimnis zu umgehen (Susie ist immer noch höchst unkooperativ). Die Diagnose lautete damals auf dissoziative Amnesie und paranoide Schizophrenie, zudem ging man davon aus, dass Jemma Huish in den Wochen und Monaten vor dem Angriff unter gewaltaffinen Zwangsvorstellungen und halluzinierten Befehlen gelitten haben könnte, weshalb sie sich in ihr Wohnheimzimmer zurückgezogen und verschiedene Freundinnen, darunter ihr späteres Opfer, sowie die Polizei angerufen hatte. Bei allen Anrufen erzählte sie, dass sie Stimmen hören würde – gewöhnlich aus Bäumen –, und warnte zudem regelmäßig vor einer drohenden Gefahr.

Nachdem sie zuvor in eine psychiatrische Einrichtung mit Freigang verlegt worden war, wurde sie vor fünf Jahren als gesund genug für eine Entlassung unter Vorbehalt erachtet und durfte in eine psychiatrische

Wohngemeinschaft in Southwark ziehen. Weitere zwei Jahre später, nach einer schrittweisen Senkung ihrer antipsychotischen Medikamente, wurde sie gerichtlich von allen Auflagen der Abschnitte 37 und 41 des Gesetzes über psychische Gesundheit entbunden, auch wegen des »tiefen Verständnisses der Patientin für ihre Krankheit«, die gelegentlich längere Phasen der Amnesie einschloss.

Sie wurde an eine nahe unabhängige Einrichtung mit »begleitender Betreuung« überwiesen – wie sich herausstellte, derart begleitend, dass sich die Betreuung im Grunde auf monatliche Termine bei einer psychiatrischen Beratungsstelle und gelegentliche Hausbesuche ihres zuständigen Betreuers beschränkte. Nach einem weiteren Jahr wurden die Fürsorge und die medikamentöse Behandlung eingestellt, und sie war aus London weggezogen, womöglich ins Ausland.

Silas lehnt sich zurück. Ein Beispiel für eine Heilung wie aus dem Lehrbuch? Oder haben sie es bei Jemma Huish mit einer verurteilten Mörderin auf freiem Fuß zu tun, die jederzeit wieder zuschlagen könnte? Er sieht von seinem Laptop auf. Strover ist in den Parade Room getreten, am anderen Ende, wo die uniformierten Polizisten sitzen. Er winkt sie zu sich in seine Ecke, wo die Detectives arbeiten. Herdentrieb bleibt Herdentrieb, selbst im Zeitalter flexibler Arbeitsplätze.

»Ich habe gerade mit einer ihrer Betreuerinnen gesprochen«, erklärt sie mit einem Eifer, der Mut macht.

»Setzen Sie sich, setzen Sie sich«, sagt Silas und schaut zu, wie sie ihren Laptop aufklappt. Alle Polizisten sind inzwischen mit 4G-fähigen Laptops und iPhones ausgestattet, sodass sie überall und jederzeit einsatzfähig sind. *Arbeit ist kein Ort*… Sie brauchen einen Durchbruch, und sei es nur zur Rechtfertigung der vielen Stunden, die er bereits auf einen Fall verwandt hat, der im Grunde gar keiner ist.

»Sie hat Huish betreut, als sie ins betreute Wohnen entlassen wurde«, sagt Strover und blättert dabei in ihrem Notizbuch.

»Also in jüngerer Zeit. Könnte sie Jemma Huish identifizieren?«

»Wahrscheinlich schon, sagt sie«, sagt Strover und klingt dabei nicht mehr ganz so zuversichtlich. Sie ist beeindruckend undurchschaubar – eine gute Eigenschaft für eine Detective –, aber allmählich kann Silas sie besser deuten.

»Wo liegt der Haken?«, fragt er.

»Sie ist im Urlaub. Dubai. Noch eine Woche.«

»Verfluchter Dreck, natürlich muss sie in Urlaub sein.« Silas sinkt zurück und lässt den Kuli auf den Schreibtisch fallen. Er wirft einen Blick auf seine Mails. Immer noch nichts von der Grenzbehörde. Er hatte gehofft, er hätte inzwischen schon eine Datei mit den gescannten Pässen sämtlicher Passagiere, die am Tag von Jemmas Ankunft von Berlin nach Heathrow geflogen und am Terminal 5 gelandet sind.

»Außerdem arbeitet sie nicht mehr in der Betreuung«, ergänzt Strover und schaut wieder auf ihren Notizblock.

»Es ist ein Wunder, dass dort überhaupt noch jemand arbeitet.« Silas denkt an seinen Sohn Conor und schiebt den Gedanken gleich wieder beiseite. Den Sozialdiensten kann er keine Schuld geben.

»Aber sie hat noch etwas gesagt«, fährt Strover fort.

»Hoffentlich haben Sie auch mal gute Neuigkeiten für mich.«

»Offenbar hatte Huish um verschiedene Jahrestage herum, vor allem rund um den Todestag ihrer Mutter, ›emotionale Schwierigkeiten‹. In den Wochen davor und danach wurde regelmäßig ihre Medikamentierung erhöht – jedes Jahr.«

»Was für emotionale Schwierigkeiten?« Es gefällt Silas nicht, wohin das führt.

»Ausgeprägtere Gewaltfantasien, Amnesieanfälle. Außerdem sprach sie davon, dass sie bei ihrer Mutter sein wollte. Laut dieser Betreuerin hätte man Huish nie gänzlich aus der Betreuung entlassen dürfen.«

»Wann starb ihre Mutter?«, fragt Silas und fürchtet schon jetzt die Antwort.

»In einer Woche vor elf Jahren.«

»Scheiße.« Er setzt sich auf. »War die Betreuerin überrascht, als Sie ihr erzählt haben, dass niemand weiß, wo Huish steckt?«

»Schockiert – und besorgt, was Huish anstellen könnte, wenn niemand ihre Medikamentierung überwacht. Offenbar verfügt Huish über verschiedene mentale Strategien, um im Leben zurechtzukommen – Achtsamkeit, Meditation –, doch rund um diese Jahrestage herum reichen sie nicht mehr aus.«

»Überrascht mich nicht.« Silas hat es einmal mit Achtsamkeit probiert, auf Anraten der Personalabteilung, wo man sich Sorgen machte, er könnte unter arbeitsbedingtem Burnout leiden. Es war kein Erfolg – er schlief ständig dabei ein. »Hat ihre Mutter immer im Ort gelebt?«

Strover nickt. »Als ich gestern mit Jemma sprach, hat

sie mir erzählt, sie hätte kurz zuvor den Grabstein von Huishs Mum gesehen.«

»Näher kann sie ihr nicht kommen.«

Silas erinnert sich an den Friedhof im Ort, an Jemma und Susie, die er vom Tor aus beobachtete. Er ruft Susie auf dem Handy an.

»Wir haben eine von Jemma Huishs früheren Betreuerinnen aufgetrieben«, sagt er.

»Und?«, fragt Susie abweisend.

»Wir müssen noch mal mit Jemma reden – dringend.«

»Sie ist immer noch sehr fragil.«

»Genau darum müssen wir mit ihr reden.« Er schaut auf seine Uhr. »In dreißig Minuten sind wir bei euch. Kein Blaulicht, keine Sirene. Nur eine nette Unterhaltung.«

39

Auch als ich mich aufs Bett lege, hämmert mein Herz eigensinnig weiter. Die Blicke, die mir in der Praxis zugeworfen wurden, die wutentbrannten Gesichter gehen mir einfach nicht aus dem Kopf. Offenbar sind diese Leute zu dem Schluss gekommen, dass ich Jemma Huish bin. Das könnte zu einem echten Problem werden. Nichts davon wäre passiert, wenn Tony mir einen anderen Namen gegeben hätte. Wieso war ich mit Jemma einverstanden? Mit J? Und wieso hat er diesen Namen ausgesucht?

Sollte ich mit ihm reden? Er hat gesagt, er wäre den ganzen Tag im Café. Ich muss mit jemandem über den Vorfall am Empfang sprechen. Abdul ist nicht da – ich habe ihn vor wenigen Minuten mit seinem Bruder weggehen gehört.

Ich öffne die Tür und gehe den Gang entlang. Gerade als ich an Abduls Zimmer vorbei bin, kommt jemand die Stufen heraufgerannt.

»Ich bin sofort hergekommen«, erklärt Tony keuchend und bleibt auf dem Treppenabsatz stehen.

»Was ist denn los? Ich wollte gerade zu dir ins Café.«

»Dr. Patterson hat angerufen. Sie sucht nach dir. Die Bullen wollen dich noch mal verhören.«

Ich seufze tief. »Ich weiß nicht, warum. Ich kann ihnen heute auch nicht mehr sagen als gestern.«

»Du brauchst einen Anwalt, Jemma. Begreifst du nicht, was hier abläuft? Die versuchen, dir irgendwas anzuhängen. Jemma Huish ist verschwunden, hat sich in Luft aufgelöst – das ist für alle Beteiligten peinlich, für die Bullen, den NHS. Und du bist ihre einzige Spur.«

»Bestimmt werden sie mich noch mal um eine DNA-Probe bitten. Dazu bin ich nicht bereit.«

Nur ein simpler Abstrich an der Wangeninnenseite.

»Und du brauchst sie auch nicht machen zu lassen. Nicht solange du nicht festgenommen wurdest.«

»Wenn ich mich weiter weigere, mache ich alles nur noch schlimmer.«

»DNA-Tests sind keineswegs idiotensicher. Und wenn du erst einmal in ihrer Datei bist, bleibst du für alle Zeiten darin gespeichert, ganz gleich, was sie sagen. Deine Probe könnte später für ein negatives Profiling genutzt werden.«

»Und was soll ich jetzt tun?« Irgendwie will ich, dass er die Entscheidungen fällt.

»Du gehst jetzt zu mir nach Hause.« Er schaut auf die Uhr. Es ist kurz vor halb zehn. »Geh über den Bahnhof. Dort bleibst du ein paar Minuten. Gleich geht ein Zug in Richtung Westen. Der Schlüssel liegt immer noch unter dem Blumentopf hinter dem Haus. Ich bringe deine Tasche nach. Dein Zimmer ist rechts oben an der Treppe. Das, in dem du die erste Nacht verbracht hast, gleich nach deiner Ankunft.«

»Warum tust du das?«, frage ich. Ich muss wissen, was in seinem Kopf abläuft, was ihn motiviert, warum er all das auf sich nimmt.

»Weil ich nicht möchte, dass du dich in etwas verstrickst, aus dem du dich vielleicht nicht wieder befreien kannst. Die haben kein Recht, dich so zu behandeln. Sie haben nichts gegen dich in der Hand. Ich habe so etwas schon erlebt. Eine freundliche Unterhaltung ohne Anwalt und zack, schon stehst du vor Gericht.«

»Oben in deinem Haus hast du noch behauptet, weglaufen würde nie was bringen.«

»Du läufst nicht weg. Du bist immer noch eine freie Bürgerin – du kannst verflucht noch mal gehen, wohin du willst. Dir wird nichts zur Last gelegt. Du bist aus dem Nichts aufgetaucht, und jetzt verschwindest du wieder. Ende der Geschichte. Es geht nur um ein paar Tage, bis sie die richtige Jemma Huish gefunden haben. Wenn sie die erst aufgespürt haben, legt sich der Sturm wieder, und wir können uns wieder auf dein kostbares Gedächtnis konzentrieren.«

»Ich brauche nur eine Minute zum Packen«, sage ich.

»Stell den Koffer vor die Tür, wenn du fertig bist. Ich muss zurück ins Café.«

Sobald Tony weg ist, trete ich in Aktion. Ich packe meine Sachen und mache das Bett – ich weiß nicht genau, warum. Mein Blick wandert durch das Zimmer, über das Klavier, das Waschbecken in der Ecke, und dabei fallen mir Zahnbürste und Zahnpasta ein. Meine Bürste liegt ebenfalls auf der Ablage über dem Waschbecken. Ich sammele alles ein und stopfe es in den Koffer, doch dann hole ich die Bürste wieder heraus und starre mich im Spiegel an.

Ich weiß meinen Namen nicht mehr.

Ich bürste rücksichtslos meine Haare, den Blick immer noch in den Spiegel gerichtet, dann gehe ich mit der Haarbürste in der Hand zum Bett. Ich gehe auf die Knie und lege sie auf die Dielen unter dem Bett, außer Sichtweite, aber trotzdem leicht zu finden.

40

Silas parkt vor der Kirche und spaziert mit Strover über den verlassenen Friedhof. Bevor er bei Susie Patterson vorbeischaut, will er mit eigenen Augen den Grabstein sehen. Er ist schnell gefunden. Moos erklimmt den Stein, aber die kursive Inschrift ist noch gut zu lesen.

»Keine Blumen«, stellt Strover fest.

Silas sieht sich um, über die Flussaue und zum Wald hinauf. Wieder fragt er sich, ob da draußen jemand ist, der ihn im Auge behält, der abwartet.

»Immer noch reichlich Zeit«, sagt er mit Blick auf das Datum.

Ein ferner Schlag rumpelt über das Land und erschüttert die Sommerluft. Einen Moment glaubt er, es hätte gedonnert, dann fällt ihm ein, dass der Ort nahe der Salisbury Plain liegt. Offenbar übt die Armee auf dem Schießübungsplatz.

Und dann ist Strover auf den Knien und scharrt unten am Grabstein im langen Gras herum. Sie hält den Fetzen einer Kondolenzkarte in einer Zellophanhülle hoch.

»Können Sie was lesen?«, fragt Silas.

»Sie ist halb zerfallen«, sagt sie. »Vielleicht ›Mum‹? Schwer zu sagen. Auf jeden Fall ein paar Küsse.«

Auf dem Rückweg zum Auto ruft Silas Susie Patterson auf ihrem Handy an. Noch weist nichts darauf hin, dass die Frau, die in diesem Dorf aufgetaucht ist, tatsächlich Jemma Huish ist, aber die Amnesie, die äußerliche Ähnlichkeit, wie sie anscheinend das Küchenmesser hielt … All das hat Bedeutung gewonnen, seit die ehemalige Betreuerin ihnen von der Gefährdung rund um den Geburtstag ihrer Mutter erzählte. Jemma muss unbedingt eine DNA-Probe abgeben, damit sie weitere Gefahren ausschließen können. Die landesweite DNA-Datenbank hat bestätigt, dass man dort Huishs Profil vorliegen hat, und das Labor kann sofort einen Abgleich vornehmen.

»Susie, ich bin's, Silas«, sagt er und sieht die Straße entlang in Richtung Arztpraxis. »Wir sind jetzt hier und würden gern mit deiner mysteriösen Unbekannten sprechen.«

Es bleibt kurz still, ehe Susie antwortet. Unheilverheißend still.

»Jemma ist im Moment nicht bei uns«, sagt sie.

»Nicht bei euch?« Silas kann seinen Ärger nicht verbergen. Er hat ihr doch erklärt, dass er vorbeikommen würde, um mit Jemma zu reden. Er weiß, dass sein Ärger auch einen anderen Grund hat. Sie hat ihm einen Korb gegeben, seine zugegeben nicht sehr subtilen Avancen abgewiesen.

»Vor fünf Minuten war sie noch hier«, sagt Susie.

»Sie ist also schon zum zweiten Mal verschwunden«, stellt er klar, um Strover ins Bild zu setzen, und verdreht dabei die Augen.

»Wir suchen schon überall nach ihr.« Susie klingt atemlos.

»Wo bist du gerade?«, fragt er.

»Im Ort – in der School Road.«

»Wir treffen uns vor der Praxis.«

Er befiehlt Strover, ins Dorf zu gehen und ebenfalls nach Jemma Ausschau zu halten. Normalerweise würde Silas zu Fuß zur Praxis gehen – er geht so viel wie möglich zu Fuß, zehntausend Schritte am Tag, alles Teil seiner Midlife-Crisis –, aber diesmal nimmt er trotz der kurzen Distanz den Wagen. Er hat das unbestimmte Gefühl, dass er ihn brauchen könnte.

41

Ich sehe nach links und rechts und trete, als ich überzeugt bin, dass niemand mich beobachtet, auf den verlassenen Bahnsteig. Eine Minute später fährt der Zug in Richtung Westen ein. Niemand steigt aus. Offenbar wollen alle bis Exeter oder noch weiter fahren. Ich trete zurück, die Türen schließen sich, und der Zug fährt wieder an. Nur der Fahrer sieht aus seinem Fenster über den Bahnsteig und zu mir herüber. Sobald der Zug abgefahren ist, drehe ich mich um und nähere mich Tonys Haus von der anderen Seite her, über das hintere Ortsende.

Im Ort ist es ruhig. Offenbar sind die Schüler schon in der Schule, die Pendler unterwegs und die Zurückbleibenden in den lethargischen Rhythmus des Landlebens zurückgefallen. In ein paar Minuten wird Tony mir den Koffer bringen. Ich spaziere durch ein Raster von Bungalows hinter dem Bahnhof und betrete durch ein Holztor den Garten. Der Schlüssel liegt unter dem Blumentopf, genau wie er gesagt hat. Noch einmal schaue ich mich um, dann schiebe ich den Schlüssel ins Schloss und trete ein.

Im Haus riecht es schwach nach Zitrus, und die Waschmaschine rumort. Ich gehe in die Küche und sehe mich um. Der Messerblock steht voll bestückt auf der Anrichte. Ich gehe zügig daran vorbei. Die Holzjalousien stehen offen, man kann mich von der Straße aus sehen. Ich gehe nach oben und schaue in meinem Zimmer aus dem Fenster in den Garten, wo ich in der Ferne den Bahnhof sehen kann. Ich will mich eben aufs Bett setzen, als jemand an der Haustür läutet. Hat Tony keinen Schlüssel dabei?

Es läutet noch mal. Ich trete auf den Treppenabsatz. Wenn ich das Gesicht gegen die Fensterscheibe presse, kann ich knapp auf die Straße vor dem Haus sehen. Es ist Dr. Patterson. Ich verstecke mich nur ungern vor ihr. Eigentlich möchte ich mit ihr reden, ihr mein Vorgehen erklären, aber das kann ich nicht, so viel ist klar. Stumm sehe ich ihr nach, während sie die Straße entlanggeht. Auf halbem Weg zum Pub bleibt sie stehen und redet mit einer entgegenkommenden Passantin. Dr. Patterson deutet die Straße herunter und sieht sich um. Ich kann nichts verstehen, aber ich nehme an, sie fragt, ob die andere Frau mich gesehen hat.

Unten höre ich ein Geräusch, die Tür zum Garten wird geöffnet. Hoffentlich ist es Tony. Ich stehe oben an der Treppe, höre ihn in der Küche herumgehen und warte darauf, dass er nach mir ruft. Ich glaube zu hören, wie mein Koffer hereingerollt wird – das verräterische kaputte Rad.

»Jemma?«, ruft er leise vom Wohnzimmer herauf.

»Hier oben«, antworte ich.

»Ich habe gerade die Bullen ankommen sehen.« Er kommt mit meinem Koffer nach oben. »Zwar in einem Zivilfahrzeug, aber der Riese, der ausgestiegen ist, hätte genauso gut ein Blaulicht auf dem Kopf tragen können. Direkt vor der Arztpraxis.«

»Ich habe das Gefühl, ich sollte einfach mit ihnen reden.«

»Vertrau mir, Jemma«, sagt er und hievt meinen Koffer aufs Bett. »Du solltest eine Weile untertauchen, bis sie die wahre Jemma Huish gefunden haben.«

»Gerade eben hat Dr. Patterson geläutet«, sage ich, ohne vom Treppenabsatz wegzugehen. Es ist mir unheimlich, allein mit ihm in meinem Zimmer zu sein.

»Hier?«

»Sie hat bestimmt nach mir gesucht. Ich habe nicht aufgemacht.«

»Und du bist sicher, dass dich auf dem Weg hierhin niemand gesehen hat?«, fragt er und tritt an das Fenster über dem Treppenabsatz. Er schaut die Straße auf und ab.

»Ganz sicher.«

Er dreht sich zu mir um und hebt dann den Blick zu einer in der Decke eingelassenen Luke. »Du wirst dich auf dem Speicher verstecken müssen.«

»Da oben?« Ich sehe ebenfalls zur Decke hinauf. Die Luke ist winzig, kurz rätsele ich, ob überhaupt ein Mensch hindurchpasst.

»Mit deinem Koffer. Nur ein paar Stunden.«

»Ist das dein Ernst?« Ganz diskret lege ich die Hand auf mein Tattoo.

»Wir können es dir gemütlicher machen«, fährt er fort und hebt gleichzeitig den Koffer wieder vom Bett. »Etwas zum Schlafen hinaufbringen, dazu Essen und Wasser. Alles ist besser als das Kabuff, in dem du wohnen musstest.«

»Ich weiß nicht, ob ich das will, Tony«, sage ich und presse die Finger tiefer ins Handgelenk. Ich kann meinen Puls spüren, spüre Fleurs Herz stark und regelmäßig in mir schlagen.

Tony nimmt mich an beiden Schultern und sieht mir ins Gesicht. »Ich werde bei Dr. Patterson vorbeigehen und ihr erzählen, ich hätte gesehen, wie du zum Bahnhof gegangen bist, um sie von der Fährte abzubringen. Trotzdem werden sie überall nach dir suchen.« Und dann küsst er mich auf die Lippen. »Vertrau mir, du willst ganz bestimmt nicht, dass sie dich finden.«

42

»Es tut mir wirklich schrecklich leid«, sagt Susie, als Silas zum zweiten Mal innerhalb von zwei Tagen in ihr Sprechzimmer tritt. So müssen sich Hypochonder fühlen.

»Wann genau war sie denn hier?«, fragt er und sieht sich um.

»Vor fünfzehn Minuten? Allerhöchstens. Es tut mir wirklich leid, Silas.« Etwas Gutes hat Jemmas Verschwinden immerhin, denn wenigstens redet Susie wieder mit ihm. Aber so schnell wird er sich nicht mit ihr aussöhnen.

»Tony, der Amerikaner – er hat Jemma zur Bahnstation gehen sehen«, fährt sie fort. »Ich bin ihr hinterher, aber als ich auf dem Bahnsteig ankam, ist gerade ein Zug abgefahren.«

Mehr braucht Silas nicht zu wissen, dennoch beschränkt er sich auf ein ärgerliches Kopfschütteln. Jemmas plötzliches Verschwinden macht ihm Sorgen.

»Das ist ganz allein meine Schuld.« Susie sieht zu, wie Silas sein Handy herausholt. Er dreht ihr den Rücken zu und ruft Strover an, die immer noch im Dorf nach Jemma sucht.

»Was sind die nächsten drei Stationen an der Strecke?«, fragt er Susie, eine Hand über dem Handy.

Susie erklärt ihm, dass es einer der wenigen Züge

Richtung Westen war. Er bittet Strover, Polizeikontrollen entlang der Strecke zu veranlassen. Große Hoffnungen macht er sich nicht. Die polizeilichen Ressourcen in der Region sind dünn, trotzdem ist es einen Versuch wert.

»Hat irgendjemand ein Foto von Jemma gemacht?«, fragt er.

Susie schüttelt den Kopf. Wenn sie sich gestern nicht quergestellt hätte, hätte Strover während ihres Gesprächs heimlich eines machen können.

»Im Wartebereich haben wir eine Sicherheitskamera«, sagt sie und strahlt förmlich auf. »Sie wurde vor ein paar Monaten installiert, nachdem eine Tasche gestohlen wurde. Allerdings könnte das gegen die Datenschutzverordnung verstoßen«, schränkt sie ein. »Wir müssen die Identität der anderen Patienten schützen.«

»Datenschutz, leck mich doch. Wo werden die Bänder aufbewahrt?«

Zwei Minuten später ist Silas im Büro des Praxismanagers und betrachtet die Aufzeichnungen aus dem Wartebereich gegen neun Uhr am Vortag. Susie und der Manager stehen neben ihm. Silas hat alle rechtlichen Einwände ignoriert und erklärt, dass die Sichtung im Interesse der öffentlichen Sicherheit sei, allerdings scheint der Manager ähnliche Einwände zu haben und zitiert die Richtlinien des General Medical Councils. Datenschutz ist inzwischen Silas' persönlicher Fluch.

»Da ist sie.« Susie deutet auf eine Frau und einen Mann, die in den Empfangsbereich treten.

»Halten Sie das Bild an«, sagt Silas zu dem Manager. Die Frau auf dem Bild hat vage Ähnlichkeit mit Jemma Huish, doch durch die Linse der billigen Überwachungskamera ist das schwer festzustellen. »Wer ist der Kerl neben ihr?«

»Tony, der Amerikaner«, sagt Susie. »Er und seine Frau haben Jemma in der ersten Nacht aufgenommen.«

»Wo ist er jetzt?« Silas findet die Körpersprache des Mannes auffällig, wie er mit Jemma umgeht, wie dicht er neben ihr steht.

»Er besitzt ein Café an der Hauptstraße. Ich kann dich hinbringen.«

»Bitte geben Sie mir einen Ausdruck hiervon«, sagt Silas, schon wieder über den Bildschirm gebeugt. »Und schicken Sie die Datei an diese Adresse.« Er gibt dem Manager seine Karte.

»Die anderen Patienten muss ich aber verpixeln.«

»Meinetwegen können Sie ihnen blinkende Geweihe aufsetzen. Ich interessiere mich nur für sie.«

Es ist kein gutes Bild, aber es zeigt eine gewisse Ähnlichkeit. Jedenfalls für Strover. Im Gegensatz zu ihm ist sie Jemma persönlich begegnet. Silas ist nicht näher an sie herangekommen als die fünfzig Meter auf dem Friedhof. Er wird das Bild in der Region verteilen lassen – in der Zentrale können sie es bearbeiten.

»Ich verstehe nicht, warum sie so plötzlich verschwunden ist«, sagt Susie, während sie Silas über die Hauptstraße begleitet.

»Vielleicht hat sie gehört, dass wir kommen. Hat Jemma Zugriff auf Geld?«

Auf einmal merkt Silas, wie hungrig er ist – und wie gereizt. Gestern hat er gefastet, das macht die Sache nicht besser.

»Nicht, soweit ich weiß«, sagt Susie.

»Also würde sie mit dem Zug nicht weit kommen.«

»Zu dieser Tageszeit werden die Tickets kaum kontrolliert.«

»Super.« Er bemüht sich nicht einmal, seine Frustration zu verbergen. Trotzdem wird er nichts unversucht lassen, um irgendwas herauszufinden. »Ich muss mit Tony sprechen«, erklärt er und wird schneller. Er ist groß und macht ausgreifende Schritte, sodass Susie beinahe rennen muss, um sein Tempo zu halten. »Und mit seiner Frau. Vielleicht wissen die beiden ja mehr, wenn sie Jemma über Nacht beherbergt haben.«

»Hier arbeitet er«, erklärt Susie atemlos. Sie sind vor dem Seahorse Gallery & Café angekommen.

»O Jesus«, sagt Silas nach einem kurzen Blick auf die Tafel draußen, bevor er das Café betritt. »Eifrei, speckfrei, sorgenfrei. Garantiert ein veganes Café, oder?« Er hat gestern nicht gefastet, um heute ein paar Mungbohnen zu mümmeln. Er tritt an die Theke, hinter der ein Mann mit Pferdeschwanz arbeitet.

»Tony, das ist …«, setzt Susie an.

»DI Hart«, fällt Silas ihr ins Wort und zeigt Tony seinen Ausweis. »Ich hätte gern irgendwas Essbares«, sagt er und lässt seinen Blick enttäuscht über die Auslage wandern, »und ein paar Minuten Ihrer Zeit.«

43

Bevor Tony wieder ins Café verschwunden ist, hat er den Speicher so gemütlich hergerichtet wie nur möglich, trotzdem fühle ich mich wie im Gefängnis. Vielleicht liegt es an der nackten Glühbirne, die vom Dachfirst baumelt. Meine Ausstattung besteht aus einer Campingmatte auf dem ungeschliffenen Bretterboden, dazu ein paar Flaschen mit Wasser, Obst, einem Radio mit Kopfhörer (Tony bestand darauf) und einem Eimer für den Notfall. Verglichen hiermit war mein Zimmer im Pub luxuriös.

Mehr Sorgen macht mir allerdings, dass ich mich ganz auf Tony verlassen muss, wenn ich hier herauswill. Die Aluklappleiter kann nur von unten ausgefahren werden, denn die Luke ist auf der Unterseite mit einem kleinen Schloss gesichert. Wieder habe ich das Gefühl, die Kontrolle verloren zu haben, doch im Augenblick sind meine Optionen beschränkt, und ich bleibe lieber unsichtbar, als mit der Polizei in Kontakt zu treten. Sobald Tony eine Ahnung hat, in welche Richtung die Ermittlungen gehen, wird er zurückkommen und mich wissen lassen, wie lange ich hier oben ausharren muss.

Ich nehme einen Schluck Wasser und sehe mich auf dem Speicher um. Überall stehen akkurat im rechten Winkel ausgerichtete Kartons. Tony meinte, sie seien sein visuelles Gedächtnis. In jedem Karton lagern 365

Fotos, exakt eines für jeden Tag im Jahr. Er hat mir erlaubt, sie anzuschauen, wenn ich möchte – sie sind alle auf Instagram, jedenfalls die jüngeren. Damit hätte ich eine Beschäftigung, während ich hier auf ihn warten müsse, meinte er, allerdings darf ich mich nicht unnötig bewegen und vor allem keinen Lärm machen, falls jemand ins Haus kommen sollte.

Er ist überzeugt, dass ihn die Polizei befragen wird, entweder im Café oder zu Hause, aber falls sie sich bei ihm zu Hause umsehen wollen, wird er auf einem Durchsuchungsbefehl bestehen. Er kennt seine Rechte. Vorsichtshalber hat er mir ein schlichtes Handy überlassen, ein altes von Laura, ein »Ziegelstein«. Sie bewahren die Geräte für Notfälle auf, behauptet er. Alle Nummern sind gelöscht, und es ist mit einer neuen Prepaidkarte bestückt. Falls jemand ins Haus kommt, will er mich mit einer anonymen Nachricht vorwarnen: einer harmlosen Bemerkung, irgendwas zum Haushalt, so als würde er Laura schreiben.

Ich lausche der Stille im Haus. Nur das ferne Rumpeln eines Zuges ist zu hören und dazu ein einzelner Wagen, der auf der Hauptstraße beschleunigt. Überzeugt, dass außer mir niemand im Haus ist, krabbele ich auf allen vieren zu den Kartons – der Giebel ist zu niedrig, als dass ich aufstehen könnte. Der erste Karton enthält Bilder aus dem laufenden Jahr: A4-Ausdrucke, zum Teil in schwarz-weiß, zum Teil farbig, jeweils in einer Klarsichthülle mit Datum. Ich erkenne den Friedhof, eine Nahaufnahme des bemoosten Friedhoftors; ein zweites zeigt den Blick über den leicht diesigen Kanal auf eine idyllische Bogenbrücke. Ich blättere in weiteren Fotos, bleibe bei einer Aufnahme von Laura hängen.

Sie liegt im Bett, mit geschlossenen Augen, den halb nackten Körper von einem Laken bedeckt. Schläft sie? Wusste sie, dass sie fotografiert wurde?

Ich halte inne und spüre leichte Gewissensbisse, weil ich in der Privatsphäre eines anderen Menschen schnüffele, selbst wenn es Tony mir gestattet hat. Und dann öffne ich einen älteren Karton. Auf vielen Fotos sind andere Frauen zu sehen. Aufnahmen im Fashion-Stil aus verschiedenen europäischen Städten – ich erkenne Paris und Rom, Amsterdam und Venedig. Schneeszenen im Park, ein sonniges Lächeln für die Kamera, nichts, was irgendwie gewagt oder zweideutig wäre. Er steht auf einen bestimmten Look bei den Frauen: kurze, dunkle Haare und große Augen. Ich blättere wieder in den Bildern und erstarre bei einem, das eine Frau mit einem Barett zeigt. Mein Herz macht einen Satz. Sie sieht aus wie Fleur. Ich sehe noch einmal genauer hin und begreife, dass es jemand anderes ist. Die Hülle mit dem Foto zittert in meiner Hand, während ich tief durchatme. Die Stille im Dorf fühlt sich hier oben gespenstisch, geradezu erstickend an. Und dann höre ich den fernen Schrei eines Rotmilans.

Ich gehe die Jahreszeiten in umgekehrter Reihenfolge durch, werfe einen kurzen Blick auf jedes Bild. Sommer, Frühling. Fotos von einer mit Graffiti beschmierten Brückenmauer mit einer komplexen Matrix aus Schienensträngen im Hintergrund. Und dann, inmitten der Bilder von Stadtlandschaften und Flüssen, zwei Seepferdchen. Nicht lebendig wie die auf den gerahmten Fotografien im Café. Die hier sind klein und faltig und wurden vor einem weißen Hintergrund, einer Art Tisch, fotografiert. Ich betrachte sie genauer. Die Seepferchen sehen verschrumpelt aus, als wären sie eingelegt worden. Oder vielleicht getrocknet. Die unverkennbaren Schwänze sind eingerollt wie ein Violinschlüssel, aber die langen Schnauzen sind zertrümmert und fehlen. Tony hat erwähnt, dass getrocknete Seepferdchen viel Geld bringen, vor allem jene Gattungen, die in der chinesischen Medizin verwendet werden. Hatte er die hier vielleicht gekauft? Oder für eine große Summe verkauft?

Teurer als Silber.

Ich starre auf das Foto, neige es erst in die eine Richtung, dann in die andere. An diesen Bildern ist nichts, was man irgendwie schön finden könnte. Ich finde sie beunruhigend, die beinahe prähistorische Form zutiefst verstörend.

Ich schlucke schwer und wende den Blick ab.

44

»Wann haben Sie Jemma zuletzt gesehen?«, fragt DI Silas Hart und wischt sich mit einer Serviette den Mund ab. »Überraschend lecker.«

Tony hat noch nie viel für Bullen übriggehabt und findet den, der in seinem Café sitzt, unsympathischer als die meisten von ihnen, doch ihm ist klar, dass er mit ihm sprechen muss, dass er sich unbeeindruckt von seinen Fragen zeigen muss. Kooperativ. Darum hat er ihm eine Extraportion veganer Makkaronibällchen spendiert, die er jetzt in Buffalo-Soße tunkt – alles, um Zeit zu schinden –, und gibt sich möglichst hilfsbereit. Susie Patterson hat sie reumütig allein gelassen und sich wieder der Suche nach Jemma angeschlossen.

»Ich war gerade beim Frühstückservieren hier im Café, als Dr. Patterson anrief und mir erklärte, dass sie Jemma suchen würde. Also ging ich nach draußen, schaute mich kurz um und sah sie unten an der Straße zum Bahnhof abbiegen. Ich rief nach ihr, aber sie war zu weit weg, als dass sie mich gehört hätte. Ich wollte ihr schon nachlaufen, als ein Gast auftauchte.«

»Wann war das?«, fragt Hart und zieht einen Notizblock aus seiner Jackentasche.

»Vor fünfzehn, zwanzig Minuten?«

»Warum haben Sie Dr. Patterson nicht zurückgerufen?«

Weil er sich das gerade erst ausgedacht hat. Er war schon immer ein guter Lügner.

»Nachdem der Gast gegangen war, bin ich noch mal nach draußen und dabei mit Dr. Patterson zusammengestoßen«, erklärt er wahrheitsgemäß. Er hat sie getroffen, nachdem er Jemma auf dem Speicher versteckt hatte. »Sie suchte immer noch nach Jemma, darum erklärte ich ihr, dass ich sie gerade auf dem Weg zum Bahnhof gesehen hatte.«

Der Bulle scheint ihm das abzukaufen, macht ein paar kurze, schnelle Notizen. »Hier ist meine Nummer, falls sie noch einmal auftaucht«, sagt er und überreicht Tony eine Karte.

»Worum geht es überhaupt?«, will Tony wissen.

»Wir müssen Jemma nur von unseren Ermittlungen ausschließen«, antwortet Hart unverbindlich. Das sagen sie immer. Und dann überrumpelt er Tony mit einer unerwarteten Frage: »Wieso haben Sie sie am ersten Abend bei sich übernachten lassen?«

»Wieso?«

»Eine Fremde klopft an Ihre Tür. ›Kommen Sie rein, fühlen Sie sich wie zu Hause.‹ Nicht sehr britisch.«

»Ich bin Amerikaner. Wir beißen nicht.« Der Bulle hat ihn kalt erwischt. »Außerdem war es nicht so.«

»Wie war es dann?«, fragt er.

Tony ruft sich den Nachmittag, an dem Jemma zu ihnen kam, ins Gedächtnis und überlegt, wie viel er erzählen soll.

»Ich versuche mir nur ein Bild von dieser mysteriösen Frau zu machen«, ergänzt der Bulle. »Offenbar hat sie im Ort ziemlichen Aufruhr ausgelöst.«

»Sie ist eine schöne Frau, wenn Sie das meinen.«

»Habe ich das gemeint?« Der Bulle sieht ihn eindringlich an. »Ich bin ihr noch nicht begegnet.«

»Außerdem dachte sie, sie würde in unserem Haus wohnen. Sie kannte sich sogar darin aus. Sie war eindeutig verwirrt. Laura, meine Frau, und ich … wir hatten wohl einfach Mitleid mit ihr, darum haben wir sie auf eine Tasse Tee ins Haus geholt und sie dann zu Dr. Patterson gebracht.«

Hart schreibt das in seinen Notizblock und sieht dann zu ihm auf. »Ihre Frau – kann ich sie sprechen?«

»Im Moment ist sie bei ihrer Mutter.«

Der Bulle zieht die Brauen hoch. »Und die wohnt wo?«

»In London.«

Er macht sich noch eine Notiz. »War sie einverstanden, dass Jemma bei Ihnen übernachtet?«, fragt er, immer noch schreibend.

»Für eine Nacht schon.« Mann, wie viel weiß dieser Typ? »Danach hielten wir es für besser, wenn sie professionelle Hilfe bekommt. Jemma scheint an retrograder und anterograder Amnesie zu leiden.«

»Sie klingen aber auch ziemlich professionell.«

Tony könnte gut auf das Glotzen verzichten. Harts bohrender Blick kostet ihn den letzten Nerv. »Ich interessiere mich dafür. Mein Vater starb sehr jung an Alzheimer.«

Das Handy des Bullen beginnt zu läuten. »Verzeihen Sie«, sagt er und steht vom Tisch auf.

Tony bläst unwillkürlich Luft durch die Wangen, sobald ihm der Polizist den Rücken zukehrt. Und dann versucht er, so viel wie möglich von der Unterhaltung mitzubekommen.

»Ich will Polizeieinheiten an allen wichtigen Ortsausfahrten«, sagt der Bulle. »Und zusätzlich gehen wir von Tür zu Tür … Die Spurensicherung auch … Ich rede mit dem Polizeisprecher über einen öffentlichen Aufruf.« Er legt auf und dreht sich zu Tony um. »Ein Kollege hat eben mit dem Zugführer gesprochen – offenbar ist hier niemand in den Zug nach Westen eingestiegen.«

45

Ich lasse das Foto wieder in den Karton fallen und versuche, nicht zu viel hineinzulesen. Wann kommt Tony zurück? Vielleicht hat die Polizei das Interesse an mir verloren, schließlich hat er darauf verzichtet, mir kryptische Nachrichten zu schicken. Dass man auf mich aufmerksam geworden ist, ist eine zusätzliche Belastung, aber damit muss ich fertigwerden. Und dann entdecke ich einen weiteren Karton, abseits der übrigen, hinter dem Wasserbehälter versteckt unter der Dachschräge. Ich krabbele hin und zerre ihn heraus. Darin liegt eine Sammlung von Zeitungsartikeln, die mit Briefklammern zu mehreren Bündeln zusammengefasst sind. Einige Artikel sind schon vergilbt und verblichen.

Ich warte kurz ab und lausche, dann beginne ich zu lesen. Offenbar geht es in allen Artikeln um Amnesie: um einen Wanderarbeiter in Peterborough, der keine Ahnung hat, wer er ist; einen britischen Banker, der in New York in ein Polizeirevier spazierte und erklärte, er sei gerade in einer U-Bahn aufgewacht und wisse nicht, wer er sei; mehrere Zeitschriftenartikel befassen sich mit Henry Gustav Molaison, der sich 1953 einer kruden Hirnoperation unterzog, um die Anzahl seiner epileptischen Anfälle zu verringern. Wie durch ein Wunder hörten die Anfälle auf, dafür konnte er fortan keine neuen Erinnerungen mehr bilden. Und dann starrt mich von einem verschwommenen Foto Jemma Huish an, die Studentin, die ihrer besten Freundin die Kehle aufschlitzte.

Sehen mich andere so? Ich überfliege den Artikel, die Kugelschreiberkringel um Begriffe wie »dissoziative Amnesie«, »ohne Erinnerung« und »Dorf in Wiltshire«. Ich betrachte die Fotos, lese die Unterschriften. Es geht um dieses Dorf, dieses Haus.

Unter dem Artikel klemmen weitere über den Fall, die Verhandlung, ihre Besessenheit vom Radio. Sie musste es immer eingeschaltet haben, wenn sie allein war, und verletzte sich selbst, wenn sie nicht Radio hören konnte. Und sie berichtete von Befehlen, von denen sie glaubte, sie kämen aus Bäumen.

Ich will gerade weiterlesen, als unten die Haustür aufgeht. Hastig lege ich die Artikel in den Karton zurück, stopfe ihn wieder unter die Dachschräge und bin gerade wieder auf meiner Matte angekommen, als die Luke aufgeklappt wird.

»Wir müssen weg.« Tonys Kopf taucht in der Öffnung auf. »Alles in Ordnung?«

»Alles gut«, antworte ich und versuche die Fassung zu bewahren. »Was ist denn los?«

»Nimm dein ganzes Zeug mit«, sagt er und sieht sich von der Luke aus auf dem Speicher um.

»Und wohin fahren wir?«

»Fort von hier – raus aus dem Ort.« Er klettert die Leiter wieder hinunter und verschwindet aus meinem Blickfeld. »Die Bullen wissen, dass du nicht in den Zug gestiegen bist«, sagt er lauter, damit ich ihn hören kann. »Sie wollen den ganzen Ort abriegeln.«

»Tony«, rufe ich ihm zu, »ich finde, wir sollten …«

Stille. Und dann taucht sein Kopf wieder in der Luke auf. »Weißt du noch, was es gestern Abend zu essen gab?«, fragt er mit kalter, unheilvoller Stimme.

Eingeschüchtert durch seine Frage und seinen Tonfall sehe ich ihn an und schüttele den Kopf.

»Du bist verletzlich, Jemma«, sagt er und taucht wieder ab. »Die Bullen schieben Panik wegen Jemma Huish – sie stehen unter Druck, jemanden zu verhaften. Aber das wirst nicht du sein.«

Ich sammele meine Sachen zusammen und lasse Tony, der inzwischen unten auf dem Treppenabsatz steht, meinen Koffer hinunter.

»Wohin fahren wir?«, wiederhole ich, als wir bei der Hintertür angekommen sind.

»Ich kenne da einen Fleck im Wald«, sagt er und nimmt eine Flasche Wasser aus dem Kühlschrank. »Es ist nichts Besonderes, aber immerhin trocken. Ein Munitionsbunker aus dem Zweiten Weltkrieg.«

Ich folge ihm in den Garten. »Du musst dich mit deinem Zeug im Kofferraum verstecken«, eröffnet er mir, während er die Hintertür abschließt. Mein Herz hämmert. Tony sieht sich um und klappt den Kofferraum seines alten BMWs auf. Wir starren beide auf die enge Aushöhlung. In einer Ecke liegt neben einer zusammengefalteten Rettungsweste ein leerer grüner Plastikkanister.

»Vertrau mir«, sagt er, weil er mein Zögern spürt. »Wir müssen jetzt los.«

Wieder sieht er sich um, während ich in den Kofferraum klettere und mich dabei zum Trost an meinem Schlafsack festklammere. Ist das wirklich klug? Es ist ganz entscheidend, den richtigen Moment zum Türmen zu erwischen. Einmal hatte ich mich schon vertan, als Tony mich erwischte, während ich aus dem Fenster klettern wollte. Er klemmt den Koffer neben meine Füße, es folgen die Schlafmatte, das Radio und zuletzt die Wasserflasche.

»Keine Angst«, sagt er, eine Hand schon erhoben, um den Kofferraum zuzuklappen. Er zeigt ein Lächeln, das ich nicht erwidern kann. Meine Beine sind angezogen, als wäre ich ein Fötus. »Es geht nur um ein paar Stunden, vielleicht ein, zwei Tage.«

Ein Klicken, und meine Welt wird schwarz.

46

Der Tag, an dem er mit Milo in dem Dorf ankam, steht Luke immer noch vor Augen, als wäre es gestern gewesen. Seine Frau war sechs Monate zuvor gestorben, und er hatte seinen Job bei einer großen Tageszeitung hingeworfen, um seinen vierjährigen Sohn bei seinen Eltern auf dem Land großzuziehen. Es hatte sich wie ein Neuanfang angefühlt, und das hatte geholfen, die Trauer zu betäuben. Das Haus in East Dulwich zu verkaufen war ihm nicht leichtgefallen, aber er konnte nach ihrem Tod unmöglich darin wohnen bleiben. Er hatte sie auf dem Küchenboden gefunden. Ein Aneurysma im Hirn, aus heiterem Himmel. Wenigstens war Milo in der Spielgruppe gewesen, als es passierte.

Im Lauf der Jahre haben seine Eltern mehrmals vorgeschlagen, Milo auf ein Internat zu schicken, doch Luke hat sich jedes Mal widersetzt und ihn zunächst in der örtlichen Grundschule und anschließend an der weiterführenden staatlichen Schule angemeldet, die sich ganz in der Nähe befindet. Lukes Vater war Armeeoffizier, und Luke war schon mit acht aufs Internat geschickt worden. Seine Eltern hatten sich Stabilität für ihn gewünscht, während sein Vater von einem Posten zum nächsten und dabei mehrmals auch ins Ausland versetzt wurde. Vielleicht wird Milo nächstes Jahr, ab der sechsten Klasse, aufs Internat gehen, und sei es nur des Essens wegen. Er frisst ihnen die Haare vom Kopf.

Sobald er über die Hügelkuppe kommt und den Austin-Healey unter mehrmaligem Schalten hinunter in den Ort fährt, empfindet er nichts als vage Furcht. Ihn haben schon zwei Streifenwagen mit eingeschalteten Blaulichtern überholt. Weiter vorn parkt ein weiterer Polizeiwagen auf einem Parkplatz, und auf der anderen Straßenseite errichten zwei uniformierte Polizisten eine Straßensperre. Tiefer unten fährt ein alter silberner BMW den Hügel hinauf, weg vom Dorf, der Polizeisperre entgegen. Er sieht wie Tonys und Lauras Wagen aus. Luke sieht zu, wie er langsam an den Polizisten vorbeifährt, die jetzt die Pylone aufstellen. Der Polizist sieht auf den BMW, und der Fahrer winkt ihm kurz zu.

Luke ist überzeugt, dass der Fahrer Tony ist, und bremst den Austin-Healey ab, nachdem er sich vergewissert hat, dass hinter ihm kein Auto fährt. Er winkt dem BMW zu und bedeutet ihm anzuhalten. Tony bleibt ebenfalls stehen und fährt das Fenster herunter.

»Nette Kiste«, sagt Tony und dreht das Autoradio leiser.

»Firmenwagen«, sagt Luke. »Laura ist immer noch bei ihrer Mum?«

»Und immer noch sauer auf mich.«

Luke hat Schuldgefühle Laura gegenüber. Als sie heute Morgen im Büro anrief, hatte er das Gefühl, dass sie ihn dazu bringen wollte, mit Tony zu reden, dass er für sie herausfinden sollte, was da läuft, dass er fragen sollte, warum Tony so wild darauf ist, Jemma zu helfen. Aber Luke ist nicht ins Dorf zurückgerast, um ihre Ehe zu retten. Er will mit Jemma reden, sich überzeugen, dass mit ihr alles in Ordnung ist.

»Hast du Jemma gesehen?«, fragt er.

»Machst du Witze? Alle suchen nach ihr«, sagt Tony und nickt in Richtung der Polizeisperre. »Sie wollen das ganze Dorf abriegeln. Offenbar ist sie heute Morgen verschwunden.«

»Sie übernachtet also nicht mehr bei euch?«, fragt Luke und verflucht sich dafür, dass er gestern Abend in London geblieben ist.

»Hat sich ein Zimmer im Pub genommen. Laura fand es nicht so prickelnd, dass sie bei uns geschlafen hat.«

»Ich verstehe nicht, wieso Laura so überzeugt ist, dass sie Jemma Huish ist«, sagt Luke und beobachtet, wie die Polizisten einen Wagen auf der Straße anhalten.

»Frag mich nicht.«

»Ich meine, warum sollte sie hierher zurückkommen?«

»Ich dachte, du wolltest sowieso bis zum Wochenende in der Stadt bleiben?«, fragt Tony zurück, ohne auf seine Frage einzugehen. Er wirkt zerstreut.

»Ich muss mit Jemma reden – über ihre Mutter.«

»Ihre Mutter? Sie weiß nicht mal, wer sie ist, und schon zweimal nicht, wer ihre Mutter ist.«

»Keine Veränderung?«

Tony schüttelt den Kopf. »Sie kann uns immer noch nicht sagen, wie sie heißt. Was soll überhaupt mit ihrer Mom sein?«

»Ich glaube, wir könnten zusammen auf der Schule gewesen sein.« Luke macht eine kurze Pause. »Hat Jemma inzwischen eigentlich eine DNA-Probe abgegeben?«

»Soweit ich es mitbekommen habe, hat sie sich geweigert. Ich kann es ihr nicht verdenken. Pro Einwohner gerechnet, habt ihr hier den umfassendsten DNA-Datenschatz auf der ganzen Welt. Da heißt es Abstand halten, wenn du mich fragst – so was bedroht sämtliche bürgerlichen Freiheiten.«

Luke sieht in den Seitenspiegel. Hinter ihm kommt ein weiterer Wagen den Hügel hinuntergefahren.

»Vielleicht sollte sie eine abgeben«, sagt er. Er will Tony den Grund nicht erklären, dass er möglicherweise nur so seine Vaterschaft nachweisen kann.

»Ich sollte lieber los«, sagt Tony mit Blick auf den näher kommenden Wagen. »Bevor mich die Bullen noch festnehmen.«

»Probleme?«

Tony klopft grinsend auf das Lenkrad. »Die Steuer für den Wagen ist überfällig.«

47

Ich bekomme nicht alles mit, was gesprochen wird, aber ich weiß, dass Tony angehalten hat und sich mit Luke unterhält. Im Kofferraum riecht es schwach nach Benzin und saurer Milch. Am liebsten würde ich schreiend und brüllend mit den Fäusten gegen die Kofferraumwand hämmern, während ich den beiden Männern zuhöre, aber mir ist klar, dass ich still bleiben muss.

Es klingt so, als wäre Luke eigens aus London hergefahren, um mit mir zu reden. Er sagt etwas davon, dass er glaubt, er sei zusammen mit meiner Mutter in der Schule gewesen. Ich würde ihn gern noch einmal allein treffen, aber im Moment ist das unmöglich.

Nachdem das Gespräch beendet ist, gibt Tony Gas, und wir fahren noch einmal fünf Minuten. Ich kann nur schwer einschätzen, was für eine Strecke er fährt, aber vermutlich sind wir auf Nebenstraßen unterwegs. Viele Kurven und Schlaglöcher und nur sehr wenige andere Wagen, die uns passieren.

Als wir anhalten, lässt Tony mich nicht sofort aus dem Kofferraum. Er bleibt im Fahrersitz, dreht das Radio auf und lauscht. Ansonsten höre ich nichts außer dem drohenden Krächzen ferner Krähen. Vielleicht will er sich überzeugen, dass niemand in der Nähe ist. Als er endlich die Kofferraumklappe öffnet, sticht mir die hohe Sonne in die Augen. Er sieht mich kurz an – vielleicht mitleidig –, ehe er etwas sagt.

»Wir sind gerade noch rechtzeitig aus dem Ort rausgekommen.«

»Haben wir deshalb angehalten?«, frage ich und entfalte langsam Arme und Beine. »War das die Polizei?« Er stützt mich am Arm, während ich auf den Boden springe. Wir sind von der Straße auf einen schmalen Waldweg abgebogen. Rund um uns erstreckt sich ein feuchter Wald, größtenteils mit Birken bestanden, deren frisch gewaschene Blätter in der Sonne glänzen. Offenbar hat es hier geregnet, ein kurzer Sommerschauer. Hinter den Bäumen sehe ich mit Schafen betupfte Felder.

»Sie haben uns durchgewinkt – sie waren noch dabei, die Straßensperre aufzustellen. Eine Minute später, und sie hätten dich erwischt. Ich habe kurz angehalten und mit Luke geredet. Er ist in einer alten Karre aus London hergefahren – ein Wunder, dass er es bis hierher geschafft hat.«

Ich beschließe, Tony nicht zu verraten, dass ich ihr Gespräch größtenteils mitgehört habe. »Ich dachte, er würde unter der Woche in London arbeiten«, sage ich stattdessen, während er meinen Koffer und das Radio aus dem Kofferraum hebt. Die Matte und den Schlafsack überlässt er mir.

»Daran kannst du dich erinnern?«, fragt er und hält kurz inne, bevor er den Kofferraumdeckel zuklappt.

»So steht es in meinen Notizen.« Ich habe sie immer noch bei mir, in der hinteren Jeanstasche.

»Seinem Vater geht es nicht gut. Er ist hergekommen, um nach ihm zu sehen.«

Ich weiß, dass Tony lügt. Und ich kann beobachten,

wie er sich verhält, wenn er nicht die Wahrheit sagt. Er ist ein geschickter Lügner.

»Der Bunker ist etwa hundert Meter weiter«, sagt er und nickt in die Richtung, in die wir gehen müssen.

Wir stehen still da und betrachten den altehrwürdigen Wald. Ich fühle mich ungemein verletzlich, hier so allein mit ihm, aber ich weiß, dass ich keine Wahl habe. Das einsame Röhren eines Hirsches trägt nicht dazu bei, meine Angst zu lindern.

»Bleibst du hier?«, frage ich, als wir auf einen kaum sichtbaren Pfad biegen.

»Ich muss zurück ins Café.«

Zum Glück. Wenigstens muss ich nicht lange mit ihm allein sein. Darauf bin ich nicht vorbereitet. Noch nicht. Wir schwenken vom Pfad ab und schlagen uns zwischen dicken Brombeerranken durch in den Wald. Weiter vorn kann ich den Bunker sehen, einen kleinen, mit Gras und Nesseln überwachsenen Buckel. Der Eingang ist überwuchert. Wie viele Menschen wissen davon? Ich folge Tony einige Stufen abwärts, die mit Graffiti beschmiert sind. Unten, vier Meter unter dem Boden, kickt er eine verbeulte Bierdose und eine leere Zigarettenpackung beiseite. Müll von Teenagern, Liebespärchen.

»Du wirst nicht lange hierbleiben müssen«, verspricht er mir und schaltet die Handytaschenlampe an, um den schmutzigen Raum auszuleuchten. Offenbar spürt er meine Angst. Der Bunker ist knapp fünf Meter lang und zwei Meter breit. Wie eine Zelle. Das andere Ende wird von einer Pfütze erhellt, die etwas Sonnenlicht reflektiert, das durch ein Loch im Dach hereinfällt. Ein paar Zweige und Blätter sind hindurchgefallen, doch ansonsten ist der Betonboden sauber. Es ist trocken, doch das ist so ziemlich das Einzige, was für dieses Loch spricht.

»Wann warst du das letzte Mal hier?«, frage ich.

»Letzten Sonntag. Die historische Gesellschaft im Ort hatte eine Führung organisiert. Ich war der Ehren-Yankee. Die hier stationierten US-Kräfte nutzten den Bunker als Munitionslager, während sie die Landung in der Normandie vorbereiteten.«

»Er ist also bekannt?«

»Dieser Bunker eher weniger«, sagt er. »Die meisten gehen zu einem anderen, der näher beim Denkmal ist. Du wirst es hier schon aushalten. Du hast ja das Radio. Und ich bringe dir später etwas zu essen vorbei. Kaffee auch?«

»Lieber Tee. Am besten einen Kräutertee.«

»Hör mal, es ist nicht das Ritz, ich weiß, aber du darfst dich vorerst nicht im Ort blicken lassen.« Er legt den Arm um mich, als wären wir frisch verheiratet und würden unser neues Heim in Augenschein nehmen. Ich bemühe mich, nicht zurückzuzucken, gleichzeitig wünsche ich mir, er würde verschwinden. Ich muss den Kopf klar bekommen, mir erschließen, wo ich bin, was als Nächstes geschehen soll.

»Kann ich dich anrufen?« Ich schäle mich aus seinem Arm und steige die Stufen wieder hoch. »Falls jemand kommt.«

»Hier draußen kommt niemand vorbei«, sagt er und folgt mir nach oben. »Vertrau mir. Und falls doch, vielleicht jemand mit seinem Hund, dann bleibst du einfach in Deckung, bis er wieder weg ist. Schreib mir lieber – falls du dir Sorgen machst. Aber ruf nicht an. Vielleicht sind die Bullen wieder bei mir.«

»Wie weit ist es zur Straße?«, frage ich und schaue in die Richtung, in der der Wagen parkt.

»Eine Meile, vielleicht etwas mehr. Der Bunker ist abgelegen.«

Ohne Vorwarnung dreht Tony sich zu mir um und hält mich an beiden Schultern fest. In seinen Augen entdecke ich eine neue Kälte, und sein Griff ist fester, aggressiver als zuvor, sein Körper dichter an meinem. Ich merke, wie ich in Panik gerate, weil ich mein Handgelenk nicht berühren kann, doch dann errettet mich das Läuten eines Handys. Er tritt zurück, zieht das Telefon aus der Tasche und schaut aufs Display.

»Unbekannt«, sagt er und sieht mich mit hochgezogenen Brauen an. »Das sind dann wohl die Bullen.« Er wird ernster, als er den Anruf annimmt und mehrere Sekunden zuhört. »In einer Viertelstunde bin ich wieder im Café.«

Er legt auf und wendet sich wieder mir zu. Sein Blick ist immer noch kalt. »DI Silas Hart will noch ein paar Makkaronibällchen«, erklärt er mit triefendem Sarkasmus. »Ich muss zurück.« Er lächelt mich kurz an, legt erneut die Hände auf meine Schultern. »Ich bin so schnell zurück, wie ich kann.«

Und dann küsst er mich rücksichtslos auf die Lippen.

Ich denke an Fleur, versuche mir ihr Gesicht vor Augen zu rufen, bete, dass es schnell vorübergeht. Auf einen Kuss war ich vorbereitet, doch diesmal will er mehr, seine Hand tastet sich unter mein Hemd vor, drückt gegen meinen Schenkel. Fleur war nie so. Ihre Berührungen waren sanft, unsere Berührungen waren sanft.

»Später«, sage ich und versuche ihn wegzustoßen,

denn seine Kraft macht mir Angst. »Die Polizei wartet schon.«

»Scheiß auf die Bullen«, flüstert er und beginnt damit, mein Hemd zu zerreißen.

»Bitte, Tony«, flehe ich, diesmal lauter. »Ich bin noch nicht bereit.«

Widerwillig löst er sich von mir und sieht mich an. Seine Augen bersten vor Lust und etwas, das mir richtig Angst macht. Und dann kehrt er mir den Rücken zu und verschwindet durch das Gestrüpp in Richtung Auto.

»Schreib mir eine Nachricht«, rufe ich ihm widerstrebend nach. »Und danke. Für alles.«

Sein Schweigen macht mir Angst. »Haben wir Papier mitgenommen?«, rufe ich in dem Versuch, die Situation ins Alltägliche, ins Profane zurückzuholen. »Einen Stift? Ich habe so viel aufzuschreiben.«

Er bleibt unvermittelt stehen. Es dauert eine Weile, ehe er antwortet, und als er es tut, jagt mir seine Stimme Schauer über den Rücken. »Vielleicht ist es besser, wenn du heute nichts aufschreibst.«

48

Luke trifft sich mit Sean auf ein schnelles Mittagsbier im Pub. Er hat überall nach Jemma gesucht, ist den Uferweg am Kanal entlanggewandert, dann den Waldrand mit Blick auf den Ort abgegangen, hat die Gartenkolonie abgesucht, die Bahnstation, die Kirche, aber er weiß, dass es ein hoffnungsloses Unterfangen ist. Wenn nicht einmal die Polizei sie finden kann, hat er erst recht keine Chance. Alles ist voller Polizisten, die in den Medien Fahndungsaufrufe verlesen, von Tür zu Tür gehen und jeden Wagen überprüfen, der ins Dorf kommt oder es verlässt.

Die Stimmung unter den Einheimischen ist umgeschlagen, seit Luke gestern früh nach London fuhr. Statt aufgeregtem Gerede herrscht Melancholie, gepaart mit einem Anflug von Scham darüber, dass dieser stille Ort auf einmal im gleißenden Licht der Öffentlichkeit steht.

»Als ich mit Freya Lal sprach, meinte sie, die Deutsche, die das Mädchen adoptiert hatte, sei eine Bahai gewesen«, erzählt Luke.

»Interessante Religion«, stellt Sean fest.

»Ich weiß«, sagt Luke. »Ich habe mich kundig gemacht.«

»Wobei sie natürlich auch von Dr. David Kelly praktiziert wurde. Dem Chemiewaffeninspektor, der das Dossier gegen Saddam Hussein zusammenkochte.«

»Du bist unglaublich, Sean.«

»Und zweifellos ermordet wurde.«

»Ich dachte, er hätte sich das Leben genommen?«

»Suizid ist den Bahais verboten. Wie viel Zeit hast du? Es gibt da eine Theorie …«

»Jemma hat eine Tätowierung auf dem Arm, Sean. Ich weiß nicht, ob dir das aufgefallen ist.«

»Ich würde lügen, wenn ich behaupten würde, ich hätte sie gesehen.«

»Eine Lotosblüte. Der Bahai-Tempel in Delhi hat die Form einer Lotosblüte.«

»Es ist aber auch ein buddhistisches Symbol. Die acht Blütenblätter der mystischen lila Lotosblüte stehen für den edlen achtfältigen Pfad, den Buddha gelehrt hat. Und auch für die Hindus ist es eine wichtige Blüte. Wie für die Jainas und Sikhs. Bei der russisch-orthodoxen Kirche muss ich mich noch schlaumachen.«

Dies ist nicht der Zeitpunkt für Seans mannigfache sowjetische Verschwörungstheorien. »Falls Jemmas Adoptivmutter eine Bahai war«, sagt Luke, »dann ist es durchaus möglich, dass sie auch eine ist.«

Offenbar bemerkt Sean seinen drängenden Tonfall. »Du willst diese Frau unbedingt finden, nicht wahr?«

Luke nickt und nimmt einen großen Schluck Bier. »Aber sie scheint sich in Luft aufgelöst zu haben.«

»Eine in Russland weitverbreitete Gabe.«

Luke blickt auf und sieht einen Kriminaltechniker durch den Pub und in den alten Stallanbau auf der Rückseite gehen, in dem Jemma übernachtete. Er trägt einen weißen Overall, dazu eine Maske und lila Handschuhe.

»Was ist da los?«, fragt Luke den Barkeeper.

»Sie durchsuchen das Zimmer, in dem die Frau übernachtet hat.«

»Die Spurensicherung?«

»Mit allem Drum und Dran.«

»Ich muss mit ihnen reden«, sagt Luke zu Sean, rutscht von seinem Barhocker und marschiert in Richtung Hinterausgang.

49

Jemma schaltet das Radio an und lauscht. Sie ist früh dran – sie bringen gerade den Wetterbericht. Offenbar geht ihre Uhr vor. Sie steigt die Stufen hinauf und sieht sich um. Dunkler Wald, in dem das Nachmittagslicht schräg durch die Birken sickert. Sie kann von Glück reden, dass sie hier ist, wo ihr nur die Muntjaks Gesellschaft leisten. So wie es aussieht, war seit Jahren niemand für längere Zeit hier. So nahe beim Dorf und doch so fern. Sie vermisst das mehr, als sie gedacht hätte: die Sicherheit einer abgeschlossenen ländlichen Gemeinschaft, das freundliche Wesen der Menschen. Der meisten jedenfalls.

Sie hört das Piepsen, das die Nachrichten zur vollen Stunde ankündigt, und geht wieder hinunter. Ein wechselseitiger Austausch von Spionen zwischen Moskau und London; erweiterte Verhaftungsrechte für die Polizei; eine Fahndung in einem Dorf in Wiltshire …

Ihr gefriert das Blut, als sie die Meldung hört. Die Polizei sucht nach einer ehemaligen psychiatrischen Patientin, die seit einem Jahr verschollen ist. Es gibt Befürchtungen, dass sie gefährlich sein könnte, die Öffentlichkeit wird davor gewarnt, sich ihr zu nähern. »Wir bitten jeden, der etwas über Miss Huishs Verbleib weiß, sich sofort an uns zu wenden«, sagt ein Detective. Sein Name ist ihr vertraut.

Jemma schließt die Augen. Sie spürt, wie die Erinnerungen zurückkommen, wie sie springflutartig die ausgedörrten Hänge ihrer Vergangenheit überspülen und zu neuem Leben erwecken. Plötzlich fühlt sie sich verletzlich hier draußen, so allein im Wald. Und sie ist wütend. Sie spürt eine Wut, wie sie sie lange nicht empfunden hat.

Sie geht zu ihrer Tasche, wühlt in ihren Sachen und findet, wonach sie gesucht hat. Ihre Hand zittert zu stark, als dass sie das Küchenmesser lange halten könnte. Sie lässt es wieder in die Tasche fallen und sinkt zu Boden, umklammert ihre Knie, wiegt sich vor und zurück und beginnt zu schluchzen. Noch mehr Erinnerungen. Albträume. Sie hat inzwischen ihre eigene Technik entwickelt, eine Strategie, mit der sie die Ordnung wiederherstellen kann, doch die Attacke ist zu massiv, sie fegt Jahre voller Therapien und Medikamenteneinnahmen beiseite, als hätte es sie nie gegeben.

Sie deckt die Hände über die Ohren, versucht die Stimmen zu ersticken, aber ohne Erfolg. Panisch flieht sie nach draußen, um den Frieden des Waldes einzuatmen. Die Natur ist ihre letzte Hoffnung. Die Bäume scheren sich nicht um Nachrichten aus dem Radio. Anfangs hört sie nichts, doch dann senkt sich von hoch oben aus dem Dach des Waldes ein leises Flüstern herab, das sie drängt anzurufen. Eine Warnung auszusprechen.

Sie wendet den Blick ab, ignoriert die Stimmen und geht wieder hinein, um das Messer zu holen.

50

Silas Hart spricht gerade mit Tony in dessen Café, als er über Telefon gebeten wird, in den Pub zu kommen. Die letzten Stunden waren hektisch, er hat bisher keine Zeit gehabt, etwas zu essen. Er würde eher tot umfallen, als es zuzugeben, aber er hatte sich darauf gefreut, noch etwas von Tonys veganem Essen zu probieren, vielleicht einen dieser Veggie-Burger aus schwarzen Bohnen und Chipotle. Das wird warten müssen.

»Warten Sie hier«, sagt er zu dem Amerikaner und steht vom Tisch auf.

»Ist das ein Befehl?«

»Eine höfliche Bitte. Und falls wir mit Jemmas Zimmer im Pub nicht weiterkommen, werden wir Ihr Haus durchsuchen wollen.«

»Dafür brauchen Sie einen Durchsuchungsbefehl«, sagt Tony und zieht sich hinter die Theke zurück.

»Den bekommen wir, keine Sorge.«

Silas spaziert gemeinsam mit Strover aus dem Café. Tony geht ihm allmählich auf die Nerven. Sie könnten ihn einfach verhaften, dann brauchen sie keinen Durchsuchungsbefehl.

»Checken Sie den Clown im PNC ab«, sagt er, während er die Straße überquert und auf den Pub zuhält. Strover hat viele Talente, darunter die Fähigkeit, Sarkasmus mit Interesse zu begegnen, aber sie gehört auch zu den Besten, wenn es darum geht, alte Daten im Police National Computer zu sichten und mit den Ergebnissen aus der neueren Police National Database abzugleichen. Gut in allem, was mit Computern zu tun hat. Und mit sozialen Medien. Eine Digital Native, sagt jedenfalls die Personalabteilung. Was auch immer das heißen soll.

»Hat seine Frau ihn verlassen?«, fragt Strover.

»Wenn man der guten Frau Doktor glauben darf, legt sie zurzeit eine Beziehungspause bei ihrer Mum ein.«

Es ist zwecklos, etwas vor Strover geheim halten zu wollen. Sie weiß, dass er immer noch eine Schwäche für Dr. Patterson hat, obwohl sie ihre Ermittlungen behindert hat. Weibliche Intuition.

»Jemma sieht fit aus«, sagt Strover.

»Das haben Sie gesagt, nicht ich. Und laut ihrem Nachbarn Abdul, dem Afghanen, war sie gestern zum Abendessen bei Tony.« Silas hat Abdul zuvor aufgesucht, mit ihm in der Küche des Pubs geplaudert und ihm versprochen, eines seiner Lammcurrys zu probieren.

»Denken Sie, Tony weiß, wo sie ist?«, fragt Strover.

»Bin mir nicht sicher«, sagt Silas, als sie vor dem Pub stehen. »Vielleicht ist das sowieso nur vergeudete Zeit. Das CSI hat was gefunden.«

51

Nach den Nachrichten im Radio konnte ich keine Sekunde länger in meinem Versteck bleiben. Die nächsten paar Stunden sind entscheidend. Habe ich zu lange abgewartet? Die Bürste müsste mir etwas Zeit erkaufen, trotzdem brauche ich für das, was vor mir liegt, eine ordentliche Portion Glück.

Den Koffer habe ich zurückgelassen – ich habe alles, was ich brauche. Weiter vorn sehe ich den überwachsenen Pfad, der zu dem breiten Waldweg führt. Wenn ich recht habe, führt der Waldweg auf der einen Seite zurück in den Ort, auf der anderen bergauf zu der Hauptstraße aus dem Tal. Eine Meile, sagte Tony. Vielleicht ein bisschen mehr. Ich bleibe stehen und lausche. Doch ich höre nichts als die Sommerbrise, die in den hohen Birken um mich herum raschelt.

Tony hat weder geschrieben noch angerufen, seit er weggefahren ist. Ich habe ihn ebenfalls nicht kontaktiert. Bestimmt muss er sich schon wieder den Fragen der Polizei stellen, dabei den Anschein wahren und leugnen, dass er weiß, wo ich stecke. Ich werde ihm später schreiben.

Ich sehe mich ein letztes Mal um, biege auf den Weg und laufe los.

52

Silas marschiert durch die Bar und verdrängt dabei den Gedanken an ein Pint und ein paar Erdnüsse. Später. Viel später. Wenn alles geklärt ist. Der Aufruf an die Öffentlichkeit sollte irgendwas bringen. Das ist fast immer so. Und er hat Jemma Huishs Gefährlichkeitsbeurteilung von mäßig auf hoch anheben lassen und Alarm bei der zentralen Vermisstenstelle geschlagen, woraufhin Jemma Huishs Akte inklusive des DNA-Profils erneut an alle Polizeibehörden in England geschickt wurde und sie nun nicht mehr als »abwesend«, sondern als »vermisst« eingestuft ist.

Er geht weiter zu dem ehemaligen Stallanbau, wo das CSI-Team das Zimmer durchsucht, in dem Jemma gestern übernachtet hat.

»Ich dachte, das sollten Sie sehen«, sagt die Leiterin der Kriminaltechnik, die Silas und Strover entgegenkommt.

»Was denn?«

»Wir haben eine Haarbürste gefunden. Unter dem Bett.«

»Jemmas?«

»Das nehmen wir an. Eine erste Staubanalyse hat ergeben, dass sie erst seit Kurzem dort liegt, wahrscheinlich seit heute Vormittag.«

»Haarwurzeln?« Silas hat schon am ersten Tag seines

Polizistenlebens gelernt, dass Haare niemandem etwas nützen, wenn die Wurzeln fehlen.

»Das ist das Merkwürdige daran«, antwortet die Leiterin. »Sogar haufenweise Wurzeln. Frische. Da hat sich jemand mit aller Kraft die Haare gekämmt. Viel fester als nötig. Und dann wäre da noch der Fundort der Bürste.«

»Unter dem Bett«, wiederholt Silas, der nicht weiß, worauf die Leiterin hinauswill.

»Falls die Bürste auf den Boden fiel und dann versehentlich unters Bett gestoßen – oder getreten – wurde, hätte sie dabei Staub aufnehmen oder zumindest eine Spur auf den Dielen hinterlassen müssen. Es ist sehr staubig in dem Zimmer.«

Warum sprechen Kriminaltechniker immer in Rätseln? »Wollen Sie damit andeuten, dass sie absichtlich unter das Bett gelegt wurde?«, fragt Silas.

»Nachdem die Benutzerin übertrieben fest ihre Haare gebürstet hat.«

»Um sicherzustellen, dass genug Haarwurzeln hängen bleiben?«

Die Leiterin nickt.

»Könnte ich kurz mit Ihnen sprechen?«

Silas dreht sich um und sieht einen großen Mann von Anfang fünfzig in der Tür stehen. Er kann das Bier in seinem Atem riechen. Betrunken *und* vornehm.

»Wie sind Sie heraufgekommen?«, fragt Silas den Mann.

»Über die Treppe?«, fragt der Angesprochene zurück.

Silas hätte gedacht, dass unten ein Posten stehen würde. Wenn er etwas nicht brauchen kann, dann Betrunkene, die vom Pub heraufstolpern.

Strover geht auf den Mann zu.

»Ich bin Journalist oder war wenigstens einer«, erklärt der Mann. »Hab mit Ihren Leuten am Fall des Swindon Stranglers zusammengearbeitet.«

Das weckt Silas' Interesse, was Strover zu spüren scheint, weshalb sie einen Schritt zurück macht. Bei diesem Fall hatten Presse und Polizei eng kooperiert – eine seltene Übung zu beiderseitigem Nutzen. Damals war Silas ein Schlüsselspieler in dem Team, das den Fall löste.

»Wie heißen Sie?«, fragt er.

»Luke Lascelles. Ich wohne hier im Ort. Und ich weiß vielleicht etwas, das von Interesse sein könnte. Über Jemma.«

»Schießen Sie los.« Der Name klingt vertraut.

»Ich glaube nicht, dass sie Jemma Huish ist«, sagt Luke.

»Sie ist ein russischer Maulwurf«, ruft eine andere Stimme von unten herauf. Strover muss sich ein Lachen verkneifen. Diesmal klingt die Stimme betrunken *und* irisch.

Luke dreht sich um und will den Iren abwimmeln, der jetzt oben an der Treppe erscheint.

»Können Sie in der Bar mit diesen beiden Gentlemen reden?«, meint Silas zu Strover. »Und herausfinden, ob sie etwas Brauchbares zu sagen haben?«

Über die Jahre haben ihn viele angeheiterte Einheimische mit nützlichen Informationen versorgt. Silas will heute nur nicht derjenige sein, der sie ihnen aus der Nase ziehen muss. Sobald die beiden, eskortiert von Strover, nach unten verschwunden sind, wendet er sich wieder an die Leiterin der Kriminaltechnik.

»Sie wollen damit sagen, dass wir die Haarbürste finden sollten«, sagte Silas, um das klarzustellen.

»Solche Schlussfolgerungen zu ziehen ist nicht mein Job, aber ja, ich würde aus allem schließen, dass sie absichtlich unter dem Bett platziert wurde.«

Wieso sollte Jemma das tun? Wieso sollte sie wollen, dass die Polizei aus der Bürste eine DNA-Probe nimmt, nachdem sie nur Stunden zuvor diese Probe verweigert hat? Silas ruft im Büro an. »Ich brauche einen Durchsuchungsbefehl für Tony Masters' Haus.«

53

»Ich weiß, es klingt schräg«, sagt Luke und sieht DC Strover kurz an, bevor er den Blick senkt, »aber als ich Jemma das erste Mal sah, unten in der Praxis, hätte ich schwören können, dass ich der Freya von vor dreißig Jahren gegenüberstehe.«

Sie sitzen in einer stillen Ecke des Pubs, die einzigen Gäste außer Sean, der an der Theke über einem Bier schmollt. Er wollte zuerst mit der Polizistin sprechen und kann nicht verstehen, wieso nach dem Nowitschok-Giftanschlag in Salisbury seine Russentheorie nicht ernster genommen wird.

»Lassen Sie mich noch mal zusammenfassen«, sagt Strover und studiert ihren Notizblock auf dem Tisch. »Sie glauben also, dass Jemma Ihre Tochter ist?«

»Die Ähnlichkeit ist gespenstisch«, sagt Luke und ärgert sich dabei über sich, über das Beben in seiner Stimme. Er klingt wie ein Gast in einer Nachmittagstalkshow. Er hat Strover schon geschildert, wie er gestern Nacht über FaceTime mit Freya – einer alten Flamme, die früher wie Jemma aussah und jetzt in Indien lebt – gesprochen hat. Sie hatten ein gemeinsames Kind, das gleich nach der Geburt von einem gemischtrassigen Paar in Deutschland adoptiert wurde, und einer der beiden praktizierte den Bahai-Glauben …

Strover sieht ihn leidenschaftslos an.

»Alle anderen finden, dass sie wie Jemma Huish aussieht«, sagt sie und blättert ihren Notizblock um. Sie schreibt in kleinen, korrekten Buchstaben. Alles an ihr ist ordentlich, kontrolliert.

»Und was ist Ihre Meinung?«, fragt Luke.

»Ich habe keine«, antwortet sie. »Nur einen Chef, der das geklärt haben will.«

Luke hat das Gefühl, die Zeit der Polizei zu verschwenden. »Es ist nicht so, als wäre sie ein Abziehbild von Freya, aber …« Er setzt neu an. »Manchmal sieht man sofort, dass jemand verwandt ist, das kennen Sie doch auch. Wie zwei Menschen reden. Die Körperhaltung, die Bewegungen. Das ganze Gebaren.«

Sie sieht ihn weiter stumm an. Weil sie schweigt, redet er mehr als üblich, um die Lücken zu füllen. Eine Standardtaktik der Polizei, ganz gewiss.

»Wenn in einem Ort wie diesem jemand Unbekanntes auftaucht, kann das einiges aufrühren«, sagt Strover beinahe mitleidig und stößt ihn damit vor den Kopf. »Menschen projizieren ihre eigenen Theorien in die Sache. Gibt es sonst noch etwas außer dem *Gebaren*« – sie entstellt das Wort mit ihrem Bristoler Akzent –, »das Jemma mit der Tochter Ihrer früheren Freundin in Verbindung bringen könnte?«

»Einen unwiderlegbaren Beweis, meinen Sie?«, fragt er.

Zum ersten Mal in ihrem Gespräch lächelt sie ihn an. »Der wäre hilfreich.«

»Jemma hat eine Tätowierung am Handgelenk – eine Lotosblüte.« Strover nickt. Damit hat er ihre Aufmerksamkeit geweckt. »Es ist eine wichtige Blüte für die Bahais, eine Minderheitenreligion, der auch Freyas … der auch die Adoptivmutter unserer Tochter angehört.«

Strover notiert etwas, vermutlich die Gestalt der Tätowierung. Ihre Handschrift ist zu klein, als dass er sie kopfüber entziffern könnte. Noch ein Polizeitrick.

»Ich weiß, wie sich das anhören muss«, fährt Luke fort und spielt nervös mit einem Bierdeckel. »Aber wenn sie nicht Jemma Huish ist, wer zum Teufel ist sie dann? Irgendwer muss sie sein, sie ist bestimmt nicht grundlos hier aufgetaucht.«

»Ich dachte, der Kreml hätte sie geschickt«, sagt sie und nickt zu Sean an der Theke hin.

Luke lacht trocken. »Geben Sie mir Bescheid, wenn Sie sie finden, wegen ihrer DNA?«, fragt er dann wieder ernster.

»Sie wissen, dass ich das nicht darf.«

»Ich meine nur, von welchem Kontinent sie kommt. Asien, Afrika, Nordamerika.«

»Wie gut kennen Sie Tony, den Amerikaner, der das Café führt?«, fragt sie, ohne auf seine Frage einzugehen.

»Er lebt seit ungefähr einem Jahr bei uns im Ort. Anständiger Bursche, hat Gemeinsinn.« Luke mag Tony – sie sind Quizfreunde, Kumpel –, aber wie gut kennt er ihn wirklich? Immerhin so gut, dass er bei ihm zu Hause vorbeischauen wird, wenn er hier fertig ist, um ihm zu erzählen, dass die Polizei Fragen stellt.

»Glücklich verheiratet?«, fragt sie.

Luke stutzt und sieht Strover an. Als Journalist hat er das nie geschafft: ohne mit der Wimper zu zucken eine persönliche Frage einzuschieben.

»Soweit ich weiß, schon.« Er muss daran denken, was ihm Laura am Telefon erzählt hat, dass Tony sich merkwürdig verhalten würde.

»Er hat Jemma am zweiten Abend zum Essen eingeladen. Zu sich nach Hause. Zuvor ist seine Frau nach London gefahren.«

Lukes Handy läutet und erspart ihm damit einen weiteren Kommentar über den Zustand von Tonys und Lauras Ehe. »Stört es Sie, wenn ich rangehe? Wie es der Zufall will, ist das Laura.«

Strover nickt. »Wir möchten auch mit ihr sprechen.«

Luke sieht Strover an, während er den Anruf annimmt. Kann sie ihr Gespräch belauschen? Laura klingt immer aufgeregter, sie redet gehetzt. Sie hat den Aufruf der Polizei in den Nachrichten gesehen und ist froh, dass endlich jemand ihre Bedenken wegen Jemma teilt.

»Sie ist auf dem Rückweg hierher«, sagt Luke, während er die Verbindung trennt, und sieht auf die Uhr. »In einer halben Stunde ist sie hier. Ich hole sie vom Zug ab.«

»Stört es Sie, wenn ich mitkomme?«

54

Das Messer steckt verkehrt herum in Jemmas rechtem Ärmel, das Heft hält sie fest in der Hand. Gerade eben trug sie es noch offen an der Seite, doch dann meinte sie weiter vorn jemanden zu hören. Es war nur ein Zweig, doch das Knacksen war zu schwer für ein Tier.

Sie lauscht noch einmal, und dann sieht sie etwas, schräg rechts: eine Frau, die zwischen den Bäumen durchrennt. Jemma beobachtet sie gebannt. Die Frau läuft wie eine Gazelle, ihre Schritte sind lang und leicht. Kurz darauf überquert sie, zweihundert Schritte vor Jemma, den Pfad. Die Frau hält schwer atmend an und sieht den Pfad entlang. Die beiden starren sich ins Gesicht, wie Spiegelbilder. Und dann ist sie weg, flüchtet weiter durch den Wald.

Jemma dreht um und hält auf den Hügel zu, den sie als Teenager so oft hinaufstieg, wenn sie nachts ihren Zorn nicht mehr beherrschen konnte. Bis sie die Kuppe erreicht hat, ist sie außer Atem. Immer neue Erinnerungen überfluten sie. Hier oben, neben dem einsamen, windgebeutelten Baum, der die Äste zur Seite wirft wie ein Tänzer auf einem Rave, brüllte sie regelmäßig den Himmel an. Aber heute nicht. Das ist vorbei. Tief unter ihr, im von Kanal und Eisenbahnlinie durchschnittenen Tal, liegt das Dorf. Sie kann gerade noch die School Road ausmachen, die vom Pub aus abwärtsführt; dazu das Praxisgebäude und den Bahnhof. Und da ist die Kirche, umgeben vom Friedhof.

Jemma eilt den Hügel hinunter und beginnt zu rennen.

55

Luke steht vor Tonys und Lauras Haustür und wartet darauf, dass ihm geöffnet wird. Es klingt, als wäre das Haus voller Menschen.

»Was ist denn hier los?«, fragt er, als er Tony schließlich ins Wohnzimmer folgt. Zwei Kriminaltechniker in weißen Overalls kommen die Treppe herunter.

»Ich habe die Bullen zum Tee eingeladen«, sagt Tony und sieht den Kriminaltechnikern hinterher, die im Flur vorbeigehen. »Nicht die Tür zuknallen«, ruft er ihnen mit triefendem Sarkasmus nach. Er lässt sich kopfschüttelnd aufs Sofa fallen und gibt Luke ein Zeichen, es ihm nachzutun. Tony ringt sichtbar um Fassung.

»Ich wurde gerade von DC Strover vernommen«, sagt Luke.

»Du Glücklicher. Ich habe den Fetten abbekommen.«

Luke wartet ab, bis die Tür zu ist – sie ziehen sie ins Schloss –, ehe er weiterspricht.

»Sie haben nach Jemma gefragt und mir erzählt, du hättest gestern Abend für sie gekocht.«

»Dann habe ich eben gestern für Jemma gekocht. Riesensache. Muschelsuppe. Allerdings mit Jakobsmuscheln. Die Nacht davor hat sie hier geschlafen. Und jetzt sind die Bullen oben und suchen in ihrem Bett nach DNA, weil sie ihr irgendetwas unterschieben wollen.«

»Sie haben sich auch nach Laura erkundigt und mir

erzählt, sie wäre gestern zu ihrer Mum nach London gefahren.« Er sieht auf, weil in diesem Moment ein weiterer Kriminaltechniker aus der Küche kommt und zur Treppe geht.

»Sie kommt wieder«, sagt Tony. »Sie hat gerade angerufen.«

»Mich hat sie auch angerufen. Die Polizei will sie gleich am Zug abfangen.«

»Da wünsche ich viel Glück. Mich will sie nicht sehen, das steht fest.« Tony steht auf und tritt unten an die Treppe. »Vorsichtig mit den Bildern im Flur«, ruft er nach oben. »Das sind Picassos.«

Er kommt zum Sofa zurück und setzt sich lächelnd. »Arschlöcher«, sagt er und wippt dabei nervös mit dem Fuß.

So hat Luke ihn noch nie erlebt. Er begreift, wie wenig er tatsächlich über Tony weiß. Ihre Freundschaft wurde im Pub geschmiedet, auf dem Cricketfeld, und sie hat Grenzen. Sie haben beispielsweise nie über die Ehe geredet, über die Liebe oder über den Tod. Mit Sean ist es ähnlich. Trinkkumpane.

Er holt tief Luft. »Für mich hat es sich so angehört, als würde die Polizei glauben, dass zwischen dir und Jemma was laufen könnte.«

Tony lacht. »Haben sie dir das erzählt?«

Tatsächlich hat Strover es nicht direkt ausgesprochen, aber sie hat es impliziert, das liegt für Luke auf der Hand. »Und, ist da was dran?«, wagt er sich in unbekannte Gewässer vor.

»Natürlich nicht. Ich bin verheiratet. Wieso interessiert dich das überhaupt?«

»Ich habe mir nur Gedanken gemacht.«

»Lass es«, sagt Tony und verschwindet in die Küche.

Luke beobachtet, wie er den Wasserkocher füllt, unnötigerweise die Anrichte abwischt. Er weiß, warum er Tony noch nie derartige Fragen gestellt hat. »Hast du Jemma heute gesehen?«, fragt er, um die Dinge voranzutreiben. »Offenbar suchen alle nach ihr.«

»Haben sie dich geschickt?« Tony bleibt in der Küchentür stehen. »Sollst du mich aushorchen?«

»Natürlich nicht«, erwidert Luke und bemüht sich gleichzeitig, Tonys Verhalten und seine Situation zu verstehen. Der nächste Kriminaltechniker marschiert durch die Küche, und wieder sieht Tony ihm nach. Führt er sich ihretwegen so auf?

»Ich habe den Bullen alles erzählt, was ich weiß«, fährt Tony von der Küche aus fort. »Das letzte Mal habe ich sie gesehen, als sie heute Morgen zum Bahnhof ging.«

Lukes Handy summt. Eine Nachricht von Laura:

Bin früher angekommen, will am Kanal spazieren gehen, um den Kopf klar zu bekommen. Können wir uns treffen? Würde gern reden. Will mich endlich mit Tony aussprechen, aber er weigert sich, mich zu sehen. _ Lx

»Entschuldige«, sagt Tony, der in diesem Moment ins Wohnzimmer zurückkommt. »Du weißt, wie ich die Bullen liebe.«

Luke weiß nicht mehr, was er denken soll. Er will nur noch weg, sich mit Laura treffen.

»Mein Dad hat mir eben geschrieben«, lügt er und steckt das Handy weg. »Das WLAN spielt mal wieder verrückt. Ich sollte rübergehen und das klären.«

56

Laura wandert den Uferpfad entlang; ein einsamer Kranich steigt vor ihr aus dem Wasser auf, um weiter vorn im Kanal zu landen. Eigentlich hatte sie ein gutes Gefühl dabei, ins Dorf zurückzukehren, bei der Polizei auszusagen und sich mit Susie auszutauschen, die ihre Anrufe nicht erwidert, aber eine Station vor dem Dorf verlor sie plötzlich die Nerven. Dass die Polizei nun öffentlich um Informationen über Jemma Huish bittet, hat sie mit grimmiger Genugtuung erfüllt, denn dadurch wirkt ihre Paranoia in der ersten Nacht nicht mehr ganz so irrational, doch diese Genugtuung wird gedämpft durch Tonys wunderliches Verhalten, der eine schützende Hand über Jemma zu halten scheint. Sie kann das Gefühl nicht abschütteln, dass er irgendwie mit ihrem Verschwinden zu tun hat.

Ihr Handy läutet. Es ist Luke. Er hat ihr vorhin geschrieben, dass er sie auf dem Uferpfad treffen will.

»Wo bist du gerade?«, fragt er.

»Ganz in der Nähe vom Blue Pool«, antwortet sie. Irgendwann in der Zukunft möchte sie viele Ausflüge dorthin machen. Es ist ein alter Mühlenteich, etwa eine Meile außerhalb des Ortes, an den die Kinder aus dem Ort zum Spielen und Schwimmen kommen und wo sie sich mit einem Seil von einem hohen Ast ins Wasser schwingen. Irgendwann einmal.

»In einer Minute bin ich da«, sagt er. »Hast du es noch mal bei Tony probiert?«

»Er geht nicht ans Telefon.« Nachdem sie ihn nicht erreichen konnte, hat sie ihm eine Nachricht geschickt und um ein Treffen gebeten, aber er hat nicht reagiert.

Sie legt auf und geht weiter in Richtung Blue Pool, der ein Stück voraus zu sehen ist. Es ist ein diesiger Sommertag, doch am Kanal ist wenig los, nur ein paar vereinzelte Angler sitzen am anderen Ufer. Es gibt hier einen magischen Ort, den sie und Tony kurz nach ihrem Umzug ins Dorf besuchten. Etwas abseits des Uferwegs soll es einst eine heilige Quelle gegeben haben, die allerdings längst versiegt ist. Heute steht dort ein Wunschbaum, geschmückt mit bunten Bändern und Anhängern, auf denen die Menschen ihre Sehnsüchte und Träume festgehalten haben. Sie und Tony hofften auf ein Kind und banden ihre Wunschkarte an einen der obersten Äste, allen neugierigen Blicken entzogen. Sie will nachschauen, ob die Karte noch hängt, und vielleicht eine zweite schreiben.

Sie biegt vom Uferweg ab und schlägt sich auf einem Trampelpfad durchs Unterholz zu der Stelle durch. Im Frühling, wenn die meisten Wunschzettel angebunden werden, pilgert ein steter Strom von Menschen hierher. Als Laura näher kommt, hört sie etwas: Weiter vorn spricht eine Frau. Sie klingt angestrengt, verzweifelt. Noch nie hat Laura eine so gepeinigte Stimme gehört.

»Ich muss unbedingt mit der Polizei sprechen«, sagt die Stimme.

Lauras erster Instinkt ist es, umzukehren und loszurennen, doch der flehende Tonfall der Frau schlägt sie in Bann.

»Ich fürchte mich davor, was ich tun könnte, verstehst du?«, fährt die Stimme fort. »Bitte … als ich meinen Namen im Radio hörte, wurde alles wieder wach. Wieso suchen sie plötzlich nach mir?« Laura bringt kaum die Kraft auf, sich zu bewegen. »Ich brauche Hilfe. Ich habe wirklich alles versucht, aber nichts funktioniert. Ich sage dir doch, ich brauche verflucht noch mal Hilfe. Sie wollen, dass ich den ersten Menschen, der mir begegnet, umbringe.«

Laura schafft es, umzudrehen und auf den Uferweg zurückzukehren, wo sie Luke anruft. Wieso ruft sie nicht Tony an? Noch vor wenigen Tagen hätte sie genau das getan – er ist ihr Ehemann, die Liebe ihres Lebens –, doch seither hat sich alles verändert. Und wie schnell. Sie kann ihm nicht mehr vertrauen, und das bricht ihr das Herz.

»Bist du in der Nähe?«, fragt sie beinahe flüsternd.

»Alles in Ordnung?«, fragt Luke.

»Sie ist hier. Beim Wunschbaum. Der Quelle.«

»Wer? Ich kann dich kaum verstehen, Laura.«

Sie verstummt und sieht auf. Die Frau ist ihr über den Trampelpfad nachgekommen und steht jetzt zehn Schritte vor ihr, mit einem Küchenmesser in der Hand.

»Laura?«, fragt Luke noch mal. »Bist du noch dran? Laura?«

Sie will nichts sagen oder tun. Ihr Blick auf die Frau geheftet, die reglos dasteht, sie mit gepeinigter Miene anstarrt.

»Bitte komm schnell!«, bringt sie noch heraus, dann fällt ihr das Handy aus der Hand.

57

Tony steht in der Schlange vor der Polizeisperre und wartet darauf, das Dorf verlassen zu können. Er hat das Fenster heruntergefahren und klopft ungeduldig auf das Dach seines alten BMWs. Der Wagen hat 162.000 Meilen auf dem Tacho und fährt immer noch. Er hofft, dass sie nach Jemma Huish Ausschau halten und nicht nach der Steuerbescheinigung fragen. Es ist schon länger her, seit er für den Wagen Steuern gezahlt hat. Er hat versucht, Jemma auf dem Handy zu erreichen, das er ihr gegeben hat, aber da sprang sofort die Mailbox an.

Sie hat keine Ahnung, wie knapp die Bullen davor sind, sie zu verhaften. In dem Bett, in dem sie schlief, werden sie mehr als genug DNA finden. Im Wald kann sie nicht mehr bleiben. Die Bullen werden den Suchradius erweitern, bis sie gefunden wird: mit Polizisten, Suchhunden, Hubschraubern.

Er ist als Nächster an der Reihe. Zwei junge Polizisten auf der Suche nach einer Frau, die sich direkt vor ihrer Nase versteckt. Der Wagen vor ihm hat einen Dachgepäckträger, und diese Geistesgrößen bestehen darauf, ihn öffnen zu lassen. Er schaut gut gelaunt zu, wie sie ihre Zeit verplempern.

Kurz nachdem Jemma auftauchte, nachdem sie ihnen eröffnete, dass sie den Grundriss ihres Hauses kannte, begann er sich Fragen zu stellen. War Jemma Huish in das Haus ihrer Kindheit zurückgekehrt? Als Laura in den Anfangstagen ihrer Suche nach einem Haus auf diesen Ort gestoßen war, hatte er den Namen des Dorfes sofort wiedererkannt und gewusst, dass er irgendwo etwas darüber gelesen hatte. Und als er daraufhin seine alten Zeitungsausschnitte über verschiedene Amnesiefälle herausgewühlt hatte, war er dabei auf einen dicken Stapel von Artikeln über Jemma Huish, ihre Gerichtsverhandlung, ihren psychischen Zustand und das Haus ihrer Kindheit gestoßen.

Leider stand das Haus damals nicht zum Verkauf, jedenfalls nicht gleich, aber nachdem sich beide in den Ort verliebt hatten, mieteten sie ein Jahr lang einen Bungalow. Tony stellte Nachforschungen an und erfuhr vom bereits betagten Eigentümer des Hauses, dass seine jungen Mieter bald ausziehen würden und er dann verkaufen wolle. Das Haus gefiel Laura, auch wenn es kleiner war als das, was sie sich vorgestellt hatte. Dass auf der Liste der Vorbesitzer auch der Name »Huish« stand, brauchte er ihr nicht auf die Nase zu binden. Als der Dorfladen verkauft werden sollte, schlug Tony zu und verwandelte ihn in ein Café mit Galerie. Ihnen blieb immer noch genug Geld für das Haus, doch praktischerweise fielen alle größeren Häuser aus ihrem Budget, wie Laura insgeheim gehofft hatte. Tony konnte es nicht erwarten, in das Haus zu ziehen, denn ihn reizte die sei es auch noch so abwegige Möglichkeit, dass Jemma Huish hier gelebt haben und eines Tages zurückkommen könnte. Sie war seit Jahren nicht mehr gesehen worden, ihr Aufenthaltsort war unbekannt.

Und sie passte in jeder Hinsicht.

Dann, nur einen Monat später, steht aus heiterem

Himmel eine mysteriöse Frau vor ihrer Tür. Tony kann sein Glück nicht fassen. Sie sieht aus wie Jemma Huish, leidet unter Amnesie und ist noch schöner als in den Zeitungsartikeln. Er schlägt vor, dass sie Jemma heißen könnte – mit J. Ein grobschlächtiger Versuch, etwas auszulösen, den Nebel des Vergessens zu vertreiben. Und er redet ihr zu, keine DNA-Probe abzugeben – sobald die Polizei eine Übereinstimmung mit Huish feststellt, wird man sie auf irgendeine Art versuchen zu überwachen. Und das darf nicht passieren.

Er ist an der Kontrollstelle an der Reihe. Die Bullen durchsuchen seinen Kofferraum, fragen ihn, wohin er fährt (Einkaufen für das Café – er musste den ganzen Vormittag hungrige Polizistenmäuler stopfen). Sie winken ihn ohne Weiteres durch. Was ihm nicht oft passiert. Laura ist die einzige Komplikation. Er wünschte, sie würde länger bei ihrer Mom bleiben, doch die Bullen wollen, dass sie aussagt. Sie hat ihn mehrfach angerufen, aber er möchte nicht mit ihr reden. Noch nicht.

Doch als er an dem Munitionsbunker hält, ahnt er, dass etwas nicht stimmt. Es ist zu still, selbst für diesen abgelegenen Winkel des Waldes. Er steigt aus, sieht sich um und marschiert dann durch das Gestrüpp zum Eingang.

»Jemma? Ich bin's. Tony.«

Keine Antwort. Vielleicht schläft sie. Er steigt die Treppe hinunter und leuchtet mit dem Handy in die Dunkelheit. Ihr Koffer steht an einer Wand, aufgeklappt, halb ausgeleert. Die Isomatte und der Schlafsack liegen aufgerollt daneben, und dort steht auch sein Radio, das angeschaltet, aber auf leise gedreht ist. Vielleicht ist sie spazieren gegangen?

»Jemma?«, ruft er die Stufen hinauf, diesmal lauter. »Jemma? Wir müssen weg hier.«

Es bleibt still. Er tritt wieder in den Bunker und geht neben dem Koffer in die Hocke. Eine ihrer Blusen unter seine Nase gepresst, atmet er ihren Duft ein und durchsucht ihre restlichen Sachen. Was erhofft er sich von seiner Suche? Er schließt den Koffer und bemerkt außen zwei Seitenfächer mit Reißverschluss. Das größere ist offen. Er schiebt die Hand hinein und zieht eine Broschüre für eine private Gepäckaufbewahrung heraus. Offenbar hat sie die in Heathrow eingesteckt, während sie nach ihrer Handtasche gefahndet hatte.

Er greift wieder nach seinem Handy, um Jemma anzurufen, hält aber in der Bewegung inne. Durch die Waldesstille schneidet das Geräusch eines näher kommenden Wagens.

58

Silas stoppt den Wagen neben Tonys altem BMW und wartet ab. Strover sitzt neben ihm. Eigentlich hätte sie Tonys Frau Laura vom Zug abholen sollen, doch sie ist weder aufgetaucht, noch geht sie an ihr Handy.

»Mit Sicherheit hat er uns kommen gehört«, sagt Silas, den Blick stur nach vorn gerichtet, beide Hände fest am Lenkrad. Er kann diesen Wald nicht mehr leiden, seit er seinen Sohn, der ungeschützt im Freien geschlafen hatte, hier auflesen musste. Wo andere Frieden und Stille sehen, sieht er nur Verlust und Vereinsamung. Immerhin ist es kein Nadelwald. Die sind am schlimmsten. Düstere, leblose Orte.

»Wie kommen Sie darauf, dass Tony uns angelogen hat?«, fragt Strover.

»Wo soll ich da anfangen?« Strovers Lernbegierde gefällt ihm. Und sie schmeichelt ihm. »Viel zu gelassen, Sprache zu langsam, verräterisch wenig Bewegung in der Körpersprache.«

Nach ihrem Gespräch im Café gab Silas das Kennzeichen von Tonys BMW an alle Checkpoints im Dorf durch und bat, die Durchsuchung hinauszuzögern, falls jemand ihn sehen sollte – möglichst so lange, bis Silas vor Ort war. Und tatsächlich bekam er wenig später eine Meldung, dass Tonys Wagen in der Warteschlange vor einem Kontrollpunkt steckte. Während Tony vorn freundlich plauderte, reihte Silas sich mit seinem Wagen hinten in der Schlange ein und wurde im passenden Moment durchgewunken, sodass er Tony in diskretem Abstand hügelaufwärts folgen konnte. Er ist überzeugt, dass Tony sie zu Jemma geführt hat. Und er hofft bei Gott, dass sie noch am Leben ist.

»Und was ist sein Motiv?«, fragt Strover.

»Abgesehen davon, dass er sich eine verwirrte und verletzliche Frau sexuell gefügig machen kann, meinen Sie?« Er dreht sich Strover zu, die ruhig und konzentriert neben ihm sitzt. »Das weiß ich noch nicht. Das hängt auch davon ab, wer Jemma tatsächlich ist, oder?«

»Glauben Sie, dass sie Jemma Huish ist?«

»Sie haben sie gesehen.«

Strover antwortet nicht. Es ärgert Silas immer noch, dass Susie ihm ein Gespräch mit Jemma verwehrt hat. Es hätte ihnen viel Zeit sparen können. Jetzt müssen sie darauf warten, dass in ein paar Stunden die DNA-Proben aus der Haarbürste und dem Schlafzimmer analysiert sind. Was sie auch ergeben, Tony hat laufende Ermittlungen behindert, indem er ihnen verheimlicht hat, wo sich die Frau aufhält. Und womöglich hält er einen Menschen gegen seinen Willen fest. Auch wenn er exzellente vegane Makkaronibällchen macht, irritiert er Silas zutiefst.

»Okay, gehen wir«, sagt er zu Strover. »Sie gehen hintenrum, falls er versucht zu flüchten, aber eigentlich gehe ich davon aus, dass er ohne Gegenwehr mitkommt.«

Als sie sich durchs Gestrüpp kämpfen, erscheint Tonys Kopf über dem Bunker. Sobald er sie näher kommen sieht, bleibt er stehen, dann schreitet er mit erhobenen

Armen die restlichen Stufen herauf. Mein Gott, das ist hier nicht Compton! Silas findet es furchtbar, dass die Polizei immer öfter Schusswaffen einsetzt; ihr vermehrter Gebrauch hat der Polizeiarbeit in den britischen Kommunen schweren Schaden zugefügt.

»Sie ist nicht hier«, ruft Tony ihnen zu. »Ich dachte, sie wäre hier, aber sie ist weg. Und sie hat ihre Sachen hiergelassen.«

Das hat Silas nicht erwartet.

»Haben Sie sie hergebracht?«, fragt er, während er Tony abtastet. Seine erhobenen Hände müssen ansteckend sein. Er hat den Kerl schließlich nicht verhaftet, noch nicht. Und Silas geht nicht davon aus, dass er eine Waffe bei sich trägt, selbst wenn er aus New York kommt.

»Sie ist aus dem Pub verschwunden«, sagt Tony, während Strover in den Bunker hinuntersteigt. Er lügt schon wieder. »Dann hat sie mich angerufen und gefragt, ob ich sie hier treffen kann.«

»Ich wusste gar nicht, dass sie ein Handy hat.«

»Wir haben ihr eines von unseren alten geliehen.«

»Sehr nett von Ihnen.«

Tony schmunzelt, während Silas Strover die Stufen heraufkommen sieht.

»Da unten liegen eine Isomatte, ein Schlafsack und ein Koffer mit Frauensachen«, sagt sie und kommt zu ihnen.

»Kein Anzeichen von Jemma?«, fragt Silas.

Sie schüttelt den Kopf. Das genügt Silas. Tony sieht nicht aus wie ein Crossdresser.

»Tony Masters, ich verhafte Sie unter dem Verdacht der Behinderung einer polizeilichen Ermittlung«, sagt er und gibt sich alle Mühe, die Worte nicht zu sehr aus-zukosten. Er nickt Strover zu, die ein Paar Handschellen zückt und sie Tony anlegt, während Silas ihm seine Rechte vorliest.

»Das ist doch ein Witz, oder?«, fragt Tony auf dem Weg zum Auto. »Ich meine, was genau soll ich denn angestellt haben?«

»Wie viel Zeit haben Sie?« Silas will es ihm ausführlich erörtern, als sein Handy läutet. Es ist die Zentrale. Er bleibt zurück und nimmt das Gespräch an, während Strover Tony ins Auto bugsiert.

»Wir haben einen Notfall in Ihrer Gegend. Eine weibliche Person bedroht eine zweite Frau mit einem Messer und droht, sie zu töten. Bewaffnete Einsatzkräfte sind unterwegs. Der Chef dachte, das könnte Sie interessieren – die Person nennt sich Jemma Huish.«

59

Luke kann den Blue Pool schon sehen und zwingt sich weiterzurennen, obwohl es ihm die Brust immer enger zuschnürt. Er hätte öfter mit Chloe laufen gehen sollen. Hoffentlich ist nichts passiert. Nachdem Laura ihn am Telefon beschworen hat, er solle so schnell wie möglich kommen, hat er den Notruf gewählt und erklärt, seine Freundin Laura Masters hätte ihn eben vom Uferweg am Kanal aus angerufen und dabei geklungen, als sei sie in Schwierigkeiten. Entgegen seinen Befürchtungen, er könnte die Zeit der Polizei vergeuden, nahm man seinen Anruf ernst und erklärte, dass man bereits Meldungen über einen Vorfall in dieser Gegend erhalten hätte. Genaueres wollte man ihm aber nicht sagen, was Luke erst richtig in Panik versetzte und ihn jetzt noch schneller laufen lässt.

Als er sich dem Teich nähert, erblickt er zwei Gestalten rechts abseits des Uferwegs, auf dem schmalen Pfad zum Wunschbaum. Keuchend bleibt er stehen. Die eine Gestalt erkennt er sofort als Laura, die andere sieht wie Jemma aus. So wie sie beide Arme um Lauras Oberkörper geschlungen hat, glaubt er im ersten Moment, sie würde Laura von hinten umarmen, doch dann sieht er, dass sie in einer Hand ein großes Messer hält. Sie drückt es gegen Lauras Kehle.

»Bleib stehen, Luke«, sagt Laura ihm.

Die andere Frau nickt.

Luke ist immer noch hundert Meter entfernt. Er will noch mal die Polizei rufen, denn Laura sieht ganz und gar nicht in Ordnung aus. Aber beide Frauen beobachten ihn, und er wagt nicht, irgendetwas zu unternehmen, was die Situation verschlimmern könnte.

»Soll ich jemanden anrufen?«, ruft er, wobei er sicherheitshalber das Wort »Polizei« vermeidet.

»Jemma hat schon die Polizei gerufen«, sagt Laura.

Sie spricht jetzt leiser, Luke kann sie von seinem Standort kaum hören. Er wendet den Kopf, um festzustellen, ob hinter ihm jemand kommt. Der Uferweg ist leer. Auch der Kanal liegt verlassen da. Und dann hört er in der Ferne eine Polizeisirene.

Er versucht, Jemma besser zu erkennen, aber aus dieser Entfernung ist sie kaum zu sehen, vor allem da sie hinter Laura steht. Eine neue Wildheit strahlt von ihr aus, fast als würde sie auf der Straße leben, sie hat nichts von der ruhigen Frau, mit der er sich am ersten Abend im Pub unterhalten hat. Wo hat sie gesteckt? Hilflos steht er da. Er möchte zu ihnen gehen, ihr das Messer abnehmen, doch der Anblick der Klinge an Lauras Kehle unterdrückt jeden Handlungsimpuls.

»Bitte bleib stehen, Luke«, bettelt Laura, als hätte sie seine Gedanken gelesen. »Wenn du näher kommst, bringt sie mich um.«

Im nächsten Moment tauchen scheinbar aus dem Nichts vier bewaffnete Polizisten auf. Drei schwärmen aus und gehen rund um Laura und Jemma in Position, immer in gebührendem Abstand, während der vierte auf Luke zuläuft, vor ihm auf ein Knie geht und sein Gewehr anlegt.

»Zurück!«, bellt der Polizist und winkt Luke zornig weg.

Seine Stimme strahlt eine Autorität aus, der sich Luke nur schwer widersetzen kann. Er zieht sich langsam zurück, doch erst nachdem am anderen Ende des Uferwegs DI Hart aufgetaucht ist. Luke sieht noch einmal auf Jemma, auf das Messer, das sie immer noch gegen Lauras Kehle drückt, und spürt, wie die Hoffnung auf eine Bestätigung, dass sie seine Tochter ist, mit jeder Sekunde schwindet.

60

Silas erkennt an Jemmas Körpersprache auf den ersten Blick, dass es ihr ernst ist. Sie hat die andere Frau von hinten fest umgriffen und das Messer unter ihr Kinn geklemmt. Ein roter Streifen lässt darauf schließen, dass bereits Blut geflossen ist – er hofft, dass es nur ein Kratzer ist.

Vier Scharfschützen sind bereits eingetroffen und haben rund um die Zielperson Position bezogen. Ihre beiden BMW X5 standen gleich hinter dem Bahnhof auf dem Uferweg. Sie gehören zu den Tri-Force Specialist Operations, einem gemeinschaftlichen Einsatzkommando der Polizeibehörden von Wiltshire, Gloucestershire und Avon and Somerset. Silas hat diese vier Polizisten noch nie gesehen. Weil es bei Weitem nicht genug Schusswaffeneinsätze gibt, um die in ihren Fahrzeugen patrouillierenden Sondereinsatzkommandos beschäftigt zu halten, nehmen sie regelmäßig an gewöhnlichen Polizeieinsätzen teil, wenn sie gerade in der Gegend sind, eine Glock 17 immer einsatzbereit am Gürtel. So viel zur waffenfreien Polizei vor Ort.

Die vier haben die stählernen Waffenkisten in den Kofferräumen ihrer BMWs geplündert und sind mit ihren »Schießprügeln« den Uferweg heruntergekommen: Sie alle sind mit einer Heckler & Koch MP5 ausgerüstet. Ihre Anwesenheit wirkt viel zu massiv, wie eine unnötige Machtdemonstration gegenüber einer Frau mit einer labilen Psyche, auch wenn sich diese Labilität in Gestalt eines Messers zeigt.

»Jesus, was für ein Schlamassel«, kommentiert Silas leise.

Die festgehaltene Frau ist Laura, Tonys Frau, das behauptet jedenfalls der Journalist Luke, der den Notruf gewählt hat, nachdem Laura ihn zuvor in Panik angerufen hatte. Silas sieht ihn ein Stück weiter am Kanalufer stehen, er ist der einzige andere Mensch in der Nähe. Ein einziger Zeuge, und der muss ausgerechnet ein verfluchter Journalist sein. Tony sitzt immer noch im Auto oben am Bahnhof, wo Strover die uniformierten Polizisten einweist. Silas hat mit dem Gedanken gespielt, Tony mitzunehmen, aber er war nicht sicher, für wen der Amerikaner Partei ergreifen würde, falls es zum Äußersten käme – für Jemma oder seine Frau.

»Bleiben Sie weg von mir«, ruft die Frau mit dem Messer den Scharfschützen zu. Wenn Silas nur vor ihnen hier gewesen wäre.

Ohne den Blick von Jemma zu wenden, geht er zu dem Sergeant, der das Einsatzkommando leitet.

»Lassen Sie mich erst mit ihr reden«, sagt Silas. »DI Hart, Verhandlungsspezialist.«

»Sie kann jede Sekunde durchdrehen«, erwidert der Sergeant nervös. Offenbar ist das ansteckend. Das hier ist Silas' Hoheitsgebiet, sein Fall, hier ist kein Platz für Außenstehende. Oder für innerpolizeiliche Kooperationen. Woher kommt der Sergeant überhaupt? Aus den blöden Levels in Somerset? Silas geht auf die zwei Frauen zu und versucht sich dabei sowohl auf die Szene vor ihm zu konzentrieren als auch auf die Vorschriften, an die er sich bei einem Vorfall mit Schusswaffeneinsatz zu halten hat.

Ihm bleibt nicht viel Zeit. Gleich nachdem ihn im Wald der Anruf aus der Zentrale erreicht hatte, ließ er sich mit dem lokalen Einsatzleiter verbinden. Er und Silas kennen sich seit Urzeiten, deswegen auch der Tipp wegen Jemma Huish. Der Leiter genehmigte zwar ursprünglich den Einsatz bewaffneter Polizisten, doch schon bald wird man ihm die Sache aus der Hand nehmen. Taktische Spezialisten der Tri-Force, polizeiliche Verbindungsoffiziere und weiß Gott wer noch wurden inzwischen kontaktiert, und in Kürze wird ein Tactical Firearms Commander übernehmen.

Bis dahin bleibt Silas ein kleines Zeitfenster, in dem er alles versuchen wird, um die Sache zu einem friedlichen Abschluss zu bringen. Sein letzter Auffrischungskurs in Verhandlungstaktik ist Jahre her, aber das braucht niemand zu wissen.

»Sagen Sie Ihren Leuten, sie sollen sich zurückziehen«, befiehlt er dem Sergeant.

Der Sergeant signalisiert seinen Kollegen widerwillig, den Rückzug anzutreten. »In fünf Minuten übernimmt meine Chefin«, sagt er noch, während Silas auf Jemma zugeht.

Silas und die Chefin des Sergeants kennen sich ebenfalls schon ewig, aber sie sind ganz bestimmt keine alten Freunde.

»Und bis sie das tut, lassen Sie mich verhandeln«, sagt Silas, den Blick immer noch nach vorn gerichtet.

Ganz offensichtlich widerstrebt es dem Sergeant, Befehle von Polizisten in Zivil entgegenzunehmen. Und Silas ist klar, dass er die Verantwortlichkeiten zwischen

Einsatzleiter und Verhandler nicht verwischen sollte, doch die vorliegende Situation ist im Fluss, und es muss schnell entschieden werden. Niemand ist besser qualifiziert als er. Er weiß am meisten über Jemma Huish. Er hat vor zwölf Jahren mit eigenen Augen gesehen, was sie mit einem Messer anrichtete. Das wird er kein zweites Mal zulassen. Dieser Tag veränderte sein Leben, brachte ihn zurück nach Wiltshire, löste seinen Wunsch aus, ein besserer Polizist zu werden. Ein besserer Dad. Er sieht Jemma wieder an. Er wird ihr nicht gestehen, dass sie sich schon einmal begegnet sind, weil er nichts auslösen will, was dann niemand mehr aufhalten kann.

»Bleiben Sie weg!«, schreit Jemma, die anscheinend die Spannung zwischen den beiden Männern spürt. Ihre Stimme bebt vor Angst.

Silas streckt beide Arme vor, um sie zu beruhigen, um alle Beteiligten zu beruhigen, und sieht ihr in die Augen. Er ist gebannt durch den Anblick der Frau, die er zwölf Jahre nicht mehr gesehen hat. Wo hat sie gelebt, bevor sie hier im Ort auftauchte? Unter dem Radar. Unbeachtet. Sie sieht verängstigt, verschreckt aus, hat nichts mehr von der jungen Frau aus den Nachrichten, die damals unter Tränen in Handschellen abgeführt wurde, während ihre beste Freundin tot in seinen blutgetränkten Armen lag. Das System hatte sie im Stich gelassen. Sich vor der Verantwortung gedrückt. Er muss ihr einen Ausweg zeigen, ihr die Schuld abnehmen, die sie sich gerade auflädt, indem sie ein Messer an die Kehle einer Unschuldigen hält.

»Wo sind Sie zu Hause?«, fragt er nach einem Seitenblick auf Laura, die noch verängstigter aussieht. »Seit Sie entlassen wurden?«

»Was geht Sie das an?«, feuert Jemma zurück.

»Bin nur neugierig. Sie haben sich gut gehalten. Eine Genesung wie aus dem Bilderbuch. Das wollen Sie doch nicht kaputt machen.«

Sie scheint auf seine Schmeicheleien zu reagieren, ihr angespanntes Gesicht erschlafft um die Mundpartie. »Sie können sich nicht vorstellen, wie das ist«, sagt sie. »Wie schwer es ist. Die Stimmen.«

»Oh, ich weiß nicht.« Er holt tief Luft. »Mein Sohn Conor ist letzte Woche einundzwanzig geworden. Verbrachte seinen Geburtstag im Parkhaus am Fleming Way in Swindon. Das superstarke Gras an der Uni war einfach nicht seins. Jetzt ist er obdachlos. Und will auch keine Medikamente nehmen.« Die Kollegen in seinem Umkreis wissen von Conor – er wurde oft genug auf die Wache gebracht –, doch für die Scharfschützen ist das bestimmt neu. Ein Geschenk für den Sergeant. »Warum sind Sie wieder hergekommen?«, fragt er. »In Ihr Dorf?«

Sie sieht erst Silas an und dann auf die Schützen, die hinter ihm knien, die Läufe ihrer MP5s widerwillig zu Boden gesenkt. Indem er sie zum Rückzug aufgefordert hat, hat er die Situation beruhigt, allerdings befindet sich Jemma nun auch außerhalb des Anwendungsbereichs eines Tasers, der acht Meter weit reicht. Er sieht sich um. Weitere uniformierte Polizisten sind eingetroffen. Eine davon, eine Frau, erkennt er als Tactical Firearms Commander, die gleich das Heft in die Hand nehmen wird. Sein Pech, dass sie beschlossen hat, persönlich hier aufzutauchen. Normalerweise würde sie ihr Kommando aus der sicheren Zentrale ausüben.

Er braucht mehr Zeit. Wird Jemma gleich die Kontrolle verlieren? Auf die Stimmen hören? Wiederholen, was sie vor zwölf Jahren ihrer Freundin an der Uni angetan hat? Er muss sie dazu bringen, weiter mit ihm zu reden.

»Alles war okay, bis ich es im Radio gehört habe«, sagt Jemma. »Nicht gut, aber okay, verstehen Sie?«

»Was gehört?«, fragt er.

»Warum werde ich nie in Frieden gelassen? Ich war schon öfter hier. Um Mum zu sehen.«

Inzwischen zittert Jemma, sie kann das Messer kaum noch an Lauras Kehle halten. Offenbar hat sie seine Pressekonferenz im Radio verfolgt, seinen Aufruf an die Öffentlichkeit gehört.

»Bitte nicht«, flüstert Laura, gerade so laut, dass Silas sie hören kann.

»Boss, *meine* Chefin ist da.« Der Sergeant hinter ihm kann das Drängen in seiner Stimme nicht verbergen. »Sie hat ab sofort das Kommando über den Einsatz.«

Silas schließt ergeben die Augen. Noch fünf Minuten, und er hätte die Situation entschärft. Jemma scheint den Wandel zu spüren. Noch hat er sich nicht zurückgezogen, aber bestimmt ist seinem Blick die Resignation, die Trauer anzusehen. Auch Laura hat die Veränderung bemerkt. Er kann hier nichts mehr tun, für beide Frauen nicht.

»Bitte nicht«, wimmert Laura, während Jemma das Messer an ihrem Hals neu ansetzt. Silas hebt in einem letzten Versuch, sie zu beschwichtigen, die Hände.

»Boss, bitte treten Sie sofort zurück«, wiederholt der Sergeant, eine Hand an seinem Ohrhörer, durch die er seine Befehle bekommt. Silas wurde übergangen, nicht zum ersten Mal in seiner Laufbahn.

Jemma starrt Silas an. Noch nie hat er eine so tiefe

Trauer gesehen, nicht einmal in Conors blutunterlaufenen Augen. Anfangs sammelte er seinen Sohn regelmäßig um zwei Uhr morgens von der Straße auf und brachte ihn nach Hause. Doch die Sozialarbeiter meinten, damit würde er ihm nicht helfen, sie redeten Silas zu, hart zu bleiben.

»Ich glaube, Sie würden Conor mögen«, sagt er. »Vielleicht könnten Sie ihm sogar helfen: Sie könnten ihm *Ihre* Geschichte erzählen, ihm erklären, wie Sie Ihre Dämonen besiegt haben. Sie haben Ihre doch besiegt, oder? Ich meine, zwölf Jahre lang sind Sie nicht aufgefallen, Sie haben Ihre Zeit abgesessen, Ihr Leben gelebt, ohne dass Sie anderen oder sich selbst gefährlich wurden. Haben langsam die Medikamente abgesetzt, sich wieder in der Gemeinschaft eingelebt. Das ist schon beeindruckend, oder? Sie könnten nicht nur Conor, sondern vielen anderen helfen.«

Er klingt allmählich selbst wie ein Sozialarbeiter. Wenigstens hört Jemma ihm zu.

»Es war nicht immer einfach«, sagt Jemma.

»Natürlich nicht.«

»Manchmal vergesse ich alles. Wer ich bin. Und dann kommt alles zurück, und mir fallen all die Dinge ein, die ich vergessen will.« Sie zögert kurz. »An den Todestagen ist es am schlimmsten.«

»Todestagen?«

»Dem Tod meiner Mum. Dann bin ich gern in ihrer Nähe, hier in der Gegend. Diesmal war es anders – als ich Sie im Radio über mich reden hörte. Da setzten die Stimmen wieder ein.«

O Gott, sie erkennt ihn wieder. Nach all den Jahren. Er sieht sie wieder eindringlich an, denkt an jenen schicksalhaften Tag. »Was haben die Stimmen denn gesagt?«, fragt er, besorgt, was er damit bei ihr ausgelöst haben könnte.

»Sie haben mir gesagt, dass ich zurück ins Dorf kommen soll.« Sie sieht sich um und starrt ihn dann wieder an. »Und wieder töten.«

Silas weicht ihrem Blick nicht aus. Wenn er einen weiteren Todesfall verhindern will, muss er alles dafür tun, dass sie weiterspricht.

»Werden Sie sich wenigstens mit Conor treffen?«, fragt er. »Versprechen Sie mir das?«

»Chef«, sagt der Sergeant noch mal und diesmal noch drängender.

Ein Lächeln breitet sich auf Jemmas Gesicht aus. »Ich bin nicht so gut mit Jungs.«

»Sie würden ihn mögen, das weiß ich, Sie würden erkennen, was für ein netter Junge sich unter allem verbirgt. Mein Junge, der sich in der Schule solche Mühe gegeben hat, der gute Freunde hatte, dem alles offenstand – bis ich seine Mutter verließ. Darüber ist er nie hinweggekommen. Das hat er mir nie vergeben.«

»Vielleicht haben Sie ihm nicht zugehört«, sagt Jemma und verlagert ihr Gewicht. Sie greift das Messer fester, als würde sie sich auf den entscheidenden Moment vorbereiten.

Silas spürt, wie das Adrenalin in seine Adern schießt. Hat er etwas Falsches gesagt? Ist er zu weit gegangen? Falls sie noch einmal tötet, wird er sich das nie verzeihen.

Ein warmer Windstoß fegt den Kanal entlang. Jemma blickt zu den schwankenden Baumwipfeln auf. Silas sieht ebenfalls auf, lauscht dem widerhallenden Flüstern der sich im Wind wiegenden Äste, fast wie einem fernen Meeresrauschen. Was Jemma wohl hört?

Eine Sekunde darauf lässt sie das Messer fallen – und im selben Moment hallen zwei Schüsse durch die warme Sommerluft.

Jemma sackt zu Boden, gefällt von der Wucht der zwei Kugeln, die in ihren Rumpf eingeschlagen sind. Ihre leeren Augen starren zu den Bäumen auf. Laura bleibt reglos stehen, gelähmt, als würde sie auf den Schmerz warten, doch sie wurde nicht getroffen. Im nächsten Moment rennt sie auf ihn zu.

Silas schließt Laura in die Arme, doch sein Blick bleibt auf Jemmas leblosen Körper geheftet, in Gedanken ist er woanders, vor zwölf Jahren, bei den unterschiedlichen Routen, die sie jeweils aus dem Süden Londons an ein Kanalufer in Wiltshire geführt haben. Sie war auf dem Weg der Besserung, auch wenn sie dabei lieber im Dunkel blieb, jede Hilfe verweigerte, weil sie sich auf ihre Weise durchschlagen wollte. Ist all das seine Schuld? Er ruft eine landesweite Menschenjagd aus und stößt sie dadurch in den Abgrund. Er schließt die Augen. Hat er das hier ausgelöst? Sie hätten sie nicht erschießen müssen. Er hatte alle Trümpfe in der Hand, hatte sie schon halb überzeugt. Endlich hörte ihr jemand zu.

Silas löst seine Arme behutsam von Laura, die unkontrollierbar schlottert, und sieht sich nach einer Polizistin um. Gleichzeitig gibt der Sergeant einem seiner Kollegen ein Zeichen, der daraufhin – die MP auf Jemmas erschlafften Körper gerichtet – vorrückt, bis er das Messer erreicht hat. Er setzt den Fuß auf die im Gras liegende Klinge.

»Sie hatte es schon fallen lassen«, sagt Silas über die Schulter zu dem Sergeant, während er Laura wegführt. »Scheiße, sie hatte es schon fallen lassen.«

61

Luke steht erstarrt da und versucht zu begreifen, was sich gerade eben abgespielt hat. Der bewaffnete Polizist hatte ihm befohlen, auf den Uferweg zurückzukehren, sodass er über hundert Schritte entfernt war, als die Schüsse abgefeuert wurden, trotzdem konnte er genau verfolgen, was passierte. Er konnte auch der Unterhaltung folgen, jedenfalls gut genug, um zu wissen, dass die Frau Jemma Huish war, die vor drei Tagen im Dorf auftauchte.

Damit hat sich alles bestätigt, was Laura befürchtete. Und Jemma wurde vor seinen Augen erschossen, während sie ein Messer gegen Lauras Kehle drückte. Er geht davon aus, dass sie tot ist. Ihr Körper liegt im hohen Gras, abseits des Uferwegs, umstanden von Polizisten und der Besatzung eines Krankenwagens, von denen einer eine Decke auszubreiten beginnt. Halb erwartet Luke, dass Jemma aufsteht und sich den Staub abklopft, während ein Regisseur »Cut!« ruft. Doch es gibt keine Kameras, die Szene hat nichts von der Geschäftigkeit eines Filmsets. Über dem Kanal liegt eine tiefe nachmittägliche Stille mit nichts als einer fernen Erinnerung an den Knall der Schüsse.

Jemma war nicht seine Tochter, sie war keine Bahai aus Berlin, wurde nicht von deutschen Eltern in Indien adoptiert. Sie war Jemma Huish, eine verstörte Frau, die nach vielen Jahren in ihren Heimatort zurückgekehrt war. Er kommt sich vor wie ein peinlicher Idiot. Was hat er sich nur dabei gedacht? Laura hatte von Anfang an recht. Sie hatte recht an jenem Abend, an dem Jemma aus dem Pub zurückkam und eines der Küchenmesser fehlte. Und dann, zwei Tage später, hier auf dem Uferweg im hellen Tageslicht, wurden ihre schlimmsten Ängste bestätigt.

Ihm ist klar, dass er den Tatort nicht verlassen darf. Die Polizei wird seine Aussage aufnehmen wollen, schon allein, weil er der einzige Zeuge ist. Der Journalist in ihm wägt schon ab, ob es wirklich notwendig war, Jemma zu erschießen. Er sieht sie noch einmal zu Boden fallen, hört die Schüsse. DI Hart sprach bis zur letzten Sekunde mit ihr, machte offenbar Fortschritte.

Tränen brennen in seinen Augen, während er zu Laura geht, die von einer Polizistin getröstet wird. Sie steht immer noch unter Schock. Die Polizistin will ihn gerade zurückschicken, als Laura ihn sieht, auf ihn zugelaufen kommt und die Arme um ihn wirft.

»Alles okay«, sagt er und spürt ihr Schluchzen in seinem Körper. »Dir kann nichts mehr passieren.«

Ein oder zwei Minuten bleiben sie so stehen, bevor Luke wieder etwas sagt. »Es tut mir so leid, wir hätten auf dich hören sollen.«

Langsam ebbt ihr Schluchzen ab und versiegt dann ganz.

»Du wusstest es von Anfang an, gleich als sie hier auftauchte, aber keiner wollte dir glauben«, fährt er fort.

Laura löst sich von Luke und sieht ihn verdattert an. »Was hast du gesagt?«, flüstert sie.

»Wir hätten auf dich hören sollen. Als du sagtest, sie

sei Jemma Huish. Die Frau, die vor eurer Haustür stand.«

»Das ist sie nicht«, erklärt sie, nun schon mit mehr Kraft in der Stimme.

»Wer?«

»Das ist nicht dieselbe Frau.«

»Wie meinst du das?«

Luke begreift sofort, was sie da sagt, doch er wagt es nicht, ihr zu glauben.

Laura dreht sich kurz zu dem Leichnam um, der jetzt mit einer roten Decke abgedeckt ist. DI Hart hat ihr Gespräch mitgehört und kommt zu ihnen.

»Das ist nicht die Jemma, die zu uns ins Dorf kam«, wiederholt Laura lauter, als sollte auch der Detective sie hören. »Die vor unserer Tür stand.«

»Woher weißt du das?«

»Entschuldigen Sie, ich weiß, dass das nicht einfach ist«, unterbricht Hart sie. »Aber wir werden Ihre Zeugenaussage brauchen. Ihre auch«, wendet er sich an Luke.

Luke kommt dem nur zu gern nach, er würde alles tun, solange es nur das bestätigt, was Laura gerade gesagt hat. Er hat ein schlechtes Gewissen, weil er sich plötzlich glücklich fühlt, die Gewissensbisse machen ihn ganz krank, schließlich kühlt nur ein paar Schritte von ihnen entfernt im Sommergras der Leichnam einer Frau aus. Aber er kann nicht leugnen, dass es ihm leicht ums Herz ist, weil seine Tochter vielleicht noch am Leben und gesund und ganz in seiner Nähe ist.

62

»Ich möchte, dass Sie eine Identifizierung vornehmen«, sagt Silas in die offene Tür des Polizeiwagens gebeugt, in dem Tony immer noch in Handschellen sitzt. Strover steht neben dem Wagen und unterhält sich mit einer uniformierten Kollegin.

Tony sagt nichts. Er starrt mürrisch und schicksalsergeben vor sich hin, sein Kampfgeist hat sich in Luft aufgelöst. Silas hat ihm schon erklärt, dass der Vorfall am Uferweg etwas mit Jemma Huish zu tun hatte. Bestimmt hat er die Schüsse gehört.

»Was auch immer sie tun wollte, ich hätte sie davon abbringen können«, sagt Tony leise.

»Ich habe es versucht, glauben Sie mir«, sagt Silas. »Aber sie bedrohte eine Frau mit dem Messer.«

Tony sieht auf. »Wen denn?«

Silas zögert. Er hat Tony nicht alles verraten. »Ihre Frau.«

»Laura?« Tony wirkt aufrichtig überrascht, gar besorgt. »Ist ihr was passiert?«

»Es geht ihr gut«, versichert Silas. »Sie steht unter Schock, ist aber unverletzt.«

»Kann ich sie sehen?«, fragt Tony.

Vielleicht hat Silas sich grundlegend getäuscht. Vielleicht liebt Tony seine Frau und hat Jemma überhaupt nicht versteckt. »Im Moment wird sie von den Sanitätern untersucht«, sagt er. »Und dann muss sie noch eine Aussage machen.«

»Und was wollen Sie von mir?«

Silas winkt Tony aus dem Wagen. »Wir können nicht mit Sicherheit sagen, wer die Frau ist, die Ihre Ehefrau mit dem Messer bedrohte«, sagt er und nimmt Tony am Arm. »Wie Sie wissen, halten wir sie für Jemma Huish.«

»Ist sie tot?« Tonys Blick wandert über die geschäftige Szene. Ein Polizeihubschrauber fliegt tief über sie hinweg.

Silas nickt. »Wir müssen feststellen, ob sie auch die Frau ist, die vor drei Tagen im Dorf aufgetaucht ist.«

Silas könnte Strover fragen, aber die konnte nur ein paar Worte in der Arztpraxis mit Jemma wechseln. Er braucht mehr Gewissheit. Laura ist nicht in der Verfassung dafür, auch wenn er mitbekommen hat, wie sie erklärt hat, es sei eine andere Frau. Außerdem will er Tonys Reaktion beobachten.

Fünf Minuten später steht Silas abseits des Uferwegs mit Tony auf dem Pfad und betrachtet die unverwechselbaren Konturen eines menschlichen Körpers unter einer roten Noteinsatzdecke. Er hat im Lauf der Jahre viele Identifizierungen miterlebt, aber es wird nie einfacher. Vielleicht weil er insgeheim erwartet, dass ihm eines Tages Conors Gesicht entgegenstarren wird. Er bückt sich, verschließt sich vor diesem Gedanken und hebt die Decke vom Gesicht der Frau.

»Das ist sie nicht«, sagt Tony sofort. Klingt da etwas wie Erleichterung in seiner Stimme? Beide schauen auf die Tote hinab.

»Wer ist sie nicht?«, fragt Silas, den Blick wie hypnotisiert auf Jemmas Augen gerichtet, die in kläglichem

Entsetzen zur Seite blicken. Man hätte ihr wenigstens die Lider schließen können. Er deckt sie wieder zu.

»Die Frau, die vor drei Tagen zu mir nach Hause kam.«

»Sie hat uns erklärt, sie sei Jemma Huish«, sagt Silas und geht mit Tony zu seinem Wagen zurück. »In der Notrufzentrale. Hat uns gewarnt, dass sie jemanden umbringen wollte. So wie vor zwölf Jahren. Diesmal haben wir ihr geglaubt. Sie sieht eindeutig aus wie auf den Fotos in den Akten, die wir von Miss Huish haben.«

»Dann wird sie es wohl sein.«

»Und wer ist dann die Frau, die hier im Dorf aufgetaucht ist?«

»Ist das wirklich noch von Interesse?«, fragt Tony. »Nach allem, was hier passiert ist?«

Vielleicht hat der Amerikaner recht. Genau betrachtet war sie nur so lange eine öffentliche Bedrohung, wie alle sie für Jemma Huish hielten. Falls sie noch einmal auftauchen sollte, wird sich der Sozialdienst um sie kümmern. Ab sofort wird sich alles nur noch um den Schusswaffeneinsatz drehen. Es wird lange, zeitraubende Ermittlungen durch eine unabhängige Untersuchungskommission geben. Die Rolle der Tri-Force Specialist Operations wird ebenfalls infrage gestellt werden, außerdem wird man über weitere Budgetkürzungen und die mangelhafte Kommunikation zwischen den einzelnen Polizeikräften sprechen.

Besonders genau wird man seinen Entschluss prüfen, die Scharfschützen außerhalb des Taser-Einsatzbereichs zurückzuziehen, aber er weiß, dass der Schießbefehl zu schnell erteilt wurde. Als die Schüsse abgefeuert wurden, hatte sie das Messer schon fallen lassen. Jedenfalls hat er es so in Erinnerung. Zweifellos wird man ihm Druck machen, sich an eine andere Reihenfolge der Ereignisse zu erinnern – im Gegenzug wird man seinen Entschluss, die Schützen zurückzuziehen, nicht weiter untersuchen –, aber dieses Spiel wird er nicht mitmachen. Das hat er noch nie. Kein Wunder, dass er immer noch DI ist.

»Alle hielten sie für Jemma Huish«, sagt Tony.

»Sie auch?«

»Ich wusste nicht, wer sie war.« Er lügt wieder. Allmählich nimmt Silas ihm auch nicht mehr die unbekümmerte Gleichgültigkeit gegenüber der zweiten Jemma ab. Er hat sie zum Essen eingeladen, während seine Frau in London war, was weit über rein nachbarschaftliche Gastfreundschaft hinausgeht. Ihm liegt etwas an dieser Frau. Und er klang eindeutig erleichtert, als er das Gesicht der Toten sah.

»Und wo ist sie jetzt?«, fragt Silas. »Die andere Jemma?«

»Wie gesagt, das weiß ich nicht. Sie verschwand, und dann rief sie mich vom Wald aus an.«

»Haben Sie sie versteckt?« Silas ist inzwischen fast sicher, dass Tony lügt.

»Nein.«

»Aber Sie haben ihr geraten, keine DNA-Probe abzugeben.«

»Sie hatte Angst, dass man sie für Jemma Huish halten könnte. Unter diesen Umständen völlig zu Recht, würde ich sagen.« Tony sieht noch einmal in die Richtung der Toten. »Bin ich immer noch verhaftet?«

Silas hatte noch keine Zeit, sich über Tony Gedanken zu machen. Er weiß nur, dass ihm Tonys Beziehung zu der anderen Jemma, falls sie denn so heißen sollte, immer mehr zu denken gibt. Sie ist eine verletzliche, alleinstehende Frau, die unter Amnesie leidet. Hat Tony das ausgenutzt? So wie Susie ihren verletzlichen geistigen Zustand eingeschätzt hat, hält Silas es für unwahrscheinlich, dass sie sich ganz allein im Wald einen Unterschlupf gesucht hat.

Inzwischen sind sie bei seinem Auto, wo immer noch die uniformierte Polizistin mit Strover redet und die beiden zweifellos das Versagen ihres Chefs beim Entschärfen der Situation diskutieren, seine bescheidenen Beförderungsaussichten und die Frage, ob Strover das sinkende Schiff verlassen sollte.

»DC Strover, bringen Sie Tony Masters aufs Revier und befragen Sie ihn«, sagt Silas und wirft ihr dabei die Autoschlüssel zu. Er wird noch ein paar Stunden hierbleiben müssen und sich später in den Ort fahren lassen. Sie haben keine vierundzwanzig Stunden mehr, um Tony unter Anklage zu stellen, was ihm unwahrscheinlich erscheint, aber etwas an dem Amerikaner lässt ihm keine Ruhe. »Und lassen Sie sein Haus noch mal von der Spurensicherung durchsuchen – aber diesmal gründlich.«

63

»Komisch, aber ich hatte keine Sekunde das Gefühl, dass ich gleich sterben muss«, sagt Laura, die neben Luke auf einer Bank am Uferweg sitzt. Sie sind wieder oben in der Nähe des Bahnhofs und warten darauf, dass die Polizei sie befragt. Eine Polizistin steht in einiger Entfernung und behält sie wohlwollend im Auge.

Laura weiß, dass sie noch unter Schock steht, dass sie zu schnell spricht. »Natürlich hatte ich schreckliche Angst«, sagt sie zu Luke. »Jemma hatte mir deutlich erklärt, dass jemand ihr befohlen hätte, mich umzubringen, aber gleichzeitig sagte sie, dass sie stattdessen auf die Baumwipfel hören würde. Wir müssten nur abwarten, bis Wind aufkommt und die Stimmen in ihrem Kopf übertönt. Ich habe ihr geglaubt. Der Detective auch, denke ich. Der mit ihr gesprochen hat, der jetzt mit uns reden will. Und dann kam wirklich Wind auf und raschelte in den Blättern über uns. Ich habe noch nie in meinem Leben ein so schönes Geräusch gehört.«

Sie verstummt, und die Tränen fangen heiß und brennend an zu fließen. Luke legt den Arm um sie, und sie lässt den Kopf auf seine Schulter sinken. Die Polizistin kommt auf sie zu.

»Ist alles in Ordnung, Madam?«, fragt sie.

Laura sieht nickend auf und wischt die Tränen weg. »Danke«, sagt sie und versucht, stark zu bleiben.

Sie ist froh, dass Luke bei ihr ist. Eigentlich sollte Tony hier sitzen, doch sie hat gesehen, wie er eben in Handschellen weggefahren wurde. Sie hatten keine Zeit zum Reden, aber sie weiß auch nicht, was sie sich hätten sagen sollen. Kopfschüttelnd sieht sie auf eine Ente mit ihren Entenküken auf dem Kanal. Über ihnen steigt ein roter Papierdrachen auf und kreist im Sommerwind.

Vor vier Tagen war das Leben noch so einfach. Die Yogastunden liefen gut, sie war optimistisch, was eine mögliche Schwangerschaft anging, mit ihrer Ehe war alles in Ordnung. Wie sich die Dinge doch ändern. Aus heiterem Himmel steht eine Fremde vor ihrer Tür, und sie streiten wie nie zuvor. Es schien Tony überhaupt nicht zu interessieren, was sie dachte; dass sie sich vor der fremden Frau in ihrem Haus fürchtete. Und jetzt das. Sie legt die Hand an ihren Hals und denkt wieder an die kalte Klinge auf ihrer Kehle, an das heisere Bellen der Polizeiwaffen, an Jemmas gelockerten Griff, ihren fallenden Körper. Sie schließt schaudernd die Augen.

»Du bist jetzt in Sicherheit«, sagt Luke und legt den Arm um sie.

»Wirklich?«, fragt sie seufzend. »Sie ist immer noch da draußen, Luke.«

»Bestimmt sucht die Polizei weiter nach ihr.«

Sie dreht sich um und beobachtet, wie ein weiterer Streifenwagen auf den Parkplatz vor dem Bahnhof biegt und sich in die dort wartende Reihe eingliedert. »Wie lange werden sie Tony festhalten?«, fragt sie.

»Normalerweise haben sie vierundzwanzig Stunden, um jemanden unter Anklage zu stellen. Hängt von den Anklagepunkten ab.«

Laura schüttelt den Kopf und denkt an Tony, den leeren Blick, den sie ihm gerade eben zuwarf, als er abgeführt wurde. Wie kann sich Liebe so schnell in Luft auflösen? Vielleicht tut sie es gar nicht, sondern wird nur umgeleitet. Neu verteilt.

»Glaubst du, er hat sie versteckt?«, fragt sie.

»Warum sollte er das tun?«

Sie kennt die Antwort selbst nicht, sie weiß noch nicht, warum ihr liebender Ehemann die Bedürfnisse einer Fremden über die seiner Frau gestellt hat. »Du hast sie gesehen. Eine schöne Frau.« Wieder kommen ihr die Tränen.

»Und das war sie bestimmt nicht?«, fragt Luke. »Die Frau von eben?«

»Auf keinen Fall.« Es wäre so viel einfacher, wenn sie es gewesen wäre. Wenn die Frau, die an ihre Tür geklopft hat, Jemma Huish gewesen wäre und jetzt tot am Kanal läge. Aber sie ist am Leben und irgendwo da draußen, wo sie ihre Kreise um ihren Mann zieht wie der rote Drachen am Himmel.

64

Ich weiß nicht, ob es ein Fehler war zu trampen, aber so ganz ohne Geld sind meine Optionen extrem begrenzt. Ich muss in Bewegung bleiben, muss aus dem Wald verschwinden. Mich der Polizei entziehen. Dass man mich für Jemma Huish gehalten hat, ist ein Schock. Warum habe ich das nicht kommen sehen? Warum bin ich gar nicht auf den Gedanken gekommen, dass Tony in ihrem Dorf, in ihrem alten Haus lebt?

Schon seit ich vor seiner Tür stand, muss er mich für Jemma Huish gehalten haben. Sie ist genau sein Typ: kurze dunkle Haare, an Amnesie leidend. Das erklärt, warum er mich »Jemma« taufte, warum er sicherstellte, dass ich auf dem Speicher und auch im Wald ein Radio hatte. Offenbar musste bei Jemma Huish immer ein Radio laufen, wenn sie allein war. Hoffentlich habe ich genug unternommen, um die Polizei zu überzeugen, dass ich nicht sie bin. Sie werden die Bürste schon bald gefunden und die DNA analysiert haben. Ich bete nur, dass Tony mich nicht schon aufgegeben hat. Ich werde ihn von Heathrow aus anrufen.

Der Fahrer scheint ganz nett zu sein. Er nennt sich Mungo, kommt gerade aus Falmouth hoch, wo er einen Auftritt als DJ hatte, und muss es bis morgen nach London zu seinem College schaffen. Falls der klapprige alte Golf die Fahrt überlebt. Das zweite Problem ist, dass ihn Autobahnen nervös machen und mir auf den kleinen Landstraßen allmählich übel wird. Aber ich darf mich nicht beschweren. Er hat mir versprochen, mich am Terminal 5 abzusetzen, was wirklich unglaublich nett ist, vor allem weil ich nicht sicher bin, ob er mir meine Geschichte abgekauft hat. Und er spielt heißen Funk. Ich fühle mich zurückversetzt.

»Ich kapier's nicht«, sagt Mungo und wirft mir einen Blick zu. Er hat einen rasierten Schädel und ein bezauberndes Lächeln. Einundzwanzig, vielleicht etwas jünger. »Du sagst, du hättest nicht Party gemacht, aber du kannst dich an rein gar nichts aus den letzten drei Tagen erinnern. Komm schon, irgendwas musst du eingeworfen haben. Und ich wüsste gern, was.«

»Ehrlich«, sage ich. »Ich habe nichts genommen.«

»Vielleicht haben sie dir was in den Drink getan? Auf dem Flug?«

Das Bild von Fleur kommt und geht. Sorglos, glücklich, an der Bar tanzend, einen Long Island Ice Tea in der einen Hand und meine Hand in der anderen.

»Garantiert nicht.«

Er sieht mich kurz an, aber ich starre durch die Windschutzscheibe, fest entschlossen, die Tränen zu unterdrücken. Wir verstummen beide.

»Und woran kannst du dich als Letztes erinnern?«, fragt er und nickt, gnadenlos gut gelaunt, zur Musik.

»An meine Ankunft aus Deutschland am Terminal 5 in Heathrow.«

»Und da hast du alles verloren«, sagt er und sieht wieder herüber. Ich wünschte, er würde die Straße im Auge behalten. »Pass, Geldkarten, alles.«

»Alles weg.«

»Dreck.« Noch ein Blick auf mich, seine Hand klopft währenddessen zu Sly Stone aufs Lenkrad. »Warst du bei der Polizei?«

»Was hätte ich denen erzählen sollen? Ich wusste nicht mal, wie ich heiße, wie hätte ich also Anzeige erstatten können?«

»Irre. Und du bist sicher, dass du Maddie heißt?«

Maddie.

Ich zucke kurz. Gleich beim Einsteigen habe ich Mungo meinen wahren Namen verraten, doch nachdem ich drei Tage Jemma genannt wurde, fühlt er sich irgendwie komisch an.

»Ganz sicher.« Zum ersten Mal seit Langem kann ich aufrichtig lächeln. Ich habe ihm schon erzählt, wie ich in dem Dorf auftauchte, nachdem ich ein Zugticket in meiner Tasche fand, und wie mich ein nettes Paar aufnahm. Nicht erzählt habe ich, warum ich wieder wegwollte, dass ich Angst hatte, man könnte mich mit einer psychotischen Mörderin namens Jemma Huish verwechseln. Stattdessen log ich ihm vor, ich hätte heute Morgen beim Aufwachen nach drei Tagen in Amnesie mein Gedächtnis teilweise wiedererlangt und es für das Beste (für alle Beteiligten) gehalten, wenn ich still und heimlich verschwand, so wie ich auch aufgetaucht war.

Wenn es nur so einfach wäre.

Mungo schüttelt den Kopf. »Und sie haben ganz bestimmt deine Handtasche? Mit allem?«

»Absolut.« Auch das ist eine, wenn auch kleinere, Lüge. »Nachdem ich heute früh wieder wusste, wie ich heiße, habe ich sofort im Fundbüro von Heathrow angerufen. So wie es aussieht, wurde die Tasche, ein paar Minuten nachdem sie von meinem Gepäckwagen in der Ankunftshalle verschwunden war, wieder abgegeben. Es dauerte nur etwas länger, bis sie alle Daten aufgenommen hatten.«

»Mach dir keine Hoffnungen, dass die Kohle noch drin ist. Ist es okay, wenn ich die Nachrichten höre?«

»Gern.«

»Es gab eine ordentliche Schießerei mit der Polizei.«

Mein Körper spannt sich an. »Wo denn?«

»Ganz in der Nähe, glaube ich.«

65

»Möchtest du heute vielleicht bei mir übernachten?«, fragt Susie Patterson, eine beruhigende Hand auf Lauras Arm. Sie sitzen auf dem Sofa in Lauras Wohnzimmer. DI Hart hatte darauf bestanden, dass sie sich ärztlich untersuchen ließ, und zu Lauras Erleichterung – und Überraschung – tauchte Susie bei ihr zu Hause auf. Sie hatte zuvor weder auf Lauras Nachrichten noch auf ihre Anrufe reagiert.

»Wonach genau haben sie gesucht?«, fragt Susie leise und nickt zur Küche hin.

»Vielleicht hatte Tony sie versteckt«, sagt Laura. Ein Team der Kriminaltechnik in ihrem Haus vorzufinden war ein Schock gewesen, aber inzwischen sind die meisten Polizisten wieder abgezogen. Nur eine Frau sitzt noch mit Tonys Laptop am Küchentisch, und auch sie wird bald gehen. »Wenigstens hat das der Detective gesagt«, ergänzt Laura. »Er wollte immer wieder von mir wissen, ob ich glauben würde, dass Jemma ›Tonys Typ‹ wäre.«

»Suchen sie immer noch nach ihr?«

Laura nickt. »Sie glauben, sie könnte in Gefahr sein. Ehrlich gesagt weiß ich nicht so recht, warum ihnen das so wichtig ist.«

»Weil sie krank ist«, erklärt Susie. »Sie ist nicht sie selbst. Womöglich in einem Fugue-Zustand.«

»Meinetwegen kann sie in der Hölle verrotten.« Laura kämpft mit den Tränen.

»Wenn ich dir irgendwas verschreiben soll, damit du heute Nacht schlafen kannst …«

»Ich bin okay«, sagt sie zwischen zwei Schluchzern. »Danke, dass du hergekommen bist.«

»Sei nicht albern.«

»Ich habe mich schon fast gefragt, auf wessen Seite du eigentlich stehst.«

»Ich musste mich um sie kümmern, sie war meine Patientin. Das ist alles. Ich hätte dir an jenem Abend einfach keine Nachricht schicken sollen. Vor allem da ich mich in ihr getäuscht hatte.«

Aber wenn sie nicht Jemma Huish ist, wer ist sie dann, und warum hatte sie ausgerechnet Lauras Haus ins Visier genommen? Ihre Ehe? Vor allem die Fragen machen Laura zu schaffen. Und wo ist sie jetzt? »Du hättest sehen sollen, wie Tony um sie herumscharwenzelt ist«, sagt Laura. »Offenbar hat er sie zum Abendessen eingeladen, während ich in London war. Bei uns zu Hause, Scheiße.«

»Bestimmt wollte er ihr nur helfen«, sagt Susie, doch sie klingt nicht überzeugt.

Noch während Laura spröde lacht, kommt die Polizistin aus der Küche. »Alles erledigt«, sagt sie.

Laura will aufstehen, um sie an die Tür zu bringen, doch plötzlich wird ihr schwindlig, und sie zögert.

»Keine Sorge, ich finde schon allein hinaus«, versichert ihr die Polizistin lächelnd. »Alles okay mit Ihnen?«

»Es geht schon«, mischt sich Susie ein und hilft Laura wieder in ihren Sessel.

»Ich habe ihn schon früher so erlebt«, sagt Laura,

nachdem die Polizistin die Haustür hinter sich zugezogen hat.

»Wie denn?«

»Etwas an Jemma faszinierte ihn. Ihr Zustand, diese ganze Amnesiegeschichte. Du weißt doch, wie sehr er sich davor fürchtet, Alzheimer zu bekommen, sein Gedächtnis zu verlieren.«

»Wegen seines Dads?« Als Laura nickt, fährt Susie fort. »Einmal war er bei mir in der Sprechstunde, weil er sich über die ersten Anzeichen informieren wollte. Er wusste mehr darüber als ich.«

»Willst du noch einen Tee?«, fragt Laura und steht langsam aus ihrem Sessel auf.

»Danke«, sagt Susie, ohne sie aus den Augen zu lassen. »Geht es wieder?«

»Danke, ja.«

Laura stellt in der Küche den Wasserkocher an, hängt zwei Pfefferminzteebeutel in zwei Tassen und rührt in ihre einen kräftigen Löffel Honig. Sonst nimmt sie nie Honig.

»Ich glaube, es war kein Zufall, dass wir dieses Haus gekauft haben«, ruft sie Susie zu und sieht sich dabei in der Küche um. Der Messerblock steht auf der Anrichte, das iPad im Ständer. »Das Haus, in dem Jemma Huish aufwuchs.«

Tony würde heulen, wenn er es jetzt sehen könnte. Die Kriminaltechniker haben vergeblich versucht, alles wieder an seinen Platz zu stellen. Insgeheim hätte sie gute Lust, das Haus zu verwüsten, alle Bücher herauszureißen, die Kissen auf den Boden zu schmeißen.

»Wie meinst du das?«, fragt Susie vom Wohnzimmer aus.

»Tony hatte sie schon Jemma getauft, bevor wir zu dir kamen. Gleich nachdem sie vor unserem Haus aufgetaucht war. Jemma mit J. Warum ausgerechnet dieser Name? Später erzählte er mir, dass auf der Liste der Vorbesitzer kein Huish stehen würde – wir haben auf dem Speicher Aufzeichnungen darüber.«

»Hast du das nachgeprüft?«

Laura schüttelt den Kopf und weiß, dass das dumm war. »Tony.«

Zwei Minuten später klettert sie auf der wackligen Trittleiter in den Speicher, die Hände fest um die Holme geschlossen und bemüht, das Schwindelgefühl niederzukämpfen. Susie wollte an ihrer Stelle hinaufsteigen, doch Laura weiß, wonach sie suchen muss. Sie krabbelt in der Enge herum und sieht sich Tonys Kartons an. Sie zieht aufs Geratewohl ein Foto heraus: Sie lächelt in die Kamera, Liebe im Blick, kurz nach ihrem Umzug in den Ort. Waren sie glücklich? Sicher waren sie das. Auch hier oben war die Spurensicherung und hat nach Spuren mit Jemmas DNA gesucht. Sie vermuten, dass er sie hier versteckt hat. Wäre er wirklich dazu fähig? Ihr Tony?

»Alles in Ordnung da oben?«, ruft Susie von unten.

»Kein Problem«, antwortet sie. Sie wischt eine Träne weg, krabbelt über die Holzplanken zu einem Karton unter dem Giebel und öffnet ihn. Sie starrt auf die letzte Eigentumsurkunde – mit ihrem Namen und Tonys für ihr erstes gemeinsames Heim –, dann sucht sie darunter nach der Liste mit den Vorbesitzern. Nach nicht einmal einer Sekunde hat sie »Huish« als vierten Namen von oben entdeckt. Tony hat sie angelogen. Er hielt die Fremde schon für Jemma Huish, seit sie vor ihrer

Tür auftauchte, und unternahm trotzdem nichts, selbst als seine eigene Frau Angst hatte, mit der Unbekannten unter einem Dach zu schlafen. Das ergibt doch keinen Sinn.

Und dann entdeckt sie einen zweiten Karton, der unter dem Wassertank eingeklemmt ist. Sie krabbelt hin, öffnet ihn und blättert in den alten Zeitungsartikeln. Alle drehen sich um Jemma Huish, ihre Amnesie, das Dorf in Wiltshire, in dem sie lebte, den Tag, an dem sie ihre beste Freundin tötete. Und jeder einzelne Artikel ist mit Tonys handgeschriebenen Notizen bedeckt.

»Vielleicht übernachte ich heute wirklich bei dir«, ruft sie Susie unten zu.

66

»Könnten wir kurz anhalten?«, frage ich.

»Alles in Ordnung?« Mungo sieht mich an. Es ist drei Uhr nachmittags und immer noch eine Stunde bis zum Flughafen.

»Ehrlich gesagt ist mir ein bisschen übel.« Ich kann nicht glauben, was ich eben im Radio gehört habe.

»Ich weiß, ich fahre furchtbar, tut mir leid. Meine Freundin muss sich auch immer übergeben.«

»Das ist es nicht.«

Er biegt auf einen Parkplatz, und ich trete an die frische Luft. Mungo steigt ebenfalls aus und stellt sich neben mich. Gegen das Auto gelehnt, dreht er sich eine Zigarette und schaut dabei über die Felder. Ein Streifenwagen rast mit Blaulicht und heulender Sirene vorbei.

»Ganz schön heftig, diese Sache«, sagt er und schaut dem Streifenwagen nach, bis er hinter einer Kurve verschwindet.

»Schrecklich«, flüstere ich.

»Sie war schließlich keine Terroristin, oder? Man sollte meinen, sie hätten aus dieser Duggan-Kiste in London gelernt – nicht dass sie hier mit einem Aufstand rechnen müssten.«

Für eine kurze Zeit herrscht kein Verkehr, und die Landschaft um uns herum wirkt stiller als je zuvor.

»Vielleicht bin ich ihr begegnet«, sage ich.

»Der Frau, die sie erschossen haben?«

Ich ziehe an seiner Zigarette. Ich habe seit Jahren nicht geraucht, und der Rauch verfängt sich hinten in meiner Kehle. »Jemma Huish. Sie ist durch den Wald gerannt. Wir blieben beide kurz stehen und schauten uns an.«

»Scheiße. Sag mal, solltest du das nicht jemandem erzählen?«

»Das bringt jetzt auch nichts mehr, oder?« Ich sehe ihn an und beneide ihn um seine Jugend. Er dreht sich weg und zieht angestrengt an seiner Zigarette. Ich will ihn nicht in meine Welt hineinziehen, jedenfalls nicht tiefer, als es sein muss.

»Wovor ist sie davongerannt?«, fragt er.

»Weiß ich nicht. Ich hatte keine Ahnung, wer sie war, dass es sie überhaupt gab.«

Ich denke an den Augenblick zurück, an dem ich heute Morgen eine Gestalt zwischen den Bäumen bemerkte. Sekundenlang starrten wir uns einfach nur an. Sie war keine Joggerin und hatte offenbar auch keinen Hund dabei. Zwei Frauen in Eile. Ob sie in ihr Heimatdorf zurückgekehrt war, so wie alle behaupteten? Ob sie zurückkam, um wieder zu töten?

»Hier, da ist ein Bild von ihr«, sagt Mungo. Er schaut auf sein Handy und reicht es mir dann mit einem bedauernden Blick. »Sieht tatsächlich ein bisschen aus wie du.«

Ich starre die Frau auf dem Display an. »Findest du wirklich?«

»Na ja, vielleicht auch nicht.«

Ich kann keine Ähnlichkeit entdecken. Es ist ein altes

Bild, aus der ersten Gerichtsverhandlung, dasselbe wie in den ausgeschnittenen Zeitungsartikeln auf Tonys Speicher. Noch ist nicht sicher, was genau vorgefallen ist, aber unter dem Foto gibt es eine kurze Zusammenfassung mit Details aus ihrer Vergangenheit.

»Arme Frau«, sage ich und gebe ihm das Handy zurück. »Bestimmt ging es ihr richtig schlecht.«

»Hier steht, sie hätte an der Uni ein Mädchen getötet – vor zwölf Jahren«, liest Mungo aus dem Artikel vor. »Hat ihr mit dem Küchenmesser die Kehle aufgeschlitzt. Jesus, vielleicht war es richtig, sie zu erschießen. Sie hätten sie aber auch tasern können, schätze ich.«

Ich höre ihm nicht zu. In Gedanken bin ich bei meiner ersten Nacht im Dorf, als ich keine Ahnung hatte, dass Jemma Huish einst in Tonys Haus gewohnt hatte. Wie leicht hätte ich an diesem Abend verhaftet werden können. Als ich aus dem Pub zurückkam, riss Laura mir das Messer aus der Hand, als wäre ich eine Mörderin. Gott, sie hätten mich erschießen können! Arme Jemma. Arme Laura. Sie tun mir beide leid. Laura muss glauben, sie sei verflucht. Zwei Jemmas, die vor ihrer Nase mit einem Messer herumfuchteln.

»Fahren wir weiter?«, frage ich.

»Wann immer du bereit bist, Maddie«, antwortet er lächelnd.

Es ist ein gutes Gefühl, wieder Maddie zu sein. Eine Lüge weniger, die ich mir einreden muss.

Ich weiß meinen Namen nicht mehr.

67

Silas sitzt an einem Schreibtisch im Fahrzeug der mobilen Einsatzzentrale, das an der Bahnstation nahe dem Kanal parkt. Er notiert Stichpunkte für seinen Einsatzbericht, solange ihm der Ablauf noch klar vor Augen steht, allerdings bezweifelt er, dass er je etwas davon vergessen wird, schon gar nicht den letzten, fassungslosen Ausdruck in Jemma Huishs Augen.

»Sollen wir kurz reden? Unsere Notizen vergleichen?«

Silas schaut auf und sieht die Leiterin der Scharfschützeneinheit vor seinem Schreibtisch stehen. »Nicht nötig«, antwortet Silas und beugt sich wieder über sein Papier.

»Wirklich schade, dass Sie die Schützen außerhalb der Reichweite der Taser beordert haben«, sagt sie.

»Damit kann ich leben.« Silas schreibt weiter. Er überlegt kurz, ob er ihr erklären soll, dass sich die Widerhaken der Taser ohnehin nicht in Jemma Huishs Körper gebohrt hätten, so wie sie Laura vor sich hielt, aber das spart er sich für seinen Bericht auf.

»Mal sehen, ob die Untersuchungskommission das auch kann«, sagt sie und dreht sich weg. »Und wie die reagieren wird, wenn sie herausfindet, dass Sie keinen Auffrischungskurs mehr gemacht haben, seit …«

»Sie war zwölf Jahre lang unauffällig«, ruft Silas ihr hinterher. Andere Polizisten im Wagen schauen auf.

»Und sie hielt ein Messer an die Kehle einer unbeteiligten Person«, erwidert sie. »Als das zum letzten Mal passiert ist, hat sie kurz darauf die Halsschlagader ihres Opfers durchtrennt. Ich weiß nicht, ob ich damit leben könnte.«

Silas fehlt im Augenblick die Kraft, mit ihr zu streiten. Und er will sich genauso wenig mit anderen Polizisten absprechen, was inzwischen streng verboten ist. Er hat das sowieso nie getan. Jemma Huish hat dem halluzinierten Befehl, Laura zu töten, widerstanden und ihr Messer kurz vor den tödlichen Schüssen fallen lassen. Ende der Geschichte.

Draußen vor dem Fahrzeug sieht er sich nach einer Mitfahrgelegenheit zur Polizeistation Gablecross um. Es ist vier Uhr nachmittags, fast drei Stunden sind seit den Schüssen vergangen, und immer noch sind überall Kriminaltechniker, die Entfernungen abmessen und die Positionen aller Beteiligten auf dem Gras markieren, wo inzwischen auch die eingesetzten, jetzt aber entladenen Waffen abgelegt wurden. Er will sich einem ihm bekannten Polizisten nähern, doch der Mann wendet sich ab. Ist er schon jetzt ein Paria, mit dem man lieber nicht gesehen werden will? Sein Handy klingelt. Es ist Strover, die schon wieder in Gablecross ist.

»Das Labor war gerade dran«, sagt sie. »Die Ergebnisse aus der Haarbürste liegen vor.«

»Und …?«

»Die Frau ist nicht Jemma Huish.«

Die Nachricht überrascht ihn nicht, nachdem Laura wie auch Tony vor Zeugen ausgesagt haben, dass die Erschossene nicht die Frau war, die ohne Erinnerung in ihrem Ort auftauchte.

»Irgendeine Idee, wer sie sein könnte?«, fragt Silas und sieht sich nach einer anderen Mitfahrgelegenheit um.

»Es gibt keinen Eintrag, auch nichts in der Datenbank, was auf eine familiäre Verbindung hinweisen würde. Die Proben aus der Bürste passen aber zu denen aus ihrem Bett in Tonys Haus und aus dem Bett im Pub.«

»Fingerabdrücke?«

»Nichts.«

»Ein wahres Mysterium, die Frau.« Silas gibt sich keine Mühe, seinen Sarkasmus zu verhehlen. Eigentlich sollte das alles nicht mehr sein Problem sein – er wird alle Hände voll mit der Untersuchungskommission zu tun haben –, aber er wird keine Ruhe finden, bis er sich vergewissert hat, dass ihr nichts zugestoßen ist.

»Es kommt noch schlimmer«, erklärt Strover staubtrocken. »Sie passen zu einigen Haarproben, die auf Tonys Speicher gefunden wurden – das hat die Kriminaltechnik eben bestätigt. Sieht so aus, als hätte Tony sie heute Morgen versteckt, als wir nach ihr gesucht haben. Er muss sie in den Wald gefahren haben, noch bevor die Straßensperren eingerichtet wurden. Sie untersuchen gerade den Kofferraum seines BMWs.«

Silas schließt die Augen. Das hat ihm nach den Schüssen gerade noch gefehlt. Hat Tony sie gegen seinen Willen festgehalten? Und wenn ja, was hat er dann mit ihr gemacht?

»Wir versuchen das Handy zu orten, das Tony ihr überlassen hat«, fährt sie fort.

»Im Moment haben wir keine Ressourcen, den Wald abzusuchen. Nicht nach dem, was sich hier abgespielt hat«, sagt Silas und überblickt dabei die geschäftige Szene am Kanal. »Sagen Sie dem Labor, dass wir ihnen Jemma Huishs DNA für einen Schnellabgleich schicken.« Er überlegt kurz. »Und, Strover?«

»Ja, Sir?«

»Sie können nicht vielleicht herkommen und mich abholen?«

68

Mungo hält in der Haltezone vor der Abflughalle am Terminal 5 in Heathrow. Zwei bewaffnete Polizisten sehen zu uns her und mustern argwöhnisch den alten Golf. Wahrscheinlich nichts Neues für Mungo.

»Hier kann man wenigstens kurz umsonst halten«, sagt er zu mir. »Überall sonst lassen sie dich zahlen.«

»Fliegst du oft?« Ich versuche, nicht allzu überrascht zu klingen.

»Letzten Sommer war ich in Berlin«, sagt er.

»Berlin?«

»Geniale Stadt. Hab im Tresor Jeff Mills aus Detroit gehört.«

»The Wizard?«

»Du kennst Jeff Mills?« Er verschluckt sich beinahe. Sehe ich wirklich so alt aus?

»Lange her«, sage ich.

»Ich hab fest vor, nach Berlin zu gehen, wenn ich mein Studium in London fertig habe. Dort musst du hin, wenn du es als DJ schaffen willst. Du kennst die Stadt?«

»Ja.« Ich zögere kurz. »Aber meine Erinnerungen sind nicht besonders gut.«

»Hast du schlechte Erinnerungen an die Stadt, oder kannst du dich schlecht erinnern?«

Einer der Polizisten klopft an die Seitenscheibe und

fordert Mungo mit einer Handbewegung zum Weiterfahren auf, wodurch er mir eine Antwort auf Mungos Frage erspart.

»Du musst jetzt raus«, sagt er. »War nett, dich kennenzulernen, Maddie.«

»Gleichfalls. Und danke noch mal fürs Mitnehmen.« Ich setze einen Schmatz auf seine Wange. »Vielleicht sieht man sich ja mal wieder.«

»DJ Raman, das ist mein Clubname«, sagt er, während ich aussteige.

»Werde ich mir merken. Klingt indisch. Kurz für Ramachandran.«

»Wenn du es sagst.«

Ich schaue ihm vom Bordstein aus nach, während er beschleunigt und eine Wolke von schwarzem Auspuffqualm zurücklässt.

Ich muss mich beeilen. Ich nehme an, dass die Polizei nicht mehr in Verbindung mit Jemma Huish nach mir sucht, doch ziemlich sicher weiß man inzwischen, dass Tony mich auf seinem Speicher und in dem Munitionsbunker im Wald versteckt hielt. In diesem Fall wird er Ärger bekommen und man sich womöglich um meine Gesundheit sorgen. Ich gehe an dem Polizisten vorbei, der an Mungos Seitenscheibe geklopft hat, und versuche seinem Blick auszuweichen. So bald wie möglich werde ich Tony anrufen.

Ich nehme den Lift zur Ankunftshalle im Erdgeschoss. Ein merkwürdiges Gefühl, wieder in Heathrow zu sein. In den drei Tagen seit meinem Flug von Berlin hierher ist so viel passiert. Vieles ist gut gelaufen, vieles ist auch schiefgelaufen. Ich sehe mich um und steuere auf die Damentoilette zu. In einer Kabine schiebe ich die Hand in meinen BH und ziehe mein Ticket für die Gepäckaufbewahrung heraus. Es ist ein bisschen verknittert, aber immer noch lesbar.

Draußen in der Haupthalle gehe ich an einem Schild für das Fundbüro vorbei, in dem ich kurz nach meiner Ankunft war.

»Ich kann die Verlustmeldung für Ihre Handtasche nur aufnehmen, wenn Sie mir sagen, wer Sie sind«, hatte mir der Mann in dem stickigen Büro erklärt und dabei auf sein Formular gestarrt. Sein Tonfall war gelangweilt, gerade eben noch höflich. Arglos.

Ich weiß meinen Namen nicht mehr.

Am Schalter der Gepäckaufbewahrung muss ich mehrere Minuten anstehen, während vor mir eine Familie eine Unzahl an überquellenden Koffern aufgibt. Jeder einzelne muss gescannt werden, ehe er eingelagert werden kann.

Dann bin ich an der Reihe.

Ich reiche mein Ticket über den Schalter, warte und schaue mich währenddessen in der Halle um. Es gibt keinen Grund, warum die Polizei noch nach mir suchen sollte, es sei denn, sie glauben, Tony hätte mich gegen meinen Willen festgehalten.

»Bitte sehr«, sagt der Angestellte und reicht mir meine Handtasche.

»Danke.«

Wir wissen beide, dass es eher ungewöhnlich ist, eine Handtasche drei Tage lang aufbewahren zu lassen, doch er spart sich einen Kommentar.

Ich nehme die Tasche und überzeuge mich, dass Pass, Handy und Bankkarten da sind, ehe ich, mit einem zufriedenen Lächeln, das ich nur mühsam unterdrücken kann, wieder nach oben in die Abflughalle zurückkehre.

Ich bin wieder in der Spur, wieder im Plan.

69

»Ich habe keine Zeit hierfür«, sagt Silas. Er sitzt in einem Vernehmungsraum bei den Arrestzellen hinten in der Polizeistation Gablecross. Tony sitzt ihm am Tisch gegenüber.

»Dann lassen Sie mich gehen«, sagt Tony. »Ich habe nichts getan.«

Silas sieht zu der großen Uhr an der nackten Wand auf. Es ist siebzehn Uhr. Ehe er die Suche nach der mysteriösen Frau abbläst, will er jede Möglichkeit ausschließen, dass sie entführt wurde oder ihr etwas zugestoßen ist. Vorhin war er bei seinem Boss, um seine Bedenken gegenüber Tony vorzubringen. Der Vorfall am Kanal ist schon schlimm genug für die Polizei, aber ein weiterer schwerer Zwischenfall muss unbedingt vermieden werden. Sein Chef hat ihm widerwillig freie Hand gelassen, aber darauf hingewiesen, dass Silas nicht mehr für das Major Crime Investigation Team, sondern für die Polizei von Swindon arbeitet.

»Sie haben absichtlich polizeiliche Ermittlungen behindert und damit die Arbeit der Justiz erschwert«, sagt Silas. »Wir haben auf Ihrem Speicher, in Ihrem Kofferraum und in dem Munitionsbunker im Wald DNA-Spuren der gesuchten Frau gefunden. Wieso haben Sie die Frau versteckt, wenn Sie doch wussten, dass wir nach ihr suchten?«

»Ich war um ihre Sicherheit besorgt«, sagt Tony leiser, weniger aggressiv.

Fortschritt. Als Silas zuletzt mit ihm sprach, unten am Kanal, stritt Tony alles ab. Er ist nicht dumm. Die forensischen Beweise lassen sich nicht wegdiskutieren.

»Fühlten Sie sich zu ihr hingezogen?«, fragt Silas.

»Was für eine Frage ist das denn?«

»Sie ist eine gutaussehende Frau.« Tony braucht nicht zu wissen, dass er Jemma nur aus größerer Entfernung auf dem Friedhof gesehen hat. »Und ich versuche zu verstehen, warum Sie sie vor der Polizei abschirmen wollten.«

»Liegt das nicht auf der Hand? Nach dem, was am Kanal passiert ist? Ich dachte, so einen Waffenwahn würde es nur in Amerika geben, wie eure Medien so gern behaupten. Sie hatte Angst, dass sie irrtümlich als Jemma Huish verhaftet werden könnte. Genau wie ich auch. Dass sie von zwei schießwütigen Bullen abgeknallt werden könnte, hätten wir uns beide nicht vorstellen können.«

Silas ignoriert seine Tirade. Es ist nicht seine Aufgabe, sich für den bewaffneten Einsatz der Tri-Force zu entschuldigen. »Und Sie persönlich glaubten nicht, dass sie Miss Huish ist?«

»Nein.« Noch eine Lüge. Mit einer winzigen Schulterdrehung hat sich Tonys Körper verschlossen.

»Und warum haben Sie sie dann Jemma getauft?« Laura, seine Frau, hat bei ihrer Zeugenvernehmung erklärt, dass Tony den Namen vorgeschlagen hatte.

»Weil sie wie eine aussah.«

»Mit einem J? Der weniger verbreiteten Schreibweise.«

»Sie ist eine ungewöhnliche Frau.«

Dreißig Millionen Suchergebnisse für »Gemma«; halb so viele für »Jemma«. Silas hat das vor dem Gespräch gegoogelt.

»Sie hatte etwas ganz Eigenes an sich, verstehen Sie?«, versucht Tony zu erklären.

»War Ihnen bewusst, dass Jemma Huish früher in Ihrem Haus gewohnt hat?«

»Ich hatte keine Ahnung. Bis Dr. Patterson es uns erzählte. Kann ich jetzt gehen?«

Silas kann Tony nicht ausstehen, aber er hat gelernt, persönliche Vorurteile auszublenden, sein Urteil nicht davon beeinflussen zu lassen. »Wieso so eilig?«, fragt er.

»Zum Beispiel weil sich meine Gäste fragen werden, wieso mein Café geschlossen ist.«

»Wirklich? Ich hatte keine Ahnung, dass veganes Essen so populär ist.« Aber auch lecker, das kann er nicht abstreiten.

»Und meine Frau auf mich wartet.«

»Offenbar verzeiht sie viel.«

Tony lehnt sich zurück. »Ich bin niemandem außer meiner Frau Rechenschaft über mein Privatleben schuldig, aber nur um das klarzustellen, es lief absolut nichts zwischen Jemma und mir. Okay, ihr geistiger Zustand hat mich fasziniert. Zufällig interessiere ich mich für solche Dinge, und zwar seit mein Vater noch in relativ jungen Jahren an Alzheimer starb. Und ich wollte nicht, dass sie in den Fall Jemma Huish hineingezogen wird. Aber das war auch schon alles.«

Die Story stimmt mit dem überein, was Laura ihm über Tonys Besessenheit mit dem Gedächtnis erzählt hat. »Sie wurde also nicht gegen ihren Willen festgehalten?«

»Absolut nicht.«

»Außen an der Speicherluke in Ihrem Haus ist ein Schloss. Sie hätte den Speicher nicht von sich aus verlassen können.«

»Ich habe ihr ein Handy gegeben.«

»Und einen Eimer – sehr anständig von Ihnen. Wie früher im Knast. Einen portablen Bello.« Silas bezweifelt, dass der Amerikaner den Begriff je gehört hat.

»Bei Ihnen klingt das viel schlimmer, als es tatsächlich war. Außerdem war sie nur ein paar Stunden auf dem Dachboden, dann habe ich sie in den Wald gefahren.«

»Im Kofferraum. Nicht besonders gemütlich. An Armen und Beinen gefesselt? Sie verstehen, wie das aussieht. So als hätten Sie sie irgendwo versteckt. Tiefer im Wald vielleicht?«

»Fuck, wie kommen Sie auf so was? Ich weiß genauso wenig wie Sie, wo sie jetzt ist.«

Beide Männer schauen auf, weil in diesem Moment Strover in den Raum tritt.

»Verzeihen Sie die Unterbrechung, Sir, aber wir haben Jemmas Handy geortet. Sie hat es gerade eben eingeschaltet.«

»Und …?«, fragt Silas. Wenigstens ist sie noch am Leben.

»Sie ist in Heathrow. Terminal 5.«

Tony wirkt genauso überrascht wie Silas. Vielleicht weiß er weniger über die Frau, als sie dachten.

»Holen Sie Tonys Handy vom diensthabenden Sergeant«, sagt Silas. »Sie rufen sie an und erkundigen sich, wie es ihr geht. Und wir können alle zuhören.«

70

Als Luke ins Slaughtered Lamb kommt, ist es dort zum Bersten voll. Eigentlich wollte er sich ein stilles Abendbier mit Sean genehmigen, doch er braucht eine Weile, bis er es an die Theke geschafft hat. Alle reden über die tödlichen Schüsse am Kanal, und natürlich will jeder mit dem einzigen Zeugen, nämlich Luke, darüber diskutieren. Er enttäuscht seine Mitmenschen nur ungern, aber DI Hart hat ihn ermahnt, nicht über den Vorfall zu sprechen, solange die Ermittlungen andauern. Zusätzlich hat er das Handy ausgestellt und seinen Eltern geraten, keinem Reporter die Tür zu öffnen.

»Entschuldige die Verspätung«, sagt er, als er endlich neben Sean steht.

»Alles okay?«, fragt sein Freund.

»Nach einem Pint wird's besser.«

Luke sieht sich um, während Sean dem Barkeeper winkt. Die versammelten Gäste sind größtenteils Einheimische, aus dem Haus gelockt von dem Bedürfnis, sich über die grauenvollen Ereignisse auszutauschen. Luke fürchtet, dass sich der Ort nie ganz davon erholen wird. Ein paar Pressefritzen sind auch da. Weniger Schreiberlinge als Fernsehfuzzis, die in einer Ecke sitzen und trinken. So schwer es ihm auch fällt, er wird der Versuchung widerstehen, auf einen Plausch zu ihnen zu gehen.

»Ich weiß, das hört sich jetzt nicht so toll an«, sagt Sean. Offenbar hat er schon ein paar intus. »Aber weißt du, wenigstens war es nicht die Jemma, die wir alle kennengelernt haben. Die beim Pubquiz hier war. Die war echt scharf.«

»Es ist eine Tragödie, Sean. Wer auch immer es war.«

»Jemand hat behauptet, dein Freund DI Hart hätte sie schon fast überzeugt, als die Bullen sie mit ihren Hecklers niedermähten.«

»Du weißt, dass ich nichts dazu sagen kann. Und ich bin nicht sicher, ob DI Hart mein Freund ist.«

Allerdings hat er seine Hochachtung. Der Detective verhandelte bis zum bitteren Ende. Luke wünscht, er könnte Sean mehr verraten. Er muss mit jemandem reden. Kurz sieht er wieder die ausgestreckten Hände des Detectives vor sich. Luke hat schon eine ausführliche Zeugenaussage abgegeben, was für den Anfang hilfreich war, und er wird auch das angebotene Gespräch mit einem Polizeipsychologen annehmen. Auch nach dem Tod seiner Frau sprach er mit einem Profi, damals half ihm das, ihren plötzlichen Tod als weniger surreal zu empfinden. Er kann immer noch nicht begreifen, was er heute gesehen hat.

»Gibt es was Neues von Tony?«, fragt Sean.

»Sie haben bis morgen Mittag Zeit, ihn unter Anklage zu stellen«, erwidert Luke, froh über den Themenwechsel. »Kommt darauf an, was er ihnen erzählt. Du kennst Tony, du weißt, wie sehr er die Polizei liebt. Wenn er sich nicht danebenbenimmt, könnte es sein, dass er ohne Anklage entlassen wird.«

Luke weiß inzwischen, dass Tony die Frau auf seinem Speicher versteckt hatte, jene Frau, die Lukes Tochter sein könnte. Das weiß inzwischen jeder im Ort. Auch das Versteck im Wald ist allgemein bekannt, nachdem ein Hundespaziergänger gesehen hat, wie Tony neben einem alten Munitionsbunker verhaftet wurde. In diesem Dorf bleibt nichts unbeobachtet. Aber der sich herausschälende Konsens lautet: Die mysteriöse Unbekannte hatte allen Grund, um ihre persönliche Sicherheit zu fürchten, nachdem die Polizei alles darangesetzt hat, Jemma Huish aufzuspüren. Allerdings versteht Luke nicht, warum es Tony sich zur persönlichen Aufgabe gemacht hat, sie zu beschützen.

»Die Leute meinen, ihre Ehe ist im Eimer«, sagt Sean. Insgeheim stimmt Luke ihm nach der letzten befremdlichen Begegnung mit Tony in dessen Haus zu. »Hast du mitgekriegt, dass Laura nach London abgedüst ist?« Sean ist noch nicht fertig. »Anscheinend haben sie sich wegen Jemma gefetzt.«

»Und dann kam sie zurück, weil sie sich mit ihm aussöhnen wollte.«

Luke missfällt die Vorstellung, dass im Ort über Laura geklatscht wird. Oder dass Tony sie nicht sehen will. Luke hat mehrmals versucht, sie anzurufen, um sie zu fragen, ob er ihr irgendwie helfen kann.

»Und hast du noch mal Kontakt zu deiner alten Flamme Freya gehabt?«, will Sean wissen.

»Nicht seit unserem Facetime-Chat im Park. Wieso?«

»Ich habe nachgedacht«, erklärt Sean ernster, als Luke ihn seit Langem gehört hat. »Wenn ich adoptiert worden wäre und nicht wüsste wohin, du weißt schon, weil ich in einer Art kulturellen Identitätskrise stecke, dann würde ich zu meinen biologischen Wurzeln zurückkehren wollen. Sie litt unter Amnesie, wusste nicht, wer sie war. Vielleicht hat daraufhin ihr Unterbewusstsein das Kommando übernommen und sie hierhergeführt.«

»Aber woher sollte sie wissen, wer ich war? Wo sie mich finden kann?« Luke ist froh, dass ihn sein Freund endlich unterstützt. Bis zu diesem Punkt hatte sich Sean nur für seine abwegigen Russentheorien interessiert.

»Du hast Freya doch auch ohne Probleme aufgespürt. Das Internet hat die Welt schrumpfen lassen. Vielleicht wusste sie, wo ihr alter Herr lebt, aber mehr auch nicht. Also musste sie es nur hierherschaffen, in dieses Kaff, und dann darauf hoffen, dass du sie erkennen würdest.«

»Was ich auch getan habe«, sagt Luke. Worauf will Sean hinaus?

»Exakt.« Er überlegt und nimmt einen großen Schluck. »Andererseits zeigt ihr plötzliches Verschwinden aus dem Dorf die typischen Kennzeichen einer russischen Exfiltration wie aus dem Lehrbuch.«

»Mein Gott, Sean.« Ihm war klar, dass das nicht lange gut gehen konnte.

»Wie sie Tony dazu verführt hat, sie aus dem Dorf zu schmuggeln – ein typisches Verhalten für eine Schwalbe.«

»Schwalbe?« Er will Sean keinesfalls ermutigen, doch der Gedanke ist verlockend. Nicht die Russensache, sondern die Vorstellung, dass Verführung als Mittel zum Zweck eingesetzt wurde.

»So heißen bei den Russen weibliche Spione, die sich ihren erotischen Charme zu Nutze machen, um den Feind zu manipulieren. Wenn einer von uns so was machen würde, würden sie uns Raben nennen. Wenn du mich fragst, sitzt sie in diesen Minuten bei ein paar Blinis im Moscow Centre und hält ihre Einsatzbesprechung.«

»Komm schon, Tony ist kaum ein lohnendes Ziel.«

»Er ist Amerikaner, Luke. Der Kalte Krieg ist zurück, vergiss das nicht.«

Ehe Luke antworten kann, summt sein Handy. Er zieht es heraus, falls sich seine Eltern bei ihm melden, und öffnet den Messenger von Facebook.

Hi Luke, bitte ruf mich an. Dringend.

Die Nachricht kommt von Freya Lal.

71

Tony wählt die Nummer von Lauras altem Handy und wartet unter den kritischen Blicken von Strover und Hart ab. O Mann, wie er die Bullen hasst.

»Legen Sie das Telefon auf den Tisch und schalten Sie auf Lautsprecher«, befiehlt Hart.

Tony tut wie geheißen. Er will so schnell wie möglich aus diesem trüben Vernehmungsraum. Außerdem will er wissen, was Jemma am Flughafen Heathrow macht. Er hat heute schon jede Emotion durchlebt. Trauer, als er hörte, dass Jemma Huish am Kanal erschossen wurde; Freude, als er erfuhr, dass sie nicht die Frau war, die vor seiner Tür gestanden hatte.

»Hallo?«, meldet sie sich.

Es tut so verflucht gut, ihre Stimme zu hören. »Hier ist Tony. Ist alles okay?«

»Alles in Ordnung«, sagt Jemma. »Ich wollte dich gerade anrufen.«

Hart hat ihn angewiesen, ihr nicht zu verraten, dass sie wissen, wo sie sich aufhält. Tony weiß nicht genau, warum. Entweder haben die Bullen keine Genehmigung, ihr Handy zu orten, oder sie hoffen, mehr zu erfahren, indem sie Fragen stellen, deren Antwort sie bereits kennen. Ältester Bullentrick im Buch. Hart nickt ihm zu.

»Wo bist du gerade?«, fragt Tony.

»In Heathrow. Entschuldige, ich musste einfach weg. Ich hatte Angst vor der Polizei.«

Tony sieht zu Hart auf, der einen Finger an die Lippen legt. Eine kindische Geste, trotzdem funktioniert sie. Tony wollte Jemma gerade erzählen, dass die Bullen mithören.

»Hast du gehört, was passiert ist?«, fährt sie fort.

»Am Kanal?« Allerdings hat er das gehört. Er wird nie den grauenvollen Knoten in seiner Magengrube vergessen, als die Schüsse fielen.

»Arme Frau«, sagt sie.

»Ich dachte, das wärst du.« Tony sieht wieder kurz zu Hart, dessen Augen schmal werden. Wenn er die Sache geschickt spielt, kann sie ihm helfen, ohne Anklage freigelassen zu werden. »Jetzt verstehst du wahrscheinlich, warum ich dich beschützen wollte«, sagt er, ohne den Blick von Hart zu nehmen.

»Ich weiß.« Sie verstummt. Komm schon. Sprich es aus. »Danke für alles, was du für mich getan hast«, fährt sie fort. »Du weißt schon, dass du mich versteckt und rechtzeitig aus dem Ort gebracht hast.«

Braves Mädchen.

»Ich weiß nicht, was ich ohne dich getan hätte«, fügt sie noch hinzu.

Tony kann sich einen triumphierenden Blick nicht verkneifen. Das müsste genügen.

»Was machst du am Flughafen?«, fragt er.

»Nachdem du mich in dem Munitionsbunker abgesetzt hast, ging ich spazieren. Nicht weit, nur den Weg entlang. Und auf einmal wusste ich wieder, wer ich bin.«

»Alles?«

»Nur wie ich heiße.«

Tony schließt die Augen und versucht seine Erleichterung zu überspielen. Er hat sich inzwischen damit abgefunden, dass sie nicht Jemma Huish ist, dass sie nicht in das Heim ihrer Kindheit zurückgekehrt ist, aber er würde es kaum ertragen, wenn sie nicht länger unter Amnesie leiden würde.

»Das hat genügt, um hierherzukommen und mich im Fundbüro zu erkundigen. Anscheinend wurde meine Tasche noch am selben Tag abgegeben, an dem ich sie verloren habe.«

»Und es war noch alles drin?«

»Pass, Bankkarte, Handy, sogar etwas Bargeld. Als ich dem Mann meinen Namen nannte, aber keinen Ausweis vorzeigen konnte, rief er seinen Vorgesetzten, und der verglich mich mit dem Foto in meinem Pass, bevor er mir die Tasche zurückgab.«

»Das ist ja super.« Tony weiß, auf welche Frage alle im Raum warten. »Und wie heißt du wirklich?«

Sie stockt kurz. »Maddie. Ich heiße Maddie.«

»Also nicht Jemma.«

»Nein, nicht Jemma.« Sie stockt wieder. »Hast du wirklich geglaubt, ich wäre sie? Jemma Huish?«

Tony wäre gern ehrlich zu ihr, aber das ist nicht möglich. Nicht hier. Er hat den Bullen eine andere Version der Geschichte erzählt, und er will um keinen Preis noch einmal in ihr Visier geraten.

»Ich fand eben, dass du wie eine Jemma aussiehst.«

»Mit J.«

»Mit J«, wiederholt er und lacht knapp dabei.

»Tony? Bist du gerade allein?«, fragt sie.

Wenn er es nur wäre. Sie klingt jetzt anders, vertraulicher. Argwöhnt sie, dass er bei der Polizei ist? Weiß sie, dass er festgenommen wurde? Wahrscheinlich glaubt sie, dass Laura bei ihm ist. Er sieht sich im Vernehmungsraum um. Beide Bullen beobachten ihn, Hart hat die Arme über dem Bauch verschränkt. »Hier bin nur ich«, sagt er leiser. »Warum?«

»Ich würde dich gern wiedersehen.«

»Ich dich auch.« Scheiß auf die Bullen. Sie können ihn nicht aufhalten. Ihm nichts mehr anhaben. Niemand, der das gerade gehört hat, kann glauben, dass sie gegen ihren Willen festgehalten wurde.

»Ich habe in meinen Notizen gelesen«, erzählt sie. »Was du für mich getan hast, von unserem gemeinsamen Abendessen. Und ich weiß natürlich noch, was heute im Wald bei dem Bunker passiert ist.«

»Vielleicht war ich ein bisschen zu vorschnell.« O Gott, er war am Morgen so scharf auf sie gewesen. Der Gedanke erregt ihn so, dass er sich auf seinem Stuhl zurechtsetzen muss. Er will sie zu gern wiedersehen, ihre Amnesie auskosten, das synaptische Ungleichgewicht, das zwischen ihnen herrscht. Sich ihren Geist aneignen. Ihre Erinnerungen.

»Und ich vielleicht ein bisschen zu schüchtern.« Sie stockt. »Es ist nur so, ich habe alle Kontakte auf meinem Handy durchgesehen. Kein einziger Name sagt mir was.«

Hart beugt sich mit einem Zettel vor. Tony hätte fast vergessen, dass der Detective hier ist. Auf dem Zettel steht: *Fragen Sie, ob unter Kontakte Familienangehörige – Mum, Dad usw.*

»Vielleicht ist ja jemand von deiner Familie dabei«, befolgt Tony pflichtbewusst die Anweisung. »Mom? Dad?«

»Ich bin alle durchgegangen. Nichts.« Sie klingt, als wäre sie den Tränen nahe. »Ich habe jetzt zwar einen Namen, aber trotzdem weiß ich nicht, wer ich bin.«

Tony weiß, dass er Maddie – er mag den Namen, er ist nicht wählerisch – jetzt vernünftigerweise vorschlagen sollte, alle Kontakte in ihrem Handy durchzutelefonieren. Vielleicht eine Nummer, die sie vor Kurzem gewählt hat, um sich dann nach dem Namen zu erkundigen, dem Angerufenen zu erklären, was vorgefallen ist, dass sie an Gedächtnisverlust leidet. Aber das tut er nicht. Er will abwarten, was sie sagt.

»Ich habe mir gedacht, vielleicht ist das ja zu viel verlangt, aber … könntest du dir vorstellen, mit mir nach Berlin zu fliegen?«, fragt sie.

»Berlin?« Er kann seine Überraschung, seinen Schock nicht verhehlen. Er sieht auf und stellt erleichtert fest, dass die Bullen genauso wenig mit einem solchen Vorschlag gerechnet haben.

»Vielleicht kannst du mir helfen, mein Leben wieder auf die Reihe zu bringen und herauszufinden, wer ich bin. Ich dachte erst, ich wäre von einer Konferenz nach Heathrow zurückgekommen, aber inzwischen kommt es mir so vor, als wäre ich in Berlin zu Hause. In meiner Handtasche war ein Rückflugticket.«

Berlin?

Er kann sich nichts Besseres vorstellen, doch er steht immer noch unter Arrest, weil er polizeiliche Ermittlungen behindert hat. Er sieht zu DI Hart auf, dessen Gesicht keine Regung zeigt. Nach allem, was sie gesagt hat, wird man die Anschuldigungen gegen ihn doch bestimmt fallen lassen?

»Ich bitte um zu viel, entschuldige«, spricht Maddie

weiter. »Ich glaube nur, dass ich dort lebe, das ist alles. Außerdem lag ein Satz Hausschlüssel in meiner Tasche.«

»Zu unserem Haus?«

Maddie lacht. »Ich weiß immer noch nicht, wieso ich in euer Dorf gekommen bin, wieso ich ein Zugticket dorthin hatte.«

»Und woher du den Grundriss von unserem Haus kanntest.«

»Das hatte ich ganz vergessen.«

Tony wird das nie vergessen. Diese freudige Anspannung, als sie am ersten Tag den Grundriss ihres Hauses beschrieb, diese wachsende Gewissheit, dass sie Jemma Huish sein könnte.

»Du musst irgendwann einmal dort gewohnt haben«, sagt er. Inzwischen ist ihm alles egal. Hauptsache, er kann mit ihr nach Berlin fliegen.

»Wahrscheinlich fehlt mir jede Orientierung, wenn ich zurückkomme«, fährt sie fort. »Es wäre mir wirklich lieb, wenn du dabei wärst. Wenn ich jemanden hätte, der mich durch Berlin lotst.«

Was hat sie gerade gesagt? In der Leitung war es kurz irgendwie unruhig, so als wäre vielleicht jemand in ihr Zimmer gekommen. Tony schluckt und spielt im Kopf noch einmal ihre Worte ab. *Wenn ich jemanden hätte, der mich durch Berlin lotst.* Was will sie damit andeuten? Dass er sich dort auskennt? Er hat nie jemandem von Berlin erzählt. Niemandem, nicht einmal Laura. Das ist sein Geheimnis. Stadt der Erinnerung, der verbotenen Früchte. Er war schon länger nicht mehr dort. Zu lang. Er schließt die Augen. War das nur eine beiläufige Bemerkung, eine kurzfristige Verwechslung? Oder weiß Maddie etwas? Als sie ihm erzählte, dass sie wahrscheinlich von einer Geschäftsreise nach Berlin zurückgekommen sei, war er sehr darauf bedacht, ihr nicht zu erzählen, dass er die Stadt kennt. Extrem darauf bedacht.

Hart schiebt Tony einen weiteren Zettel zu: *Nachname?*

Tony muss den Zettel zweimal lesen, er kann sich nicht konzentrieren, der Gedanke an Berlin, an ihre letzte Bemerkung lenkt ihn ab.

»Ich muss Schluss machen«, sagt Maddie. »Ruf mich später an. Ich übernachte heute in der Nähe des Flughafens.«

Hart gibt ihm ein Zeichen, sie zu fragen, doch es ist zu spät. Die Leitung ist tot.

72

Eine Sekunde starre ich auf das Handy, dann stecke ich es weg. Tony war ganz sicher nicht allein – es klang, als hätte er das Telefon auf Lautsprecher gestellt. Habe ich genug gesagt? Zu dick aufgetragen? Ich drehe den Fernseher leise und schaue mich in meinem Zimmer um, dass sich in einem Hotel ganz in der Nähe von Terminal 5 befindet. Auf dem Bettende sitzend, gehe ich erneut die wahrscheinlichste Folge der Ereignisse durch.

Die Polizei findet meine Haarbürste unter dem Bett im Pub, analysiert die DNA und stellt fest, dass ich nicht Jemma Huish bin (angesichts der Schießerei heute war das wohl ein bisschen spät). Während die Polizei im Dorf nach mir sucht, befragt sie Tony und stellt fest, dass seine Frau Laura nach einem Streit nach London gefahren ist. Das erregt ihr Misstrauen, sie folgen ihm, möglicherweise zu dem Munitionsbunker im Wald, wo sie meine Sachen finden. Und seither steht Tony unter Verdacht, die Ermittlungen behindert zu haben.

Soll ich bei der Polizei anrufen und erklären, dass ich wohlauf bin? Ich könnte sogar hier in der Nähe eine Polizeistation finden, meinen Pass vorzeigen und ihnen erklären, dass es mir gut geht. Dass Tony unter Anklage gestellt wird, will ich auf keinen Fall. Die Polizei hat sich nur für mich interessiert, weil man mich für Jemma Huish hielt. Jetzt, wo sie tot ist, wird man sich kaum noch länger mit mir befassen. Doch zur Polizei zu gehen ist zu riskant.

Ich google auf dem Handy die Nummer der Gemeinschaftspraxis und rufe dort an.

»Kann ich bitte mit Dr. Patterson sprechen?«

»Wen darf ich melden?«

»Sagen Sie ihr, es wäre Jemma, ihre Patientin. Ich war heute Morgen bei ihr, musste aber weg.«

Ich werde in die Warteschleife gestellt, und gleich darauf ist Dr. Patterson in der Leitung. Ich ziehe sie nur ungern noch einmal in die Sache, aber ich sehe keine Alternative.

»Jemma?«, fragt sie zaghaft.

»Ich will mich dafür entschuldigen, dass ich heute Morgen sang- und klanglos verschwunden bin«, sage ich.

»Wo sind Sie jetzt?«, fragt sie.

Ich sehe ihr Sprechzimmer vor mir und schaudere bei der Erinnerung an die Einrichtung, die Instrumente. In die Praxis zu gehen war nicht leicht, doch es ließ sich nicht vermeiden. »Ich bin am Flughafen Heathrow. Lange Geschichte, aber ich habe meine Handtasche auf dem Fundbüro zurückbekommen. Ich heiße in Wahrheit Maddie. Das wollte ich Sie nur wissen lassen. Und mich bei Ihnen bedanken. Ich fliege morgen nach Deutschland.«

»Fühlen Sie sich inzwischen besser?«, fragt sie, hörbar überrascht über meinen Tonfall.

»Ich weiß jetzt, wie ich heiße, was schon mal ein Anfang ist. Und ich glaube, ich lebe in Berlin. Der Rest ist ehrlich gesagt immer noch ein bisschen verschwommen.«

»Werden Sie dort Hilfe bekommen können?«, fragt sie. Dr. Patterson ist ein guter Mensch.

»Das hoffe ich doch.«

»Haben Sie mit der Polizei gesprochen? DI Hart?«

»Noch nicht.« Allerdings hat er sicher mitgehört, als ich mit Tony sprach. Und es ist wichtig, dass auch Dr. Patterson ihm von diesem Gespräch berichtet. »Was am Kanal geschah, tut mir so schrecklich leid.«

»Das geht uns allen so.« Plötzlich klingt sie ungeheuer gefühlvoll.

»Danke – Sie wissen schon, für alles, was Sie für mich getan haben. Ich habe heute Abend meine Notizen gelesen.«

»Ich bin nicht sicher, dass ich viel getan habe.« Sie atmet tief ein. »Nur um das noch mal deutlich zu machen, ich hatte wirklich meine Meinung geändert, ich hielt Sie nicht mehr für Jemma Huish, nicht mehr nach unserer zweiten Begegnung.«

»Ich hoffe, ich habe Ihnen nicht allzu viele Probleme bereitet. Beruflich.«

Sie lacht bitter. »Sie hätten nicht einfach verschwinden sollen. Die Polizei hat überall nach Ihnen gesucht.«

»Genau darum musste ich weg.« Ich denke wieder an die Blicke im Wartebereich des Gesundheitszentrums. »Ich wollte auf keinen Fall für Jemma Huish gehalten werden. Arme Frau. Sie tut mir so leid.«

»Passen Sie auf sich auf.« Dr. Patterson klingt spröde. Verständlich, dass sie verletzt ist.

Ich will schon auflegen – ich habe alles gesagt, was ich sagen musste –, aber eine Frage habe ich noch: »Geht es Laura gut?«

»Laura? Ehrlich gesagt geht es ihr alles andere als gut.

Nach allem, was passiert ist. Sie übernachtet heute bei mir.«

Das zu fragen war ein Fehler. »Bitte richten Sie ihr aus, dass es mir leidtut.«

Ich lege auf und presse die Lippen aufeinander, bis sie wehtun. Hoffentlich habe ich genug gesagt und sie überzeugt, dass ich wohlauf bin. In Sicherheit. Und dass ich nicht komplett herzlos bin. Dr. Patterson wird die Polizei anrufen, Bescheid geben, dass ich mich bei ihr gemeldet habe. Dann kann man dort den Fall abschließen und sich wieder Menschen zuwenden, die dringender Hilfe brauchen. Ich habe schon genug Zeit gekostet.

Nach dem heutigen Tag bin ich völlig erledigt. Ich hole mir unten im Hotelrestaurant etwas zu essen, lege mich danach ins Bett und sehe noch einmal die Nachrichten. Die tödlichen Schüsse beherrschen den ganzen Abend über die Schlagzeilen. Ich werde hierbleiben, bis Tony kommt, hoffentlich morgen früh. Dann werden wir gemeinsam nach Berlin fliegen.

Ich bete, dass Laura mir irgendwann vergeben kann. Für das, was ich getan habe, und das, was noch vor mir liegt.

73

»Noch eine?«, fragt Milo und dreht sich zu Luke auf dem Sofa um.

»Musst du nicht noch lernen?«, fragt Luke und bereut die Frage im selben Moment.

»Na schön«, sagt Milo und geht in sein Zimmer.

Dabei hatte alles so gut angefangen. Als Teil seiner fortgesetzten Bemühungen, den Kontakt zu seinem Sohn zu verbessern, hat Luke mit ihm mehrere Folgen von *This Country* geschaut, Milos Lieblingsserie; sie ist ein Pseudo-Dokudrama, das in einem Dorf in Wiltshire spielt, nicht unähnlich dem ihren. Sie haben Tränen gelacht und Pizza mit der Hand gegessen. Zwischen zwei Episoden haben sie sich ernster unterhalten und dabei auch über die Schüsse am Kanal gesprochen. Milo wusste aus den sozialen Medien Bescheid, hatte aber keine Ahnung, dass sein Dad ebenfalls dort gewesen war. Luke ersparte ihm die Details.

In der Küche spült er die Teller. Zu Chloes Lebzeiten hatte er Milo ein wenig aus dem Blick verloren, die Verbindung zu ihm vernachlässigt. Manchmal fühlt sich das Elternsein an wie ein einziger, endloser Bußgang, vor allem wenn man allein ist. Oben streckt er kurz den Kopf in Milos Zimmer. Milo sitzt an seinem Schreibtisch und büffelt. Nächste Woche beginnen die Abschlussprüfungen.

»Morgen schauen wir weiter«, verspricht Luke. Milo lächelt ihm kurz zu. »Mucklowes kümmern sich um Mucklowes, klar?«, zitiert Luke aus der Sendung.

Ein Fehler. Mit einem ungläubigen Kopfschütteln beugt sich Milo über seine Bücher.

Luke geht wieder nach unten und versucht, Freya in Indien anzurufen. Diesmal kommt er durch. Es wäre so schön, wenn Milo seine ältere Schwester – Halbschwester – kennenlernen könnte. Etwas weiblicher Einfluss in seinem Leben.

»Luke?«, fragt Freya.

»Ich bin's. Ist alles okay?« Er sieht auf die Uhr: Im Punjab ist es jetzt zwei Uhr morgens. Sie hat ihm erklärt, er könne jederzeit anrufen, und es tut gut, ihre Stimme zu hören. Sie erdet ihn ein wenig.

»Nach unserer Unterhaltung habe ich mich ein wenig umgehört«, fängt sie an. »Nicht bei meinen Eltern, sondern bei Tantchen, die schon immer meine Verbündete in der Familie war. Sie hatte uns damals bei der Adoption geholfen, unsere Tochter übergeben und so weiter.« Freya verstummt, sie kämpft eindeutig darum, ihre Gefühle im Zaum zu halten. »Tantchen erklärte den Adoptiveltern, sie sollten sich bei ihr melden, falls es jemals Probleme geben sollte oder falls unsere Tochter irgendwann Kontakt mit ihrer biologischen Mutter aufnehmen wollte.«

Auch Luke hat jetzt zu kämpfen, der Verweis auf »unsere Tochter« hat ihn kalt erwischt, gleichzeitig versucht er zu erahnen, worauf Freya hinauswill. Er schaltet den Geschirrspüler ein, geht zu den bodentiefen Fenstern und schaut hinaus in den dunklen Garten.

»Und tatsächlich haben die Adoptiveltern Tantchen vor zehn Jahren kontaktiert«, fährt Freya fort. »Ihre

Tochter war abgehauen. Verschwunden. Sie dachten, dass sie vielleicht nach Indien durchgebrannt sein könnte – als sie achtzehn geworden war, hatten sie ihr möglichst viel über ihre Vergangenheit und was weiß ich erzählt. Tantchen hatte mir das nie verraten, weil sie mich schonen wollte. Erst jetzt, als ich ihr von deinem Anruf erzählt habe, hat sie mir alles erzählt.«

»Und wird sie immer noch vermisst?«, fragt Luke.

»Es sieht so aus. Aber was heißt vermisst? Sie ist erwachsen – inzwischen neunundzwanzig Jahre alt. Warum nicht? Wie die Polizei damals sagte, kann sie ihr Leben leben, wie es ihr gefällt.« Freya holt tief Luft. Luke ahnt, dass sie darum kämpfen muss, sich von dem Verschwinden ihrer Tochter nicht überwältigen zu lassen. »Die Eltern meinten, es hätte ihr gar nicht ähnlich gesehen, einfach durchzubrennen«, meint sie dann leise. »Jedenfalls nicht für längere Zeit. Sie war ein braves Mädchen, liebte die beiden und alles.«

»Haben sie dir ihren Namen verraten?« Luke sieht zur Zimmerdecke auf. Milo spielt laut Musik.

»Nein. Aber Tantchen …« Sie holt tief Luft. »Als sie damals unser Baby übergab, bat sie die beiden, sie Freya zu nennen. Ob sie es getan haben, wissen wir beide nicht.«

Unser Baby. Plötzlich übermannen Luke die Gefühle. Es war ein langer Tag.

»Danke, dass du mir das erzählt hast«, sagt er.

»Ich weiß nicht, ob dir das irgendwie weiterhilft. Du solltest es einfach wissen. Vielleicht besteht eine winzige Chance, dass sie die Frau ist, die in euer Dorf kam, falls es tatsächlich eine gewisse Ähnlichkeit geben sollte. Ist sie immer noch bei euch?«

»Sie ist verschwunden.« Er zögert, sieht wieder zur Zimmerdecke auf, denkt an Milo. »Genau wie unsere Tochter.«

74

»Der Chef ist glücklich, dass wir Tony Masters freigelassen haben, das ist die gute Nachricht«, sagt Silas, als er nach einem Gespräch im Obergeschoss zusammen mit Strover in den Parade Room zurückkehrt. Er bemerkt, wie zwei uniformierte Kollegen sie diskret beäugen, und straft sie mit einem eisigen Blick, wie er normalerweise Mördern vorbehalten ist.

»Die schlechte Nachricht ist …« Er nimmt mit Strover an einem freien Schreibtisch Platz.

»Dass Sie nicht glücklich sind?« Allmählich lernt sie ihn besser kennen. Sie hat sogar angefangen, ihn »Chef« zu nennen.

»Korrekt«, bestätigt er. »Ganz und gar nicht.«

Silas hofft, dass Strover sich nichts für den Abend vorgenommen hat. Es wird wieder spät werden. Sein abendliches Date mit Susie Patterson hat er sich schon abgeschminkt. Er wird später mit ihr telefonieren. Sie hat sich vorhin gemeldet, um ihm zu berichten, dass Maddie sie von Heathrow aus angerufen hätte. Sie klang so versöhnlich, dass Silas den Fehler machte, sie spontan zu fragen, ob sie mit ihm abendessen gehen würde. Er kennt dieses Spiel lang genug, um vorab keinen Tisch zu reservieren.

»Ich möchte, dass Sie alles über Tony herausfinden, was Sie kriegen können«, sagt er und klappt seinen Laptop auf. Egal, was sein Boss gesagt hat, er wird Tony nicht so schnell vom Haken lassen.

Nachdem sie noch einmal die Aufnahme von Tonys Telefonat mit Maddie in Heathrow angehört hatten, blieb Silas nichts anderes übrig, als ihn ohne Anklage auf freien Fuß zu setzen. Falls Tony Maddie tatsächlich vorab instruiert hatte, verdient sie einen Oscar. Maddies nachfolgendes Gespräch mit Susie Patterson bestätigte augenscheinlich, dass Silas mit seiner Entscheidung richtiglag. Susie meinte, dass Maddie jetzt, wo sie ihren wahren Namen wieder wusste, deutlich besser klingen würde. Kaum wie eine gefangen gehaltene Frau. Aber Tony lügt. Das weiß Silas genau.

Allmählich kann er den Amerikaner lesen, kennt er seine Poker-Tells, die Pausen. Seine Behauptung, nicht zu wissen, dass Jemma Huish als Kind in seinem Haus lebte, macht Silas besonders zu schaffen. Laura Masters hatte Silas angerufen und ihm erklärt, sie hätte die Huishs auf einer Liste der Vorbesitzer entdeckt. Warum sollte Tony das verheimlichen wollen? Sie hat auch ein Bündel von Zeitungsartikeln über Amnesie gefunden, darunter mehrere über Jemma Huish. Und es sieht so aus, als würde Tony jeden Tag ein Foto aufnehmen. Strover geht gerade sein Instagram-Account durch. Besser sie als er.

»Wir müssen mehr über Maddie erfahren«, sagt er. »Ein Nachname wäre nett.«

»Während Sie oben waren, habe ich von der Grenzpolizei in Heathrow eine Liste der eingescannten Pässe bekommen.«

»Wurde verflucht noch mal Zeit.« Silas beugt sich vor, während Strover ihren Laptop zur Seite dreht, damit er auf den Bildschirm blicken kann.

»Wir haben sie mit den Passagierlisten sämtlicher Flüge aus Berlin an diesem Tag abgeglichen«, erläutert sie.

»Und …?«

»Es gab nur zwei Maddies, die aus Berlin ankamen, darunter die hier, die unsere Frau zu sein scheint.« Sie vergrößert den Scan eines Passbilds.

»Maddie Thurloe«, liest Silas vom Bildschirm ab.

»Ich habe einen kurzen Check durchlaufen lassen«, fährt Strover fort. Allmählich gefällt Strover dieser Ausdruck, bedeutet er doch, dass Strover firm darin ist, soziale Medien zu durchpflügen und digitale Quellen freizulegen, für die er schon zu alt ist. »Sie ist die Tochter des bekannten irischen Reiseschriftstellers James Thurloe«, ergänzt sie.

»Hatte in den Neunzigern seine eigene Fernsehserie«, erinnert sich Silas. Er hat seine Sendung oft mit seinem Dad angeschaut, der gern gereist wäre, aber sich das nie leisten konnte.

»Ein bisschen vor meiner Zeit, Chef«, sagt Strover.

»Sie wollen doch nicht etwa andeuten, ich wäre alt?«

Strover ignoriert ihn und beginnt von ihrem Computer abzulesen. »Laut Wiki trank Thurloe sich vor zehn Jahren, kurz nach seiner Scheidung von Maddies indischer Mutter, zu Tode. Sie gab die britische Staatsbürgerschaft auf, nachdem die Ehe gescheitert war, und kehrte nach Indien zurück.«

»Und Maddie?«

»Die muss eine Nonne sein. Kein Facebook, kein LinkedIn, kein Instagram.«

»Oder sie will ihre Lebenszeit nicht vergeuden.« Silas hat sich den sozialen Medien bislang verweigert, persönlich wie professionell, zum großen Verdruss der Presseabteilung. Einige seiner Kollegen verbringen mehr Zeit mit Twittern als mit Polizeiarbeit.

»Das Einzige, was ich finden konnte, ist ein Reiseblog von vor zehn Jahren«, sagt Strover. »In dem nichts steht als der Titel.«

»Und der lautet?«

»Berlin.« Strover macht eine kurze Pause. »Sie kam letzte Woche mit einem Emirates-Flug aus Cochin in die Stadt.«

»Kochi.«

Strover sieht kurz auf.

»Cochin heißt inzwischen Kochi«, erläutert Silas. Er war mal in Kerala, auf einem Hausboot. Immerhin verleitet es zu ausgiebigen Reisen, wenn man in Swindon lebt und arbeitet, denn die Stadt löst unweigerlich den Wunsch aus, so weit wie möglich von dort wegzukommen. »So wie Madras inzwischen Chennai heißt«, fährt er fort.

»Bei meinem Inder heißt es immer noch Madras-Curry«, murrt Strover, ohne aufzusehen. »Maddie reiste mit einem indischen Pass und einem Visum ein, was darauf hindeutet, dass sie die letzte Zeit in Indien lebte. Ich habe beim Passbüro nachgefragt – sie hat ihre britische Staatsbürgerschaft vor neun Jahren, also ein Jahr nach ihrer Mutter, aufgegeben und ist seither ebenfalls indische Staatsbürgerin.«

»Sie lebt also nicht in Deutschland.« Sie hat Susie und Tony erzählt, sie würde glauben, dass sie in Berlin lebt. »Wir wissen mehr über sie als sie selbst.«

»Ich wünschte, das könnten wir auch über Tony sagen.«

Strovers erster Check in der Polizeidatenbank hat nichts ergeben. Was so gar nicht typisch für Strover ist. Kein einziger Eintrag, keine Zeugenaussage bei einer polizeilichen Ermittlung. Nur drei Strafzettel wegen überhöhter Geschwindigkeit.

»Eine Sache wäre da allerdings«, fährt Strover fort. »Ich habe mit jemandem aus der Kriminaltechnik gesprochen, aus dem Team, das auch Tonys Laptop durchsucht hat. Sieht so aus, als gäbe es darauf versteckte Dateien.«

»Konnte er sie öffnen?«, fragt Silas. Wahrscheinlich vegane Pornos. Stangensellerie und pralle Pflaumen.

»Dazu hatte *sie* keine Zeit, aber sie hat die Festplatte kopiert.«

Strover wirft ihrem Boss einen Blick zu, über den er lieber hinwegsieht. Er ist durchaus dafür, dass Frauen Jobs übernehmen, die früher Männern vorbehalten waren, er ist nur nicht daran gewöhnt.

»Jetzt, wo Tony nicht mehr unter Verdacht steht«, fährt sie fort, »müsste sie ihre Kopie eigentlich löschen.«

»Aber das hat sie nicht?« Silas zieht die Brauen hoch.

»Noch nicht. Sie hat angeboten, nach Dienstschluss noch einen Blick darauf zu werfen. Die Dateien wurden absichtlich versteckt.« Sie zögert kurz. »Außerdem hat sie ein Programm auf seinen Laptop geschmuggelt. Falls er irgendwelche Veränderungen an dem Laufwerk vornimmt, werden sie auf ihre Kopie gespiegelt, sobald er online geht.«

»Sagen Sie mir Bescheid, wenn sie was findet«, sagt Silas beeindruckt. Strover lernt schnell. Es hat noch nie geschadet, die Vorschriften flexibel auszulegen. »Sind wir sicher, dass Tony britischer Staatsbürger ist?«

»Er hat vor einem Jahr, als er Laura heiratete, die doppelte Staatsbürgerschaft angenommen. Er lebt seit zwanzig Jahren nicht mehr in Amerika.«

»Und wo hat er gelebt, bevor er Laura kennengelernt hat?«, fragt Silas und schaut auf die Scans der alten Zeitungsartikel, die Laura auf dem Speicher gefunden hat. Sie sind viel älter als Tonys Ehe.

»In Europa, nehmen wir an. Hat DJs in Frankreich, Deutschland und Italien fotografiert. Ich habe einen Cache seiner alten Website gefunden – ohne Kontaktadresse.«

Strovers Handy beginnt zu vibrieren. Beide hören das Geräusch, doch sie nimmt den Anruf nicht an.

»Gehen Sie dran«, befiehlt er.

Er sieht zu, wie sie verlegen, weil sie in Anwesenheit ihres Chefs telefoniert, das Handy an ihr Ohr drückt.

»Danke«, sagt sie, nachdem sie ein paar Sekunden stumm zugehört hat. Sie beendet das Gespräch und dreht sich zu Silas um. »Da ist was Interessantes auf Tonys Computer aufgetaucht.«

75

»Wo bist du?«, frage ich. Tony hat mich auf Lauras altem Ziegelstein-Handy angerufen.

»In Swindon«, sagt er. »Die Bullen haben mich ohne Anklage laufen lassen.«

»Das ist fantastisch«, sage ich und drehe den Fernseher in meinem Hotelzimmer leiser. Noch ein Beitrag über die tödlichen Schüsse am Kanal.

»Ich kaufe gerade ein Ticket für den Flug um elf Uhr vormittags. Kannst du deines umbuchen?«

»Ich werde es versuchen.«

Im Hintergrund höre ich Verkehrsgeräusche.

»Wie geht es dir?«, fragt er. Ich weiß, dass das eine gefährliche Frage ist.

»Ich dachte, ich könnte mich inzwischen an mehr erinnern …« Ich zögere und kann der Versuchung, mit ihm und seinen Erwartungen zu spielen, nicht widerstehen.

»Aber?«

»Ich weiß immer noch nur meinen Namen.« Ich höre ein erleichtertes Seufzen im Handy – aber vielleicht bilde ich mir das nur ein.

»Vor allem solltest du dir heute Abend keine Notizen machen«, sagt er. »Schreib dir nur eine Nachricht für morgen früh, dass du einen Flug nach Berlin gebucht hast, weil du glaubst, dass du dort lebst, dass du außerdem gegenwärtig unter Amnesie leidest und dass ich dir helfen werde, alles zu klären.«

»Sonst nichts?«

»Nur das.«

Ich zögere und überlege, wie vehement ich protestieren soll, wobei ich auf Jemma Huishs Foto im Fernseher blicke.

»Wir müssen vor allem feststellen, wie umfassend deine Amnesie noch ist«, fährt er fort. »Ausloten, ob du dich morgen an mehr als nur deinen Namen erinnerst.«

Ein verständlicher Test, aber er wird alles deutlich erschweren. »Meine Notizen sind mir wirklich wichtig«, beginne ich. »Ich glaube nicht, dass ich es über den Tag schaffe, wenn …«

»Ich weiß. Es wird nicht leicht. Du musst mir einfach vertrauen.«

Ich schalte den Fernseher aus. Und er wird mir vertrauen müssen.

76

Luke sieht noch nach seinen Eltern, will aber keinesfalls länger mit ihnen plaudern. Er mag schon fünfzig sein, doch wenn er aus dem Pub kommt und sie noch auf sind, kommt er sich immer vor wie ein Teenager, der tief in der Nacht von einer Party heimkehrt.

»Milo schläft noch nicht.« Sein Dad nickt zur Zimmerdecke hin. Man hört das dumpfe, ausdauernde Wummern von Musik.

»Sagt ihm doch, er soll die Musik leiser stellen«, sagt Luke.

»Wir drehen einfach den Fernseher lauter«, sagt seine Mutter.

Luke sieht auf den Bildschirm. Sie schauen einen Beitrag über den Flying Scotsman. Er ist sicher, dass sie ihn schon gesehen haben. Mehrmals.

Oben bleibt Luke vor Milos Zimmer stehen und lauscht der Musik. Er kennt schon länger nichts mehr von dem, was sein Sohn hört, aber das ahnt Milo nicht. Er zieht sein Handy heraus, öffnet Shazam und richtet das Mikro gegen Milos Tür. Nach ein paar Sekunden werden Titel und Künstler angezeigt. Luke klopft an und tritt ein. Milo steht vor seinem digitalen Deck, hat Kopfhörer auf und tanzt mit dem Rücken zu ihm. Luke schaltet das Licht aus und wieder an, um ihm anzuzeigen, dass er im Zimmer ist.

»Hey Dad«, sagt er, dreht sich um und hebt den Hörer von einem Ohr.

»Netter Track«, sagt Luke und lauscht die gebotenen ein, zwei Sekunden. »*Tru Dancing* ist eindeutig O'Flynns bestes Stück.«

Milo starrt ihn an. »Du bist mein Mann«, sagt er und boxt ihm spielerisch gegen die Schulter. Er dreht die Musik leiser. »Hab noch mehr von der Sache am Kanal gehört – klingt übel.«

»Es war wirklich ziemlich schlimm«, sagt Luke und merkt, wie ihm die Tränen einschießen.

»Alles okay?«

»Geht schon.« Er nickt zu dem Deck hin. »Lass es leise, okay? Sie sitzen unten.«

»Die lieben das!«, widerspricht Milo und setzt den Kopfhörer ab. »Hab sie neulich abends dabei erwischt, wie sie zu Jaydee getanzt haben.«

Luke sieht seinem Sohn zu, der sich völlig mühelos zur Musik bewegt, genau wie früher Lukes Frau. »Deine Mum hat immer gern getanzt«, bemerkt er. Er spricht über sie, so oft er kann, um sie lebendig zu halten, auch wenn ihm klar ist, dass Milo sich kaum an sie erinnert.

»Das muss sie von ihren Eltern haben«, sagt Milo.

Luke lehnt sich in die Tür. »Sie hätte gern eine größere Familie gehabt, weißt du? Dir ein Geschwisterchen geschenkt. Vielleicht eine Schwester – wie hättest du das gefunden?«

»Praktisch zum Mädchen kennenlernen.« Milo dreht die Musik ab. »Ich denke, ich leg mich heute früher ab.«

Warum erfüllen diese Worte Luke stets mit Misstrauen? Er spielt mit dem Gedanken, noch in sein Gartenbüro zu gehen, begreift aber, dass auch er heute

Schlaf braucht. Erst aber kommt noch ein Anruf. Er ist nicht betrunken, trotzdem fühlt er sich schuldig, als er in sein Zimmer geht und DC Strovers Büronummer wählt. Die Polizei hat immer diese Wirkung auf ihn. Strover hat ihm nach ihrem Gespräch im Pub ihre Karte gegeben, und er muss mit ihr über die Frau sprechen, die seine Tochter sein könnte.

»Hier ist Luke, der Journalist aus dem Ort«, sagt er. Lallt er etwa? Er war nach dem Telefongespräch mit Freya nur auf zwei Pints mit Sean im Pub.

»Spät für einen Anruf.« Strover klingt frostiger als in seiner Erinnerung.

»Spät, um noch zu arbeiten«, erwidert er.

»Wir arbeiten immer, haben Sie das noch nicht gehört?«

»Ich muss noch einmal mit Ihnen über die andere Jemma sprechen.«

»Sie heißt nicht Jemma«, korrigiert Strover ihn und wartet kurz ab. »Sondern Maddie.«

»Maddie?«, wiederholt er. »Woher wissen Sie das?«

»Ich arbeite für die Polizei von Wiltshire, Luke. Swindon CID, haben Sie das vergessen? Es ist mein Job, so was zu wissen. Das ist unsere Arbeit. Wie kann ich Ihnen helfen?«

Von der Namensänderung kurzfristig aus der Bahn geworfen, versucht Luke, die neue Information zu verarbeiten. Also nicht Freya. Vielleicht hat man sie mit zweitem Vornamen Freya getauft. »Ich habe mit meiner früheren Freundin in Indien gesprochen, der, von der ich Ihnen schon im Pub erzählt habe.«

»Sie glauben immer noch, dass Maddie Ihre Tochter sein könnte?«

Strover redet nicht um den heißen Brei herum. Er übergeht ihre Frage, denn er weiß, dass er zu emotional reagieren würde. »Offenbar verschwand unsere Tochter vor einigen Jahren«, erklärt er, »nachdem sie erfahren hatte, dass sie adoptiert war.«

»Ich kann Ihnen da nicht helfen, Luke. Wir wissen über diese Frau nur, dass sie Maddie heißt.«

»Einen Nachnamen haben Sie nicht?«

Sie schweigt kurz, doch dann antwortet sie. »Maddie Thurloe.«

»Wie buchstabiert man das?« Ein guter Name, um online danach zu suchen. Es kann nicht allzu viele Maddie Thurloes geben.

Strover buchstabiert. Auf Lukes Nachttisch liegt immer griffbereit ein Notizblock, direkt neben dem gerahmten Foto seiner verstorbenen Frau. Er dreht es zur Wand, bevor er den Namen notiert.

»Offiziell ist der Fall damit abgeschlossen«, erklärt Strover. »Es gibt in Wiltshire wichtigere Fälle aufzuklären – illegale Treibjagden etwa. Oder Scheunenbrände.«

Luke kann immer noch nicht einschätzen, wann sie es ernst meint.

»Ich habe einen Blick auf Ihre Artikel über den Würger von Swindon geworfen«, setzt sie nach. »Sie hätten Polizist werden sollen.«

»Ich nehme das als Kompliment. Und Maddie ist gesund?«

»Es geht ihr gut. Ist auf dem Rückweg nach Berlin.«

»Sie wurde also nicht im Dorf gefangen gehalten?« Er vermeidet es, Tony namentlich zu erwähnen.

»Mein Boss will nur noch etwas mehr über sie erfahren. Offenbar hat sie während der vergangenen zehn

Jahre außergewöhnlich zurückgezogen gelebt, in Indien, wie wir annehmen. Indische Mutter, englischer Vater – der verstorbene Reiseschriftsteller James Thurloe.«

Luke hat eines seiner Bücher gelesen. Immerhin sind Maddies Eltern gemischtrassig. Ob die beiden vor dreißig Jahren in Deutschland lebten und ein indisches Baby adoptierten, steht auf einem anderen Blatt.

77

Tony schaut sicherheitshalber die mondbeschienene Straße auf und ab, bevor er die Haustür aufschließt. Das Haus ist leer. Keine Spur von Laura. Auch keine Spur von irgendwelchen Kriminaltechnikern. Er weiß, dass sie hier waren. DI Hart hat es ihm erzählt. Alles scheint an seinem Platz zu stehen – bis auf seinen Laptop auf der Anrichte in der Küche, gleich neben dem Messerblock. Ihn fröstelt. Den hat er ganz sicher in seinem Gartenbüro gelassen.

Er klappt ihn auf und verdrängt so gut wie möglich die aufsteigende Panik. Ihm machen einzig und allein die verborgenen Dateien Sorgen. Er checkt die Metadaten eines Ordners, kontrolliert, wann er zuletzt geöffnet wurde. In jüngster Zeit nicht, allerdings könnte die gesamte Festplatte kopiert worden sein, und dann ist es nur eine Frage der Zeit, bis sie die Dateien geöffnet haben. Sie enthalten nichts, was irgendetwas belegen würde – so blöd wäre er nicht. Aber sie enthalten Hinweise auf eine Vergangenheit, die er lieber im Dunkeln belassen würde.

Scheißbullen. Kommt darauf an, wonach sie suchen. Wie viel sie wissen.

Er klatscht mit der flachen Hand auf die Anrichte und verflucht sich, weil er seine Verschlüsselungssoftware nicht erneuert hat. Sie ist veraltet und nervt ihn seit Monaten mahnend mit dämlichen Pop-ups in der Bildschirmecke.

Er geht mit dem Laptop nach oben und wirft einen Blick in das Gästezimmer, in dem Maddie die erste Nacht geschlafen hat. Morgen sind sie wieder zusammen. In Berlin. Er legt sich auf ihr Bett, schließt die Augen und sinniert besorgt darüber nach, was Maddie heute am Telefon gesagt hat. *Jemanden, der mich durch Berlin lotst.* Er interpretiert zu viel in ihre Worte. Fast jeder war schon mal in Berlin, oder? Und kennt sich dort aus? Nur kann sie sich in ihrem Fall nicht erinnern und braucht darum jemanden, der ihr hilft.

Und doch … angenommen, sie weiß mehr über ihn, als sie sich anmerken lässt? Noch ein Grund mehr, mit ihr nach Berlin zu fliegen und herauszufinden, wie viel sie tatsächlich weiß. Darum hat er sie gebeten, heute Abend keine Notizen zu machen. Gegenwärtig kann sie sich nur an ihren Namen und an nichts weiter erinnern. Allerdings ist es eher unwahrscheinlich, dass nur ein isoliertes neurales Netzwerk reaktiviert wurde, und das macht ihm Sorgen. Das wird der Lauf der Zeit klären.

Er steht wieder auf und tritt ans Fenster. Der helle Schein der Natriumdampflampen an der Bahnstation taucht die verlassenen Bahnsteige in orangefarbenes Licht. Er muss lächeln, als ihm einfällt, wie Maddie gestern Morgen aus dem Fenster klettern wollte. Angesichts dessen, was Jemma Huish heute zugestoßen ist, war ihre Angst vor den Bullen durchaus berechtigt. Verflucht berechtigt. Und er hatte sie zu Recht beschützt, auch wenn ihn das beinahe seine Freiheit gekostet hätte.

Ein Klicken unten. Er wendet sich vom Fenster ab und lauscht. Jemand ist durch die Hintertür ins Haus gekommen. Bestimmt Laura. Oder es sind die Bullen, die noch mal herumschnüffeln wollen? Vielleicht wollten sie den Laptop mitnehmen und haben ihn vergessen? Die Bullen haben ihm für einen Tag genug Ärger gemacht.

Er tritt an die Zimmertür und lauscht, den Blick auf den Laptop auf dem Nachttisch gerichtet. Jemand kommt die Treppe herauf. Er zieht sich wartend ins Dunkel zurück.

»Ich dachte, du wolltest heute bei Susie übernachten«, sagt er, als Laura die letzte Stufe nimmt.

»Jesus, Tony«, japst sie und fährt herum.

Er bleibt halb verborgen in der Dunkelheit des Gästezimmers, auf Abstand zu ihr.

»Also haben sie dich wieder laufen lassen«, bemerkt sie, unfähig, ihre Enttäuschung zu verhehlen.

»Sieht ganz so aus.« Er streckt die Arme vor, als wollte er bekräftigen, dass er existiert. »Und sie haben keine Anklage erhoben.«

»Ich bin nur kurz hier.« Sie geht weiter ins Schlafzimmer. »Ich wollte bloß meine Sachen holen.«

Er schaut zu, wie sie ihren Kulturbeutel packt, das Nachthemd mitnimmt und dann in den Flur zurückkehrt. Mit gesenktem Kopf, als wollte sie jeden Augenkontakt vermeiden.

»Warte«, sagt er und hält sie am Arm fest.

»Lass mich!«, faucht sie und reißt sich los.

»Ich schulde dir eine Erklärung«, sagt er.

»Dafür ist es zu spät.« Sie will die Treppe hinuntergehen, aber er verstellt ihr den Weg. Als sie sich an ihm vorbeischieben will, packt er sie wieder am Arm, diesmal fester.

»Hör mich wenigstens an«, verlangt er leise und sieht ihr dabei tief in die Augen. Noch nie hat er sie so verängstigt gesehen.

»Du tust mir weh.« Inzwischen stehen sie sich gegenüber, und er kann Alkohol in ihrem Atem riechen. Er lässt ihren Arm los. »Es gibt nichts mehr zu sagen«, erklärt sie ihm. »Ich habe den Namen Huish auf der Eigentümerliste gesehen.« Sie nickt zu der Speicherluke über ihnen hin. »Und all deine Artikel über sie gefunden.«

»Wieso bist du da raufgegangen?«, fragt er.

»Jemma war dort oben.«

»Sie heißt Maddie.«

»Du hast sie Jemma getauft, als sie hier aufgekreuzt ist – Jemma Huish. Ich kann nicht glauben, dass du die ganze Zeit auf sie gewartet hast, dass du die ganze Zeit gehofft hast, sie würde irgendwann nach Hause zurückkehren – hast du deshalb dieses Dreckshaus gekauft?«

»Das war mit ein Grund.« Er sucht angestrengt nach einem anderen.

Sie schüttelt fassungslos den Kopf. »Du bist krank, Tony.«

»Fasziniert, nicht krank. Noch nicht. Gib mir Zeit. Du weißt doch, wie der Zerebralkortex arbeitet. Sie litt an einer ungewöhnlichen Form von Amnesie. Einer dissoziativen. Das machte mich neugierig.«

»Und vor Neugier war dir die Sicherheit deiner Frau egal. Das werde ich dir nie vergeben können.«

Er sieht ihr nach, während sie die Treppe hinuntergeht, und fragt sich, ob er sie je wiedersehen wird, ob ihm irgendetwas daran liegen würde. Die Haustür schlägt zu, dann verhallen ihre Schritte auf der Straße. Im Laufschritt.

Vergebung hat er noch nie gesucht.

78

»Was haben Sie für mich?«, fragt Silas und sieht die Kriminaltechnikerin an, die eben in den Parade Room getreten ist. Sie ist bemerkenswert lässig gekleidet und hat einen Laptop unter den Arm geklemmt.

»Ich habe eben einen Blick auf die Festplattenkopie geworfen, die wir von Tony Masters' Laptop gezogen haben«, sagt sie und sieht unter ihrem stumpfen, tiefschwarzen Pony nervös auf Strover.

»Schon okay«, sagt Silas, um sie zu beruhigen. »Ich weiß Bescheid.«

Er zieht einen Stuhl heran, und zu dritt starren sie auf ihren Laptop, der aufgeklappt auf Silas' Schreibtisch steht. Bis auf ein paar uniformierte Kollegen am anderen Ende ist niemand im Parade Room.

»Die Dateien waren versteckt«, erklärt die Technikerin.

»Gut versteckt?«

»Third-Party Freeware, nicht allzu ausgereift.« Die Kriminaltechnikerin wird lebendig. »Aber sie waren definitiv absichtlich versteckt – über Standardfunktionen des Betriebssystems, mit denen sich Dateien und Ordner ausblenden lassen.«

Silas reagiert mit einem Nicken auf Strovers fragenden Blick. Unsichtbare Dateien sind ihm nichts Neues. Verwirrender ist es, zwei Frauen wie Computernerds reden zu hören. Alle Kriminaltechniker, mit denen er bisher gearbeitet hat, waren Männer. Schüchterne, sozial inkompetente Männer, keine selbstbewussten Frauen, die dir in die Augen schauen, wenn sie über Betriebssysteme und Freeware sprechen.

»Also nicht besonders schwer aufzuspüren, allerdings gesichert mit einem symmetrischen Kryptosystem in Blockverschlüsselung mit Triple-DES«, fährt die Kriminaltechnikerin fort.

»Ein dreifacher Verschlüsselungsalgorithmus«, erläutert ihm Strover.

»Vielen Dank«, grummelt Silas.

»Nicht mehr Stand der Technik«, erläutert die Kriminaltechnikerin. »Schlüssellänge 168 Bits, aber mit einer effektiven Sicherheit von nur achtzig und dadurch anfällig für Chosen-Plaintext-Angriffe.«

»Leicht zu knacken, meint sie«, übersetzt Strover.

»Relativ leicht«, korrigiert die Kriminaltechnikerin mit einem Blick auf Strover.

»Und was haben Sie in den Dateien gefunden?« Silas will endlich vorankommen. Er muss an seinen Dad denken, der sich ständig darüber ausließ, wie wichtig es sei, sich mit guten Leuten zu umgeben.

Die Kriminaltechnikerin zaubert ein Foto auf den Bildschirm und dreht den Laptop zur Seite, damit Silas freien Blick darauf hat.

»Das hier ist ein beglaubigter Antrag auf eine Namensänderung, eingereicht vor zwanzig Jahren an einem Distriktgericht in New Mexico«, erklärt die Kriminaltechnikerin.

Silas liest die beiden Namen auf dem Dokument: Tony Masters, vormals Tony de Staal. Jetzt spürt er wieder Boden unter den Füßen, das hier ist sein Metier: mit echten Menschen arbeiten, Motive ergründen.

»Es gibt auch eine Kopie der Anzeige in einer örtlichen Wochenzeitung, in der die Einzelheiten der Namensänderung aufgeführt sind.«

»Gemäß den Gesetzen von New Mexico muss er sie zweimal veröffentlichen«, ergänzt Strover. »Und hier ist ein Gerichtsurteil, von einem Richter unterzeichnet, wodurch es dem Antragsteller erlaubt ist, seinen Namen aus gewichtigen Gründen zu ändern.«

»Und die wären?«

»Ein ungewöhnlicher Nachname – de Staal«, sagt Strover. »Es gab eine Menge Publicity nach dem Tod seines Vaters – er war einer der jüngsten Alzheimer-Toten in den USA überhaupt. Tony Masters brachte vor, dass ihm durch die Namensgleichheit Nachteile entstehen könnten.«

»Etwa, dass Versicherungen ihn abweisen könnten, weil die Krankheit unter Umständen vererbbar ist?«

Strover nickt ihrem Boss zu.

»Und kaufen wir ihm das ab?«, fragt er.

»Der Richter tat es jedenfalls«, sagt Strover. »Allerdings hatte Tony möglicherweise noch ein zweites Motiv. Ich habe einen kurzen Check laufen lassen.« Musik in Silas' Ohren. »Ein Jahr zuvor wurde ein gewisser Tony de Staal von der medizinischen Fakultät der University of New Mexico exmatrikuliert.«

Strover öffnet einen Lokalartikel des *Santa Fe New Mexican,* einer im ganzen Bundesstaat verbreiteten Tageszeitung. »Sie haben alle Ausgaben seit 1868 online gestellt«, sagt Strover. »Gegen Gebühr kann man das Archiv durchforsten.«

»Sie können die Rechnung einreichen.«

Silas liest den Artikel und erkennt auf dem Foto einen jungen Tony Masters, laut Bildunterschrift da noch Tony de Staal. Er wurde gleich im ersten Jahr suspendiert, nachdem er bei der Sektion eines Leichnams den nötigen Respekt hatte vermissen lassen. Unter anderem hatte er Polaroids von sich gemacht, mit dem Hirn in der Hand, und später einen Teil des Hirns – den Hippocampus – aus dem Labor zu schmuggeln versucht.

»Tony de Staal«, sinniert Silas über den Namen nach.

»Die Geschichte machte damals die Runde«, sagt Strover. »Aber das alles geschah vor zwanzig Jahren, also noch vor den sozialen Medien. Sonst wäre das viral gegangen.«

»Ich gehe davon aus, dass seine Frau nichts davon weiß.« Silas überlegt. »Er fliegt also von der Universität, ändert seinen Namen und zieht nach Europa, wo er Fotograf wird – und die Leichen gegen Nachtclubs tauscht.«

»Und Seepferdchen.«

Silas muss an die gerahmten Bilder in Tonys Galerie denken und überfliegt noch einmal den Artikel auf dem Bildschirm. »Wozu dient der Hippocampus überhaupt, wenn er an Ort und Stelle sitzt?«

Er schaut zu, wie Strover in ihren Laptop hackt, wie ihre Finger über die Tastatur fliegen. »Der Hippocampus sitzt am inneren Rand des Schläfenlappens«, liest sie zusammenfassend vor. »Wir haben in jeder Hirnhälfte einen, und man bezeichnet ihn oft als eine Art Tor, durch das alle neuen Erinnerungen müssen, bevor sie in anderen Bereichen des Gehirns dauerhaft gespeichert werden können. Eine Schädigung des Hippocampus kann zu anterograder Amnesie führen – die Betroffenen können keine neuen Erinnerungen bilden.«

»Genau das, woran unsere Freundin Maddie leidet«, fasst Silas zusammen, der unwillkürlich vorausgelesen hat.

»Der Begriff Hippocampus ist zusammengesetzt aus den altgriechischen Wörtern für Pferd und Seeungeheuer«, fährt Strover fort. »Der Hippocampus ist Teil des limbischen Systems im Hirn und verdankt seinen Namen seiner unverkennbaren Gestalt, die einem Seepferdchen ähnelt.«

»Rufen Sie das Bild eines Seepferdchens und das eines menschlichen Hippocampus auf«, sagt Silas.

Sie starren auf die Abbildungen. Die Ähnlichkeit ist verblüffend.

»Jesus«, flüstert Silas.

Alzheimer, Hippocampi, Seepferdchen, Amnesie – irgendwas entzieht sich Silas, eine weitere Verbindung zwischen Tony und Maddie. »Wie lange arbeitet er schon unter dem Namen *Seahorse Photography*?«, fragt er.

Strover öffnet eine weitere Datei auf ihrem Laptop. »Er verwendete ihn schon, als er überall in Europa DJs fotografierte«, antwortet sie, »aber offenbar gab er den Namen auf, als er vor fünf Jahren nach England zog und in Surrey als Hochzeitsfotograf zu arbeiten begann.« Sie scrollt über die Seite. »Nachdem er damit pleitegegangen war, tauchen auf diversen Nachrichtenseiten aus Wiltshire wieder Fotos mit Seahorse Photography als Quellenangabe auf. Erst kürzlich hat er ein paar Fotos von buddhistischen Mönchen aufgenommen, die zu Besuch in seinem Dorf waren.«

»Um die Rechnungen zu zahlen, würde ich meinen«, sagt Silas. »Mit diesem veganen Fraß wird er kaum genug verdienen.«

»Ich dachte, es hätte Ihnen geschmeckt, Chef?« Strover sieht zu ihm auf.

»Ich hatte am Vortag gefastet.« Silas bedenkt sie mit einem vernichtenden Blick. »Wir müssen noch mal in Tonys Galerie und uns diese Bilder genauer ansehen. Und versuchen Sie heute Abend, noch mehr über Tony de Staal herauszufinden.«

79

»Schläfst du schon?«, fragt Tony.

Ich setze mich im Bett auf und sehe mich um, bis mir wieder eingefallen ist, wo ich bin, wer ich bin. Ich heiße Maddie und sitze in einem Hotel in Heathrow.

»Noch nicht«, lüge ich, das Handy ans Ohr gedrückt, während ich mich bemühe, so schnell wie möglich wach zu werden. Will Tony mich auf die Probe stellen? Wenn ich ihm verrate, dass ich geschlafen habe, wird er erwarten, dass ich alles vergessen habe.

»Wir müssen morgen schon früher fliegen«, sagt er.

»Okay«, sage ich. Er klingt angespannt. Ich will ihn fragen warum, doch das wäre zu riskant, denn ich will mich keinesfalls an zu viel erinnern und mich damit verraten.

»Ich bin morgen so früh wie möglich im Hotel«, ergänzt er.

Ich versuche mir auszurechnen, was für eine Antwort er erwartet. »Ich habe nichts weiter aufgeschrieben – nur eine kurze Notiz, dass wir zusammen nach Berlin fliegen werden.«

»Das ist gut«, sagt er. »Ich freue mich schon darauf. Dich durch die Stadt zu lotsen.«

Ich schließe die Augen. »Ich mich auch.« Dann fliegen meine Lider wieder auf. Wieso hat er das gesagt?

»Und Maddie …?«

»Ja?« Ich fürchte mich vor seiner Frage. Habe ich einen Fehler gemacht?

»Check nicht zu früh aus deinem Zimmer aus.«

80

Luke liegt schon im Halbschlaf, als die Nachricht eingeht. Sein Handy sollte eigentlich zum Aufladen im Flur liegen, immerhin besteht er darauf, dass Milo sein Handy nachts ausschaltet. Der Text ist kurz und kryptisch und stammt von seiner neuen besten Freundin, DC Strover:

Tony de Staal.

Was soll das bedeuten? Es gibt nur einen einzigen Tony, den sie beide kennen. Der Suchjunkie in ihm mag den Nachnamen bereits.

Den Großteil des Abends hat er vergeblich damit verbracht, mehr über Maddie Thurloe herauszufinden. Über ihren Vater findet er reichlich Material, doch offenbar hat der Mann seine Frau und seine einzige Tochter aus den Medien herausgehalten. Jedenfalls findet er nichts über eine Adoption in Indien. Oder den Bahai-Glauben. Nur einen einzigen Artikel über Delhi, in dem der Lotostempel erwähnt wird. Alles, was er über sie findet, ist ein stillgelegter Reiseblog, den sie vor zehn Jahren in Berlin anlegte. Zu hohe literarische Erwartungen womöglich, für die Tochter eines berühmten Reiseschriftstellers. Dennoch ist es merkwürdig für jemanden in ihrem Alter, keinerlei digitale Spuren hinterlassen zu haben.

Er zieht den Laptop zu sich her und will eben nach »Tony de Staal« suchen, als er Musik hört. Milo ist immer noch wach. Dabei wollte er doch früh schlafen. Luke lauscht noch einmal. Hier oben in dem alten, aus dem achtzehnten Jahrhundert stammenden Teil des Hauses sind sie beide allein. Seine Eltern wohnen in einer abgeschlossenen Erdgeschosswohnung. Er geht über den Flur zum Zimmer seines Sohnes und schiebt die jamaikanischen Regenbogenvorhänge beiseite.

Milo schläft tief und fest, nur die Musik spielt leise. In Anbetracht der Umstände hat er sich ganz gut geschlagen, hat in den stürmischen Gewässern des modernen Teenagerlebens einigermaßen Kurs gehalten. Trotzdem muss Luke immer wieder daran denken, dass Milo wahrscheinlich anders wäre, wenn seine Mutter noch leben würde. Glücklicher. Hoffentlich hilft ihm eine Halbschwester. Doch das sind Zukunftsfantasien. Er schaltet die Musik aus, legt die Hand auf die Schulter seines Sohnes und lässt sie eine Weile liegen, beneidet ihn um seinen tiefen Schlaf.

In seinem eigenen Zimmer nimmt Luke die Suche nach Tony de Staal wieder auf und stößt dabei auf einen archivierten Artikel über einen Medizinstudenten in New Mexico. Er befindet sich auf der Website einer Lokalzeitung, die nur gegen Gebühr zugänglich ist. Er klickt die Bildersuche an, und gleich darauf blickt ihn das Foto eines jungen Tony an. Die Bildunterschrift lautet: *Tony de Staal, Erstsemesterstudent an der University of New Mexico School of Medicine, wurde exmatrikuliert, nachdem er während der Sektion einen Leichnam nicht mit dem gebotenen Respekt behandelt hatte.*

Luke starrt auf das vor zwanzig Jahren aufgenommene

Bild. *Weil er einen Leichnam nicht mit dem gebotenen Respekt behandelt hatte.* Jeder hat Geheimnisse, dennoch ist Luke schockiert. Vielleicht war es nur ein Studentenulk, trotzdem ist es krank. Ob Laura weiß, dass ihr Mann seinen Namen ändern ließ? Dass er eine zwielichtige Vergangenheit hat? So viel zu seinem New Yorker Akzent. Allem Anschein nach kommt er aus New Mexico.

Luke wird bewusst, wie wenig er wirklich über das Paar weiß. Er sieht auf seine Uhr. Es ist fast ein Uhr morgens. Tonys medizinischer Hintergrund würde wenigstens im Ansatz erklären, warum er so besessen von Alzheimer ist. Warum hat Strover ihm die Nachricht geschickt? Vorhin hat sie ihn noch gebeten, alles mit ihr zu teilen, was er über Maddie Thurloe herausfindet. Wo liegt die Verbindung? Ist Tony jetzt bei Maddie? Man hat ihn freigelassen, ohne dass Anklage erhoben wurde, doch niemand hat ihn hier im Ort gesehen. Und Luke hat keine Lust, bei ihm vorbeizugehen, nicht nach ihrer letzten Begegnung.

Er durchsucht die Kontakte auf seinem Handy, bis er seinen alten Kommilitonen Nathan gefunden hat. Es gab keinen Grund, weshalb sich ihre Wege in Cambridge hätten kreuzen sollen – Luke studierte Altphilologie, Nathan Medizin –, doch seit sie als Erstsemester am selben College waren und gemeinsam rudern gingen, sind sie eng befreundet, auch wenn sie sich nur selten sehen. Nathan half Luke in dessen Anfangstagen als Journalist gelegentlich aus, indem er ihn mit Geschichten über den NHS versorgte, bis er vor zwanzig Jahren mit seiner Familie nach Amerika übersiedelte. Wie alle Mediziner hat er ein offenes Ohr für Klatsch.

Vielleicht weiß er etwas über Tony de Staals medizinische Jugendsünden, nachdem sie damals Schlagzeilen machten.

Luke schreibt ihm, erkundigt sich erst nach seiner Familie (Luke ist theoretisch Pate von Nathans ältestem Sohn) und behauptet dann, dass er eine Story über Mediziner schreiben wolle, die auf Facebook respektlose Leichenfotos posten. Ob er zufällig etwas über einen Tony de Staal aus New Mexico wisse? Besonders würde er sich für Einzelheiten der Missetaten interessieren, die vor zwanzig Jahren Schlagzeilen machten. Er verabschiedet sich mit der Bitte um einen Rückruf, sobald er etwas wisse – auch mitten in der Nacht.

81

Nach Tonys Anruf kann ich nicht wieder einschlafen. Er hat Verdacht geschöpft. Ich stehe aus dem Bett auf und trete an das Sideboard, wo eine Plastiktüte mit einer Pille liegt. Der Typ vor dem Club in Berlin nannte sie »Xany-Bombe«, als ich sie ihm vor meinem Flug nach Heathrow abkaufte. Wie eine Reise in die Vergangenheit. Zwei Milligramm Alprazolam, ein potentes, schnell wirkendes Benzodiazepin-Anxiolytikum – in anderen Worten ein Tranquilizer.

Ich hatte sie in die Handtasche gesteckt, und dort lag sie Gott sei Dank immer noch, als ich die Tasche vorhin bei der Gepäckaufbewahrung abholte. In den alten Tagen hatten Fleur und ich unsere Pillen immer zerstoßen und dann in eine Lage Toilettenpapier gewickelt, bevor wir sie mit Wodka hinunterspülten. Aber nie Xanax oder andere Benzos. Nicht mit Alkohol.

Ich setze mich auf den Stuhl, nehme die Pille aus der Tasche und zermahle sie zu feinem Pulver – knifflig mit Messer und Löffel. Eigentlich wollte ich das erst morgen früh machen, aber ich fühle mich besser, wenn ich es schon erledigt habe. Ich hoffe, dass sie den gewünschten Effekt hat: Amnesie, Handlungsunvermögen, Fügsamkeit.

Ich schaue auf das Pulver und rede mir ein, dass alles glattlaufen wird. Ich sollte Yoga machen, aber ich bin zu müde. Stattdessen schließe ich die Augen, denke an den blühenden Bodhi-Baum und hoffe, dass er meinen Geist von Falschheit reinigen wird.

82

Silas wartet ab, bis Strover nach Hause gefahren ist, ehe er Susie Patterson anruft. Er weiß, dass es zu spät ist. Er hatte versprochen, sie früher anzurufen, aber wie immer hat ihm die Arbeit einen Strich durch die Rechnung gemacht. Erst der Vorfall am Kanal und jetzt Tony de Staal. Der Mann löst bei ihm ein diffuses Gefühl aus, das ihm einfach keine Ruhe lässt. Die Frau, Maddie Thurloe, ist ihm ein noch größeres Rätsel. Sie hat einen indischen Pass und kam letzte Woche mit dem Flugzeug aus Südindien nach Deutschland, doch Tony gegenüber hat sie behauptet, sie glaube, dass sie in Berlin leben würde.

»Ich bin's«, sagt Silas und schaut durch das Fenster des Parade Rooms einem Streifenwagen nach, der mit Blaulicht vom Hof der Polizeistation rast. Er versucht sich auszumalen, wo Susie gerade ist. Im Bett? Das wäre nett.

»Wie spät ist es?«, fragt sie schlaftrunken.

»Viel zu spät – entschuldige.« Er hätte nicht anrufen sollen. »Soll ich es morgen noch mal probieren?«

»Kein Problem.« Er stellt sich vor, wie sie sich im Bett aufsetzt und die Haare aus ihren Augen streicht. »Wie war dein Tag?«

»Hektisch«, sagt er und dreht einen Kuli in der Hand. Eine seiner Marotten, wenn er mit Rauchen aufhören will. »Entschuldige das verpasste Abendessen.«

»Ein andermal.«

Silas weiß, dass er nicht über die Arbeit sprechen sollte, aber er kann nicht anders. Nicht heute Abend. »Was hältst du von Maddie?«, fragt er. »Der mysteriösen Unbekannten?«

»Ich dachte, du würdest anrufen, um mir eine gute Nacht zu wünschen.«

»Das wollte ich auch.« Manchmal hasst Silas sich von Herzen. Oder ist es sein Job, den er nicht mag? Was er aus ihm macht.

»Ich bin nicht sicher, ob ich die Beste bin, um das zu beantworten«, sagt Susie. »Wie du weißt, hielt ich sie für Jemma Huish, als sie hier auftauchte.«

»So wie jeder.«

»Dann habe ich meine Meinung geändert.«

Wie er ebenfalls noch gut weiß. Sie hat Silas Knüppel zwischen die Beine geworfen, hat ihn daran gehindert, mit Maddie zu sprechen, aber er hat ihr schon vergeben. Sie ist seine Schwäche.

»Wenn du mich fragst, ob sie sich erholen wird, dann sehe ich dafür gute Chancen«, fährt Susie fort. »Heute am Telefon klang sie schon ganz anders, viel gefasster.«

»Zu gefasst?«

»Wie meinst du das?« Augenblicklich geht sie in Abwehrhaltung.

Silas lässt wieder seinen Kuli kreisen. Er braucht eine Zigarette. »Hätte alles nur gespielt sein können? Ihre Amnesie?«

Es ist weit hergeholt, doch die einzig mögliche Erklärung, die Silas für Maddies Verhalten hat.

»Ich bezweifle es«, sagt Susie. »Ich habe sie gleich am ersten Abend in meinem Sprechzimmer gesehen, kurz nachdem sie im Dorf aufgetaucht war. Eine tragische Gestalt. Ich meine, so was kann durchaus vorkommen – bei Menschen, die Aufmerksamkeit suchen –, aber bei ihr war das anders. Ich bin fast sicher, dass sie an einer dissoziativen Fugue litt.«

Seit Susie den Begriff zum ersten Mal erwähnte, hat Silas sich über Fugue schlaugemacht und dabei herausgefunden, dass eine seiner liebsten Filmfiguren, Jason Bourne, auf dem echten, an Amnesie leidenden Prediger Ansel Bourne aus dem neunzehnten Jahrhundert basiert.

»Angesichts von Tonys Interessen kommt mir das einfach merkwürdig vor«, sagt er.

»Was für Interessen?«

»Erinnerung. Amnesie.«

»Jedenfalls ist er besessen von Alzheimer – einmal wollte er mich deswegen sprechen. Sein Vater starb sehr jung daran.«

Silas bleibt stumm und wägt ab, was Susie gesagt hat, wie viel er ihr verraten soll. »Tony fliegt mit ihr nach Berlin«, sagt er dann. »Morgen.«

»O Gott, wirklich? Laura geht es jetzt schon schlecht.«

Silas hatte Laura ganz vergessen, keinen Gedanken daran verschwendet, wie das auf sie wirken muss und dass sie mit Susie befreundet ist. »Hast du sie heute Abend gesehen?«, fragt er.

»Sie übernachtet bei mir im Gästezimmer.«

»Ich glaube, dass Maddie die Sache vorantreibt.«

»Wie meinst du das?«

Diese Theorie hat er mit noch niemandem geteilt, nicht einmal mit Strover. Silas ruft sich ins Gedächtnis, wie Maddie am Telefon klang. Und ganz eindeutig brachte Maddie zuerst den Vorschlag auf, dass Tony mit ihr nach Berlin reisen sollte.

»Warum hat sie ausgerechnet an seine Tür und nicht an irgendeine andere geklopft, als sie im Dorf auftauchte?«, fragt er. »Immerhin wissen wir jetzt, dass sie nicht Jemma Huish ist.«

»Das kann ich dir nicht beantworten, Silas. Ich weiß nur, dass es sehr spät ist.« Sie stockt kurz. »Du weißt, dass ich nicht besonders gut dastehe, wenn sich tatsächlich herausstellen sollte, dass sie ihre Amnesie vorgetäuscht hat.«

Halb hofft er, dass er sich täuscht. Dass Maddie tatsächlich eine Fugue durchleidet. Er kann nicht abschätzen, wie Susie mit einer weiteren professionellen Fehldiagnose zurechtkäme, falls er recht haben sollte. Noch dazu einer, die durch die Presse gehen würde. Die Medien wissen schon von der »anderen Jemma«, der Frau, die nach allgemeiner Ansicht erschossen wurde.

»Können wir das Abendessen morgen nachholen?« Er versucht sich an einem Themenwechsel. Ihm liegt nichts daran, die Vergangenheit wieder lebendig werden zu lassen. Jeder macht mal Fehler.

»Morgen geht es auf keinen Fall«, antwortet sie mit deutlich gedämpfter Begeisterung. »Vielleicht nächste Woche.«

»Ich habe mit Rauchen aufgehört.«

»Du solltest schlafen gehen«, sagt sie und legt auf.

Beim Hinausgehen nickt Silas den paar Uniformen im Parade Room zu und versucht, seinen stillen Groll zu unterdrücken. Anders als die Detectives, die kaum etwas für ihre Überstunden bekommen, erhalten sie für die komplette Nachtschicht Zulagen. Auch die Kleiderzulage wurde für Detectives gekürzt. Und nun wundert man sich, warum niemand mehr zur Kriminalpolizei will.

Fünf Minuten später fährt Silas aus dem Parkplatz heraus. Er hätte nicht anrufen sollen, hätte nicht über Maddie sprechen sollen, hätte nicht andeuten sollen, dass Susie womöglich wieder Mist gebaut hat.

Aus einem Impuls heraus beschließt er, eine andere Route zu seiner Wohnung in der Altstadt zu nehmen, und fährt über den Fleming Way. Er biegt in die Princes Street und dann auf die Islington Street, fährt am Gerichtsgebäude vorbei, in dem er zu viel Zeit seines Lebens verbracht hat. Hier befand sich früher die Polizeistation, durch eine überdachte Galerie mit den Gerichten verbunden. Neben dem Parkhaus bremst er ab und blickt an der Eisenstruktur hoch. Irgendwo da oben haust Conor, normalerweise im vierten Stock im Vorraum zu den Aufzügen, umgeben von Drogenmüll.

Silas stoppt den Wagen und bleibt in der Dunkelheit sitzen, ohne die Hände vom Lenkrad zu nehmen. Sollte er hochgehen, Conor aus dieser Welt holen und ihn zu Hause ins Bett stecken? Jemma Huishs Leben konnte er nicht retten. Wenn er nicht bald etwas unternimmt, wird Conor auch tot sein. Aber was kann er schon tun? Er hat ihn schon früher von hier weggeholt, doch das hat nie funktioniert. Als er letztes Mal versuchte, ihn wegzuschleifen, kam es zu einem Handgemenge, und zwei Streifenpolizisten mussten eingreifen. Nicht seine edelste Stunde.

Er wischt sich mit dem Handrücken über die Augen und fährt nach einem letzten Blick auf das Parkhaus weiter durch das nächtliche Swindon, Jemma Huishs Gesicht vor Augen, als die Schüsse fielen. Zu viele vergeudete Leben.

83

Schon nach dem ersten Läuten ist Luke am Telefon. Er hatte schon immer einen leichten Schlaf, eine Folge der vielen Jahre, in denen er allein die Nachtschichten für Milo bewältigen musste.

»Du hast gesagt, ich kann jederzeit anrufen«, sagt Nathan.

Luke schaltet das Licht an und schaut auf den Radiowecker: 02:30 Uhr. »Schon gut«, sagt er. »Kein Problem.«

»Fuck, tut das gut, deine Stimme zu hören, Alter«, sagt Nathan. »War schon viel zu lang her.«

Schläft Luke noch? Träumt er? Jedes Mal wenn sie sich sprechen, klingt Nathan weniger nach einem englischen Arzt und mehr wie ein kalifornischer Surfer. Oder die Karikatur eines Surfers. Er war immer ein guter Schauspieler, hätte auf die Bühne gehen können, wenn ihn nicht der Ruf der Medizin ereilt hätte. Inzwischen ist Nathan Professor für kardiothorakale Chirurgie an der Stanford School of Medicine und mit Abstand der erfolgreichste unter Lukes Studienfreunden. Ein paar Minuten plaudern sie über die Familie – Nathans Frau, ebenfalls Ärztin, ist seit Neuestem Professorin für Anästhesiologie; und auch ihre drei Kinder werden wohl alle in die Medizin gehen –, dann wendet sich Nathan dem Thema Tony de Staal zu.

»Ich habe bei einem alten Kollegen drüben in Santa Fe durchgeklingelt«, sagt er. »Wie sich herausstellt, war dein Freund Tony …«

»Er ist nicht mein Freund.«

»Irgendwie bin ich happy, dass du das sagst – hab mir schon Gedanken um dich gemacht. Also, alle meinen, dass Tony als Erstsemester ein Schleimscheißer war.«

»Was hat er denn angestellt?«, fragte Luke. »Außer dass er mit einem Hirn in der Hosentasche aus dem Labor spazieren wollte?«

»Du weißt davon?«

»Ich habe online darüber gelesen.« Luke muss an den Artikel denken, demzufolge Tony aus dem Medizinstudium geworfen worden war. *Weil er den angemessenen Respekt gegenüber einem Leichnam vermissen ließ.*

»Dann sprechen wir über denselben Typen. Ich wollte das kurz checken, bevor ich mich ans Telefon hänge – mein Kollege hat mir eine ganze Liste von Leuten gegeben, die mehr über ihn wissen könnten. Das könnte allerdings dauern.«

»Ist das ein Problem?« Luke ist seinem hilfsbereiten Freund dankbar. Nathan hat noch nie halbe Sachen gemacht. »Ich will dir keine Umstände machen.«

»Hey, die Sache reizt mich – und ich bin dir was schuldig, schon vergessen? Wir sprechen uns.«

Luke hatte es tatsächlich ganz vergessen. Vor einem Jahr hatte er für seinen Patensohn ein einwöchiges Praktikum bei einer englischen Zeitung organisiert. Diese Erfahrung genügte, um dem Jungen den Journalismus zu verleiden und ihn seinem hocherfreuten Vater in die Medizin folgen zu lassen.

Tag vier

84

Tony erwacht früh nach einer unruhigen Nacht voller düsterer Berlinträume. Er ist sicher, dass er im Schlaf gesprochen, vielleicht sogar geschrien hat, doch es war niemand im Haus, der ihn hätte hören können. Laura ist nicht zurückgekehrt, nachdem sie ihre Sachen geholt hat, was die Dinge vereinfacht. Er hat von seinem alten Fotostudio geträumt (er darf nicht vergessen, die Schlüssel einzustecken), das leer und ungeliebt fünf Jahre verschlossen stand. Und er hat davon geträumt, was mit Maddie passieren wird, falls sie irgendetwas über seine Berliner Zeit weiß.

Genau da hat er aufgeschrien, erinnert er sich. Aus Schuld darüber, was er anderen angetan hat? Oder aus Angst davor, was mit seinem atrophierenden Gehirn geschieht? Zwischen den Albträumen lag er wach, dachte an seine Dateien, überlegte, wie viel die Bullen wohl herausfinden könnten. Und wie schnell. Verfluchte Bullen.

Er will, dass sie beide den frühestmöglichen Flug nach Berlin nehmen. Doch zuerst muss er alles mit dem Café abklären. Um jeden Preis muss er bei seinen Mitmenschen – der Polizei – den Eindruck erwecken, dass er aus Berlin zurückkehren wird, auch wenn er weiß, dass seine Zukunft ab jetzt in der Vergangenheit liegt. Gelegentlich springt am Wochenende die halbwüchsige

Tochter des Pubvermieters im Café für ihn ein. Gestern Abend hat er sie angerufen. Sie hat sich bereiterklärt, heute die Tagesschicht für ihn zu übernehmen. Kein Service in aller Frühe auf dem Bahnsteig, nur das Nötigste.

Eine kleine Reisetasche in der Hand, eilt er in der Morgendämmerung die Straße entlang. Sonnenaufgänge sind gut. Wenn die Sonne untergeht, fühlt Tony sich verletzlich. Verwirrt, desorientiert. Rastlos. Man bezeichnet das als Sundowning-Syndrom, und es wird mit dem frühen und mittleren Stadium von Alzheimer in Verbindung gebracht.

Das Mädchen wartet bereits mit verquollenen Augen und völlig verschlafen vor dem Café, als Tony dort ankommt. Er sieht auf die Uhr: Es ist genau fünf Uhr. Er schließt ihr auf, übergibt ihr die Schlüssel, klärt sie über die Tagesangebote auf und ermahnt sie, nett zu allen vorbeikommenden Polizisten zu sein. Falls jemand fragt, wo er ist, soll sie erklären, er sei auf einer Lebensmittelmesse in London.

Sie sieht argwöhnisch auf seinen Koffer.

»Wie lange sind Sie denn weg?«, fragt sie und schiebt sich eine Strähne aus ihren Augen.

»Ein paar Tage«, sagt er und tritt hinter die Theke, um die Kaffeemaschine einzuschalten. »Und du bist sicher, dass du das morgen schaffst?«

»Ich werde früher schließen müssen.«

»Kein Problem.« Er wirft einen Blick in die Kühlung. »Sorge nur dafür, dass alles sauber ist.« Es ist genug Baba Ganoush und Dolma da, die Orientplatte kann heute auf der Karte bleiben. Er wird das Café vermissen. Vielleicht eröffnet er in Berlin wieder eines.

»Was ist mit den Bildern?«, fragt sie.

Er sieht sie an. »Was soll damit sein?«

»Wenn jemand eins kaufen will.«

Er lacht und schaut auf die an der Wand hängenden Fotos. Er hat nie überlegt, wie er reagieren würde, wenn tatsächlich jemand eines kaufen wollte. Das wäre interessant. »Du bekommst zwanzig Prozent Kommission für jeden Verkauf.«

»Echt?« Ihre schlaftrunkenen Augen leuchten auf.

»Mach dir keine allzu großen Hoffnungen.« Er bleibt in der Tür stehen und sieht sich ein letztes Mal im Café um. Er wird die Bilder nach Deutschland schicken lassen, wo sie von Anfang an hingehörten. »Schick mir eine Nachricht, falls die Polizei auftaucht, okay?«

»Steht das denn an?«, fragt sie erschrocken.

»Ich wurde gestern grundlos verhaftet und abends wieder freigelassen, ohne dass Anklage erhoben wurde. Du weißt, wie die sind«, erklärt er ihr mit einem Augenzwinkern.

85

Um halb sechs ruft Nathan wieder an. Aus dem Tiefschlaf gerissen, rätselt Luke, wie lange das Telefon wohl schon geläutet hat.

»Sieht ganz so aus, als hätte dein Typ Tony de Staal einen ziemlichen Ruf am College gehabt«, beginnt Nathan, als hätten sie ihr Gespräch nur für ein paar Minuten unterbrochen. »In Santa Fe erinnern sich haufenweise Leute an ihn.«

»Was für einen Ruf?«, fragt Luke und hofft, damit etwas Zeit zu schinden, während er sein Notizbuch öffnet. Er kämpft immer noch gegen den Schlaf an.

»Er war absolut besessen von der Arbeit eines Typen namens William Beecher Scoville – eines wahnsinnigen Neurochirurgen aus Connecticut, der in den Fünfzigern Lobotomien vornahm, hauptsächlich an Patienten von Irrenanstalten. Es war die Ära der ›Psychochirurgie‹ – als man Teile der Gehirnmasse entfernte oder zerstörte, weil man hoffte, dass sich dadurch mentale Störungen heilen lassen würden.«

»Wird so was immer noch gemacht?«, fragt Luke und notiert *William Beecher Scoville* in seinem Notizbuch.

»In den meisten Ländern ist das inzwischen verboten. Heutzutage wird eher an Hirnschrittmachern geforscht. Jedenfalls hatte dieser Scoville-Typ einen Hang zum, sagen wir mal, Experimentieren. Seine berühmteste

Operation nahm er an einem Epileptiker namens Henry Molaison vor – eine Resektion der medialen Bereiche beider Temporallappen inklusive der Hippocampi.«

»Resektion?« Luke befürchtet das Schlimmste.

»Teile der Schläfenlappen wurden chirurgisch entfernt«, übersetzt Nathan. »Durch die Operation heilte er zwar die Epilepsie, löschte aber auch das Gedächtnis des armen Mannes aus.«

»Das ist ja grauenhaft.« Luke muss daran denken, was Laura ihm über Maddies Amnesie erzählte. Das schwarze Loch in ihrem Hirn.

»Molaison konnte keine neuen Erinnerungen mehr bilden«, fährt Nathan fort. »Die meisten alten Erinnerungen verlor er ebenfalls. Er lebte in einer permanenten Gegenwart, erzählte immer und immer wieder dieselben Storys. Er wusste nicht mal mehr, ob er gerade gegessen hatte, und musste einen Notizzettel in seinen Geldbeutel legen, dass sein Vater tot und seine Mutter im Pflegeheim war.«

»Und der Mann hieß Henry Molaison?«, fragt Luke mit einem Blick in sein Notizbuch. Seine Handschrift ist schon kaum leserlich, wenn er wach ist.

»Allgemein bekannt als ›H. M.‹. Er war fast eine Art Promi, vor allem unter den Kognitionspsychologen. Nach seinem Tod wurde sein Hirn noch berühmter. Es ist in 2.400 Scheiben zerschnitten und bis heute an der University of California in San Diego zu besichtigen. Es gibt ein Online-Video davon, wie es zerteilt wurde.«

»Danke.« Das will Luke auf keinen Fall sehen. Er hatte schon immer einen schwachen Magen.

»Tony de Staal stand auch auf Drogen, hauptsächlich Benzos. So wie es aussieht, war die Universitätsleitung anfangs aus Mitleid nachsichtig ihm gegenüber. Sein Vater war lächerlich jung an Alzheimer gestorben, direkt vor Tonys erstem Herbstsemester – der Fall ist hier relativ berühmt. Wenn ich zwischen den Zeilen lese, deutet allerdings einiges darauf hin, dass Tony nicht von der Uni geschmissen wurde, weil er keinen Respekt vor Leichen hatte, sondern wegen einer Vergewaltigung. Die offenbar von den Eltern des Opfers totgeschwiegen wurde. Seit Jahren hat niemand mehr von ihm gehört.«

86

Ich starre an die Zimmerdecke und lausche den sterilen Hotelgeräuschen: dem Summen der Klimaanlage, dem Verkehr draußen. Das Zwischenweltgefühl von Flughäfen. Ich bin früh aufgewacht, und der Gedanke an Tonys bevorstehende Ankunft lässt mich nicht mehr schlafen.

Es ist sechs Uhr, er wird gleich hier sein. Die Umbuchung auf einen früheren Flug verunsichert mich ebenso wie sein Versuch, meine Amnesie auf die Probe zu stellen, indem ich nichts über den gestrigen Tag aufschreibe, denn ausgerechnet heute darf ich keinesfalls die Kontrolle verlieren. Im Bett sitzend, lese ich die schlichte Nachricht, die ich auf dem Nachttisch bereitgelegt habe. Wie könnte ich vergessen, dass ich heute mit Tony nach Berlin fliegen werde?

Ich plane das schon seit Wochen.

Auf meinem Handy, dem Knüppel, den Tony mir gegeben hat, geht summend eine Nachricht ein. Ohne Erklärung, nur eine knappe Mitteilung, dass sein Bus kurz vor Heathrow ist und er hoffentlich in einer halben Stunde im Hotel sein wird. Ich will schon antworten, dann bremse ich mich. Auf dem Handy sind keine Nummern gespeichert, und die Nachricht ist anonym. Ganz offensichtlich kommt sie von Tony, aber will er mich damit schon wieder testen? Nach einem Blick auf die schlichte Notiz, die er mich gestern Abend schreiben ließ, antworte ich auf seine Nachricht.

Wer schreibt?

Ich gehe kein Risiko ein. Ich muss alles vergessen haben. Die Tafel blank wischen. *Ich weiß meinen Namen nicht mehr.*

Er antwortet sofort:

Ich bin's, Tony – lies den Zettel neben deinem Bett. Xxx

Ich dusche und ziehe die neuen Sachen an, die ich gestern auf dem Flughafen gekauft habe. Nachdem ich mich ein letztes Mal im Hotelzimmer umgesehen habe, spaziere ich mit meiner Tasche aus dem Zimmer. Tony wollte nicht, dass ich auschecke, aber darauf falle ich nicht herein. Ich werde behaupten, das hätte ich vergessen.

Bange warte ich auf den Lift zum Empfang und wünsche mir dabei, Fleur wäre hier. Bei dem, was von jetzt an passiert, geht es nicht mehr um mich, sondern um sie. Und um alle anderen.

87

Überrascht, dass so früh schon geöffnet ist, betritt Silas das Seahorse Gallery & Café, gefolgt von Strover. Eigentlich sollte er in Gablecross sitzen und sich mit den Nachbeben der gestrigen Schießerei befassen: seinen Einsatzbericht schreiben und der internen Untersuchungskommission aus Devizes Bericht erstatten. Er hat seinem Chef eine Nachricht hinterlassen, in der er zu erklären versuchte, wieso ihm die Unbekannte und sein Misstrauen gegenüber Tony keine Ruhe lassen, doch seither hat er nichts von ihm gehört.

Tony ist nirgendwo zu sehen. Wahrscheinlich ist er schon am Flughafen, gemeinsam mit Maddie auf dem Weg nach Berlin. Silas kann ihn nicht aufhalten, nicht ohne handfeste Beweise. Er ist nicht in der Stimmung für einen Chia-Pudding mit frischen Früchten, einen Tofu-Scramble oder irgendwas anderes von der Tafel – was hat er sich gestern nur dabei gedacht? Er nickt der jungen Frau hinter der Theke nur kurz zu, bevor er in den hinteren Galeriebereich weitergeht. Strover bleibt zurück und bestellt einen Sojamokka to go.

Hippocampus denise, liest Silas am ersten gerahmten Bild eines einzelnen orangen Seepferdchens ab. Er sieht kurz zu Strover, die auf dem Weg zu ihm ist, doch dann wird sein Blick von der Frau hinter der Theke abgelenkt. Sie verschickt eine Nachricht.

»Auch bekannt als Denise-Zwergseepferdchen«, liest Strover aus ihrem Handy vor. »Eine der kleinsten Seepferdchenarten der Welt, beheimatet im westlichen Pazifik. Und ein Meister der Tarnung.«

»Im Vordergrund und doch unsichtbar.« Erstaunt stellt Silas fest, wie gut sich das Seepferdchen farblich an die orangen Korallen dahinter anpasst. Es sieht gleichzeitig neugeboren und uralt aus, beinahe wie ein Alien.

Wie zwei Kunststudenten in einer Galerie wandern sie weiter zum nächsten Bild. Insgesamt sind es acht Fotografien. Allem Anschein nach hat man auch in Swindon künstlerische Ambitionen. Ein örtlicher Philanthrop möchte die Stadt zum kulturellen Zentrum Großbritanniens entwickeln. Der Mann liebt Herausforderungen.

»Hippocampus florence«, liest Silas am nächsten Bild. Diesmal von einem Seepferdchenpaar. »Höchstwahrscheinlich was Italienisches. Kann mir aber nicht vorstellen, dass sie das in den Uffizien aufhängen.«

»Es gibt insgesamt vierundfünfzig Arten von Seepferdchen«, doziert Strover und scrollt auf ihrem Handy. »Hippocampus fisheri, Hippocampus fuscus …« Sie stutzt und sieht noch mal auf die Tafel. Diesmal klingt sie ernster. »Aber kein Hippocampus florence.«

Silas registriert ihren Tonfall und betrachtet das Bild genauer. Er hält sich gern für einen Hobbyfotografen, hauptsächlich Reisebilder, nichts in dieser Art. Anders als beim Denise-Zwergseepferdchen haben die zwei Seepferdchenkörper etwas an sich, das irgendwie falsch wirkt, fast als hätte man zwei Fotos übereinandergelegt. Er ist unschlüssig, ob die Bilder mit Photoshop bearbeitet wurden. Auf jeden Fall wurden die Farben nachträglich gesättigt, um die Tönung der Seepferdchen und die Textur der Korallen herauszuarbeiten.

Auf dem Weg zum nächsten Bild sieht er hinüber in den Cafébereich. Die Frau an der Theke wendet sich mit einem Wegwerfbecher in der Hand um. Wem hat sie geschrieben? Tony?

»Ihr Sojamokka ist fertig«, sagt Silas zu Strover und kostet die Worte genüsslich aus.

Sie geht zur Theke, um ihn zu holen. »Was ist?«, fragt sie, als sie zurückkommt.

»Nichts.«

Tatsächlich riecht ihr Kaffee verflucht gut, aber er kann sich auf keinen Fall einen bestellen, jetzt nicht mehr. Er wendet sich wieder dem Bild vor ihm zu. Es heißt *Hippocampus alwyn*. Mutmaßlich walisische Seepferdchen.

Und dann geht ihm ein Licht auf. *Im Vordergrund und doch unsichtbar.* Silas' Magen macht einen Satz, so wie damals, als Conor zum ersten Mal auf die Station gebracht wurde, nicht wiederzuerkennen und praktisch bewusstlos.

»Weißt du noch, was Susie uns erzählt hat?«, fragt er. »Dass Maddie eine Freundin gehabt hätte, die inzwischen gestorben sei.«

Strover nickt. »Mir hat sie auch davon erzählt, als ich sie befragt habe.«

»Und wie hieß diese Freundin?«

Es ist eine rhetorische Frage, aber das hält Strover nicht davon ab, ihr Notizbuch zu zücken. Während sie in ihren Notizen blättert, kehrt er zurück zum ersten Bild und liest noch einmal laut die Beschriftung: »Hippocampus florence«. Dies ist der Moment, für den er bei seiner Arbeit lebt, der Moment, den er gleichzeitig fürchtet, weil das Adrenalin, das nach so einem Durchbruch einschießt, sofort durch die drohende Entdeckung von noch mehr Opfern gedämpft wird.

»Fleur«, bestätigt Strover und sieht von ihrem Notizbuch auf. »Die verstorbene Freundin hieß Fleur.«

Er beugt sich wieder über das Bild und studiert die reptilienhaften Umrisse des Seepferdchens. »Ein anderer Name für Florence«, stellt er klar.

Hippocampus florence hat nichts mit Italien zu tun.

88

Ich sehe Tony, bevor er mich entdeckt. Es darf kein Anzeichen eines Erkennens geben, keinerlei Vertraulichkeit. Ich sitze an einem Tisch in der hintersten Ecke der Hotellobby, die Handtasche auf dem Schoß fest umklammernd, die Notiz von gestern Abend in der anderen Hand.

»Maddie«, sagt er, als er auf mich zukommt.

Ich sehe zu ihm auf, eine Fremde zu einem Fremden. Genau wie an jenem ersten Tag, als ich auf seiner Schwelle stand.

»Ich bin's, Tony. Hast du meine Nachricht bekommen?«

Ich nicke und lächele zaghaft, unverbindlich.

Er sieht auf die Notiz in meiner Hand. »Wir fliegen heute gemeinsam nach Berlin«, sagt er und beugt sich vor, um mich auf die Lippen zu küssen. Instinktiv drehe ich das Gesicht zur Seite, sodass seine Lippen über meine Wange streichen.

»Entschuldige«, sagt er leise und setzt sich neben mich.

Ist das okay?

»Ich überstürze die Dinge. Du hast die Nachricht also gefunden?« Wieder sieht er auf die Notiz in meiner Hand.

»Ich habe sie heute Morgen gelesen. Ich verstehe überhaupt nicht, was hier los ist.«

Tony legt die Hand auf mein Knie. Ich bemühe mich nicht, die Angst in meinem Blick zu verbergen.

»Es kommt alles in Ordnung«, sagt er. »Vertrau mir.« Er zieht sein Handy heraus, beugt sich zu mir und macht ein Selfie von uns. »Das heutige Foto.«

Ich sehe ihn verwirrt an.

»Du musst nur deine Notizen lesen«, sagt er. »Die liegen da drin, ganz bestimmt.« Er nickt zu meiner Handtasche hin.

Ich wühle in der Tasche, als wüsste ich nicht, was ich finden werde, und ziehe drei beschriebene A4-Seiten heraus.

»Für gestern steht allerdings nichts darauf«, fährt er fort, während er mir beim Lesen zusieht. »Du hattest einen schwierigen Tag. Die anderen Tage sollten alles erklären. Wir reisen gemeinsam nach Berlin – damit du dein Gedächtnis wiederfindest. Hast du dein Ticket? Wir müssen auf einen früheren Flug umbuchen.«

Er bestellt einen Kaffee für sich und einen Pfefferminztee für mich, dann unterhalten wir uns ein paar Minuten mit größeren Pausen, in denen ich mein Tagebuch der ersten Tage im Dorf lese. Ich bin beeindruckt, wie gründlich ich war.

»Ergibt jetzt alles mehr Sinn?«, fragt er. »Dass du und ich hier zusammensitzen?«

»Du warst sehr nett«, sage ich.

»Ich bin nicht sicher, ob meine Frau das auch so sieht.«

Ich zucke zusammen, als er Laura erwähnt, und lese dann weiter. »Hat die Polizei diese Jemma Huish gefunden?«

»Allerdings, das hat sie.«

»Warum bin ich aus dem Ort weg?«

»Weil du Angst hattest, die Bullen könnten dich mit Jemma verwechseln. Klug gedacht. Hast du ausgecheckt?«

Ich nicke und lese weiter.

»Ich habe dir gesagt, du sollst nicht auschecken.«

Ich sehe auf, die Veränderung in seinem Tonfall kommt völlig überraschend.

»Gestern Abend.«

»Ich kann mich nicht erinnern«, sage ich.

Er wendet sich frustriert ab. »Schon okay. Mein Fehler. Ich hätte dir sagen sollen, dass du das aufschreiben musst.« Er überlegt kurz. »Wurde das Zimmer schon sauber gemacht?«

»Weiß ich nicht.«

Doch Tony interessiert sich nicht für meine Antwort. Er ist schon unterwegs zur Rezeption. Was tut er da? Ich sehe ihn mit der Angestellten reden, die zu mir hersieht. Dann winkt Tony mir, zu ihnen zu kommen.

»Ich habe ihr gerade erklärt, dass du versehentlich deine Tasche im Zimmer gelassen hast«, sagt er und sieht dabei abwechselnd mich und die Frau am Empfang an. Ich schaue ihn an und warte auf eine Erklärung, doch er gibt keine. »Dass du sie vergessen hast. Dass du zurzeit viel vergisst.«

Meine Angst ist nicht gespielt. Jetzt weiß ich genau, was er vorhat. Ohne meine flehenden Blicke zu bemerken, reicht mir die Frau hinter der Theke den Zimmerschlüssel, den ich ihr vor einer halben Stunde ausgehändigt habe. Ich fühle mich verraten, als Frau, trotzdem kann ich ihr nicht böse sein.

Zwei Minuten später sind wir wieder in meinem Hotelzimmer.

»Eigentlich ganz nett«, stellt er fest und sieht sich in dem engen Raum um. »Mir egal, wie klein ein Zimmer ist, solange es nur sauber ist.« Er fährt mit der Fingerspitze über den Nachttisch, kontrolliert ihn auf Staub und nickt wohlwollend.

»Was tun wir hier oben?«, frage ich.

Er dreht sich mir zu, hält mich so wie im Wald an den Schultern fest. »Du kannst dich an gar nichts erinnern, oder, Baby? Was wir gestern gemacht haben?«

»Was haben wir denn gemacht?« Ich ertrage es nicht, ihm in die Augen zu sehen.

Er lässt mich los, zieht das Sakko aus und hängt es über die Stuhllehne. Ich versuche die aufsteigende Übelkeit zu unterdrücken. Das hier war nicht geplant.

»Müssen wir nicht zum Flughafen?«, frage ich.

Er beugt sich vor, küsst mich auf den Mund und schiebt mich rückwärts aufs Bett, wobei sich eine Hand vorn in meine Jeans zwängt. Eins, zwei, drei. Ich überlege fieberhaft, gehe verzweifelt meine begrenzten Optionen durch, kann mein Tattoo nicht berühren. Das ist ein Albtraum, genau darum habe ich schon ausgecheckt, genau darum muss ich Tony nach Berlin schaffen.

»Ich muss nur kurz ins Bad«, sagt er und lässt mich auf dem Bett liegen. »Warte hier.«

»Mach schnell«, sage ich und lasse seine ausgestreckte Hand los, während er zum Bad geht. Gott sei Dank ist er so peinlich sauber. Er schließt die Tür.

Zu nervös, um auch nur Luft zu holen, wühle ich in meiner Handtasche und ziehe ein kleines Parfümfläschchen heraus. Ein schneller Rundblick durch den Raum. Über dem Kleiderschrank, gleich neben der Tür ist ein Rauchdetektor. Das ist meine einzige Chance. Ich stelle mich auf die Zehenspitzen, sprühe das Parfüm durch das Plastikgitter und hoffe, dass die winzigen Partikel den Melder auslösen. Nichts. Ich probiere es noch mal, den Blick auf die Tür zum Bad gerichtet. Ich höre die Toilettenspülung und sprühe noch einmal. Komm schon. Eine Sekunde später gellt ein pfeifender Alarm durch das Zimmer. Ich flüchte zum Bett, lasse das Parfüm in die Handtasche fallen und schlüpfe aus meinem Top.

»Jesus, was ist da los?« Er kommt aus dem Bad, nackt bis auf einen weißen Hotelbademantel, der vorn nur nachlässig verknotet ist.

»Nur ein Probealarm, hoffe ich«, lüge ich und bemühe mich, unbeeindruckt und gleichzeitig willig auszusehen.

»Ich kann nicht mal klar denken«, sagt er, den Blick auf meine Brüste gerichtet. Der Lärm ist ohrenbetäubend, Musik in meinen Ohren, aber seine Leidenschaft welkt vor meinen Augen dahin.

Gerade als er ans Bett tritt, läutet das Hoteltelefon. Tony reißt den Hörer von der Gabel.

»Hier gibt es verflucht noch mal keinen Brand«, knurrt er. »Keinen Rauch, keine Flamme, nichts …« Er lauscht kurz, ohne den Blick von mir zu nehmen. »Dampf kann es auch keiner sein, wir haben die verfluchte Dusche noch gar nicht benutzt.« Er knallt den Hörer wieder auf den Apparat, da klopft jemand an die Tür.

»Ich gehe schon«, sage ich und streife mein Top über. Ich habe es eilig, vom Bett aufzustehen, denn ich will vermeiden, dass er durch den Parfümnebel an der Tür geht. Inzwischen hat er bestimmt etwas gerochen. Mit etwas Glück denkt er, ich hätte mich für ihn parfümiert. Als ob.

»Ich muss nur das Zimmer überprüfen«, sagt der uniformierte Mann.

»Sicher.« Erleichtert wie noch nie in meinem Leben, jemanden an meiner Tür zu sehen, trete ich zur Seite.

89

Zum dritten Mal an diesem Morgen will Luke mit Strover sprechen und landet wie die beiden Male zuvor auf ihrer Mailbox. Er hinterlässt eine weitere Nachricht, dass sie ihn bitte so bald wie möglich zurückrufen soll, er habe neue Informationen über Tony de Staal. Nach dem zweiten Anruf von Nathan aus Kalifornien konnte er nicht wieder einschlafen, denn »H. M.« und William Beecher Scoville, der Neurochirurg aus Connecticut, ließen ihm keine Ruhe. Er hat den Fehler gemacht, Scovilles Experiment an H.M. nachzuschlagen – keine gute Idee vor dem Frühstück.

Sein Handy läutet. Es ist Strover.

»Was haben Sie für mich?«, fragt sie.

»Ich habe Sie den ganzen Morgen über anzurufen versucht«, sagt Luke leicht verärgert.

»Ich hatte zu tun. Detective sein ist ein richtiger Job, wissen Sie?«

Was will sie damit andeuten? Auch er macht einen richtigen Job. »Als Tony seinen alten Namen verwendete, de Staal, den Sie mir geschickt hatten …«

»Ich hatte Ihnen gar nichts geschickt«, fällt Strover ihm barscher als sonst ins Wort.

Luke reißt sich zusammen. »Das hatte ich vergessen. Ist schon eine Weile her. Tony Masters, der das Café führt, hieß früher Tony de Staal.«

»Das wissen wir.«

»Ehe er vor zwanzig Jahren aus den USA auswanderte, studierte er Medizin in Santa Fe und kam dort in Schwierigkeiten, weil er einen Leichnam nicht mit dem gebotenen Respekt seziert hatte.«

»Erzählen Sie mir was, das ich nicht auf Google finden kann. Was hat Luke, der preisgekrönte Journalist, sonst noch herausgefunden? Etwas, das zwei Detectives nicht selbst herausfinden konnten, weil sie mit anderen Dingen beschäftigt sind, nachdem ihr Chef die begrenzten Ressourcen anderswo einsetzen will? Bei Benzindiebstählen. Oder Hahnenkämpfen.«

Luke stockt kurz. Allmählich kann er Strover einschätzen, und er findet sie sympathisch. »Ich habe mit einem alten Freund in Amerika gesprochen, einem Arzt an der Westküste.«

»Schon besser.«

»Tony war besessen von einem berühmten Neurochirurgen namens Scoville aus den 1950ern. Scoville operierte einen Epileptiker, der als H. M. bekannt ist – er entfernte mit Handbohrer und Säge beide Hippocampi und radierte damit seine Erinnerung aus. Ach ja, und außerdem wurde Tony wegen einer Vergewaltigung von der Uni geschmissen.«

»Sind Sie sicher?«

Jetzt hört ihm Strover zu, er weiß, dass sie auch Notizen macht. Er hatte ganz vergessen, was für ein Gefühl es ist, der Polizei bei den Ermittlungen einen Schritt voraus zu sein. »Ich glaube, darum hat er seinen Namen geändert«, ergänzt er.

»Wo sind Sie gerade?«

Er möchte ihr das nur ungern sagen. Das würde ihre

schlimmsten Ahnungen bestätigen. Nachdem er Milo Frühstück gemacht hat, hat er sich mit seinem Laptop ins Bett zurückgezogen.

»Im Haus meiner Eltern bei uns im Ort.«

»Wird es nicht langsam Zeit, das Nest zu verlassen?«

»Lange Geschichte.«

»Wir sind gerade vor Tonys Café. Können wir uns in fünf Minuten dort treffen?«

Luke ist überrascht, dass Strover im Dorf ist. Am Kanal herrscht immer noch Betrieb, hauptsächlich sind dort polizeiliche Ermittler zugange, doch er hätte angenommen, dass Strover und ihr Boss DI Hart im Büro sitzen und Berge von Papierkram abarbeiten würden. Die Schießerei war heute Morgen immer noch die Topmeldung in den Fernsehnachrichten.

Fünf Minuten später ist er unten am Café. Strover ist nirgendwo zu sehen. Dann bemerkt er einen Zivilwagen auf der anderen Straßenseite. Strover lässt die Scheibe auf der Beifahrerseite herunter.

»Steigen Sie ein«, ruft sie und nickt zum Rücksitz hin.

Luke überquert die Straße und klettert in den Wagen. Neben ihm liegt ein in Knisterfolie gepacktes, gerahmtes Bild. Strover nickt ihm zur Begrüßung nach hinten gewandt zu, anders als DI Hart, der reglos auf dem Fahrersitz verharrt und beide Hände am Lenkrad lässt.

»Sie veröffentlichen nichts, was nicht mit uns abgesprochen ist«, sagt Hart, ohne sich umzudrehen.

Luke mag es nicht, wenn er etwas vorgeschrieben bekommt. Er wendet sich ab, betrachtet das Bild auf dem Nebensitz, das einen Aufkleber mit der Aufschrift »Seahorse Photography« trägt. Es ist ihm unangenehm, hinten in einem Polizeiwagen zu sitzen, selbst wenn es ein Zivilfahrzeug ist. Als er zuletzt in einem Streifenwagen saß, musste er pusten. Nachdem er am Weihnachtsabend mit knapp fünfundvierzig Meilen pro Stunde durch eine Dreißigerzone gerauscht war, weil er noch schnell den Truthahn vom Metzger holen musste.

»Das ist für mich keine Story«, sagt er. »In den letzten Tagen habe ich nichts anderes geschrieben als meine Zeugenaussage über den Schusswechsel. Und nur der Vollständigkeit halber, Sie haben alles getan, um sie zu entwaffnen.«

Strover sieht kurz auf ihren Chef, will seine Reaktion auf Lukes Kommentar beobachten.

»Sie sind Journalist«, bekräftigt Hart und sieht dabei weiter nach vorn.

»Und der einzige Zeuge«, ergänzt Luke, damit Hart das keinesfalls vergisst. »Diese Welt habe ich hinter mir gelassen. Ich will nur herausfinden, ob Maddie adoptiert wurde. Ob sie meine Tochter ist.«

Hart scheint ihm zu glauben. »Hat Maddie Ihnen irgendwann etwas über eine Freundin namens Fleur erzählt?«, fragt er, nun deutlich munterer, und trommelt dabei mit den Fingern aufs Lenkrad.

»Nicht soweit ich mich erinnere.« Er wünschte, er hätte sich länger mit Maddie unterhalten; er hatte das Gefühl, eine Verbindung zu ihr zu haben. Oder war das auch wieder Wunschdenken? Sie hatte einfühlsam zugehört, als er sich ihr im Pub anvertraut hatte. Sie schien zudem zu begreifen, warum er nach seiner Trennung von Chloe angefangen hatte, online nach Freya zu suchen. »Ist sie schon in Berlin?«, fragt er.

»Zuletzt haben wir gestern Abend mit ihr in Heathrow gesprochen«, sagt Silas.

»Und Tony ist bei ihr?«

»Das nehmen wir an. Sie hat ihn gebeten, sie zu begleiten, und das ist sein gutes Recht.«

»Sollten Sie sich nicht Sorgen machen? Angesichts seiner Vorgeschichte?«

Hart verstummt kurz und sieht Luke über den Rückspiegel an. »Im Moment sind das alles Spekulationen.«

»Tony wurde wegen einer Vergewaltigung von der Universität geworfen.« Luke hat schockiert zugehört, als Nathan ihm Tonys Schandtat am Telefon eröffnete.

»Wie viel wissen Sie über das Gehirn und das Gedächtnis?«, fragt Hart.

»Genug, um zu wissen, dass ein Teil namens Hippocampus, der aussieht wie ein Seepferdchen, eine entscheidende Rolle beim Abspeichern und Verarbeiten der Erinnerungen spielt«, sagt Luke. »Jener Teil des Hirns, den Tony de Staal vor zwanzig Jahren aus einem Labor in New Mexico stehlen wollte. Derselbe Teil, den ein Chirurg namens Scoville einem Patienten namens H. M. entnahm, wodurch der sein Gedächtnis verlor.«

Falls Hart von seinem Wissen beeindruckt ist, zeigt er es nicht. »Sehen Sie sich das an«, sagt er und nickt Strover zu, die Luke ein ausgedrucktes Foto reicht.

»Seepferdchen links, Hippocampus rechts«, erläutert Strover.

»Könnte aber genauso gut auch andersherum sein, oder?«, ergänzt Hart, den Blick immer noch über den Rückspiegel auf Luke gerichtet.

Luke starrt das Foto an, sein Blick wird vom Hippocampus angezogen. Noch nie hat er einen isoliert gesehen. Alle Bilder, die er aufgerufen hatte, zeigten die Hippocampi in ihrer natürlichen Position innerhalb der beiden Hirnhälften.

»Wir lassen gerade eines von Tonys Seepferdchenbildern analysieren«, sagt Hart, »aber das ist zu wenig. Solange wir darunter nicht die Mona Lisa finden, wird es nicht für einen Haftbefehl reichen.«

»Wonach genau suchen Sie?« Luke merkt, wie sein Mund austrocknet.

»So wie es aussieht, wurde jedes Seepferdchen mit einem anderen Bild unterlegt – dem eines menschlichen Hippocampus.«

Unwillkürlich krallen sich Lukes Finger in das Foto, verknittern die Ränder. Er muss unbedingt nach Berlin.

90

Ich versuche mich auf die Stewardess zu konzentrieren, die gerade die Sicherheitsanweisungen durchspielt, doch meine Gedanken wandern. Tony sitzt neben mir, seine Hand auf meiner. Er hat den Passagier, der ursprünglich neben ihm saß, überredet, den Platz mit mir zu tauschen.

Schließlich konnte der Feueralarm abgeschaltet werden, doch bis dahin hatte sich das komplette Haustechnikteam des Hotels in meinem Zimmer versammelt. Mit Sicherheit hat Tony das Parfüm gerochen, als er durch die Tür ging, er sagte aber nichts. Auch die Techniker sparten sich einen Kommentar, doch so wie sie mich ansahen, haben sie wahrscheinlich gemerkt, dass etwas faul ist.

»Ist alles okay?«, fragt er und tätschelt meine Hand. »Du fühlst dich angespannt an.«

»Offenbar bin ich nicht gern im Flugzeug.«

Ich schließe die Augen und lehne mich zurück. Es ist noch anstrengender, als ich dachte. Keine Notizen für gestern bedeuten, dass ich noch vorsichtiger sein muss, dass ich nichts auch nur indirekt erwähnen darf, was in den vergangenen vierundzwanzig Stunden passierte: den Munitionsbunker im Wald, das Trampen mit Mungo, meine zurückerhaltenen Bankkarten und Pass. Wenn ich im Dorf Fehler gemacht habe und mich an Dinge erinnerte, die ich eigentlich nicht wissen durfte, konnte ich das mit meinen Notizen überspielen. Dieses Sicherheitsnetz ist jetzt weg.

Eine zweite Flugbegleiterin kommt an uns vorbei und teilt Zeitungen aus. Tony nimmt eine und wirft einen Blick auf die Titelseite. Er beginnt zu lesen, ohne dass er auch nur den Versuch unternehmen würde, die Schlagzeile vor mir zu verbergen. Es geht um die tödlichen Schüsse am Kanal. Ich beuge mich zu ihm, lege die Hand auf sein Knie. Wir müssen aussehen wie jedes andere verliebte Paar auf einem Kurztrip nach Berlin.

»Was ist da passiert?«, frage ich so neutral, wie ich nur kann.

Er sieht mich an. Sucht er nach einem Hinweis auf eine Besserung? Neue synaptische Verbindungen? Ein Lächeln breitet sich auf seinem Gesicht aus.

»Noch ein guter Grund, nach Deutschland zu fliegen«, sagt er. »An einem Kanal in Wiltshire wurde eine Frau erschossen. Nicht in New York, sondern irgendwo auf dem Land mitten in England. Wie es aussieht, litt sie an einer psychischen Krankheit.«

»Wie schrecklich.«

»Hätte jedem von uns passieren können«, sagt er und faltet die Zeitung zusammen. Noch ein Test, da bin ich ganz sicher. Er sieht mich wieder an. Immer noch wird mir eiskalt bei dem Gedanken, dass man mich hätte erschießen können, doch ich schaffe es, mir das nicht anmerken zu lassen. »Typisch Bullen«, ergänzt er.

Ich glaube, ich habe bestanden.

Ich hätte erwartet, dass uns die Polizei aufhält, sobald wir das Terminal 5 betreten, doch weder am Schalter der Fluggesellschaft, wo wir auf einen früheren Flug umbuchen konnten, noch auf unserem Weg zum Gate gab es irgendwelche Schwierigkeiten. Sorgen macht mir jetzt nur noch unsere Ankunft in Berlin. Eigentlich sollte das kein Thema sein. Gegen Tony wurden alle Anklagen fallen gelassen, und ich kann tun und lassen, was ich will, schließlich reise ich mit einem gültigen indischen Pass und habe alle nötigen Touristenvisa. Im Grunde, sage ich mir, habe ich nichts angestellt, außer braven englischen Dorfbewohnern die Zeit zu stehlen. Und eine Ehe zu zerstören.

»Halt durch«, sagt Tony und nimmt wieder meine Hand, während das Flugzeug auf der Startbahn beschleunigt.

»Ein Drink würde helfen«, sage ich.

Er sieht kurz auf seine Uhr.

»In Deutschland sind sie uns eine Stunde voraus«, sage ich, ein schüchternes Lächeln auf den Lippen.

»Du hast recht. Zeit zu feiern.«

91

Erst nach beinahe zwanzig Minuten in der Luft werden die Getränke serviert. Gerade noch rechtzeitig. Maddie wird immer nervöser. So hat Tony sie noch nie erlebt. Die Flugbegleiterin steht mit ihrem Trolley eine Reihe vor ihnen. Er wartet darauf, dass sie den letzten Passagier vor ihm bedient hat, dann strahlt sie ihn an und fragt, was er gern trinken würde. Nette Augen, aber nicht sein Typ. Er bezahlt den Sekt mit der Karte und hofft, dass der Kreditrahmen noch ausreicht. Dann reicht er die geöffnete Flasche mit den beiden Gläsern an Maddie weiter. Sie hat erwartungsvoll das Tablett heruntergeklappt. Geduld. Im Hotel hat er ihr Angst eingejagt, er hat die Dinge überstürzt. In Berlin wird es noch viele Gelegenheiten geben. Erinnerungswürdige Gelegenheiten – zumindest für ihn.

Maddies Amnesie scheint sich gut zu halten – immer noch kann sie sich ausschließlich an ihren Namen erinnern. Und allmählich glaubt er, dass ihr gestriger Kommentar, er solle sie durch Berlin lotsen, nur eine harmlose Bemerkung und nicht weiter verdächtig war. Wenn irgendetwas ihre Synapsen stimuliert, ihre brachliegenden Netzwerke neu verknüpft hätte, dann doch die Schlagzeile über die gestrige Schießerei, doch als er ihr vor dem Start die Story zeigte, wirkte sie absolut ungerührt.

»Soll ich schon einschenken?«, fragt Maddie, die Flasche in der Hand.

»Mach nur. Ich wasche mir nur kurz die Hände.«

Tony geht durch den Gang. Seine Hände sind schmutzig von der Reise. Der Champagner müsste sie eigentlich entspannen. Er kann sich nicht vorstellen, wie es ist, an Flugangst zu leiden. Er ist im Lauf der Jahre so oft geflogen, kreuz und quer von einer Hauptstadt Europas zur nächsten. Maddie kann sich nicht entsinnen, je in einem Flugzeug gesessen zu haben, trotzdem fürchtet sie sich vor dem Fliegen. Beinahe wie ein Phantomschmerz. Wo nistet diese Angst, wenn nicht in ihrer Erinnerung?

Er tritt in die winzige Kabine, verriegelt die Tür und beginnt seine Hände zu waschen, wobei er mehrmals Seife nachnimmt und gründlich seine Finger knetet. Nachdem die Hände zu seiner Zufriedenheit gesäubert sind (ganz sauber werden sie nie), sieht er sich im Spiegel an. Ohne ihre Erinnerung ist Maddie nichts und er alles. Wenn sie jeden Morgen aufwacht, verfügt er allein über ihre gemeinsamen Erfahrungen vom Vortag, aus der vergangenen Nacht. Ihr Leben gehört ihm.

Wenigstens vorerst.

Er beugt sich zum Spiegel, dreht den Kopf nach links und rechts. Seine medialen Temporallappen beginnen zu zerfallen, setzen schon Alzheimer-Rost an. Er hat sich testen lassen, meldete sich freiwillig für einen Versuch. Man machte bei ihm einen PET-CT-Scan, nachdem man ihm einen schwach radioaktiven Glukose-Tracer injiziert hatte, der Amyloid-Plaques und fibrilläre Ablagerungen im Hirn sichtbar machen sollte, die typischen Abweichungen bei einer Alzheimer-Erkrankung.

Sein Hirn leuchtete auf wie ein Weihnachtsbaum.

92

Ich gieße den Sekt ein, solange Tony auf der Toilette ist. Meine Hand zittert so stark, dass ich ein paar Tropfen verschütte. Ich muss mich beeilen. Nach einem kurzen Kontrollblick, dass der Passagier neben mir nicht hersieht, kippe ich das zermahlene Xanax in eins der Gläser. Ich hatte den winzigen Beutel in meinem BH verstaut. Gott sei Dank ging der Feueralarm los, ehe ich mich im Hotel ganz ausziehen musste. Ich rühre das Glas mit einem Kuli um und bete, während ich auf Tonys Rückkehr warte, dass der Sekt den Geschmack des Xanax überlagern möge – angeblich schmeckt es nach Kreide. Nicht dass ich mich erinnern würde. Und bitter. Das Pulver hat sich anscheinend komplett aufgelöst.

Eine Minute später sitzt er wieder auf seinem Platz und strahlt, als er die zwei Gläser auf meinem Tablett sieht. Ich reiche ihm seins.

»Auf Berlin«, sagt er und stößt mit mir an.

»Auf Berlin«, wiederhole ich, und wir leeren unsere Gläser in einem Zug.

93

Silas hat sich schon lange damit abgefunden, dass sein Chef, Detective Superintendent Ward, zehn Jahre jünger ist als er. Er hat auch akzeptiert, dass die Flugbahn von Wards raketengleicher Karriere ihren Zenit frühestens auf der Ebene des Chief Constable erreichen wird. Im Unterschied zu seiner eigenen, die seinem Empfinden nach nie vom Startplatz abgehoben hat.

»Wie geht es Conor?«, fragt Ward und beugt sich über einen Ausdruck des Berichts, den Silas ihm eben per Mail geschickt hat. Sie sitzen in einem Konferenzraum im Obergeschoss, der eigens dafür reserviert werden musste. Nicht einmal Ward hat noch ein eigenes Büro, sondern muss mit allen anderen im Parade Room um einen freien Schreibtisch kämpfen.

»Nicht besser«, sagt Silas und beobachtet, wie Ward den Bericht verdaut, ein Resümee von Silas' Bedenken gegenüber Tony de Staal und Maddie Thurloe.

»Falls Sie sich freinehmen wollen …«

»Ist schon okay.«

Silas spricht nicht gern mit Ward über seinen Sohn. Das aufrichtige Mitgefühl seines Chefs rührt ihn jedes Mal zu Tränen. Er will gerade das Thema wechseln, als sein Handy vibriert. Strover hat versprochen, dass sie während seiner Besprechung nicht anrufen wird, es sei denn, es ergibt sich etwas Wichtiges. Silas sieht kurz auf seinen Chef, der immer noch liest, und wirft dann einen verstohlenen Blick auf sein Handy.

»Ich habe Ihnen einen halben Tag gegeben, obwohl ich das nicht hätte tun sollen.« Ward sieht zu ihm auf.

»Und ich glaube, wir sind an was dran«, sagt Silas, während er Strovers Nachricht zu interpretieren versucht.

»Diese Frau, diese Maddie Thurloe«, fährt Ward fort, »ist nicht einmal britische Staatsbürgerin. Und Tony Masters, Tony de Staal, hat neben unserer auch die amerikanische Staatsbürgerschaft.«

»Und …?« Silas kann sich nur mühsam konzentrieren.

»Wir müssen Prioritäten setzen, das wissen Sie doch selbst, Silas. Außerdem habe ich jede halbe Stunde irgendwen aus dem Büro des Chiefs am Telefon, der mich über den Schusswaffeneinsatz am Kanal löchert …«

»Ich sitze schon an meinem Bericht …«

»Und mich fragt, warum Sie Ihren Verhandlungskurs nicht aufgefrischt haben.«

Silas weiß, dass er den Kurs hätte machen sollen. Genau wie seine Spesenabrechnung. Und seine 360-Grad-Beurteilung. Während er gleichzeitig bei rapide schrumpfenden Geldmitteln Verbrechen aufklären sollte.

»Falls sich Ihre diversen Punkte zu einem Bild zusammenfügen – und das ist ein großes Falls –, was genau bekommen wir dann zu sehen?«, fragt Ward. »Seinen Namen zu ändern oder künstlerische Fotos von Körperteilen zu machen ist noch kein Verbrechen.«

Silas wägt seine Optionen ab. Soll er direkt zum Punkt kommen und den Inhalt von Strovers Nachricht weitergeben oder lieber bei seinem ursprünglichen Plan bleiben, Ward mit mehr Kontext zu überzeugen? Der Chef liebt Kontext, er mag es, wenn ein Fall die Polizeiroutine sprengt und in andere Sphären reicht – je esoterischer, desto besser. Jeder weiß, dass er in Oxford Theologie studierte.

»Wie Sie bestimmt wissen, Sir, malten die europäischen Maler der mittelalterlichen christlichen Kunst gern Memento mori – Abbilder des Todes, von Totenschädeln und so weiter«, beginnt Silas.

»Bedenke, dass du sterblich bist«, bestätigt Ward und setzt sich auf. Zum ersten Mal in ihrem Gespräch wirkt er aufrichtig interessiert. »Natürlich nicht nur in der mittelalterlichen Kunst. Der Fotograf Joel-Peter Witkins arrangiert echte Körperteile zu verstörend makabren Tableaus.«

Silas bereut seine Entscheidung, weit auszuholen, fühlt sich jetzt schon ignorant. Wie regelmäßig in der Gegenwart von Studierten. Sein Vater war ein Verfechter der »Universität des Lebens«: Er predigte immer, dass es keine bessere Ausbildung gebe als eine Laufbahn bei der britischen Polizei, am besten beim Wiltshire Constabulary. Silas einziger rebellischer Akt hatte darin bestanden, sich bei der Metropolitan Police in London zu bewerben. In Zukunft werden alle neuen Polizisten einen Universitätsabschluss für die höhere Laufbahn brauchen.

»Exakt«, fährt Silas fort. »Ich glaube, Tony tut genau das in seinen Bildern, nur dass die Todesmahnung nicht so ins Auge springt. Die meisten Menschen, die seine Bilder betrachten, würden seine Botschaft nicht verstehen.«

»Und diese Botschaft lautet …?«

»Er mokiert sich über sein Publikum, Sir. Möchte Ironie zeigen, indem er den Hippocampus, einen Teil des Hirns, der unerlässlich ist für die Erinnerung, in seine Bilder integriert. Schlau. Bedenke oder erinnere dich, dass du sterblich bist – solange du dich noch erinnern kannst.«

»Als ich das letzte Mal nachgeschlagen habe, war Ironie noch kein Verbrechen.«

»Kommt darauf an, *wessen* Hippocampus es ist.« Silas muss wieder an die Nachricht denken.

»Ich nehme an, die Gehirnteile, die er in den USA aus dem Sektionssaal zu stehlen versuchte, wurden in der Zwischenzeit der Wissenschaft gestiftet.« Ward blickt auf ein Foto, das Silas seinem Bericht beigelegt hat. Das Labor konnte Tonys Aufnahmen in das ursprüngliche Seepferdchen und einen Hippocampus trennen. »Wahrscheinlich hat er die hier online gefunden.«

»Für sämtliche Seepferdchenbilder haben wir digitale Treffer erzielt – das heißt, er hat sie nicht selbst aufgenommen, sondern von diversen Webseiten über Meeresfotografie kopiert –, doch über die Hippocampi ist nichts zu finden.«

»Dark Web?«

»Das überprüft DC Strover gerade. Angenommen, diese Hippocampi wurden echten Menschen entnommen, dann sind die Opfer entweder tot, oder sie wandeln ohne Erinnerungsvermögen herum wie Zombies.«

»Ich schätze, das kommt darauf an, wer sie entfernt hat.« Ward lehnt sich zurück, die Hände hinter dem Kopf verschränkt, und stellt dabei einen ärgerlich straffen Bauch zur Schau. Eines Tages könnte Silas auch so aussehen. Keine Kippen mehr, vegane Ernährung, 10.000 Schritte.

»Was wollen Sie von mir, Silas?«, fragt er.

»Noch einen weiteren Tag. Ich will mich mit Interpol in Verbindung setzen, die internationalen Vermisstenlisten abgleichen.«

»Das sind recht lange Listen.«

»Wir fangen mit den Vermissten in Berlin an – dank der Bilder hätten wir die Vornamen von sieben verschiedenen Menschen, wenn wir Denise mal ausnehmen, die ich für ein Ablenkungsmanöver halte. Es gibt tatsächlich eine Seepferdchenart, die so heißt – und auf diesem Foto ist kein Hippocampus unterlegt. Vielleicht brachte ihn das auf die Idee. Ich würde annehmen, dass die Opfer entweder Engländer oder Nordamerikaner sind – also englisch sprechen –, und die Namen sind teils ungewöhnlich: Es gibt darunter einen Alwyn und eine Florence, was die Suche vereinfachen würde, selbst wenn wir mögliche Abweichungen einbeziehen.«

»Und wieso soll diese Maddie in Gefahr sein?«, fragt Ward.

Silas holt tief Luft. »Wir haben ein paar verborgene Bilddateien auf Tonys Computer gefunden«, sagt er.

»Von Hippocampi?« Ward greift nach dem Bericht auf seinem Schreibtisch. »Davon steht nichts hier drin.«

»Von Seepferdchen. Die Dateinamen im Computer stimmen mit denen auf den Bildern in seinem Café überein. Alle bis auf den Namen einer Datei, die, wie man uns gerade mitgeteilt hat, eben erst angelegt wurde.«

»Und …?«

Silas denkt wieder an Maddie, hofft, dass sie noch am Leben ist. »Die hat er *Hippocampus madeleine* genannt.«

94

Ich weiß nicht genau, wie lange es dauern wird, bis das Xanax wirkt. Es ist ein schnell reagierendes Benzodiazepin, also rechne ich mit fünfzehn bis dreißig Minuten – lange vor unserer Landung in Berlin. Zwei Milligramm sind viel für eine Einzeldosis, meinte der Typ vor dem Club. Die Maximaldosis in einer Pille. Noch habe ich keine verräterischen Anzeichen von Schläfrigkeit bemerkt, aber wir haben beide gerade ein zweites Glas Sekt getrunken, was die Dinge hoffentlich beschleunigen wird, weil sich die Wirkung von Alkohol und Benzodiazepin auf potenziell tödliche Weise verstärkt. Später wird die Amnesie des Medikaments ihren langen Schatten zurückwerfen und die Erinnerung bis mindestens eine halbe Stunde vor dem Verzehr des Pulvers auslöschen. Vielleicht noch mehr.

»Und bist du jetzt entspannter?«, fragt Tony ruhig.

»Viel entspannter«, sage ich, doch sein neuer Tonfall gefällt mir nicht.

»Komische Sache, die Angst«, sagt er.

»Wie meinst du das?«

»Du hast dich schon entspannt, bevor wir den Sekt getrunken haben.«

»Wirklich?« Mein Magen krampft sich zusammen.

»Sobald ich von der Toilette zurückkam. Dein Gesicht war völlig verändert, viel weniger verkrampft.«

Ich rutsche auf meinem Sitz herum, während er meine Hand greift und auf die Armlehne drückt.

»Ich war nur froh, dass du wieder da bist«, sage ich. »Du warst ganz schön lang da drin. Ich war mal auf einer Flugzeugtoilette eingeschlossen«, ergänze ich und versuche, die Situation mit einem leichten Lachen aufzulockern. »Gruselig.«

Mein Lachen verpufft. Das war ein Fehler. Hat er ihn bemerkt? Ich war nie auf einer Flugzeugtoilette eingesperrt, und selbst wenn, wie hätte ich mich daran erinnern können?

»Du hattest keine Angst, in meinen Kofferraum zu klettern«, sagt er.

Ich seufze innerlich erleichtert auf. Er hat nichts bemerkt. »Das war etwas anderes«, sage ich und lächele ihn an.

Er erwidert mein Lächeln nicht. Stattdessen fixiert er mich mit seinen blauen Augen, in denen ich nichts als Zorn sehe. Zorn und Enttäuschung. Ein weiterer Fehler, und diesmal kann ich ihn nicht ausbügeln.

»Das war gestern«, sagt er und lässt meine Hand los. »Du hast dir doch keine Notizen über gestern gemacht, oder?«

Ich schüttele den Kopf. »Du hast gesagt, das soll ich nicht«, antworte ich leise. Mein Mund ist so trocken, dass ich kaum sprechen kann.

»Was hast du in meinen Sekt getan?«, fragt er.

»Nichts.« Das Xanax wird bald wirken.

Mit erhobener Hand macht er eine vorbeigehende Flugbegleiterin auf sich aufmerksam.

»Zwei große Kaffee, schwarz. Möglichst stark.« Schon beginnt er leicht zu lallen.

»Ich trinke keinen Kaffee«, sage ich.

»Die sind beide für mich.«

Tony sieht zu, wie die Flugbegleiterin zwei Tassen Kaffee einschenkt und sie auf seinem Tablett abstellt. Dann dreht er sich zu mir um, die Lider schon niedergedrückt von Müdigkeit, die Stimme kaum mehr als ein Flüstern.

»Ich weiß nicht, wer du bist oder welches Spiel du spielst.« Er macht eine kurze Pause und nimmt einen kleinen Schluck Kaffee. »Aber du wirst es nicht gewinnen.«

95

Luke ist auf den ersten Flug nach Berlin gebucht, auf dem ein Platz frei war. Er hat keine Ahnung, welchen Flug Maddie und Tony genommen haben oder wie er sie finden soll. Er weiß nur, dass er nach Berlin muss. Ist das der Journalist in ihm, der eine gute Story wittert? Ziemlich sicher nicht. Glaubt er immer noch, dass Maddie seine Tochter sein könnte? Jedenfalls reicht sein Glaube so weit, dass er sie unbedingt beschützen will, und das mit einer Stärke, die ihn selbst erschreckt. Immer noch klingen ihm Harts beängstigende Worte im Polizeiauto in den Ohren: *So wie es aussieht, wurde jedes Seepferdchen mit einem anderen Bild unterlegt – dem eines menschlichen Hippocampus.*

Außerdem ist er auf eine Rede gestoßen, die Maddies Vater einst vor iranischen Bahai-Exilanten in Cheltenham hielt, was auf eine engere Verbindung zu den Bahais hindeutet. Freya hatte ihm erzählt, die Adoptivmutter ihrer gemeinsamen Tochter sei die Bahai gewesen, dennoch ist es besser als nichts. Er muss noch einmal mit Maddie sprechen, doch die ist jetzt in Berlin, und sie schwebt möglicherweise in Lebensgefahr. Strover und Hart haben ihm zugesichert, sie würden sich mit Interpol in Verbindung setzen und alles weitergeben, was sie wissen, doch bei der Polizei hat man alle Hände voll zu tun, wie Strover ihm regelmäßig in Erinnerung ruft, und andere Prioritäten. Zum Beispiel zu erklären, warum Jemma Huish an einem sonnigen Nachmittag an einem Kanal in Wiltshire erschossen wurde.

Er ist im Austin-Healey nach Heathrow gefahren und hat den Wagen auf dem Kurzzeitparkplatz abgestellt, zwischen zwei glänzenden, fetten SUVs, wo er völlig fehl am Platz wirkte. Während er die Security passierte, versuchte er sich auszumalen, wie Maddie und Tony vor ihm hier waren. Hatte Maddie das Kommando? Die Schwalbe – hat Sean sie nicht so genannt?

Er lehnt sich in seinem Sitz zurück und tröstet sich mit dem Wissen, dass sie sich inzwischen an ihren Namen erinnert und ihre Handtasche mit dem Pass zurückbekommen hat. Vielleicht haben die beiden nur eine ganz gewöhnliche Affäre, und er stalkt gerade ein Liebespaar auf einem romantischen Kurzurlaub in Berlin. Das wäre wirklich daneben. Er hat Gewissensbisse, weil er losgefahren ist, ohne noch einmal mit Laura zu sprechen. Seit sie beide ihre Aussagen bei der Polizei gemacht haben und er sie danach am Kanal entlang zur Praxis begleitete, hat er sie nicht mehr gesehen.

Luke lässt sein Handy während des Starts eingeschaltet, falls Strover sich mit ihm in Verbindung setzen will. Er will es gerade ausschalten, als eine Nachricht unter einer internationalen Vorwahl eintrifft. Die +91 steht für Indien, wie er von seinen Gesprächen mit Freya weiß.

Kannst du nach Berlin kommen? Noch heute? Ich muss dir meine Geschichte erzählen. Maddie x

Luke starrt auf das Display. Was für eine Geschichte will sie ihm erzählen? Ihre Lebensgeschichte? Von ihrer Adoption? Und woher hat sie seine Nummer? Dann fällt ihm ein, dass er ihr gleich am ersten Tag, als er sie im Wartebereich der Arztpraxis sitzen sah, seine Visitenkarte gegeben hat. Offenbar hat sie die behalten. Wieder schmeichelt es ihm, dass er allen anderen eine Nasenlänge voraus ist. Wusste sie aus irgendeinem Grund, dass er nach Berlin kommen würde, um nach seiner Tochter zu suchen? Verängstigt liest sich die Nachricht nicht. Anscheinend hat Maddie die Dinge unter Kontrolle.

Er will gerade antworten, als ein Flugbegleiter ihn bittet, das Handy auszuschalten. Luke protestiert, doch der Flugbegleiter lässt nicht mit sich reden. Er sieht wieder auf sein Handy. Er hat keinen Empfang mehr.

Bis zur Landung in Berlin sind es zwei Stunden.

96

»Er leidet an schlimmer Flugangst«, erkläre ich der Flugbegleiterin. »Seit seiner Kindheit fürchtet er sich schrecklich vor dem Fliegen.«

Die Flugbegleiterin sieht den Gang hinunter auf Tony, der zusammengesunken und halb bewusstlos in seinem Sitz hängt.

»Leider passiert das nicht zum ersten Mal – es tut mir leid, ich dachte, die Therapie würde wirken«, setze ich nach. »Wenn ich gewusst hätte, dass er Medikamente genommen hat, hätte ich ihn keinen Sekt trinken lassen.«

»Braucht er einen Arzt nach der Landung?«, fragt die Flugbegleiterin und lässt ihren Blick über das Meer von neugierig nach oben gerichteten Gesichtern wandern. »Wir können auch fragen, ob ein Arzt an Bord ist. Das ist gar nicht so selten.«

»Nein, das geht schon.« Diese Idee muss ich im Keim ersticken. »Ich brauche nur einen Rollstuhl am Gate – und vielleicht etwas Hilfe, ihn bis zur Tür zu schaffen«, ergänze ich.

»Ich werde sehen, was sich machen lässt. Normalerweise brauchen wir dafür achtundvierzig Stunden Vorlauf. Aber Sie sind sicher, dass es ihm gut geht?«

»Ganz sicher. Mir tut nur der andere Passagier in unserer Reihe leid. Mein Mann kann mit seinem Schnarchen halb England wach halten.«

Vielleicht fragt sich die Flugbegleiterin, während sie mich mitleidig anlächelt, warum ich mit einem älteren Mann zusammen bin, der beim Fliegen kollabiert und schnarcht. Ich kehre auf meinen Platz zurück. Eigentlich wollte ich einen Rollstuhl in Berlin bestellen, als ich in Heathrow meinen Flug umbuchte, doch das erwies sich als unmöglich, denn Tony blieb die ganze Zeit an meiner Seite und bestand darauf, alles selbst zu regeln. Daher Plan B und dieses improvisierte Arrangement auf dem Flug.

Ich quetsche mich an Tonys Beinen vorbei und lasse mich auf meinem Platz nieder. Inzwischen ist er bewusstlos. Ich atme auf, drehe den Kopf zur Seite und wende mich an den Mann neben mir, der gerade seinen Kopfhörer absetzt.

»Manchmal schießt er sich vor Angst komplett ab«, bringe ich als notdürftige Erklärung vor. »Er erträgt das Fliegen nicht.« Der Mann lächelt nervös.

»Alles in Ordnung«, sagt die Flugbegleiterin, die in diesem Moment an meiner Seite auftaucht und mich vor weiteren Peinlichkeiten rettet. »Nach der Landung steht ein Rollstuhl für Ihren Mann bereit.«

»Vielen Dank«, sage ich.

Zum ersten Mal seit Längerem kann ich entspannen, wenigstens ein paar Minuten. Plan B scheint aufzugehen. In den letzten Wochen musste ich so vieles planen. Seit ich das Foto der Mönche sah. Seit ich mich zu erinnern begann.

Ich sehe wieder auf Tony, der zusammengesunken neben mir sitzt. Die Amnesie war mein Köder, als ich vor seiner Tür auftauchte: anterograd, retrograd, dazu ein Anflug von fernen Kindheitserinnerungen. Ich hatte meine Hausaufgaben gemacht, ich wusste, wie ich ihn ködern konnte.

Ich weiß meinen Namen nicht mehr.

Und jetzt werden wir in der Stadt landen, in der alles begann. Ich greife unter den Sitz nach meiner Tasche und hole ein verknittertes Foto von Fleur heraus, die ihre Wange an meine presst. Wir sehen uns so ähnlich, fast wie Zwillingsschwestern. Die gleiche Frisur, identische Kleidung. Eine fatale Ähnlichkeit. Tonys Beuteschema, sie wie ich. Sie lächelt in die Kamera, ihre Augen strahlen. Nur ich nannte sie Fleur. Für alle anderen hieß sie Flo, nur ihre Mutter nannte sie anscheinend Florence.

Wenn alles ausgestanden ist, werde ich meine Mutter in Indien anrufen und ihr erklären, was ich getan habe und warum. Und ich muss mich noch einmal mit Luke in Verbindung setzen. Ich habe ihm von Heathrow aus geschrieben, dass er nach Berlin kommen soll. Er hat nicht geantwortet, trotzdem hoffe ich, dass er kommt. Er war mir sofort sympathisch, als wir uns beim Pubquiz begegneten und er von Freya Lal erzählte, von seiner Suche nach ihr. Es war bewegend, ihm zuzuhören, einen so offenen Mann trifft man selten. Er kommt mir vor wie ein Mensch, dem man vertrauen kann. Nach der Landung werde ich ihm noch mal schreiben. Und wenn wir uns dann begegnen, werde ich ihm erklären, warum ich in sein Dorf kam. Ihm meine Geschichte erzählen.

97

Silas starrt auf die Datei mit den aktuellen Vermisstenanzeigen aus Berlin, die ihm die Kollegen beim Bundeskriminalamt auf seinen Laptop geschickt haben. Das BKA in Wiesbaden dient gleichzeitig als deutsche Interpolzentrale, darum hat Silas sich zuerst dorthin gewandt.

Das wird Ward nicht gefallen. Silas gefällt es auch nicht. Er sieht sich im Parade Room um, wo heute viel Betrieb herrscht und sich die Streifenpolizisten drängen. Warum sind sie nicht auf der Straße? *Arbeit ist kein Ort, an den man geht, sondern das, was man tut.* Es hat sich herumgesprochen, dass er möglicherweise an einer großen Sache sitzt, den ganzen Morgen über registriert er verstohlene Blicke.

»Und Sie sind sicher, dass sie alle hier drin sind?«, fragt er Strover, die an ihrem Laptop durch dieselbe Liste scrollt. Sie hat die Daten schon atomisiert (ihr Ausdruck, nicht seiner) und nach Vermissten durchforstet, die in Berlin verschwanden und deren Vornamen mit den Beschriftungen der Bilder in Tonys Galerie übereinstimmen.

»Alle sieben – drei Männer, vier Frauen. Darunter vier Briten. Zwei Amerikaner, eine Deutsche. Kein Einziger über dreißig. Und alle verschwanden vor fünf bis zehn Jahren in Berlin.«

Eigentlich sollte sich Silas über den Durchbruch freuen, doch die Konsequenzen erfüllen ihn mit Grauen. Ein Netz aus Trauer und Schmerz, das sein Zentrum in einem kleinen Ort in Wiltshire hat. Alle Einträge enthalten Namen, Alter, Geburtsland und Ort des Verschwindens. Bei den detaillierteren Einträgen werden auch die Namen der Eltern, die Muttersprache und besondere Kennzeichen aufgeführt. Für seinen Geschmack ist dabei allzu oft von vernarbten Handgelenken die Rede. Conor hat sich auch die Handgelenke aufgeschnitten.

Natürlich könnte alles Zufall sein, aber Florence und Alwyn sind nicht gerade weitverbreitete Namen. Alwyn stellt sich als Mann aus Wales (Holyhead) heraus. In dem Eintrag über Florence steht, dass sie sich Flo nennt. Obwohl nirgendwo die Rede von Fleur ist, ist Silas überzeugt, dass sie Maddies Freundin ist.

»Sie sieht fast wie Maddie aus, finden Sie nicht auch?«, fragt er und sieht Strover an.

Strover ist in das Studium ihres Bildschirms vertieft. »Unter den besonderen Kennzeichen wird bei ihr eine Lotosblüten-Tätowierung am Handgelenk aufgeführt«, sagt sie. »Genau wie bei Maddie.«

»Haben Sie das Tattoo gesehen?«

»Luke hat mir davon erzählt. Er meinte, es könnte für eine Religion stehen, mit der seine Tochter eine besondere Verbindung hat. Lange Geschichte.«

»Das ist ganz eindeutig Fleur«, sinniert Silas laut.

»Immer wenn jemand verschwand, kam es zu heftigen Reaktionen in den sozialen Medien«, stellt Strover fest. »MySpace, Bebo, DontStayIn. Facebook und WhatsApp bei den späteren.«

Silas sieht sie wieder an. Conors Mutter wollte ihn einst überreden, sich einer WhatsApp-Gruppe mit Conor anzuschließen, doch er wollte damals nicht.

»Bitten um Information«, führt Strover aus. »Hotlines rund um die Uhr, falls jemand gesehen werden sollte. Alle, die ich durchgecheckt habe, hatten in ihren Profilen angegeben, dass sie gern in Clubs gehen. Für viele junge Leute ein Grund, nach Berlin zu kommen.«

»Wenn Sie das sagen.«

Silas war einmal in Berlin, um eine Currywurst zu essen und den Checkpoint Charlie zu sehen, beides eine Enttäuschung. Dafür fand er die Topografie des Terrors auf dem Gelände des ehemaligen SS- und Gestapo-Hauptquartiers erschütternd.

»Und Tony fotografierte früher hauptsächlich DJs«, ergänzt er, weil ihm die frühere Website des Amerikaners einfällt.

Strover sieht zu ihm auf. »Alwyn und Flo haben beide das GrünesTal geliked«, sagt sie. »Einen früheren Technoclub an der Revaler Straße im ehemaligen Ostberlin. Inzwischen geschlossen.«

»Beschwerden der Nachbarn?«

»Unwahrscheinlich. Es ist ein altes Industrieviertel. Viele alte Lagerhäuser, verlassene Fabriken. Der Club befand sich auf einem ehemaligen Eisenbahngelände.«

»Wir müssen Interpol in Wiesbaden ein Bild von Maddie schicken – nehmen Sie das aus ihrem indischen Pass.« Silas steht von seinem Schreibtisch auf und streckt die langen Beine aus. Er sitzt schon den ganzen Vormittag. »Die sollen es weiterleiten ans BKA-Büro in Berlin. Ward möchte auch, dass wir Verbindung zu Maddie aufnehmen.«

Ein paar Streifenpolizisten am Fenster sehen plaudernd zu ihm her. Bestimmt glauben sie, er würde an seiner Rückkehr zur Kriminalpolizei arbeiten. Tatsächlich vermisst er die großen Fälle und schicken Ausweise – mit Silhouetten von Sherlock Holmes und der Swindoner Legende Isambard Kingdom Brunel –, aber nicht die Zusammenarbeit mit anderen Polizeiorganisationen. Er ist zur Polizei Wiltshire gewechselt, um lokale Verbrechen aufzuklären.

»Das Handy, auf dem Tony sie vom Vernehmungsraum aus anrief, hat früher seiner Frau gehört«, versucht Strover die Aufmerksamkeit ihres Chefs wieder auf sich zu lenken. »Er hat es ihr geliehen. Wir haben die Nummer gecheckt – es wurde seither nicht mehr eingeschaltet.«

»Bestimmt verwendet sie inzwischen ihr eigenes Telefon«, sagt Silas. »Das sie vom Fundbüro zurückbekommen hat.«

»Vielleicht hat Luke ihre Nummer.«

Silas weiß nicht recht, was er von Strovers Verbindung zu Luke halten soll. Bisher hat sich der Journalist als nützlich erwiesen, doch er hat ganz eindeutig seine eigene Agenda und ist bestimmt nicht eigens nach Berlin geflogen, nur weil er Maddie für seine Tochter hält. Einmal Journalist, immer Journalist. Wenigstens hat er ihnen mitgeteilt, dass er nach Berlin fliegen wird. Und er scheint auf Silas' Seite zu stehen, was die tödlichen Schüsse angeht.

»Er ist noch in der Luft«, fährt Strover fort. »Ich habe ihm eine Nachricht geschickt, uns gleich nach der Landung anzurufen.«

»Weswegen?«

Strover stockt kurz. »Auf der Vermisstenliste wird auch eine Freya aus Berlin aufgeführt. Sie sieht indisch aus und …«

»Und …?«

»Lukes ehemalige Freundin hieß Freya. Sie könnte eventuell seine Tochter sein …«

»Konzentrieren Sie sich auf das Wesentliche, Strover«, raunzt Silas sie an. »Fragen Sie ihn, ob er Maddies Nummer hat. Mehr interessiert uns nicht. Falls ihr Handy eingeschaltet ist, kann Wiesbaden es orten.«

Er sieht wieder auf die Liste auf seinem Bildschirm und bekommt ein schlechtes Gewissen. Strover arbeitet hart, er braucht ihr nicht gleich den Kopf abzureißen. Die Liste ist zu lang, jeder Name ist eine persönliche Tragödie. Eines Tages, fürchtet er, könnte auch Conor darauf stehen. Wenigstens weiß er, wo sein Sohn ist. Einige auf dieser Liste werden von der Polizei oder anderen Behörden gefunden, und dennoch dürfen ihre Verwandten nie erfahren, wo sie sind, dass sie wohlauf sind. Ihr Recht, aber ein grausames Recht. Andere werden nie gefunden werden.

Möglicherweise kann Silas bald den Familien von sieben unter ihnen Antworten geben. Nur nicht die, auf die sie gehofft haben.

98

Tony ist noch halb besinnungslos, als wir an die Passkontrolle kommen, und hängt wie im Vollrausch in seinem Rollstuhl. Der Flughafenangestellte, der uns an der Flugzeugtür abholte, schiebt ihn. Er spricht kein Englisch, und ich habe das wenige Deutsch, das ich früher einmal beherrscht habe, vergessen. Als wir vorn in der Schlange für Nicht-EU-Bürger stehen, winkt der Beamte uns alle drei heran.

»Er ist eingeschlafen«, sage ich. »Er hasst das Fliegen – so versucht er, damit umzugehen.«

Tony rührt sich und öffnet halb die Augen, während ich unsere beiden Pässe dem Grenzbeamten reiche, der Tony mit einem kurzen Blick mustert. Wahrscheinlich hält er Tony für einen weiteren Touristen, der sich auf dem Flug zu viele Drinks genehmigt hat. Er prüft erst seinen britischen Pass und dann meinen indischen.

»Wie lange wollen Sie in Deutschland bleiben?«, fragt er, den Blick auf Tony gerichtet, dessen Augen sich schon wieder geschlossen haben.

»Eine Woche. Danach geht es zurück nach Indien.«

»Und er?« Er nickt zu Tony hin.

»Er wird hoffentlich mitkommen. Aber ich muss ihn noch überreden mitzufliegen«, sage ich lächelnd.

Er stempelt meinen indischen Pass und reicht mir dann kommentarlos beide Dokumente zurück.

Ich passiere die Schleuse, gefolgt von Tony, der immer noch geschoben wird. Gleich nach der Landung habe ich Luke geschrieben und ihm erklärt, dass ich ihm demnächst mitteilen werde, wo wir uns treffen können. Danach habe ich mein Handy ausgestellt, weil mein Akku zur Neige geht. Zwei Beamte in der anderen Ecke der Passkontrolle mustern uns genau, während wir zu den Gepäckbändern weitergehen. Ich versuche, nicht in Panik zu geraten.

Die Bänder sind voll mit Gepäck, und die Passagiere stürmen darauf zu wie Kunden im Schlussverkauf auf der Jagd nach Sonderangeboten. Der Mann hinter Tonys Rollstuhl deutet auf das nächste Band, doch ich schüttele den Kopf. Wir hatten beide kein Gepäck aufgegeben, ich habe nur meine Tasche und Tony seinen kleinen Koffer, der auf seinem Schoß liegt.

Mir macht Sorgen, dass Tony im Lauf der Jahre eine Toleranz gegenüber Xanax entwickelt haben könnte. Außerdem hat er im Flugzeug noch die zwei Tassen Kaffee getrunken. Das Koffein kann die Toxizität des Xanax verstärken, aber auch die sedierende Wirkung des Benzedrins aufheben. Er wusste, was er tat, was vermuten lässt, dass er schon öfter welches genommen hat – aber vielleicht ist er auch nur erfahren darin, es anderen zu verabreichen.

Wir finden ein Taxi, und der Flughafenangestellte hilft mir, Tony auf den Rücksitz zu verfrachten. Ich gebe ihm zwanzig Euro Trinkgeld und hoffe, dass ihn das davon abhält, dem Fahrer gegenüber einen unpassenden Kommentar abzugeben. Seit er uns vom Flugzeug abgeholt hat, mustert er mich immer wieder argwöhnisch.

»Revaler Straße, bitte«, sage ich auf Deutsch zu dem Fahrer, nachdem wir eingestiegen sind. »Über Potsdamer Platz, Kreuzberg?«

»Nicht über den Stadtring?«, fragt er und sieht mich über den Rückspiegel an.

Tony und ich sitzen gemeinsam hinten. Tony wacht immer wieder kurz aus seiner Bewusstlosigkeit auf, ohne dass er sich orientieren könnte.

»Nein«, antworte ich. Ich will nicht die Ringautobahn nehmen, sondern durch die Stadtviertel fahren, in denen Fleur und ich uns damals herumtrieben. Ich darf mich nicht ablenken lassen, nicht vergessen, weshalb ich hier bin. Und ich muss Luke schreiben.

Zwanzig Minuten später fahren wir am Reichstag und seiner Glaskuppel vorbei, dann durchqueren wir den Tiergarten, das Brandenburger Tor zu unserer Linken. Fleur und ich waren einmal hier, ganz am Anfang, kurz nachdem wir uns kennengelernt hatten. Es sei wichtig, auch die Sehenswürdigkeiten anzuschauen, behauptete ich eigensinnig und spazierte wie eine Touristin mit großen Augen herum, bis Fleur mir ein besseres Leben zeigte, drüben im Osten.

Kurz darauf checkte ich aus meinem Hostel am Hauptbahnhof aus und zog in Fleurs Bude in Friedrichshain, in der sie praktisch ohne Einkommen hauste. Ich legte damals ein Jahr Pause vor der Uni ein, Fleur studierte Kunst. Wenigstens erzählte sie mir das. Ich kann mich nicht erinnern, sie je malen gesehen zu haben, aber vielleicht fiel mir das auch nur nicht auf. Ich vergötterte sie, ich wollte genau wie sie sein. Nach wenigen Tagen hatte ich die gleiche Frisur – einen Kurzhaarschnitt mit knappem Pony –, und wir trugen beide von Kopf bis Fuß Schwarz. Wir hatten sogar identische Gürteltaschen und Choker. Sie nahm mich mit in den Tresor und in den Club der Visionäre in Kreuzberg und zeigte mir Sehenswürdigkeiten anderer Art: das Stasi-Museum in Lichtenberg und das Mauerstück mit Honeckers und Breschnews Zungenkuss an der East Side Gallery.

Ich brauchte sechs Anläufe, bis ich es an den Türstehern des legendären Berghains vorbeigeschafft hatte, eines Clubs, der mir aus mehreren Gründen den Atem raubte. Ich war achtzehn und hatte noch nie gesehen, wie nackte Männer auf der Tanzfläche Sex hatten, ich hatte auch noch nie jemanden so wild feiern sehen wie Fleur, die mich nur stumm anlächelte, wenn Fremde in nietenbesetzten Ledermasken auf sie zukamen und ihre Ohren leckten. Im Rückblick ist mir klar, dass wir beide gegen unsere Erziehung rebellierten. Sie hatte sich mit ihren Eltern zerstritten, ich hatte gerade den schmutzigen Niedergang der unglücklichen Ehe meiner Eltern miterlebt. Meine Mutter war wieder nach Indien gezogen, und mein Vater ertränkte seine Sorgen in irischem Whisky.

Und dann gab es natürlich unseren fatalen Ausflug zum GrünesTal, den Club, zu dem wir jetzt fahren. Höchstwahrscheinlich ließen wir uns auf dem Weg dorthin unsere identischen Lotos-Tattoos stechen, zum Zeichen, dass unsere Beziehung ernster geworden war. Wenn ich mich nur an Einzelheiten erinnern könnte, aber der Erinnerungsverlust in jener Nacht sickerte ins Davor wie ins Danach. Haben wir uns etwas versprochen, während auf unseren Handgelenken die Lotosblumen erblühten? Habe ich gelobt, sie ewig zu lieben und mich immer um sie zu kümmern? Falls ja, dann habe ich schon in der allerersten Nacht mein Gelübde gebrochen.

Ich schaue stur aus dem Taxifenster, damit Tony meine Tränen nicht sieht. Schließlich ziehe ich den Ärmel hoch, betrachte wieder den lila Lotos, fahre mit dem Finger die Umrisse der empfindlichen Blume nach, ziehe Kraft aus den violetten Blütenblättern.

Allen neun.

Tony ist wieder weggedämmert. Wir fahren weiter durch Kreuzberg und dann nach Norden über die Spree, am Bahnhof Warschauer Straße vorbei. Rechts von uns ein Gitterwerk von Gleisen in Richtung Ostkreuz und weiter. Als ich zum ersten Mal am Bahnhof Warschauer Straße ausstieg, saß auf der Warschauer Brücke ein Bettler, der vor sich vier Plastikbecher auf dem Gehweg aufgestellt hatte, jeden mit dem Namen der Droge beschriftet, für die er Geld sammelte: Speed, LSD, Gras und GHB. Das war Welten von meinem behüteten Leben in Nordlondon entfernt, wo ich immer strebsam für die Schule gelernt und mich von den coolen Kids ferngehalten hatte.

»Hier anhalten, bitte«, sage ich auf Englisch zu dem Fahrer, als wir die Revaler Straße entlang- und am RAW vorbeifahren, dem weitläufigen Gelände des ehemaligen Eisenbahnausbesserungswerks, auf dem sich inzwischen ein Mix aus Clubs, Steampunk-Kunstgalerien und Skateparks angesiedelt hat. Sicherheitshalber gebe ich ihm noch ein Handzeichen. Unser Ziel ist eine riesige, verlassene Fabrikhalle hinter dem RAW, ein Stück von der Straße zurückgesetzt und damit abseits der Touristenwege. Hier war früher das GrünesTal, ein

Dub-Techno-Club, der vor zwei Jahren geschlossen wurde.

»*Finish*«, erklärt mir der Taxifahrer knapp, während wir über die Schlaglöcher zur Front des Gebäudes holpern. »*Over.*«

»Ich weiß«, antworte ich. »Kein Problem. Danke. Mein Freund hier will sich nur ein letztes Mal umsehen.«

Der Fahrer versteht mich wahrscheinlich nicht, aber ich finde es wichtig, so zu tun, als wären wir mit einer bestimmten Absicht hergekommen. Es ist kein Ort, an den man sich gewöhnlich mit dem Taxi fahren lässt.

»Hier?«, fragt er noch einmal und beweist damit, dass ihm unser Fahrtziel nicht geheuer ist.

»Perfekt«, sage ich und sehe an der alten Fabrikhalle auf, die einst das GrünesTal beherbergte. Bei diesem Anblick überläuft mich ein Schauer. Ich steige aus, gehe um den Wagen herum und öffne die Tür auf Tonys Seite.

»Wir sind da«, sage ich zu Tony, dessen Augen jetzt offen sind.

Ich helfe ihm aussteigen. Er sieht immer noch völlig benebelt aus und ist weiterhin fügsam, ich kann aber unmöglich sagen, wie lange noch. Xanax kann bis zu zwölf Stunden wirken. Falls Tony eine Toleranz dagegen entwickelt hat, könnte sich der Zeitraum enorm verkürzen, vor allem mit dem vielen Koffein in seinen Adern.

Ich drücke dem Taxifahrer ein großzügiges Trinkgeld in die Hand, und gleich wirkt er viel glücklicher. »Danke«, sage ich noch mal.

Tony steht schwankend neben mir, während das Taxi wendet und zur Revaler Straße zurückfährt.

»Erinnerst du dich?«, frage ich, den Blick auf die alte Halle gerichtet, deren Wände mit Graffiti überzogen sind.

Er lächelt hilflos, und ich muss ihn festhalten, damit er nicht umkippt. Xanax wirkt entspannend auf die Muskeln, seine Bewegungen sind schwerfällig.

Ich hake mich bei ihm ein und führe ihn auf die Rückseite des Baus.

Bald wird ihm das Lächeln vergehen.

99

Luke liest gebannt die Nachricht von DC Strover auf seinem Handy. Sein Flugzeug hat eben aufgesetzt. Strover ist die Vermisstenliste der Berliner Interpolstelle durchgegangen und dabei auf eine Freya gestoßen, die offenbar in Maddies Alter ist. Leider heißt sie mit Nachnamen Schmidt, was weder indisch noch irisch klingt.

Auf seinem Handy geht summend die nächste Nachricht ein. Diesmal kommt sie von Maddies Handy, dem mit der indischen Nummer.

Kommst du nach Berlin? Schreibe dir später, wo wir uns treffen. X

Der Tonfall macht Luke Sorgen, darum antwortet er sofort.

Bin schon da – eben gelandet. Wo bist du? Alles okay?

Während er auf ihre Antwort wartet, betrachtet er durch das Fenster den Flughafen Tegel. Um ihn herum holen sie schon das Handgepäck aus den Gepäckfächern. Er trödelt, bis auch er das Flugzeug verlassen muss, und checkt dabei immer wieder sein Handy, doch sie antwortet nicht.

Nachdem er die Passkontrolle hinter sich hat, sieht

Luke sich um. Soll er ins Zentrum fahren? Abwarten? Er hat immer noch nichts von Maddie gehört. Und dann läutet sein Telefon. Es ist Strover.

»Haben Sie meine Nachricht bekommen?«, fragt sie. Sie klingt eindringlich.

»Ich bin gerade erst gelandet.« Wieso hat er das Gefühl, sich entschuldigen zu müssen?

»Sind Sie bei Maddie?«

»Noch nicht.«

»Aber Sie wissen, wo sie ist?«

Die maschinengewehrschnellen Fragen beunruhigen Luke so, dass er von einem Fuß auf den anderen tritt. »Sie hat mir gerade geschrieben und gefragt, ob ich nach Berlin komme. Ist irgendwas passiert?«

»Von ihrem eigenen Handy aus?«, fragt Strover.

»Ihrem indischen, ja, warum?«

»Geben Sie mir die Nummer. Wir müssen die deutsche Polizei informieren.«

Luke behagt das Gespräch immer weniger. Er hatte gehofft, Strover würde ihn anrufen, weil sie mehr über Freya Schmidt in Erfahrung gebracht hat. Er kritzelt eilig die Nummer nieder und liest sie dann ab.

»Wann hat sie Ihnen zuletzt geschrieben?«, fragt sie.

»Als ich noch in der Luft war. Es könnte also bis zu zwei Stunden her sein.«

»Haben Sie geantwortet?«

»Vor etwa fünfzehn Minuten. Seither habe ich nichts mehr von ihr gehört.« Maddies Schweigen macht ihm allmählich Angst. »Sie sagte, sie würde mir mitteilen, wo wir uns treffen sollen.«

»Halten Sie mich auf dem Laufenden. Die deutsche Polizei wird die Nummer zu orten versuchen.«

»Danke – Sie wissen schon, für die Nachricht über Freya Schmidt.«

»Ich muss Schluss machen.«

»Können Sie mir nicht mehr über sie erzählen?«

Sie zögert kurz, ehe sie antwortet, und tut es dann leiser als üblich, so als wollte sie nicht belauscht werden. »Sie ist Deutsche und neunundzwanzig Jahre alt. Spricht Englisch und Deutsch. Und sie sieht …«

»Wie sieht sie aus?«

Strover kann eindeutig nicht frei sprechen. Wahrscheinlich sitzt ihr DI Hart im Nacken. »Sie sieht indisch aus – ein bisschen wie Maddie.«

»Nur ein bisschen?«

»Ich muss Schluss machen.«

Freya Schmidt. Luke beschließt, sich einen Kaffee zu holen und hier zu warten, bis er wieder von Maddie hört. *Neunundzwanzig Jahre alt. Spricht Englisch und Deutsch. Und sie sieht indisch aus … ein bisschen wie Maddie.* Es war nett von Strover, ihm das zu verraten. Hätte Freya Schmidt unter fremdem Namen nach England kommen können? Und dabei einen fremden Pass benutzen? Den von Maddie Thurloe? Alter und Aussehen stimmen mit Maddies überein, wenn Strover recht hat. Aber was wollte sie dann in seinem Dorf? Und welche Geschichte will sie ihm jetzt erzählen?

100

Wie ein Sträfling sitzt Tony, den Rücken an die Backsteinwand gelehnt, zusammengesackt hinter dem Metallgitter auf dem Boden.

»Erinnerst du dich?«, frage ich.

»Hieran?« Er klingt verwirrt. Er spricht schleppend und ungefähr eine Oktave tiefer. Ich trete an das Gitter, halte mich daran fest und schaue ihn an. Das trunkene Lächeln von vorhin hat sich in einen leeren Blick verwandelt. Gefühllos.

»Wir gehen zusammen auf die Reise«, verspreche ich ihm.

»Auf die Reise?«, fragt er nach langem Nachdenken, aber er klingt nicht neugierig, nicht einmal interessiert.

»In die Vergangenheit. Vor zehn Jahren im Grünes-Tal. Du, ich und meine beste Freundin Fleur.«

Tony starrt vor sich hin. Ich kann nicht einschätzen, ob er mich gehört hat, ob er verstanden hat, was ich gerade gesagt habe.

Nachdem das Taxi weggefahren war, habe ich ihn um das Gebäude herum zum Hintereingang begleitet, aus dem Blickfeld möglicher Passanten, auch wenn nur sehr selten jemand über diese Industriebrache spaziert. Ich habe diesen Fleck mit Bedacht ausgewählt, als ich vor einer Woche, vor meinem Weiterflug nach England, in Berlin war.

Wir befinden uns im Untergeschoss der ältesten Eisenbahnausbesserungshalle, weit entfernt von den anderen Fabrikhallen, die immer populärer bei Touristen und Clubgängern werden. Nach meiner Erkundungstour habe ich mich über die Revaler Straße schlaugemacht. Auf dem Gelände befand sich einst das Königlich Preußische Eisenbahnwerk, das nach dem Ersten Weltkrieg in Reichsbahnausbesserungswerk – kurz RAW – umbenannt wurde. Als Fleur und ich hier verkehrten, interessierte mich die Geschichte der Hallen wenig. Wir kannten den Club nur als GrünesTal, Teil der subversiven Undergroundszene in der Stadt, obwohl schon damals die trendigere Vergangenheit des Geländes nostalgisch verklärt wurde und Gerüchte kursierten, dass private Investoren die Mieten hochtreiben wollten.

Die Metallgitter im Untergeschoss wurden ursprünglich zum Schutz der Mechaniker vor den Stromgeneratoren eingelassen. Als hier ein Club eröffnete, die alten Anlagen demontiert wurden und die DJs Einzug hielten, stellten sie ihre Decks hinter den Gittern auf, abgeschirmt von dem Chaos auf der Tanzfläche. Es war genau wie im Tresor, der in den Kellergewölben eines ehemaligen Kaufhauses untergebracht wurde. Dort dienten die Gitter, die einst die Tresore schützten, als DJ-Käfige.

Es scheint fast überflüssig, die Tür abzuschließen. Tony sieht nicht so aus, als würde er bald von hier wegwollen. Doch irgendwann lässt die Wirkung des Xanax nach, und dann wird er zu entkommen versuchen. Ich habe diesen Moment vorausgeplant, so wie ich auch alles andere geplant habe. Letzte Woche kam ich mit einem schweren Vorhängeschloss hierher, das ich hinter ein paar alten Autoreifen in einer der zahllosen Nischen hier im Gebäude versteckt habe. Nach einem kurzen Blick auf Tony gehe ich los, um es zu holen.

Ich begreife sofort, dass das Vorhängeschloss nicht mehr da ist. Die Reifen wurden umgestoßen. Ich drehe mich zu Tony um. Er starrt immer noch ins Leere. Ich sehe noch mal nach. Nichts.

Möglichst ruhig erweitere ich den Suchradius, wandere durch die weitläufige Industriehalle, unter deren nackten Ziegelwänden und Stahlträgern einst gnadenlos harter Techno hämmerte. Ruhig bleiben. Ich hatte einen Plan, hatte ein Vorhängeschloss besorgt, doch der beste Plan, ob Maus, ob Mann … Ich darf nicht in Panik geraten. Irgendwo muss das Schloss liegen. Ich habe so viel geschafft, so viele Schwierigkeiten überwunden, zum Beispiel dass ich für Jemma Huish gehalten wurde. Ich werde es finden. Und wenn nicht, dann werde ich eben ein paar schwere Sachen vor der Tür stapeln. Das Xanax hat Tony körperlich geschwächt. Entmannt. Ich habe genug Zeit, das Problem zu lösen.

Ich stehe auf der ehemaligen großen Tanzfläche, auf der sich Fleurs geschmeidiger Körper zu den schweren Beats bewegte. Inzwischen bin ich sicher, dass wir Tony hier kennengelernt haben. GrünesTal war unser Lieblingsclub. Fleur wusste genau, welche Musik sie mochte, welchen Techno. Ich versuche mich zu erinnern, wo der Barbereich war. Die Theke wurde von kitschigen Marmorskulpturen von nackten Männern mit gargantuanischen Erektionen getragen. Dort küsste Fleur mich zum ersten Mal.

»Ich schätze, dort hast du uns auf einen Cocktail eingeladen«, rufe ich Tony zu. »Mich und Fleur.«

Ob er mich hört? Seine Augen sind noch geöffnet. Das mit dem Vorhängeschloss kläre ich gleich.

»Wir waren naiv und arglos. Außerdem waren wir pleite und froh über zwei kostenlose Long Island Ice Teas, spendiert von einem netten Amerikaner, der uns für Zwillinge hielt und meinte, wir sollten Models werden. Ob er uns fotografieren dürfte? Wenigstens tippe ich, dass es so abgelaufen ist. Jahrelang habe ich mich mühsam an unsere Begegnung zu erinnern versucht, musst du wissen.«

Ich kehre zu Tony zurück, gehe neben ihm in die Hocke, sodass unsere Gesichter nur durch das Eisengitter getrennt sind. Auf seinen blassen Schläfen stehen Schweißperlen.

»Achtzehn Stunden später wachten wir in Fleurs Zimmer wieder auf«, fahre ich fort. »Mit mörderischen Kopfschmerzen und wund zwischen den Beinen. Wir wussten beide rein gar nichts mehr von der vergangenen Nacht, wo wir gewesen waren, wen wir kennengelernt hatten. Hast du eine Ahnung, wie grauenvoll das ist? Wir lagen im Bett, starrten auf unsere frischen, identischen Tattoos, eingeschüchtert von unserer Liebe zueinander, ihrer Intensität. Plötzlich machte sich Verlegenheit zwischen uns breit. Was hatten wir getan? Aber Fleur war das nicht, habe ich recht? Inzwischen habe ich das begriffen. Sie war immer so sanft zu mir. Hast du uns hinterher beide gebadet? Unsere Sünden abgewaschen? Immer wieder sehe ich ein Bad vor mir: In meinem Kopf blitzen Bilder auf, verstehst du, wie Fleur bibbernd auf einem kalten Fliesenboden sitzt, die Knie an die Brust gezogen und mich mit toten Augen anfleht, ihr zu helfen. Aber erst seit Kurzem. Zehn Jahre lang war da nur Dunkelheit. Ein ganzes Kapitel, das du mit ein paar Tropfen oder einer Pille in unseren Drinks aus unserem Leben radiert hast.«

Ich lasse Tony zurück und gehe zum Eingang, trete ins Freie, an die frische Luft, überrascht von meiner Kraft, dem strahlenden Sonnenschein. Ich hatte Angst, ich wäre nicht stark genug, ihn zur Rede zu stellen, das fehlende Vorhängeschloss hat mich aus der Fassung gebracht, doch jetzt habe ich das Gefühl, alles in der Hand zu haben, allem gewachsen zu sein. Hinter der mit Graffiti bedeckten Mauer rattern die Züge lärmend auf ihrem Weg zum Ostkreuz vorbei. Irgendwo in der Ferne gellt ein Martinshorn. Tony wird sich nicht daran erinnern, was ich ihm gerade erzählt habe, dass ich ihn hergebracht habe, doch diese Ansprache habe ich so lange vorbereitet. Wieder klarer im Kopf, kehre ich in die Halle zurück und entdecke am anderen Ende, hinter dem ehemaligen Barbereich, einen Stapel mit Zementsäcken. Ich habe Bauarbeiten bemerkt, als wir von der Hauptstraße abbogen. Vielleicht bewahrt einer der Bauunternehmer sein Material hier auf. Überall liegt Schutt.

»Am Nachmittag darauf verschwand Fleur«, fahre ich fort, die Hände jetzt fest um die Gitterstäbe geschlossen. Plötzlich fällt es mir schwer, meine Gefühle zu kontrollieren. »Wir teilten uns in einem Café auf der anderen Straßenseite einen Salat, dann ging ich zurück in die Wohnung, weil ich die Augen nicht mehr offen halten konnte. Seither habe ich sie nicht mehr gesehen.«

Ich drehe mich weg. Tony soll meine Tränen nicht sehen. Nach ein paar Sekunden bin ich stark genug, ihn wieder anzusehen, und halte mich wieder am Gitter fest.

»Natürlich ging ich zur Polizei. Es wurden Ermittlungen aufgenommen, ihr Name wurde auf die lange Liste von jungen Menschen gesetzt, die in Berlin vermisst gemeldet werden, aber man hat sie nie gefunden.« Ich senke den Kopf und hole tief Luft, weil der Zorn in mir aufsteigt wie Übelkeit. »Damals wusste niemand, dass du an jenem Tag ebenfalls in das Café gekommen warst, dass du an einem Ecktisch gesessen und uns beobachtet hast – und auf winzige Anzeichen eines Wiedererkennens, Erinnerungsspuren der vergangenen Nacht gelauert hast.«

Ich kann nicht mehr an mich halten. Ich ziehe die Käfigtür auf und baue mich vor ihm auf. »Wohin hast du sie gebracht?«, will ich wissen. »Was hast du mit ihr gemacht, verdammte Scheiße?« Inzwischen brülle ich und trete unbeherrscht auf ihn ein, ramme den Fuß immer wieder in seinen Bauch. »Hast du sie in dein schmieriges Studio geschleift? Wo ist es, Tony?«

Stöhnend presst er die Hände auf den Magen. Ich hatte mir versprochen, dass es nicht dazu kommen würde. Mir und den Mönchen. Dass ich seine Bestrafung der Justiz überlassen würde.

Tony dreht mir den Kopf zu. Sein Blick ist immer noch glasig, doch zum ersten Mal scheint er gehört zu haben, was ich sage.

»Du hast ein Studio hier in Berlin«, wiederhole ich, diesmal beherrschter. »Immer wieder sehe ich Bilder davon vor mir – von uns, dir, Seepferden. Ich muss wissen, wo es ist.«

Wenn ich das Studio betrete, werde ich es wiedererkennen. Die Erinnerungen an den Anfang des Abends, die Stunden hier im Club, sind immer noch wie mit Tinte ausgeschwärzt, doch in den letzten Monaten erhoben sich aus der Tiefe wie fahle Monster einzelne Bilder von jenen Orten, an die er uns später brachte. Ein riesiges Schablonenseepferd an einer gekalkten Backsteinmauer. Ein Bad. Fliesenboden. Vielleicht ein Bett. Ein weißer Kittel. Medizinische Instrumente.

Wieder gehe ich neben Tony in die Hocke.

»Scheiße, sag mir, wo es ist«, flüstere ich ihm ins Ohr.

Nach langem Suchen stieß ich schließlich auf seine frühere Website, doch ohne Kontaktadresse, nur voller Fotogalerien: von Clubs, DJs, einigen Frauen.

»Mein Studio?«, fragt er.

»Hier in Berlin.«

»Willst du dich fotografieren lassen?«

»Ich will nur die Adresse.«

Er sieht mich verständnislos an.

»Und die Schlüssel.«

101

Silas studiert das Bild des kleinen tibetischen Jungen, der ihn von einem A4-Plakat im Stil eines Fahndungsaufrufs anblickt. Die Überschrift lautet: »Helfen Sie, den Panchen Lama von Tibet zu finden.« Unter dem Foto stehen detaillierte Angaben über die Belohnung für Informationen, die zu seinem gegenwärtigen Aufenthaltsort führen. Silas hofft, dass ihnen das Poster zu einem Durchbruch verhelfen wird.

Das Plakat wurde vor ein paar Minuten in den Parade Room gebracht, nachdem die Kriminaltechniker es unter dem Futter von Maddies Koffer gefunden haben. Silas wusste sofort, dass er das Gesicht schon einmal auf seiner Ladakhreise gesehen hatte, wo er auf viele tibetanische Buddhisten getroffen war. Conor war noch jung, es war der schönste Familienurlaub, den sie je hatten.

Außerdem erinnerte es ihn an das jüngste online veröffentlichte Foto von Tonys Firma Seahorse Photography, das Strover finden konnte. Tony hatte Pressefotos von einer Gruppe tibetanischer Buddhistenmönche auf ihrer Reise durch England gemacht. Die Mönche tourten durch englische Gemeindesäle und sammelten Spenden für eine neue Küche in ihrem Kloster in Südindien, wo sie im Exil leben.

Silas hat ihre Webseite studiert: Ihr Heimatkloster in Zentraltibet wurde vom ersten Dalai Lama gegründet und ist traditioneller Sitz der nachfolgenden Panchen Lamas. Das Foto in Maddies Koffer zeigt den elften Panchen Lama, der 1995 im Alter von sechs Jahren von den chinesischen Behörden »in Gewahrsam« genommen wurde. Seither wurde er nicht mehr gesehen. Noch ein Vermisster.

Die deutsche Polizei versucht immer noch, Maddies Handy zu orten, doch er hat so eine Ahnung, dass man seine Sorgen dort nicht ernst nimmt.

Er sieht zu Strover hinüber, die gerade mit Südindien telefoniert. Strover sollte durch den Subkontinent reisen. Vielleicht würde ihr das zu mehr Geduld verhelfen.

»Zum Mars würde ich eine bessere Verbindung bekommen«, sagt sie und wählt erneut. Sie haben seit dem Vormittag die Schreibtische gewechselt und sitzen jetzt beide am Fenster.

Er muss daran denken, wie er mit Conor unter dem Sternenhimmel an einem Lagerfeuer in Ladakh saß und seinem Sohn in groben Zügen die Geschichte des tibetanischen Buddhismus zu erklären versuchte. Hinterher war keiner von beiden viel schlauer. Er betrachtet wieder das Poster. Warum sollte Maddie so ein Foto mit auf die Reise nehmen? Und warum verstecken, wenn sie nicht nach China reisen wollte?

Er weiß lediglich, dass das Plakat eine weitere Verbindung mit Südindien darstellt, wo ihre Mutter herkommt. Vor zehn Jahren, nach ihrer Scheidung von James Thurloe, kehrte sie dorthin zurück. Offenbar folgte Maddie ihr ein Jahr später. Sie versuchen, die beiden über die indische Polizei aufzuspüren – er hat über Interpol eine dringende Anfrage an die Kriminalpolizei in Delhi gestellt –, aber bislang ohne Ergebnis. Immerhin haben sie nun eine Verbindung zwischen Tony und Maddie gefunden, die eventuell erklären könnte, warum sie nach Wiltshire kam.

Strover hebt den Daumen und beginnt zu reden.

»Ist dort das Tashi-Lhunpo-Kloster in Bylakuppe?«, fragt sie und kämpft sich dabei durch die Worte. »In Karnataka?«

Ein paar Streifenpolizisten sehen her. Warum redet man immer so komisch, wenn man sich mit Ausländern unterhält? Silas weiß, dass er es tut. Laut und langsam, als würde er sich mit einem Debilen unterhalten. Fünf Minuten und mehrere Seiten voller Notizen später legt Strover den Hörer ab.

»Also, Maddie und ihre Mutter besuchen das Kloster regelmäßig«, sagt sie, während sie mit dem Notizbuch zu Silas herüberkommt. »Mein Gesprächspartner, *Lobsang Dorjee*«, liest sie den Namen aus ihren Notizen ab, »bezeichnete sie als ›gute Freunde‹ ihrer Gemeinschaft, die, soweit er weiß, in einer nahen Stadt – Kushalnagar? – leben und dort beide an einer örtlichen Schule unterrichten. Maddie war in den vergangenen Monaten oft oben in der Gebetshalle des Klosters, öfter als üblich. Offenbar, um meditieren zu lernen.«

»Sie haben doch gesagt, dass sie was von einer Nonne hätte«, sagt Silas.

»Der Mönch wollte keine Einzelheiten verraten, nur dass man ihr geholfen hätte, sich an lang vergangene Dinge zu erinnern.« Noch ein Blick in ihr Notizbuch. »Ihren Geist zu reinigen. Vor zehn Tagen reiste sie plötzlich ab, angeblich um sich am Golf mit einer Freundin zu treffen. Alle machen sich große Sorgen um sie, vor allem ihre Mutter. Sie haben mir die Telefonnummer der Mutter gegeben – ich werde sie gleich anrufen.«

102

Tony sieht zu, wie Maddie die schweren Zementsäcke heranschleift, einen nach dem anderen, ohne dass er sie daran hindern könnte. Sie braucht ewig, aber sie hat es offenbar nicht eilig. Oder es liegt nur an ihm. Er weiß, dass sie ein Beruhigungsmittel in seinen Drink geschmuggelt hat. Bis die Wirkung nachlässt, kann er rein gar nichts unternehmen. Will er auch nichts unternehmen. Die Lethargie bringt ihn um, wirkt absolut dämpfend. Es genügt ihm vollauf, auf dem Betonboden seiner Zelle zu liegen und zu schlafen. Wenn er nur aufhören könnte, nach Maddies Pfeife zu tanzen. Er hat ihr schon die Schlüssel zu seinem Studio gegeben – und sich dabei selbst mit einer Mischung aus Ärger und vollkommener Gleichgültigkeit beobachtet. Er muss wach bleiben, hier herauskommen.

»Jeder andere würde mir leidtun«, sagt Maddie, als sie ihre Barriere errichtet hat. Sie steht vor dem Gitter, Verachtung im Blick und Schweißperlen auf der Stirn nach der körperlichen Anstrengung. »Alzheimer ist eine grausame Krankheit. Und in deinem Fall kann sie dich gar nicht schnell genug umbringen.«

Sie dreht ihm den Rücken zu.

»Wie hast du dich erinnert?«, ruft Tony ihr nach, wenn auch schleppend. Das taube Gefühl in seinem Kopf macht ihn noch verrückt. »Nach all den Jahren?«

Sie hält kurz inne, ihm den Rücken zugewandt, dann geht sie weiter und lässt ihn allein.

»Hey, komm zurück«, ruft er, von plötzlicher Paranoia gepackt. »Wir müssen reden.« Stille. Jetzt hat Tony Angst. Sie hat zu viel Kontrolle.

Nach fünf Minuten kämpft er sich hoch und bleibt schwankend stehen. Die Halle ist kaum wiederzuerkennen. GrünesTal war sein liebstes Jagdgebiet in Berlin, einer der besten Clubs in ganz Europa. Mädchen, Jungen, er war nicht wählerisch. Solange es nur sein Typ war. Er hatte seine Nische als Clubfotograf gefunden und kannte alle DJs, die hier spielten. Er fotografierte sie für ihre PR und folgte ihnen quer durch die besten europäischen Clubs, in denen er überall Backstage Zutritt hatte. Es war die perfekte Tarnung. Niemand ahnte irgendwas.

Und wenn er gefragt wurde, warum er seine Firma Seahorse Photography genannt hatte, antwortete er regelmäßig, er könne sich nicht erinnern. Sein persönlicher Scherz. Er ließ sich nie darüber aus, dass Seepferdchen denselben Namen tragen wie der Hippocampus, in dem die Erinnerungen verarbeitet werden. Oder dass er schreckliche Angst hatte, genau wie sein Vater an Alzheimer zu sterben. Oder dass er seine Opfer in eine temporäre Amnesie versetzte und sich dann an dem Wissen aufgeilte, dass seine Synapsen ihren überlegen waren, wenigstens ein paar Stunden lang. Vielleicht war sein Hippocampus bereits im Verrotten begriffen, aber er funktionierte immer noch besser als ihre benzogetränkten Hirne. Er würde sich genau erinnern, an alles, was er ihnen antat, und sie an nichts davon. Besser ging es kaum. Nicht für einen Mann, der einst davon geträumt hatte, Neurochirurg zu werden. Für einen Mann, dessen Cortex atrophierte.

Tony stemmt sich gegen die Gittertür. Nichts regt sich, gar nichts. Maddie hat fünf Säcke Zement aufeinandergeschichtet und dahinter ein paar alte Reifen aufgestapelt. Das Tor wird sich bewegen. Früher oder später. Er muss nur wieder Kraft gewinnen. Und Willenskraft.

Offensichtlich war Maddie eine der Clubgängerinnen, die er in sein Studio gebracht hat. Genau deswegen hat er schließlich damit aufgehört. Ein neues Land, ein neuer Anfang. Zu viele begannen sich zu erinnern, ganz gleich, woher er seine Pillen bezog, das war das Problem. Und wenn sie sich erinnerten, musste er ihre Erinnerung auslöschen. Endgültig. Siebenmal nach der letzten Zählung. Irgendwie muss sie ihm durchs Netz geschlüpft sein. Dabei war er immer extrem vorsichtig, traf alle nötigen Vorkehrungen. Warum hat sie nicht die Bullen gerufen? Keine Beweise, noch nicht. Verschwommene Erinnerungen machen sich nicht gut vor Gericht. *Unzuverlässig oder falsch, Euer Ehren?* Jesus, er will nur schlafen.

Was hat sie dazu getrieben, so in seinem Dorf aufzutauchen? Hatte sie es von Anfang an auf ihn abgesehen? Wollte sie ihn zurück nach Berlin locken? Falls ja, dann spielt sie auf Zeit. Schlaues Mädchen. Er war zu Recht misstrauisch. *Jemanden, der mich durch Berlin lotst.* Und es war richtig, mit ihr herzukommen und festzustellen, wie viel sie über sein altes Leben weiß. Und sie alles vergessen zu lassen, falls sie zu viel weiß. Nur dass sie ihm K.-o.-Tropfen in den Sekt gekippt und ihn in einen beschissenen Käfig gesperrt hat. Wieso hat er sie nicht erkannt, als sie vor ein paar Tagen an seiner Tür auftauchte? Sie kam ihm irgendwie bekannt vor – er wusste nur nicht woher. Und dann hielt er sie für Jemma Huish. Wunschdenken. Idiot. Zu viele Plaques, zu viele fibrilläre Ablagerungen.

Wieder stemmt er sich gegen das Gitter, diesmal mit aller Kraft. Diesmal bewegen sich die Zementsäcke.

Einen Zentimeter.

103

Tonys Studio liegt im Schillerkiez im Norden von Neukölln, an der Grenze zum alten Flughafen Tempelhof. Gleich nachdem ich aus dem GrünesTal trat, habe ich Luke die Adresse geschickt und ihm geschrieben, dass ich in einer Stunde beim Studio auf ihn warte. Inzwischen leben Flüchtlinge in den von den Nazis erbauten Flugzeughangars, was irgendwie passend erscheint. Offenbar sind Graffiti auf den Gebäuden verboten, anders als in den umliegenden Straßen, wo fast jede Wand getaggt ist.

Fleur und ich waren oft hier, als der Park eröffnet wurde. Damals war das Viertel rauer, hektischer, kantiger. Fleur wusste, wo man den besten türkischen Kaffee bekam, welche Künstler gerade angesagt und welche im Kommen waren. Wir waren auf einer ganzen Reihe von Studioeröffnungen, hielten uns an unseren Augustiner-Flaschen fest und standen weise nickend vor der Konzeptkunst. Die Gegend hat sich in den vergangenen zehn Jahren grundlegend gewandelt, an den meisten Straßenecken gibt es jetzt Chichi-Cafés, und in einer früheren Wäscherei ist jetzt eine Boutique-Kunstgalerie beheimatet.

Heute ist das Flugfeld voller Familien, die die Sommersonne genießen. Teenager skaten auf der ehemaligen Rollbahn an mir vorbei. Auf dem Rasen neben dem

Rollfeld lässt ein Vater mit seinem Sohn einen sich blähenden rosa Drachen steigen. Eltern schieben Kinderwägen, Frauen machen Yoga. Ich gehe auf die Adresse zu, die Tony mir gegeben hat. Ich glaube nicht, dass er mich angelogen hat: Das Xanax hat ihn gefügig gemacht. Ich hätte einfach alles von ihm verlangen können. Genau das finde ich so gruselig.

Ich brauche eine Weile, bis ich den Eingang zu seinem Studio gefunden habe, versteckt in einer Seitengasse, die von den Stadtentwicklern übersehen wurde. Keine Namen auf dem Klingelfeld, nur drei Knöpfe. Ich sehe an dem alten Gebäude hoch: Erdgeschoss und zwei Stockwerke darüber. Tony sagte, sein Studio sei im Keller. Ich gehe nach hinten, wo eine Treppe zu einer Garage mit einem verrosteten, graffitibeschmierten Tor hinunterführt. Daneben gibt es eine kleine abgeschlossene Tür mit Briefkastenschlitz. Ich drehe mich kurz um, sehe die Sackgasse entlang und steige dann die Stufen hinab. Einer der Schlüssel passt, ich drücke die Tür auf und schiebe dabei einen Berg von Prospekten und Werbepost an Seahorse Photography zur Seite.

Ich spähe den dunklen, feuchten Flur entlang und probiere einen Lichtschalter, der nicht funktioniert. Kommt mir irgendwas vertraut vor? Wie hat Tony uns vom Club hierhergebracht? Mit dem Taxi? Seinem Auto? Ich erkenne nichts wieder. Ich schließe die Augen, atme tief ein, denke an den Bodhi-Baum und lasse mir von seinen tiefen, fest verankerten Wurzeln bei der Erinnerung helfen.

Ich schalte das Handy ein – der Akku ist fast leer, darum habe ich es ausgemacht, nachdem ich Luke geschrieben hatte – und warte, bis es hochgefahren ist.

Dann schalte ich die Taschenlampenfunktion an und gehe zu einer zweiten Tür am Ende des Flurs. Tony hat mir drei Schlüssel übergeben, jetzt probiere ich es mit dem zweiten. Als ich mit dem Handylicht den Raum ausleuchte, beginnt sich alles um mich zu drehen. Hier bin ich richtig: ein großer Studioraum mit weißen Wänden. Eine aufblitzende Erinnerung. Hier ist es passiert. Ich bin sicher. An der Wand vor mir ein riesiges mit Schablone gemaltes Seepferd, dessen zackenbesetzter Körper vom Boden bis zur Decke reicht und das in die Dunkelheit starrt. Ein Adrenalinschub, und ich wende mich ab, weil ich die hässliche, verknöcherte Kreatur nicht ansehen kann. Mit ihren vorquellenden Augen.

Ich erinnere mich. Das ist das Bild, mit dem alles anfing, das meine Erinnerung wachrüttelte, das mich in ein englisches Dorf führte und mich nun nach Berlin brachte.

Ich zwinge mich, das Seepferd wieder anzusehen, mir vor Augen zu rufen, wie alles anfing. Die Mönche aus unserem südindischen Kloster waren erschöpft, aber beschwingt von ihrer Spendentour quer durch Europa zurückgekehrt. Das ländliche England hatte eifrig ihre Workshops über tibetanischen Buddhismus besucht und ihre Mandalas aus Sand bestaunt. An jenem Abend gab es ein großes Festessen im Tashi-Lhunpo-Kloster, und wir waren zur Feier eingeladen. Bei den Schilderungen aus den dörflichen Gemeindesälen Englands überkam mich Heimweh nach dem Leben, das ich zurückgelassen hatte. Fotos wurden wie Ferienschnappschüsse herumgereicht, darunter eines von einer Veranstaltung in einem Gemeindesaal in Wiltshire. Eine Reihe kleiner Kinder im Schneidersitz, die mit offenen Mündern den tanzenden und singenden Mönchen mit ihren gelben Hüten zuschauten.

Ohne dass ich sagen könnte warum, drehte ich das Foto damals um und entdeckte auf der Rückseite das Logo von Seahorse Photography. Der Anblick löste eine so tiefsitzende Reaktion aus, dass ich mich kaum beherrschen konnte. Mit zitternder Hand reichte ich das Foto zurück, dann rannte ich nach draußen in den Hof und an die frische Luft. Meine Mutter folgte mir.

»Was ist los?«, fragte sie.

»Ich erinnere mich.« Mehr sagte ich nicht. *Ich erinnere mich.*

Es war nicht viel, doch es war ein Anfang, ein schwacher Schimmer in der sedierten Dunkelheit.

Im Lauf der Jahre hatte ich meiner Mutter immer mehr über das Ende meiner Zeit in Berlin erzählt, ihr geschildert, wie die sorglosen Monate nach meinem Schulabschluss brutal abgeschnitten wurden, weil meine beste Freundin verschwand. Ich erzählte ihr nichts von unseren Clubbesuchen und den Drogen. Oder von unserer Liebesbeziehung. Eltern brauchen nicht alles zu wissen. Das Problem war, dass ich mich an eine Nacht im Besonderen überhaupt nicht erinnern konnte. Meine letzte Nacht mit Fleur. Jetzt, mit einem Namen, einem Bild – Seahorse Photography –, hatte ich einen Schlüssel in der Hand, mit dem ich vielleicht Erinnerungen freisetzen konnte, die mir eigentlich für alle Zeiten verschlossen bleiben sollten.

Während der nächsten sechs Monate verbrachte ich viel Zeit bei den Mönchen, die mich neue Wege lehrten, meine Erinnerung wachzurufen. Ich bin Lehrerin an der Grundschule unseres Ortes, und ich ging täglich vor und nach der Schule ins Kloster, wo ich im obersten Stockwerk des Tantric Colleges lernte zu meditieren. Früher war dort der erste Tempel des Klosters, für mich ein guter Platz zum Lernen. Danach gingen wir hinaus in den Hof, wo ein wunderschöner Bodhi-Baum seinen kühlenden Schatten verbreitete, so wie er es vor über 2.500 Jahren für Buddha getan hatte. Ich setzte mich darunter und vertiefte mich stundenlang in meine Meditation, während mir stets andere Mönche Gesellschaft leisteten.

Anfangs dachten sie, ich wollte meine vergangenen Existenzen zu neuem Leben erwecken, doch bald hatten sie verstanden. Sie begannen meinen Geist so zu schulen, dass er sich in die Vergangenheit vortasten und unverarbeitete emotionale Erinnerungen wachrufen konnte. Damit ich irgendwann ins Gedächtnis zurückholen konnte, was in jener Nacht in Berlin geschehen war. Was mit Fleur geschehen war.

»Erst wenn unser Geist zur Ruhe kommt, können alte Erinnerungen an die Oberfläche steigen«, erklärte mir einer der Mönche. »Solange unsere Seele in Aufruhr ist, vergessen wir.«

Sie entdeckten eine tiefsitzende Angst in mir, dunkel und unterdrückt, und unterwiesen mich daraufhin in den Lehren Macig Labdröns, einer berühmten Yogini und Lehrerin des tibetischen Buddhismus aus dem elften Jahrhundert. Sie wird mit erleuchteter weiblicher Energie in Verbindung gebracht und ist vor allem für ihr »Chöd«-Gebet berühmt, eine visionäre Übung, die den Betenden dabei unterstützt, sich seinen inneren Dämonen zu stellen und sich von Körper und Ego zu lösen. Das war zwar zeitweise beängstigend, aber gleichzeitig auch reinigend, und tatsächlich erreichte ich schließlich einen Zustand reinen, losgelösten Bewusstseins. Mein Geist war klarer, meine Wahrnehmung geschärft, vor allem in Bezug auf die Vergangenheit. Aber das genügte nicht. Trotz alledem konnte ich mich nicht an jene Nacht in Berlin erinnern.

Daraufhin schlug ein Mönch, der auf Besuch war, mir vor, ich solle ein Pulver aus der Frucht des Bodhi-Baumes probieren. Ich wusste, dass Blätter und Borke des Bodhi-Baums – auch bekannt als Pappel-Feige – wegen ihrer medizinischen Eigenschaften verehrt werden, aber dass seine Feigen angeblich das Gedächtnis verbessern sollen, war mir bis dahin unbekannt. Sie sind nicht nur reich an Aminosäuren, sondern enthalten auch hohe Dosen Serotonin, und wie ich bald online erfuhr, haben indische Wissenschaftler nachgewiesen, dass die pulverisierten Feigen anterograde und retrograde Amnesie lindern können, indem sie »serotonergische Neurotransmissionen modulieren«. Einen Versuch war es jedenfalls wert.

Eines Morgens, als noch leichter Nebel über dem Klosterhof hing, spürte ich unter dem Baum einen Durchbruch, lösten sich ein paar vereinzelte Worte aus den tiefsten Abgründen meines Hirns. Ich weiß nicht, ob es das Pulver oder die Meditation war, aber in diesem Moment wurde mir klar, dass unsere intensivsten Erinnerungen nicht nur in Bilder, sondern auch in Gefühle gekleidet sind. Und plötzlich erinnerte ich mich an die Übelkeit in meinem Magen und den Ekel, als Tonys Stimme durch das Studio hallte, in dem ich jetzt stehe.

»Weißt du, was mich wirklich scharfmacht? Wenn jemand alles vergisst, und das *jeden* Morgen. Tag für Tag. Einfach so und ohne Drogen und ohne Chemie. Das wäre doch genial.«

Ich bin sicher, dass er sich anders ausdrückte – es ist schon lange her –, aber der grausige Kern der Aussage klingt mir immer noch im Ohr. *Wenn jemand alles vergisst, und das jeden Morgen.* Das klang so böse. Tony zog seine Lust nicht nur aus den Drogenblackouts seiner Opfer, er suchte nach mehr, nach einer fortwährenden Amnesie, die ihm endlosen Missbrauch ermöglichen würde. *Tag für Tag.*

Das genügte mir, um einen Plan auszubrüten, getrieben von den Fragmenten meiner Erinnerung, die Stück für Stück unter diesem fruchtbaren Bodhi-Baum freigelegt wurden. Beängstigende Schnappschüsse von Tony. Und Fleur. Mühsam setzte ich sie zusammen und erschloss mir irgendwann, was ich tun musste. Es war ein düsterer, abgefeimter Plan, seines Opfers würdig. Tony würde mir kaum widerstehen können, wenn ich vor seiner Haustür in Wiltshire auftauchte und behauptete, ich hätte das Gedächtnis verloren. Dass ich sein Typ war, wusste ich – das hatte ich schon einmal bewiesen. Und diesmal brauchte er mir kein Xanax unterzuschieben. *Ganz nett und ohne Drogen und ohne Chemie.* Eine natürliche Amnesie. Ganz organisch. Wie könnte er da widerstehen?

Die Adresse in Wiltshire war schnell gefunden, nachdem ich seinen Namen auf einer neueren Website von Seahorse Photography entdeckt und seinen neuen Beruf als Hochzeitsfotograf in England gegoogelt hatte. Offenbar war er kürzlich aus den Surrey Hills weggezogen, wahrscheinlich hatte er sich ein Haus gekauft. Welches Dorf in Wiltshire die Mönche besucht hatten, war mir bekannt, den Rest recherchierte ich über Google Maps und die Website des Grundbuchamtes. Über die Seite seiner Maklerin konnte ich mir auch den Grundriss des Hauses herunterladen – ich dachte, es würde meine Geschichte glaubhafter machen, wenn ich mich vage erinnerte, dass ich einst im selben Haus gelebt hätte, und um die Anordnung der Zimmer und dem Büro im Garten wusste. Auch unter einer Amnesie bleiben oft vereinzelte Kindheitserinnerungen erhalten.

Allerdings konnte ich unmöglich vorhersehen, dass man mich mit Jemma Huish verwechseln oder dass mein Besuch mit dem Todestag ihrer Mutter zusammenfallen würde. Ich hatte keine Ahnung, dass Tony so besessen von ihr war. Und zwar so sehr, dass er sogar das Haus kaufte, in dem sie früher lebte, nur weil er hoffte, dass sie eines Tages dort auftauchen würde. Wie einst ein berühmter Boxer sagte, hat jeder einen Plan, bis er eins auf die Fresse bekommt.

Ich sehe mich in dem verlassenen Studio um, leuchte mit meinem Handy in alte Kartons. Inzwischen gibt es hier praktisch nichts mehr, jedenfalls keine Bilder. Offenbar hat er alle Möbel und das gesamte Fotoequipment nach England mitgenommen. Nur das grässliche Logo an der Wand ist geblieben. Noch eine Erinnerung erwacht flackernd zum Leben. Fleur, die in der Ecke auf einem Bett liegt und mich fassungslos anstarrt, während Tony alles mit ihr anstellen kann, was ihm einfällt. Was er mit mir gemacht hat, weiß ich immer noch nicht.

In der Ecke ist eine weitere Tür. Mir wird leicht schwindlig, als ich sie mit dem dritten Schlüssel öffne und mit der Smartphone-Taschenlampe die Ecken ausleuchte. Auch hier war ich schon. Ich kann es spüren. Der kleine Raum ist völlig leer bis auf einen massiven Klotz, der sich in der Mitte erhebt wie eine Kücheninsel. Oder ein Operationstisch. Und in der Ecke steht die gusseiserne Badewanne, in der die schluchzende Fleur saß und ihre Knie umklammerte.

Der Boden ist schwarz-weiß gefliest und leicht zu reinigen. Auf einmal spüre ich wieder, wie kalt er war. Noch ein Gefühl. Wie sauber er roch. Ich gehe um die Insel herum, fahre mit dem Finger über die glatte, marmorgleiche Oberfläche. Tony könnte den Staub kaum ertragen. Ein Bild von ihm in einem weißen Kittel blitzt auf. Hat er hier seine Fotos ausgelegt? Anfangs druckte er sie am liebsten selbst aus. Ein weißer Medizinerkittel. Diesen Raum brauchte er nicht für seine Fotos. Hierher brachte er mich später am Abend, hier untersuchte und erforschte er meinen Körper wie ein Chirurg seinen Patienten vor einer Operation. Nur dass ich währenddessen bei Bewusstsein war. Halb. Was hat er mir hier angetan? Ich hatte die Hoffnung, dass sich das Bild vervollständigen würde, wenn ich hierherkomme, doch bisweilen bewahrt uns das Hirn vor unseren schlimmsten Verletzungen, indem es sie an einem Ort lagert, an dem nicht einmal Macig Labdrön und die serotoninreichen Feigen des Bodhi-Baums sie erreichen können.

Ich trete hinter die Insel, in deren Rückseite mehrere Schubladen eingelassen sind. Ich ziehe eine auf, leuchte hinein und zwinge mich, um Luft ringend, den Blick nicht abzuwenden. Eine Ansammlung medizinischer Instrumente und Gerätschaften. Handbohrer, mehrere Skalpelle, eine Säge und ein chirurgischer Meißel. Dazu ein kleiner Stahlhammer. Klammern und Pinzetten.

Was für unaussprechliche Dinge spielten sich hier ab? Ich weiß, dass ich all das schon einmal gesehen habe, aber ich weiß nicht warum. Beim bloßen Anblick überkommt mich eine tiefe, instinktive Angst, die mich schaudern lässt. Dass ich mich in der Praxis in England so beherrscht habe, war eine ziemliche Leistung.

Ich versuche mir einzureden, dass sie nichts anderes sind als die obsoleten Gartengeräte, die mein Vater in seinem Schuppen aufbewahrte, doch ich weiß, dass das nicht stimmt. Die nächste Schublade. Diesmal liegen wirklich Fotos darin. Ausdrucke auf A4. Weitere getrocknete Seepferdchen wie auf dem Bild in Tonys Speicher. Mit zitternden Händen hebe ich eines heraus und studiere es ausgiebig. Zwei getrocknete Seepferdchen, die auf der glatten Fläche vor mir aufgenommen wurden. Nur dass sie keine Augen haben.

Teurer als Silber. Ich betrachte das Foto genauer. Ein Blutstropfen. Ich drehe das Blatt um, in meinem Magen schwillt die Angst an. Und der Zorn. Ich hätte es wissen müssen. Ich hatte in Indien darüber gelesen, ich weiß, dass sie ihre lateinische Bezeichnung mit einem Teil des menschlichen Hirns teilen. Das sind keine Seepferdchen.

Auf der Rückseite steht in Bleistift geschrieben: *In memoriam Florence.*

Dann höre ich draußen ein Geräusch.

104

Silas knallt das Handy auf den Schreibtisch im Parade Room. Schon den ganzen Tag kommen alte Verbindungsleute aus dem Unterholz der Fleet Street gekrochen und bitten um eine inoffizielle Stellungnahme zu den tödlichen Schüssen am Kanal. Er hat Besseres zu tun. Zum Beispiel das BKA in Wiesbaden zu überreden, seine Bedenken ernster zu nehmen. Dort hat man Maddies Handy mit der indischen Telefonnummer immer noch nicht orten können und teilt auch nicht seine wachsende Angst, dass möglicherweise vor wenigen Stunden ein Serienmörder in Berlin gelandet ist. Sein Chef glaubt ihm anscheinend auch nicht und tut die Datei namens *Hippocampus madeleine* auf Tonys Computer als »künstlerische Schrulle« ab. Was auch immer das sein soll.

»Ich habe eben Maddies Mum erreicht«, sagt Strover, die gerade an seinen Tisch gekommen ist. Wenigstens sie glaubt ihm.

»Und …?«

»Sie ist völlig außer sich. Hatte keine Ahnung, dass Maddie in Europa ist.«

»Hat sie etwas über das Kloster erzählt? Woran Maddie sich erinnern wollte?«

»Berlin.«

Silas sieht auf.

»Irgendwas ist Maddie dort zugestoßen – vor zehn Jahren. Genauer wollte es ihre Mutter nicht erzählen.«

Sein Festnetztelefon läutet. Eine deutsche Nummer. Es ist der Beamte aus dem BKA Wiesbaden, mit dem er zuvor gesprochen hat.

»Wir haben endlich Maddies Telefon geortet«, erklärt er in beschämend gutem Englisch. »Sie hat es vor einer halben Stunde eingeschaltet – in einem alten Lagerhaus in Friedrichshain.« Er nennt die genaue Adresse, und Silas notiert sie. »Läutet da was bei Ihnen?«, fragt der Beamte.

»Noch nicht«, bekennt Silas und reicht die Adresse an Strover weiter. Sie ruft sie auf ihrem Laptop auf.

»Außerdem haben unsere Berliner Kollegen eben einen Anruf von einem Taxifahrer bekommen«, fährt der deutsche Beamte fort. »Er wollte zwei Fahrgäste melden, die er dreißig Minuten zuvor an exakt dieser Adresse abgesetzt hat.«

Strover reicht Silas einen Zettel, auf dem »Grünes-Tal – Detroit Techno Club« steht.

»War dort früher das GrünesTal?«, fragt Silas, den Blick auf Strover gerichtet. »Sie wissen schon, so ein Technoclub?«

»Sie sind jünger, als Sie sich anhören«, antwortet der Beamte, und Silas verdreht die Augen. »Es waren eine englischsprechende Frau mit einem Mann im Rollstuhl«, fährt der Beamte fort. »Die beiden sind am Flughafen Tegel eingestiegen. Wir haben am Flughafen nachgefragt – Maddie Thurloe hatte einen Rollstuhl bestellt.«

Einen Rollstuhl? »Und wieso wollte der Taxifahrer die beiden melden?«

»Er machte sich Sorgen um den Mann. Ich glaube, wir können die Suche einstellen. Sie macht eine Besichtigungstour mit ihm. *Down memory lane* heißt das bei Ihnen, wenn ich mich nicht irre.«

»Bei allem Respekt, ich glaube nicht, dass Sie die Suche einstellen können.« Silas merkt, wie seine Wut hochkocht. Er weiß, dass er auf verlorenem Posten steht.

»Eine interessante Theorie – mit den Seepferdchen und den Vermissten. Aber alles Weitere müssen wir Ihnen überlassen.«

105

Ich halte inne und lausche. Alles still. Ich sollte die Polizei rufen, ihnen erklären, wo sie Tony finden können, was mit Fleur passiert ist. Meinen Plan aufgeben. Andererseits will ich um jeden Preis wissen, was damals passiert ist. Bis ins letzte Detail. Darum bin ich hergekommen.

Eine weitere Bemerkung von Tony an jenem Abend kommt mir in den Sinn, ein weiteres Fragment: »Morgen werden wir uns als Fremde wiedersehen – wenn du dann noch lebst.«

Ich habe lang und angestrengt über den Satz nachgedacht, ihn mit meinen anderen Erinnerungen in Einklang zu bringen versucht. Offenbar hat er das zu uns gesagt, bevor er uns zu Fleurs Wohnung zurückfuhr. Eine letzte Drohung für unsere drogenvernebelten Hirne, eine Warnung an unser Unterbewusstsein, ihn nicht zu erkennen, falls wir einander über den Weg laufen sollten.

Morgen werden wir uns als Fremde wiedersehen. Dass wir uns am nächsten Tag trafen, war kein Zufall. Damit wollte er sich vergewissern, dass wir uns tatsächlich an nichts erinnerten. Dass ihm keine Gefahr drohte. Als wir über die Straße auf ein spätes Frühstück ins Café gingen, verkatert und schmerzgepeinigt, muss er hereingekommen sein und uns gesehen, uns beide fixiert haben. Ich erkannte ihn damals nicht, aber Fleur… Ach, meine Liebste, du warst immer so wachsam, so aufmerksam. Zwei Stunden später ging sie los, um vorn an der Ecke Sojamilch zu kaufen, und wurde nie wieder gesehen.

Ich schwenke ein letztes Mal den Lichtstrahl des Handys durch den Raum, beobachte, wie er sich in der glatten Oberfläche des Tisches bricht. Ich bin hergekommen, weil ich sehen wollte, wo Fleurs wunderbares Leben beendet wurde. Um ihr meinen Respekt zu erweisen und um mich so gut es geht von meiner Schuld zu reinigen. Hier fühle ich mich ihr nahe. Als sie noch lebte, teilten wir alles – Hoffnungen und Träume, Kopfhörer und die Badewanne. Jetzt will ich auch ihren Tod mit ihr teilen, nachdem ich ihn nicht verhindern konnte.

Ich hole tief Luft und lege mich auf die kühle Fläche der Insel, schalte das Handy aus und schaue in die Dunkelheit, bis mein Geist zur Ruhe kommt. Fünf, vielleicht zehn Minuten vergehen, bis ich ihn über mir stehen sehe, dicht vor meinem Gesicht, mit scharfem Blick über der Operationsmaske. Er hält ein paar medizinische Instrumente in der Hand – ich will mich nicht darauf konzentrieren. Ein Skalpell, würde ich annehmen. Vielleicht einen Bohrer. Er tut mir nichts. Er erklärt nur. »Und das mache ich mit denen, die sich erinnern«, flüstert er mir ins Ohr. »Alles in allem ist es am besten, wenn du vergisst.«

Und ich hatte vergessen. Bis jetzt. Nur meine geliebte Fleur erinnerte sich. Endlich finde ich meinen Frieden, hier, wo sie ihre letzten wachen Momente durchlebte. Ohne Schmerzen, hoffe ich, während das Monster deine Erinnerungen auslöschte. Ich werde dich nie vergessen, meine Liebe. Ich hebe die Hand und küsse in der Dunkelheit das Tattoo auf meinem Handgelenk.

Ein Klicken draußen. Oder waren das meine Lippen? Noch ein Geräusch, diesmal lauter, als würde ein Stahltor geöffnet und wieder geschlossen. Es dringt durch eine weitere Tür rechts von mir, hinter der sich die Tiefgarage befinden muss. Dafür hat Tony mir keinen Schlüssel gegeben. Ich versuche etwas zu hören, doch das Blut rauscht zu laut in meinen Ohren. So lautlos wie nur möglich taste ich in der Dunkelheit nach der Schublade unter mir.

Die Tür zur Garage geht auf. Ich drehe den Kopf und sehe eine menschliche Silhouette im Gegenlicht stehen.

106

»Ich bin auf dem Weg nach Neukölln«, sagt Luke am Telefon zu Strover. »Maddie hat mir geschrieben, ich soll mich dort mit ihr treffen.«

Die Nachricht traf ein, nachdem er eine halbe Stunde am Flughafen gewartet hatte.

»Vielleicht sind Sie dort auf sich allein gestellt«, eröffnet ihm Strover.

»Wieso das?« Luke schaut aus dem Taxifenster. Er war noch nie in Berlin, wünscht sich, er wäre nicht unter diesen Umständen hergekommen. Der Taxifahrer weist ihn auf Sehenswürdigkeiten hin – Schloss Charlottenburg, das Internationale Congress Center –, doch er ist nicht in der Stimmung für Sightseeing. Er will nur so schnell wie möglich zu der Adresse in Neukölln.

»Maddie wurde dabei gesehen, wie sie aus dem Flughafen kam, zusammen mit Tony in einem Rollstuhl«, sagt Strover.

»In einem Rollstuhl?«

»Ihr Handy wurde kurz in einem ehemaligen Club in Friedrichshain geortet, doch dann wurde es wieder ausgeschaltet. Ich werde Ihre Nachricht an unsere Berliner Kollegen weiterleiten, aber machen Sie sich keine allzu großen Hoffnungen. Wie lautet die Adresse?«

Luke liest sie vor. Er hat Maddie sofort zurückgeschrieben, doch auch diesmal hat sie nicht geantwortet.

Irgendwas läuft absolut schief. Schickt sie selbst diese Nachrichten, oder hat ihr jemand das Handy abgenommen?

»Glauben Sie, sie ist in Gefahr?« Er kann seine wachsende Angst nicht verbergen.

»Mein Chef hat unsere massiven Bedenken vorgetragen. Aber ohne weitere Beweise können wir nicht viel machen. Es tut mir schrecklich leid.«

»Und Sie finden wirklich, dass diese vermisste Freya Schmidt wie Maddie aussieht?«

Aber die Leitung ist schon tot.

107

»Maddie?«

Es ist Tony. Ich gehe davon aus, dass er mich noch nicht entdeckt hat, wie ich im Dunklen auf dem Tisch liege.

»Bist du hier?«, fragt er, immer noch in der Tür stehend.

Ich wage kaum zu atmen.

»Das war wirklich nicht nett«, fährt er fort. »Mich auf dem Flug so außer Gefecht zu setzen.«

Er spricht immer noch schleppend. Schon bald, sobald sich seine Augen an die Dunkelheit gewöhnt haben, wird er mich sehen können. Ich rieche Nagellackentferner.

»Wie ich sehe, hast du dich netterweise schon bereitgelegt«, sagt er. »Hier lagen sie alle. Alle, deren Erinnerung wiederkehrte.«

»Was hast du mit ihr gemacht?« Meine Stimme ist kaum ein Flüstern.

»Normalerweise musste ich sie erst unter Drogen setzen.«

»Was hast du mit Fleur gemacht?«, wiederhole ich. Ich fühle mich so verletzlich hier auf dem Tisch, doch gleichzeitig will ich jede plötzliche Bewegung vermeiden.

»Tatsächlich hast du vielleicht selbst schon hier gelegen. Manchen der Opfer gab ich eine Vorwarnung, fast wie ein Aufklärungsgespräch vor der Operation. Du weißt schon, falls ich den Verdacht hatte, dass sich jemand erinnern könnte.«

Ich hatte recht. »Wo ist sie?«, frage ich. »Was hast du mit ihr gemacht?«

Er schließt die Tür und kommt in den Raum. Schweigend steht er da, und sein Atem geht, anders als meiner, langsam und ruhig. Der medizinische Geruch wird stärker, bekommt etwas Alkoholisches. Antiseptisches. Fast unerträglich. Ich hätte die Polizei rufen sollen.

»Und tatsächlich hast du dich erinnert«, fährt er fort. »Mein Gott, du hast dir wirklich Zeit gelassen. Zehn verfickte Jahre.«

Ich hätte noch mehr Zementsäcke suchen, noch mehr gegen seine Käfigtür stapeln, noch mehr Vorsichtsmaßnahmen treffen sollen. Oder habe ich unbewusst gehofft, dass Tony mir hierher folgen würde? Dass ich Fleurs Schicksal teilen würde?

»Ich hätte gedacht, du würdest dich an mich erinnern«, erkläre ich ihm und denke dabei an den ersten Tag, an dem ich mit angstschweren Gliedern vom Bahnhof zu seinem Haus marschierte. »Als ich vor deiner Tür auftauchte.«

»Dein Gesicht habe ich tatsächlich wiedererkannt. Ich vergesse nie ein hübsches Gesicht. Aber wer du warst, wusste ich nicht mehr.«

Er klingt betrunken.

»Du dachtest, ich wäre Jemma Huish«, sage ich. Er darf nicht aufhören zu reden.

»Anfangs schon. Das hat mich verwirrt.«

Ich kann nicht widerstehen. »Und wie schlecht ist es inzwischen? Dein Gedächtnis?«

»Wie schlecht?« Er überlegt kurz. »Wie schlecht?«, äfft er mich wütend nach. Ist das nicht ironisch? Schritt für Schritt wird er so vergesslich wie seine Opfer. Ich weiß, dass das seine größte Angst ist. »Ich weiß noch genau, was gestern passiert ist«, prahlt er. »Das ist mehr, als man über deine dumme Schlampenfreundin Flo sagen konnte.«

»Fleur.« Ich schließe die Augen und versuche, gegen meinen Zorn anzukämpfen. Wie kann er es wagen? »Und dumm war sie ganz und gar nicht.«

»Hat mir erzählt, ihre Mom würde sie Florence nennen. Kurz bevor ich ihren Schädel öffnete.«

Die Vorstellung, dass Fleur in ihren letzten Minuten mit ihm gesprochen haben muss, ist mir unerträglich. Wie sie in Todesangst auf diesem Tisch lag und über ihre Mutter redete. Bestimmt war sie tapfer bis zum Ende.

»Mir waren förmliche Namen immer lieber«, führt Tony aus. »Die machen sich besser auf den Bildern. Klingen irgendwie lateinischer.«

»Wie viele?«, frage ich nur.

Tony steht jetzt rechts neben mir. Ich kann seine Silhouette erahnen. Meine Hand hängt in der Schublade auf meiner linken Seite, tastet sich durch die medizinischen Instrumente.

»Bald acht. Deren Erinnerungen in der Kunst unsterblich gemacht wurden. Dein Seepferdchen habe ich schon. Ich begann mir Sorgen zu machen, als dir dein Name wieder einfiel. *Hippocampus madeleine*. Allerdings hätte ich dich nie als Lügnerin eingestuft. Da hast du mich drangekriegt. Warst mir einen Schritt voraus.«

Meine Finger gleiten über die scharfe Kante eines Meißels und am Schaft entlang zum Griff.

»Das war wirklich unglaublich gewagt«, erzählt er weiter. »Einfach vor meiner Tür aufzutauchen.«

»Eigentlich nicht so sehr.« Ich warte kurz ab. In Indien war mir noch etwas eingefallen, ein weiteres Puzzleteilchen, das mir den nötigen Mut gab, meinen Plan durchzuführen und auf mein Glück zu vertrauen, selbst wenn ich dabei riskierte, dass er mich vor seiner Tür wiedererkennen würde. »In jener Nacht hast du etwas gesagt: ›Mein Hirn stirbt.‹ Genau das waren deine Worte. ›Mein Hirn stirbt.‹ Ich rechnete mir aus, dass deine verrottenden Synapsen mein Gesicht nicht mehr abrufen würden. Oder mein Tattoo. Wir hatten beide eines, Fleur und ich, in der Nacht, als du uns unter Drogen gesetzt hast. Zwei gleiche Blüten. Einprägsam. Ich habe dich genau beobachtet, als ich in eurer Wohnung war. Das Tattoo war mein Kanarienvogel im Bergbaustollen. Falls der Anblick etwas bei dir wachgerufen hätte, wäre ich auf der Stelle verschwunden. Aber nein. Nichts. Nicht einmal der Anflug eines Erkennens. Vergisst du immer noch, wozu man Autoschlüssel braucht?«

»Du Schlampe«, sagt er und stürzt sich auf mich.

Ich spüre Stoff auf meinem Gesicht. Einen beißenden Geruch, nach überreifen Bananen. Ich packe den Meißel und hole mit dem linken Arm aus, ziele rücksichtslos auf seinen Kopf. Als die Meißelspitze auftrifft, rolle ich mich vom Tisch auf den Boden und reiße mir das Tuch vom Gesicht. Tony kippt zur Seite und fällt auf den Rücken. Ich will gar nicht sehen, wo der Meißel steckt.

Stöhnend greift er nach dem Werkzeug und zieht es heraus.

»Das war ein Fehler«, flüstert er.

Ich weiß, dass ich ihn verletzt habe. Blut sickert auf den Fliesenboden. Seinen früher so sauberen Boden. Was für eine Schweinerei er hier veranstaltet. Ich stehe auf und sehe auf seinen hilflosen Körper. Ehe ich unser Dorf verließ, beteuerte ich den Mönchen, dass ich meine Dämonen vertrieben hätte, dass nur noch Zuneigung in meinem Herzen wohnte, so wie Macig Labdrön es wünschte. Aber insgeheim wusste ich genau, was ich tun musste, warum ich so eilig abreiste. Ich bin hergekommen, um das Bild dessen, was in jener Nacht geschah, zu vervollständigen. Und um Tony zu töten. Ich hasse ihn mit einer Leidenschaft, die ich einfach nicht beherrschen kann. Hasse ihn für das, was er Fleur angetan hat. Was er allen Menschen angetan hat, die er umgebracht oder missbraucht hat.

Ich greife in die Schublade und ziehe den kleinen Stahlhammer heraus.

»Bring mich um«, flüstert er.

»Wo hast du Fleurs Leiche versteckt?« Der Hammer ist überraschend schwer. Ich muss wissen, ob ich mir alles richtig zusammengereimt habe.

»Sie hätte mich nicht ansehen dürfen.«

»Wo?«

»Im Café.«

Also stimmt meine Theorie.

»Ein Blick, doch das war genug. Du siehst es in ihren Augen. Das Erkennen.«

Ich drücke den Hammer gegen meinen Schenkel. »Sag mir wo«, wiederhole ich.

»Im Müggelsee«, antwortet er. Einer der Berliner Seen. Fleur war einmal mit mir dort. Arm in Arm gingen wir in der Frühlingssonne am Ufer spazieren, bevor wir zur Wohnung einer Freundin weiterzogen, wo wir *Das Leben der anderen* schauten. Dieses Schwein.

»Alle?«, frage ich.

»Geht dich nichts an.«

Ich halte es nicht mehr aus. Ich will Tonys Schädel zertrümmern, die Erinnerungen an alle Schmerzen, die er anderen zugefügt hat, zu Brei schlagen, sie ein für alle Mal von dieser Erde tilgen. Den Blick fest auf ihn gerichtet, hebe ich den Hammer.

»Mach schon«, flüstert er.

»Mach ich auch«, sage ich. »Keine Sorge.« Und ich werde es tun.

Doch im nächsten Moment höre ich das Garagentor, die Tür wird aufgerissen, und Licht strömt in den Raum.

»Maddie!«, ruft Luke und kommt auf mich zugelaufen. »Nicht! Tu den Hammer weg. Bitte.«

Der Hammer schwebt immer noch über meinem Kopf. Ich sehe auf Tony nieder, der jämmerlich sterbend am Boden liegt, und lasse mir von Luke den Hammer abnehmen. Meine Arbeit hier ist getan. Luke greift nach seinem Handy, doch die Polizei ist schon unterwegs, die heulenden Martinshörner nähern sich unaufhaltsam.

Einen Monat später

108

»Wo ist Milo?«, fragt Maddie.

»Drüben bei Laura.« Luke rückt das iPad auf seinem Küchentisch zurecht, damit er Maddie weiterhin sehen kann, während er in der Spüle ein Glas mit Wasser volllaufen lässt. »Sie gibt ihm Yogastunden, kannst du dir das vorstellen?«, ruft er ihr zu.

»Wirklich toll«, sagt Maddie und lächelt dabei, doch Luke sieht ihr an, dass es sie Mühe kostet. Sie ist wieder im Haus ihrer Mutter in der südindischen Stadt, deren Name er sich einfach nicht merken kann. Kushalnagar?

»Um den Stress vor den Prüfungen abzubauen«, fährt Luke fort und setzt sich wieder an den Küchentisch. »Er hat zwei Sitzungen pro Woche, zusammen mit ein paar Mädchen aus seinem Freundeskreis. Ehrlich gesagt glaube ich, dass er Eindruck schinden will. Seine feminine Seite zeigen.«

»Wie geht es Laura?«, fragt Maddie ernster. In den vergangenen Wochen haben sie sich oft auf FaceTime unterhalten. Er braucht das genauso wie sie, beide müssen sie verarbeiten, was in Berlin passiert ist.

»Sie hält sich ganz gut. Angesichts der Umstände. Wir sehen uns jetzt öfter.«

»Ich hoffe, du kannst sie ein bisschen aufheitern.«

»Das hoffe ich auch«, sagt er und verstummt kurz. Manchmal hat Luke bei ihren Unterhaltungen das

Gefühl, dass Maddie sich einigermaßen erholt; manchmal, so wie heute, macht er sich Sorgen um sie. »Alles okay?«

Maddie wendet sich vom Bildschirm ab. »Es geht schon«, sagt sie. »Ich glaube, Mum ist zurückgekommen. Ich mache lieber Schluss.« Ein falsches Lächeln auf den Lippen, beugt sie sich vor, um den Bildschirm auszuschalten.

»Warte noch«, sagt Luke, doch Maddie zögert und kämpft sichtbar um Fassung.

»Du kannst mich jederzeit anrufen«, erklärt er ihr. »Wenn du reden willst. Du weißt schon, über alles.« In letzter Zeit hatte er öfter das Gefühl, dass Maddie kurz davor war, ihm etwas Wichtiges mitzuteilen, aber jedes Mal im letzten Moment zurückscheute.

»Danke«, sagt sie. »Das werde ich.«

Der Bildschirm wird dunkel. Luke schaltet das iPad aus. Er hofft, dass mit ihr alles in Ordnung ist. Wie versprochen, hat sie ihm ihre Geschichte erzählt, erst persönlich in Berlin – beide mussten ein paar Tage bleiben und der deutschen Polizei bei den Ermittlungen helfen –, später online im Anschluss an ihre Rückkehr nach Indien. Er hat beschlossen, sie nicht für die Zeitungen aufzuschreiben. Sie hätte es ihm gestattet, doch sein Leben hat sich weiterentwickelt. Es zählt nur, dass sie nicht adoptiert wurde und ihre Mutter keine Bahai ist. Und sie ist nicht Freya Schmidt, die Frau auf der Berliner Vermisstenliste.

Was die Ereignisse vor zehn Jahren angeht, zog Maddie nach der traumatischen Vergewaltigung und dem Verschwinden ihrer besten Freundin zu ihrer Mutter in den Süden Indiens. Sie führt seither nicht direkt ein klösterliches Leben, aber sie beschloss sehr wohl, einen Schlussstrich unter ihre westliche Kindheit zu ziehen und sich wieder an der indischen Kultur und an den Wurzeln ihrer Mutter zu orientieren. Erst nach zehn Jahren erwachte langsam die Erinnerung daran, was Tony ihr und Fleur in Berlin angetan hatte, ausgelöst durch eines seiner Fotos, die in einem Kloster nahe ihrem Heimatort aufgetaucht waren. Was danach geschah, wurde inzwischen in allen Medien breitgetreten, und mehr wird wahrscheinlich bei Tonys Prozess herauskommen. Er soll später im Jahr in Berlin stattfinden, Luke und Maddie werden als Zeugen der Anklage aussagen.

Nachdem er ein paar Pasteten in den Ofen geschoben hat, spaziert Luke über die School Road zu Laura. Sie hat sich entschlossen, in ihrem Haus zu bleiben, der Vorgeschichte zum Trotz.

»Wir sind gerade fertig geworden.« Sie öffnet ihm in ihrem Yogaoutfit. »Komm rein. Sie sind noch im Garten und trinken frischen Holunderblütensaft.«

Luke folgt ihr durch das Wohnzimmer mit der niedrigen Decke. Er kann Milo und zwei Mädchen im Garten sitzen sehen, seinen Sohn definitiv beim Baggern.

»Bleibst du eine Weile?«, fragt Laura und setzt sich aufs Sofa.

»Tatsächlich bin ich gerade auf dem Weg zum Pub«, sagt Luke. DC Strover besucht den Ort, um etwas lokale Polizeiarbeit zu betreiben (in anderen Worten: auf ein Pint). Sie und Sean scheinen sich gut zu verstehen und haben ihn eingeladen, ihnen Gesellschaft zu leisten. »Vielleicht später?«

»Das wäre nett.« Laura ist nicht gern allein im Haus,

er hat schon einige Nächte auf dem Sofa verbracht, auf dem sie jetzt sitzt. Auch Milo hat schon mehrmals hier geschlafen.

Er beobachtet, wie Laura aufsteht und zum Kamin geht.

»Maddie hat mir einen Brief geschrieben«, sagt sie und hebt einen kleinen Luftpostumschlag hoch. »Ich habe ihn noch nicht gelesen, aber irgendwann werde ich es tun.«

Sie haben in den letzten Wochen viel gesprochen, über Tony, seine Opfer, Maddie. Laura erkennt zwar an, wie mutig Maddie war, trotzdem macht es ihr zu schaffen, wie sie ihren Mann in die Falle gelockt hat. Wie kaltschnäuzig. Und kalkuliert.

Luke hofft, dass sich die beiden Frauen irgendwann noch einmal begegnen. Er sieht es als seine Mission, für Aussöhnung zu sorgen. Oder wenigstens für Verständnis.

Als er das Slaughtered Lamb betritt, sitzen Sean und DC Strover in einer Ecke und stecken die Köpfe zusammen. Er kann ihre erblühende Romanze noch immer nicht wirklich verstehen.

»Mein Chef sollte jede Minute hier sein«, sagt Strover, als Luke mit einer frischen Runde von der Theke zurückkehrt.

»DI Hart?«

»Er hat ein Date«, erklärt Strover und rutscht zur Seite, um ihm Platz zu machen. »Mit der Ärztin.«

»Was für ein Kaff, oder?« Sean trinkt den Schaum von seinem Guinness ab.

»Bevor der Chef kommt, muss ich dir und Luke noch etwas erzählen«, erklärt Strover leise und verschwörerisch. Luke und Sean beugen sich vor und lauschen gespannt. »Über Maddie Thurloes DNA.«

»Klingt, als würdest du gleich ihre Bürgerrechte verletzen«, merkt Sean leise an.

Luke fürchtet sich vor dem, was kommen mag, doch er sagt nichts. Er hat noch niemandem im Ort erzählt, dass er sich mit Maddie über FaceTime unterhält.

»Das hier habt ihr nicht von mir«, sagt Strover.

»Ich schwöre bei Gott, ich bin dir nie begegnet«, sagt Sean.

Vielleicht sollte Strover ihn bald nach Hause bringen. Vor einer Woche hat ein Studio sein jüngstes Drehbuch gekauft, und seither feiert er im Pub.

»Dass sie einen irischen Vater und eine indische Mutter hatte, stand ja in allen Zeitungen«, sagt Strover. »Aber überrascht hat die Kriminaltechnik, dass auch einiges auf eine russische Abstammung hindeutet.«

Sean verschluckt sich um ein Haar an seinem Pint. »Was habe ich dir gesagt?«, sprüht er sein Guinness förmlich über den Tisch. »Ich hab's doch gleich gewusst. Eine von Moskaus Besten, so viel steht fest.«

Luke sieht Strover an, die ihm zuzwinkert. Er wird Sean später aufklären, ihn behutsam auf den Boden zurückholen.

Seit den Ereignissen in Berlin hat Strover einiges auf sich genommen, um Luke bei der Suche nach seiner Tochter zu helfen. Sie hat es nie ausgesprochen, aber doch angedeutet, dass Freya Schmidt offiziell nicht mehr als Vermisste gilt, sondern einfach beschlossen hat, den Kontakt zu ihren Eltern abzubrechen. Aus Dank für die Hilfe, die man von der Polizei Wiltshire bei der Überführung eines Serienmörders bekommen hatte, zeigte sich die Berliner Polizei ähnlich kooperativ. Als Strover erklärte, sie hätte eine wichtige Nachricht an Freya Schmidt, und fragte, ob die deutschen Behörden diese ohne weitere Verpflichtungen weiterleiten könnten, kam man ihrer Bitte gern nach. Luke hofft immer noch, dass sie eines Tages antworten und sich mit ihm in Verbindung setzen wird. Ob sie adoptiert wurde, weiß er nicht, aber immerhin heißt sie Freya.

»Da kommt der Chef«, sagt Strover.

Luke sieht DI Hart in der Tür stehen. Er ist allein.

»Noch eine Runde?«, fragt Hart, als er an ihrem Tisch steht, und sieht dabei Luke an. Er sieht schlanker aus als in Lukes Erinnerung. Sie sind nicht gerade befreundet, doch sie respektieren sich gegenseitig. Nach Lukes Rückkehr aus Berlin lud Hart ihn zu einem informellen Gespräch nach Gablecross ein und bedankte sich dabei persönlich für seinen Einsatz.

Nachdem Hart von Luke die Adresse von Tonys Studio erhalten und sie an die deutsche Polizei weitergeschickt hatte, nahm man in Berlin die Bedenken der Kollegen in Swindon doch ernst. Die Adresse war aktenkundig. Ein Nachbar hatte über Jahre hinweg verdächtige Vorgänge gemeldet – merkwürdige Geräusche, Kampflaute –, denen aber nie nachgegangen worden war. Wie sich herausstellte, hatte Tony die Leichen in die Garage geschleift und sie dann zum Müggelsee gefahren. Bisher wurden erst drei Leichen geborgen – Fleurs ist bis heute nicht gefunden –, doch das genügt für eine Anklage gegen Tony, den eine lebenslange Freiheitsstrafe erwartet.

»Ist ein Arzt im Haus?«, fragt Sean, taktlos wie immer.

»Dr. Patterson hat noch zu tun«, sagt Hart und fängt dabei Strovers Blick auf.

»Ich spendiere Ihnen ein Pint«, sagt Luke, ehe die Situation noch peinlicher werden kann. »Was trinken Sie?«

»Ich komme mit«, sagt Hart.

Luke und Hart stehen als ungleiche Trinkgenossen an der Theke.

»Ich muss mich für Sean entschuldigen«, bietet Luke an.

»Ich habe schon Schlimmeres gehört.« Hart atmet aus. »Und ich wurde auch nicht zum ersten Mal versetzt.«

»Sie sehen erholt aus«, stellt Luke fest.

»Veganes Essen. Keine Kippen mehr. Ich habe eben Ihre Zeugenaussage gelesen und wollte Ihnen danken. Für das, was Sie über den Schusswaffeneinsatz am Kanal geschrieben haben.«

»Ich habe nur das wiedergegeben, was ich gesehen habe.«

»Ich wünschte, andere wären auch so akkurat gewesen.« Er greift nach seinem Pint und nimmt einen tiefen Zug. »Aber immerhin stehen wir nicht mehr im Kreuzfeuer, wie Sie sich denken können. Das Swindon CID fängt nicht jeden Tag einen international gesuchten Serienkiller.«

»Nicht seit dem Würger von Swindon«, sagt Luke und blickt zu Sean und Strover hinüber. Heute Abend entdeckt er ein Funkeln in ihren sonst so abweisenden Augen.

»Das war damals das Major Crime Investigation Team – ich will mich jetzt nicht über behördliche Zuständigkeiten auslassen«, korrigiert Hart ihn. »Wissen Sie irgendwas über den elften Panchen Lama?«

»Ein bisschen.«

»Vermisst seit seinem siebten Lebensjahr.« Hart zieht ein Suchplakat aus der Tasche und reicht es Luke, der das Gesicht des jungen Tibeters studiert.

»Maddie gab den Mönchen in ihrem Kloster ein Versprechen«, erläutert Hart. »Vor ihrer Abreise. Dass sie im Westen von seinem Schicksal erzählt. Das wäre doch eine fantastische Story. Vielleicht würden Sie dabei sogar den Dalai Lama kennenlernen.«

»Danke.«

Luke nimmt das Blatt, liest es durch und steckt es ein. Maddie hat ihm schon vom elften Panchen Lama erzählt und ihm das Versprechen abgenommen, darüber zu schreiben. Er hat vor, im Sommer mit Milo in jenen Teil der Welt aufzubrechen und bei der Gelegenheit bei einer alten Flamme in Ludhiana vorbeizuschauen, ehe sie nach Norden ins Ladakh weiterreisen. Vielleicht lädt er Laura ein, sofern sie dann schon so weit ist.

»Die deutschen Ärzte meinen, Tony Masters könnte einer Gerichtsverhandlung eventuell nicht gewachsen sein«, sagt Hart. »Der chirurgische Meißel in seinem Schädel hat dem Alzheimer nicht gutgetan.«

»Ich habe alles versucht, um ihn zu retten.«

Luke muss daran denken, wie er den Blutfluss von Tonys Wunde zu stillen versuchte und wie Maddie ihm hinterher erklärte, sie wünschte, er wäre gestorben.

»Jemand anderem wäre er vielleicht egal gewesen«, sagt Hart. »Wie geht es seiner Frau – Laura?«

»Angesichts der Umstände ganz gut. Dr. Patterson ist

eine wirklich großartige Freundin und Ärztin. Auch andere im Ort stehen ihr bei.« Luke stockt kurz. »Maddie hat ihr gerade einen langen Brief geschickt. Ich könnte mir vorstellen, dass er ihr weiterhelfen wird.«

»Ein Kollateralschaden – so hat Maddie es uns bei ihrer Vernehmung erklärt.«

»Sie hat – auch wenn sie Laura schlussendlich vor einem Psychopathen bewahrt hat – grauenvolle Gewissensbisse«, sagt Luke.

»Die hat sie bestimmt.« Hart nimmt noch einen Schluck Bier und sieht sich im Pub um. »Nur dass Sie es wissen, unsere deutschen Kollegen haben mich heute Abend angerufen«, fährt er fort. »Sie haben eine weitere Leiche aus dem Müggelsee gezogen.«

»Fleurs?«

»Das nehmen sie an. Die Untersuchungen laufen noch. Vielleicht möchten Sie Maddie vorwarnen. Sie darauf vorbereiten.«

Luke hat Hart erzählt, dass er Kontakt zu Maddie in Indien hat. Wenigstens wird ihr das einen gewissen Abschluss geben. Seine Hoffnungen bezüglich Freya Schmidt hat er immer noch nicht aufgegeben.

»Mir will immer noch nicht in den Kopf, wie sie einen so tollkühnen Plan fassen konnte«, sagt Hart. »In das Dorf eines Serienmörders zu kommen und in seinem eigenen Haus eine extrem verletzliche Frau zu spielen, weil sie wusste, dass sie Tony nur so nach Berlin locken konnte. Dass sie nur so herausfinden konnte, was Fleur wirklich zugestoßen war.« Er hebt sein Glas, als wolle er auf die abwesende Maddie trinken, und sieht Luke tief in die Augen. »Dazu braucht es Eier aus Stahl.«

109

Als ich endlich die oberste Stufe erreicht habe, bin ich völlig außer Atem, doch der Blick ist jede Anstrengung wert. Unter mir stürzt der Kumaradhara knapp siebzig Meter tief in eine Schlucht, und darüber zieht der von den Mallalli-Fällen aufsteigende Dunst langsam über den Tropenwald ab. Indisches Eisenholz, Kopal, Mango, Saraca asoca – als Mum mich vor zehn Jahren hierherbrachte, kurz nach meiner Rückkehr aus Berlin, zeigte sie mir die verschiedenen Bäume. Und alle sind voller Vögel – Flaggendrongos und Malabar-Grautokos. Damals war ich zutiefst verletzt, eine stumme, verunsicherte Tochter, die nicht begreifen konnte, was mir, was Fleur widerfahren war.

Heute fühle ich mich stärker, im Einklang mit der Schönheit dieses Ortes. Als ich das Tosen des Wassers das letzte Mal hörte, klang es für mich wie ein verwundetes Tier. Diesmal klingt es stark, kraftspendend. Ich schaue auf die fruchtbaren, sanften Hügel der Westghats in der Ferne und frage mich, wie ich je woanders leben wollen könnte.

Seit ich Tony in Berlin die Stirn geboten habe, ist ein guter Monat vergangen. Mum ist froh, mich wieder zu Hause zu haben, und ich merke, wie sehr mir die Routine des Unterrichtens hilft. Kinder können bemerkenswert gnädig sein, so als wüssten sie nichts von den brutalen Katarakten, die sich durch die Leben der Erwachsenen brechen. Gestern habe ich mit Luke auf FaceTime gesprochen – er ist mir zu einem guten Freund geworden, ich hoffe, es geht ihm ähnlich. Es würde das Unglück lindern, das ich Laura zugefügt habe, wenn er und sie eine gemeinsame Zukunft hätten, doch das muss sich noch herausstellen. Es eilt nicht. Luke will erst noch seine Tochter finden – beinahe hätte ich es gestern geschafft, doch mir fehlt immer noch der letzte Funken Mut, ihm zu erklären, dass er vergeblich sucht. Vielleicht hoffe ich insgeheim immer noch, dass ich mich irre.

Nach einigen Minuten gehe ich die vielen Stufen wieder hinunter, vorbei an schnaufenden Besuchern auf dem Weg nach oben. Die Mallalli-Fälle sind nicht leicht zu erreichen. Ich bin mit dem Bus aus Kushalnagar gekommen, musste mir dann mit anderen Besuchern einen Jeep teilen und die letzten zwei Kilometer zu Fuß gehen. Der Monsun hat die Straßen in tückische Pisten verwandelt. Außerdem hat er den Fluss majestätisch anschwellen lassen, und ich bin fest entschlossen, ihm näher zu kommen.

Am unteren Ende des Weges biege ich von der Touristenstrecke ab und gehe auf das donnernde Wasser zu. Die Gischt vernebelt die Luft, meine Kleider sind sofort klatschnass. Doch das ist mir egal. Außerhalb der Regensaison kommen viele Menschen her, um in den Kumaradhara einzutauchen. Flussabwärts schließt er sich mit einem anderen Fluss zusammen und bildet ein *Sangam*, und die vereinten Wasser werden als heilig betrachtet.

Ich steige vorsichtig über die nassen, glitschigen und mit Algen überzogenen Felsen und bin bald nahe genug am Fluss für mein Vorhaben. Hoch über mir ruft jemand, wahrscheinlich ein Ranger, der mich warnen will. Ich mache mir mehr Sorgen wegen der Blutegel.

Darauf bedacht, nicht auf dem Felsen auszurutschen, sehe ich mich um und ziehe den kleinen Rucksack herunter. Auf der Herfahrt kam unser Jeep an einer Reihe von Souvenirständen vorbei. Einen der Händler fragte ich, wo ich eine Lotosblüte finden könnte – die Staatsblume von Karnataka –, woraufhin er mich mit zu einem Tümpel hinter einem nahen Hindutempel führte, aus dem ich (gegen ein Bakschisch natürlich) eine Blüte pflücken durfte. Ich hole die Blüte aus der Schachtel, in die ich sie zum Schutz gesteckt habe, und halte sie vor mich hin. Ein Symbol für Reinheit und Schönheit. Für Fleur.

Ich war am Boden zerstört, dass die Polizei ihre Leiche nicht im See gefunden hat. Doch bald wird man sie finden, und wenn ich richtigliege, werde ich Luke dann nichts erzählen müssen. So oder so wird sich die Angelegenheit dann klären. Er ist inzwischen überzeugt, dass eine Frau namens Freya Schmidt seine Tochter ist. Ich bete, dass er recht hat.

Mein eigener Verdacht gewann auf widerwärtige Weise an Gewicht, als ich vor ein paar Tagen oben im Kloster war. Durch die jüngsten Ereignisse in Berlin haben sich offenbar weitere Erinnerungen gelöst, und ich bemühe mich, unterstützt von den Mönchen, noch mehr von den Geschehnissen vor zehn Jahren freizulegen. Größtenteils sehe ich nur verschwommene, unzusammenhängende Bilder, doch inzwischen bin ich sicher, dass es Fleurs Idee war, uns an dem Abend, an dem Tony uns in sein Studio schleppen sollte, eine

Lotosblüte tätowieren zu lassen. Die Blüte sollte für unsere Liebe stehen, doch Fleur sagte noch etwas, was später von Tonys Benzodiazepinen ausgelöscht wurde: Der Lotos stand auch für ihre Mum. Ich weiß, dass Fleur nach Berlin abgehauen war, weil sie gegen ihre Eltern aufbegehren wollte, trotzdem liebte sie die beiden.

Und seither glaube ich, dass Fleurs Mutter eine Bahai war.

Ich rolle den Ärmel hoch und betrachte die Blüte, um mich zu vergewissern. Wie schon unzählige Male zuvor zähle ich die Blütenblätter. Als ich damals vor zehn Jahren aus Berlin heimkehrte und meine Mutter die Tätowierung sah, fragte sie mich nach dem »zusätzlichen« Blütenblatt. Im Buddhismus, sagte sie, hat die lila Lotosblüte gewöhnlich acht Blätter, die für den achtfachen Pfad zur Erleuchtung stehen. Ich dachte nicht weiter über ihre Bemerkung nach, bis Luke mir kürzlich erzählte, dass die Frau, die seine Tochter adoptiert hatte, eine Bahai sei. Neun ist eine wichtige Zahl für die Bahais – sie steht für Perfektion. Darum hat ihr wie ein Lotos geformter Tempel in Delhi neun Seiten.

Ich weiß, ich sollte mit Luke sprechen, sollte tapfer meine Ängste mit ihm teilen. Alles, was er mir über seine Tochter und seine Suche nach ihr berichtet hat, lässt mich glauben, dass er sie nie wiedersehen wird. Jedenfalls würde das erklären, warum ich Luke gleich bei unserer ersten Begegnung in der Arztpraxis sympathisch fand. Es gab eine ungewöhnliche Verbindung. Eine Vertrautheit. Ich werde es ihm wohl bald erzählen.

Mit ausgestreckten Armen wende ich mich dem mächtigen Wasserfall über mir zu und denke an Fleur, an unsere glücklichen gemeinsamen Zeiten, das Lachen, das Tanzen, die langen Spaziergänge an der Spree, die Biere auf der Insel der Jugend. Ich lasse die Myriaden von Wassertröpfchen durch meinen nassen Salwar Kameez sickern, damit sie meine Tränen abwaschen und meine Seele von dem Bösen reinigen, das Tony uns in Berlin angetan hat. Und dann werfe ich die Blüte mit Schwung in das ohrenbetäubende Tosen und sehe sie ins schäumende Wasser fallen, wo sie sich drehend und kreiselnd auf ihren einsamen Weg ins Arabische Meer und noch weiter macht.

Danksagungen

Ich danke meinem herausragenden Agenten Will Francis und allen im Londoner Büro von Janklow & Nesbit, ganz besonders Kirsty Gordon, Rebecca Folland und Ellis Hazelgrove. Und natürlich auch Kirby Kim und Brenna English-Loeb aus dem New Yorker Büro.

In tiefer Schuld stehe ich beim gesamten Team meines englischen Verlegers Head of Zeus, vor allem bei Laura Palmer, meiner exzellenten Cheflektorin; außerdem bei Lauren Atherton, Maddy O'Shea, Chrissy Ryan, Blake Brooks und Suzanne Sangster. Ich danke auch Lucy Ridout und Jon Appleton für die Arbeit am Text und die Korrekturen. Außerdem Liz Stein, Laura Brown und Erika Imranyi bei Park Row Books in Amerika. Und Toby Ashworth, meinem Verleger in Cornwall, für seinen unermüdlichen Zuspruch und seine Insiderkenntnisse über Rauchmelder in Hotels.

Viele Menschen haben mir beim Thema Amnesie geholfen – ich bitte um Verzeihung, falls ich jemanden vergessen haben sollte … Besonderer Dank gilt Dr. Angela Paddon, deren medizinischer Rat und Expertise unschätzbar waren. Es versteht sich von selbst, dass ihre Dorfpraxis weitaus freundlicher, professioneller und effizienter ist als die hier dargestellte. Außerdem danke ich Dr. Andy Beale und Mary Soellner.

Adam Zeman, Professor für kognitive und Verhaltensneurologie an der University Exeter, hielt auf BBC Radio 3 eine Reihe von inspirierenden Vorträgen unter dem Titel *The Strangeness of Memory.* Zu den besonders hilfreichen Büchern zählten Jules Montagues erhellendes *Lost and Found: Memory, Identity and Who We Become When We're No Longer Ourselves* sowie *The Memory Illusion: Remembering, Forgetting, and the Science of False Memory* von Dr. Julia Shaw, in Deutschland erschienen unter dem Titel *Das trügerische Gedächtnis – wie unser Gehirn Erinnerungen fälscht.*

Detective Superintendent Jeremy Carter von der Wiltshire Police und Inspector Chris Ward von der Thames Valley Police haben mich großzügig von ihrem Wissen und ihrer Zeit profitieren lassen. Außerdem danke ich Daniel Webb, dem Nachrichtenredakteur bei Wiltshire999s.co.uk, und dem ehemaligen Dorfpolizisten und Kolumnisten im *Police Magazine* Clive Chamberlain (@MrCliveC).

Julian Hendy und seine nichtkommerzielle Website Hundred Families (hundredfamilies.org) lieferten umfassende und verstörende Informationen über die Zahl von Tötungen durch psychisch Kranke im Vereinigten Königreich – die etwa bei hundert pro Jahr liegt.

Jane Rasch, Managerin des Tashi Lhunpo Monastery UK Trusts (tashi-lhunpro.org.uk), machte mich bekannt mit den Lehren Macig Labdröns, einer tibetanischen Buddhistin des elften Jahrhunderts, und half mir auch mit anderen Fragen die buddhistische Lehre betreffend.

Professor Andrew Reynolds vom UCL Institute of Archaeology und Robbie Trevelyan beantworteten alle meine »irdischen« Fragen – ich muss beide um Verzeihung bitten, dass die Ausgrabung der letzten Straffung zum Opfer fiel.

Richard Castle klärte mich über die Luftfahrtbranche auf, während Jake Farman und Nick Holgate mir einiges über Oldtimer erzählten. J. P. Sheerins Feedback ist stets so exzellent wie seine Drehbücher. Außerdem danke ich Joanna Bridgeworth und den Abingdon Writers für ihren Zuspruch, Dr. Stephen Gooder für seine kartografischen Kenntnisse … und dem verstorbenen Len Heath, meinem guten Freund und Autor.

Vor allem aber danke ich meiner Familie. Felix, der mir alle Fragen über Berlin und Techno beantwortete; Maya, die anfangs alles mit mir durchsprach; Jago für die Teenagereinsichten und den Slang; und meiner ewig geduldigen Frau Hilary, die unglaublich stoisch, humorvoll und liebevoll die Höhen und Tiefen einer Schriftstellerehe meistert.